ULISES BÉRTOLO

EXITUS

LA MUERTE NUNCA ES EL FINAL

Editado por HarperCollins Ibérica, S. A.
Avenida de Burgos, 8B - Planta 18
28036 Madrid
www.harpercollinsiberica.com

Exitus. La muerte nunca es el final
© Ulises Bértolo, 2025
Autor representado por la agencia literaria Rolling Words
© 2025, para esta edición HarperCollins Ibérica, S. A.

Diseño de cubierta: LookAtCia

ISBN: 978-84-1064-333-8
Depósito Legal: M-3842-2025
Impreso en España por: BLACK PRINT

MIXTO
Papel
FSC   FSC® C159065

A los hijos del olvido
E hijas

Exitus: Término médico sinónimo de «salida» o de «tránsito a la muerte».

«Hasta el contorno de las sombras se desdibuja
con un movimiento fortuito y agitado».
Paul Auster, *El país de las últimas cosas*

«Nacemos a horcajadas de la tumba».
Ozark (serie de televisión)

Dejó que la sangre le resbalara por el rostro y el pecho. Después de un instante de frenesí, cayó de rodillas e hizo un corte más profundo en el abdomen del cuerpo que yacía en el suelo; cuando terminó, sintió que su espíritu renacía gracias a aquel olvidado rito de sus ancestros. Los presentes invocaron cada vez más alto el nombre de su dios; en mitad del delirio, hundió de nuevo las manos en la herida fresca y se llevó la punta de los dedos a la boca. Luego extendió la ofrenda y los demás también probaron la sangre. La emoción que le producía compartir el alimento le provocó unas convulsiones tan intensas que no parecía de este mundo. El primer sacrificio había concluido.

1

Sobre la mesilla de noche, junto a una pila de cajas vacías de ansiolíticos, Elia Sandoval vio encenderse la pantalla de su teléfono móvil. Eran las seis y cuarto de la mañana y llevaba despierta dos horas, pero prefirió no descolgar. Con un suspiro profundo se acomodó de nuevo en la almohada viendo de reojo que la fotografía de su jura como policía nacional había adquirido un tono azulado, casi fantasmagórico. Cuando la habitación volvió a la oscuridad, escuchó el tono de notificación de mensaje entrante y extendió la mano hacia la mesilla, tanteando a ciegas hasta encontrar el teléfono. Su expresión cambió al ver que se trataba del inspector Juan Olmedo. Quería hablar con ella urgentemente: una mujer había desaparecido en Madrid y podía morir en las próximas horas. El comisario Blasco estaba al tanto de todo y, llegado el caso, ordenaría su reincorporación inmediata.

Mientras se ponía unos vaqueros azules gastados y una camiseta de manga corta, pensó en lo que había vivido el último año. Desde que a su madre le habían diagnosticado un cáncer de colon, vivía a caballo entre su casa y la de ella, o entre su casa y el hospital, según el momento. Dudaba mucho de que sus compañeros quisieran oír la historia de su madre, de cómo se vino abajo después del divorcio de su padre, su famoso y todopoderoso padre, que intentó cruzarle la cara cuando le dijo que no quería trabajar en su bufete de abogados de tres pisos en la calle Casado del Alisal. ¿Recordaría alguno que ni siquiera se dignó a asistir a su graduación como inspectora y que, desde entonces, no se hablaban? No. Claro que no. Tenían cosas más importantes en las que pensar; por ejemplo, en por qué casi dejó manco a Vizcaíno. Y ella también tenía cosas más importantes de las que ocuparse que de recordar la de veces que su padre desaparecía por los prostíbulos más caros de Madrid, como en realidad llevaba haciendo desde los dieciocho años. Si se había divorciado de su madre era para llevar, simplemente, una vida aún más desenfrenada que antes. Tanto que le había terminado reventando uno de los riñones y había pasado varios meses en diálisis.

El lado bueno era que ahora la cosa iba a otro ritmo. Su trabajo como investigadora privada le permitía cuidar mejor de su madre y, a la vez, enfrentarse a problemas bastante más fáciles de resolver. Documentar infidelidades o sociedades falsas era menos estresante que investigar y perseguir a psicópatas en la Brigada de Homicidios.

«Vete y escucha para qué te quieren. No hace falta que les cuentes ahora por qué este ha sido un año de mierda», se dijo recogiéndose la media melena en una coleta. Después se dio la vuelta y cogió del primer cajón del armario la funda de su Smith & Wesson, modelo Bodyguard de dos pulgadas, un pequeño revólver que poco tenía que ver con su HK USP reglamentaria de 9 milímetros. Por ahora, era la única que estaba autorizada a llevar.

El inspector Olmedo dejó la carpeta sobre la mesa cuando su segundo, el subinspector Vizcaíno, le dio con el codo en el brazo. A través de la enorme cristalera del despacho, vieron que Elia Sandoval caminaba por el pasillo hacia ellos.

—No entiendo por qué Blasco quiere que se reincorpore —dijo Vizcaíno.

—Porque es buena en lo suyo y porque estamos de mierda hasta las orejas con este caso.

—No me jodas, Olmedo: esa tía está loca.

—Ya sabes que son órdenes del comisario, o sea que pórtate bien.

—¿Y me lo dices a mí? Mejor será que se lo aclares a ella.

Vizcaíno levantó la mano derecha, la puso a la altura de los ojos de Olmedo y giró el dorso para enseñarle una gruesa protuberancia que tenía justo encima de los nudillos.

—Baja eso —dijo Olmedo—, y tengamos la fiesta en paz.

Vizcaíno se miró la mano y la guardó en el bolsillo derecho del pantalón.

—Esa hija de perra me las va a pagar algún día —farfulló.

Cuando Elia entró en el despacho, no pudo disimular la contrariedad por encontrarse con el subinspector Vizcaíno. Hizo amago de irse, pero Olmedo se adelantó dos pasos y le estrechó la mano.

—Me alegro de verte, Elia.

—Gracias, Juan.

Sin moverse del sitio, Vizcaíno levantó la mano izquierda a modo de saludo y alzó levemente el mentón. Elia hizo un ademán semejante.

—¿Qué tal la investigación privada? —preguntó Olmedo.

—Aburrida.

—Eso me tranquiliza.

Olmedo soltó la mano de Elia y la invitó a acercarse a la mesa.

—Bueno, cuéntame qué ha pasado y qué hago aquí en vez de perseguir infidelidades —arrancó Elia.

—Han secuestrado a una mujer de unos treinta años. Hemos recibido la foto poco antes de dejarte el mensaje en el contestador.

—¿Alguna denuncia por desaparición?

—No.

—¿Algún testigo?

—Tampoco.

—Y, entonces, ¿cómo sabes que es un secuestro?

—Lo sabemos.

Elia unió las manos como si estuviera rezando.

—Pero, Juan, si ni siquiera sabes si se ha ido de viaje con su novio, ¿cómo me hablas de un secuestro?

El subinspector Vizcaíno dio un golpe con el puño izquierdo en la mesa.

—Tan comprensiva y amable como siempre, inspectora.

Elia se protegió instintivamente la cara, como si Vizcaíno hubiera querido golpearla. Después bajó los brazos y miró la protuberancia de la mano del subinspector, y no se sintió mal por haber sido ella la causante de esa marca que acompañaría a Vizcaíno para siempre. Si hubiera sido menos arrogante e intimidatorio, no habría sacado lo peor de ella, y no le habría clavado su pluma Montblanc en la mano. Y tal vez, solo tal vez, no habría solicitado la excedencia voluntaria para evitar una sanción disciplinaria.

—Déjanos a solas, Nico —dijo Olmedo.

Cuando Vizcaíno salió y se alejó unos pasos por el pasillo, Elia comentó:

—No me dijiste que él estaría.

—Me pareció lo mejor. Estamos escasos de efectivos, no damos abasto con el trabajo y nos llueven hostias desde todas partes, así que te pido lo mismo que a él: dejad a un lado lo que tengáis personalmente. Es una orden de Blasco.

—Está bien: volvamos al caso.

Olmedo señaló la carpeta que había sobre la mesa. De la esquina superior derecha sobresalía un papel grueso.

—Ahí dentro está la fotografía de la mujer secuestrada de la que te he hablado. —Olmedo hizo una pausa para observar el efecto que le producía a Elia la revelación y añadió—: Alguien nos la hizo llegar esta misma mañana. —Elia la miró atentamente, hojeó el expediente y, luego, volvió sobre la fotografía. Se fijó en que enfocaba a la mujer desde arriba. Parecía estar sentada sobre una tela arrugada, seguramente una cama. La luz la perfilaba de tal manera que permitía recrearse en cada detalle, en los bordados de la bata blanca que vestía, en la pequeña medalla que colgaba de su cuello, en el extraño brillo de sus ojos color avellana. Por detrás se distinguía el paño ciego de una pared llena de manchas que, por su tonalidad oscura, parecía un lugar húmedo y frío—. ¿Hay algo que te llame la atención? —preguntó Olmedo.

—La mujer está marcando un dos con los dedos.

Olmedo asintió. A continuación, sacó una carpeta del primer cajón de su escritorio, la abrió, extrajo una fotografía y la puso con cuidado encima de la mesa.

—Ahora mira esta otra fotografía —dijo—; es de otra mujer. Apareció asesinada hace unos seis meses, el 5 de enero, para ser más exactos. Antes de que apareciese el cadáver, recibimos esta fotografía. El gesto es similar en las dos fotos, pero aquí la víctima solo enseña un dedo.

—¿Es un mensaje?

—Sí. Entonces obviamos que el asesino trataba de decirnos algo; ahora creemos que sí.

Elia reparó unos segundos en la segunda fotografía. La puesta en escena era prácticamente la misma: el mismo ángulo de enfoque, la misma posición sobre la cama… Esta víctima tenía también el pelo castaño, revuelto sobre la cara, de modo que apenas se le entreveían los ojos y la boca. En la fotografía aún estaba viva, con el índice derecho artificiosamente rígido y estirado.

—¿Quién es? —preguntó Elia.

—Amaia Braganza, funcionaria del Ministerio de Sanidad y perteneciente al equipo de la Organización Nacional de Trasplantes. El cadáver lo hallamos en el parque de la Quinta de la Fuente del Berro trece días después de recibir la fotografía.

—Apareció desnuda y con signos evidentes de tortura. Leí todos los artículos que encontré en la prensa. No había por dónde pillar el asunto.

—Y tanto… No averiguamos gran cosa, así que el caso se archivó judicialmente.

—Joder.

—Quizá haya una posibilidad de reabrirlo…

—¿Crees que es un asesino en serie?

—Es una posibilidad. Si los casos están conectados y el secuestrador nos está indicando el número que hace en su serie, tenemos trece días antes de que tengamos otro cadáver dando vueltas por Madrid.

—¿Eso es lo que opina Blasco?

—Sí, yo solo hago de emisario. Insisto: la cuestión es si ambos casos están conectados; quizá solo sea una puta casualidad el asunto de los dedos.

—Ya, Juan, pero esto es un homicidio… Pedí una excedencia y ahora me dedico a las infidelidades matrimoniales, las estafas a compañías de seguros y esa clase de cosas.

Olmedo agravó un poco el tono de voz, sacó una segunda foto del expediente de Amaia Braganza y la puso en la mesa, junto a las otras.

—Antes de que tomes una decisión precipitada, mira esto —dijo.

En esta tercera fotografía, Amaia Braganza estaba bocabajo y desnuda, con las piernas ligeramente abiertas. Se le veía la fibra muscular en la espalda y jirones de carne roja en la cara interna de los muslos, que habían sido seccionados con un objeto cortante. Era como si la policía científica hubiese querido preservar la identidad de la víctima, enmarcarla sin rostro, anónima, como la escultura de un parque.

—A Braganza la secuestraron el día de su cumpleaños —informó Olmedo— y, como puedes ver, su asesino se tomó su tiempo en asesinarla. Alguien le dijo a Blasco que podían apreciarse aspectos rituales, como si fuese una especie de sacrificio… Por eso se le llamó «caso 666».

—Archivado judicialmente.

—Por ahora.

—¿Y si el asesino es solo un imitador? —preguntó Elia.

—¿Por qué lo dices?

—El caso estuvo en los medios más de tres semanas. ¿Se llegaron a publicar las fotografías?

—Sí.

—Puede que algún perturbado con afán de protagonismo se hubiese fijado en el detalle de los dedos y esté intentando atribuirse la autoría del primer asesinato, ¿no?

—Es improbable… —repuso Olmedo desviando la mirada.

—¿Me estás ocultando algo?

—¿Por qué lo dices?

—Porque has mirado a la izquierda, y eso significa que mientes.

Olmedo comenzó a recoger las fotografías.

—He mirado a la izquierda porque las fotografías me quedan a ese lado —se defendió—. Además, tenemos pruebas de que en el asesinato pudo estar implicado un grupo de personas.

Elia cruzó los brazos sobre el pecho y dijo:

—Entonces, no hay asesino serial…

Olmedo abrió el primer cajón de su escritorio y guardó las dos carpetas. Después se apoyó en el borde de la mesa.

—No, pero hay una especie de líder espiritual que guía al rebaño, como una secta o algo así. Un testigo de la macabra ceremonia a la que fue sometida Amaia Braganza nos lo contó.

—¿Y dónde está ese testigo?

Olmedo agachó la cabeza y se estiró con cuidado una arruga del pantalón.

—Muerto, desgraciadamente.

—¿En serio?

—De infarto, a los treinta y cuatro años.

—Venga ya…

—Y no solo eso, sino que murió en la misma cuenta atrás que Amaia Braganza. Luego, alguien del ministerio presionó a Blasco para que diésemos carpetazo al asunto cuanto antes. Alguien no quería que sus ilustres apellidos se aireasen en la prensa ni que trascendiese lo que había declarado.

—Pero ¿de quién estamos hablando?

—Del hijo de Martínez-Cifuentes.

—¿El magistrado?

—Sí, su hijo Guzmán era abogado especialista en derecho militar. Él fue la última persona que vio con vida a Amaia Braganza. Bueno, él y sus asesinos.

—¿Y dónde trabajaba ese Guzmán?

Olmedo la miró expectante y se demoró unos segundos en responder.

—En el bufete de tu padre.

Elia se deshizo la coleta, se estiró el pelo hacia atrás cuanto pudo y se la volvió a hacer.

—Así que era eso.

—¿El qué?

—Lo que me ocultabas antes.

—No, eso es circunstancial.

—¿Entonces?

—En todo caso, lo que evité decirte antes es que descubrimos que, sin Martínez-Cifuentes, no había caso y tuvimos que cerrarlo. Blasco quiere que lo investigues. Haremos el papeleo para tu reincorporación por necesidades del servicio solo para cubrir el trámite. Pero no te preocupes: mientras te decides a regresar por tu propia voluntad, yo firmaré tus intervenciones. Lo único que te pido es que no me metas en líos.

2

La familia Tekkal fue una de las primeras en instalarse en Kopo en 1954. De hecho, podría decirse que, junto con otras familias yazidíes, fundó esta pequeña aldea situada en la región de Nínive, a unos 60 kilómetros de la ciudad de Sinyar, en el noroeste de Irak. Las tierras pertenecían a varios terratenientes sunitas de Mosul que se avinieron a negociar, entre otras razones, por las insurrecciones contra la monarquía hachemita que los protegía y que había asumido con apenas dieciocho años el rey Faisal II, la cual se encontraba en serio peligro. Esas tierras quedaban lejos de Mosul, y los terratenientes preferían venderlas a buen precio antes de que uno de los golpes de Estado que se estaban organizando saliese adelante.

Entre los terratenientes mosulinos, el que llevó el peso de la negociación con la familia Tekkal fue Abdel Raûf. A Raûf, como buen terrateniente, no le importó que su decisión implicase el desahucio de los agricultores suníes que trabajaban sus tierras. La mayoría aceptó de manera resignada que su suerte había cambiado y que debía emigrar hacia otros sitios donde los rendimientos de los cultivos serían menores. Sin embargo, uno de los agricultores, Mohamed Ashour, acudió a ver a Raûf, se arrodilló ante él y le suplicó que reconsiderase su decisión. Como agricultor, dijo, amaba aquella tierra casi tanto como su propia vida y estaba convencido de que Alá lo iba a bendecir con tan buenas cosechas que podría pagar una renta incluso superior. Abdel Raûf le explicó que la oferta de la familia Tekkal era muy superior a cualquier otra que él pudiera hacerle y, por tanto, le ofrecía trasladarse, como el resto de los agricultores, a alguna de las otras propiedades que tenía en la región.

Mohamed Ashour reaccionó de manera iracunda y le gritó que era un pecado vender la tierra a un infiel yazidí, a un *kuffar* que renegaba de Alá y que adoraba al diablo. A ojos del Profeta, no era motivo suficiente que la familia Tekkal ofreciese un rebaño de trescientas ovejas y dinero para desalojar a los agricultores musulmanes y a sus familias. Abdel Raûf se ofendió y le pidió que se fuese.

Cuando llegó el día en que hubo de recoger sus pertenencias y entregar sus tierras, Mohamed Ashour se arrodilló ante los nuevos propietarios, cerró la mano alrededor de un puñado de tierra y lo elevó ante sus ojos jurando venganza. Dishan Tekkal y su esposa se quedaron en silencio mientras el furibundo agricultor suní se alejaba seguido de sus ocho hijos con los hombros aplastados por sacos llenos de ropa y herramientas. Dishan Tekkal posó su mano callosa sobre el hombro de su hijo Marcus y, con resignación, le dijo que llevara los caballos a que abrevasen. Luego, se dirigió a su esposa y le dijo:

—Mujer, no te preocupes por ese buen hombre: le hemos pagado a Abdel Raûf un precio elevado por estas tierras; son nuestras a partir de ahora. Ese agricultor trabajará las tierras de Abdel Raûf en otro lugar. A él y a su familia no les faltará de nada.

El invierno de 1959 había sido especialmente duro, no tanto por las inclemencias del tiempo como por las amenazas que los vecinos de Kopo recibían de los antiguos moradores de sus tierras. En la aldea, muchos se preguntaban si ese comportamiento intimidatorio que mostraban los sunitas tendría algo que ver con el cambio de rumbo que había sufrido el país desde la llegada al poder del general Kassen tras ejecutar al rey Faisal.

—¿De verdad creéis que van a dejarnos en paz? —aventuró temeroso un hombre al que le faltaba un ojo mientras fijaba el otro en el rostro de Dishan—. Si no son capaces de sacar fruto a sus nuevas tierras, seguro que volverán.

—Iré mañana a Mosul y hablaré con los terratenientes —dijo Dishan.

—No —dijo un anciano de la casta pir—, Melek Taus dispondrá por nosotros; solo somos sus fieles servidores.

Cuando murió su padre, en 1967, Marcus Tekkal se había convertido ya en un hombre devoto y respetado en la comunidad. Llevaba el pelo recogido en dos largas trenzas y la cabeza cubierta con un pañuelo blanco. A pesar de su juventud, su voz ganaba autoridad día tras día en la *jevat* o «casa de reunión», donde los hombres se reunían con el *mujtar* para tratar los problemas de la aldea. En los últimos nueve años, Kopo había disfrutado de una relativa calma, y los problemas que se suscitaban tenían que ver más con cuestiones comerciales o familiares que con desencuentros con sus vecinos musulmanes. Muchos en la *jevat* creyeron que el Venerado había intercedido en su favor cuando el general Kassen, al poco tiempo de tomar el poder, había relegado a la comunidad sunita del Gobierno a la que pertenecían Mohamed Ashour y el resto de los antiguos moradores de las tierras en favor del Frente Nacional Unificado, integrado por chiitas y kurdos.

En los momentos de duda, Marcus se tomaba unos segundos antes de expresar su opinión recordando las últimas palabras que había pronunciado su padre antes de morir:

—Nunca olvides que Melek Taus gobierna nuestras conciencias; sé fiel a lo que te dicte en cada momento, y siempre estará de tu parte.

Y eso hizo cuando, cumplidos los cuarenta, después de muchos años entregado al estudio de la religión y las tradiciones de su pueblo, tomó por esposa a Kathrine Darwish a finales de 1990. También cuando al poco tiempo nació su hija Rojian.

El sonido agudo y quejumbroso de la polea del aljibe le hizo abrir los ojos. Kathrine tiraba de la cuerda y el cubo ascendía desde las profundidades del pozo. El viento levantó a su alrededor una nube de arena. Su pequeña, Rojian, salió disparada del establo y se acercó corriendo, y Marcus la recibió con una sonora carcajada al ver que la túnica se le había enredado en la cabeza. Después de ayudarla a desenrollarla, le dio un beso y le dijo que se lavase las manos, que pronto comerían. La pequeña Rojian corrió hacia el interior de la casa.

Marcus observó el montón de arena que se elevaba bruscamente en forma de espiral y se deshacía en el aire. El viento había cesado y el cielo resplandecía de nuevo sobre los toldos cuarteados que protegían las casas, y esa repentina calma atenuó la inquietud que le inspiraban sus pensamientos. Vio acercarse a Kathrine y pensó que seguía siendo una mujer atractiva, aunque en su rostro eran visibles los síntomas de una madurez prematura. Kathrine resopló cuando dejó el cubo a los pies de su marido.

—¿Ocurre algo? —preguntó.

A través de la cortina que servía de entrada a la casa, Marcus vio que Rojian había cogido una pequeña oveja de trapo y se había puesto a jugar con ella.

—Mañana llevaré a la niña al templo de Lalish.

Kathrine se excusó, entró en casa, fue a la cocina y regresó enseguida con un plato de humus y pan. Se lo tendió y dijo:

—Voy a trocear el cordero.

—Espera —dijo Marcus—, ¿no te parece bien?

Kathrine se volvió, dio dos pasos hacia su marido y, con la vista fija en el humus, repuso:

—Es muy pequeña para bautizarla. Cumplió los cinco años hace poco.

—Corren tiempos difíciles, mujer.

—Nunca fueron fáciles para los yazidíes, Marcus. —Kathrine sacó del bolsillo una cuchara pequeña y la metió en el plato de humus—. ¿Qué ocurre? —preguntó.

—Sadam Huseín va a tomar represalias contra los kurdos.

—No sería la primera vez.

—Pero esta vez han intentado matarlo. El *mujtar* cree que los hombres de Sadam no van a parar hasta que acaben con el último insurrecto.

—¿Y eso qué tiene que ver con nosotros? Somos un pueblo de paz.

—Las cosas están revueltas, mujer. Debemos estar preparados. Tenemos que bautizar a Rojian.

Kathrine vio el semblante pensativo de su esposo, lejos de Kopo y de su hogar.

—Marcus, temo que los acólitos del sacerdote indaguen sobre el destino de su alma. Rojian es aún pequeña y demasiado vulnerable para superar la prueba. Yo no la he pasado aún… Y tú la pasaste cuando tenías veinte años, no cinco, como tiene Rojian.

Marcus soltó un profundo suspiro: sabía a lo que se refería su esposa. Untó humus en un pedazo de pan, lo masticó y, después de tragarlo, dijo:

—Me preocupa que la niña muera sin haber recibido el bautismo, ¿lo entiendes?

—¿Y por qué iba a morir?

—Los sunitas han comenzado a acosar de nuevo nuestras aldeas. Estoy seguro de que esta vez alguien de la familia Ashour aprovechará la situación para pedir venganza.

3

El comisario Blasco le hizo una señal para que tomase asiento frente a él. A Elia le pareció que el comisario había perdido algo de pelo desde la última vez que se vieron. Sus ojos, insulsamente marrones, parecían atrapados bajo unas pobladas cejas. Un cruce de miradas fue suficiente para que ambos se percatasen de lo incómodo de la situación.

—¿Qué tal se encuentra?

—Sorprendida, comisario.

—Esto no tiene que ver con su padre, inspectora.

—Pero sí con un abogado que trabajaba en su despacho y que murió justo cuando no debía... ¿Qué quiere de mí?

—Lo que le ha dicho el inspector Olmedo: investigue el caso de Amaia Braganza desde cero y encuentre las posibles concordancias con el secuestro de la mujer que nos han comunicado esta mañana.

—Eso se parece mucho a volver al servicio activo, ¿no?

—Por ahora no. Sé cómo está su madre y no le estoy pidiendo que vuelva al servicio activo; tan solo que dedique algo de su tiempo a revisar un caso que está archivado judicialmente.

—¿Por qué yo?

Blasco miró un segundo a Olmedo, se inclinó hacia la mesa y, en un tono repentinamente grave, dijo:

—Porque alguien de dentro pudo haber colaborado.

—¿Qué indicios tiene para pensar eso?

—La muerte de Martínez-Cifuentes, por ejemplo.

—¿No había muerto de un infarto?

—Demasiada coincidencia, inspectora… Murió antes de que pudiese ayudarnos a rescatarla. Fue una muerte muy oportuna, vaya.

—Pero eso no aclara por qué yo, que llevo casi año y medio lejos de la comisaría.

—Por eso mismo: porque está libre de sospecha. —El comisario Blasco le hizo una seña al inspector Olmedo para que cogiese un legajo y lo colocase sobre la mesa—. Gracias, inspector. ¿Puedo contar con usted, Elia?

—Solo si tengo en mi equipo al subinspector Miguel Coronado.

El comisario Blasco apoyó la mano sobre el legajo y dijo:

—Eso sería sumar irregularidad sobre irregularidad. El subinspector Coronado no es precisamente discreto y, como le dije, por ahora, su vuelta al servicio solo será en el papel. Olmedo y yo la respaldaremos.

—Es mi única condición —insistió Elia.

—¿Puedo preguntarle por qué? —quiso saber Blasco.

—Trabajar con Miguel es como si llevase una pata de conejo en el bolsillo.

Blasco ladeó la cabeza hacia la derecha y hacia la izquierda varias veces ponderando la propuesta de Elia. Miró al inspector Olmedo y este hizo un gesto de aprobación.

—¿Quedaría eso entre nosotros tres?

—Sí.

Blasco empujó el legajo hacia Elia.

—Bien, en ese caso —dijo—, hablaré con el jefe de unidad de su excompañero; mientras tanto, lea el expediente.

—De acuerdo. Me pondré al día hoy mismo.

—Otra cosa: ¿conoce a Dante Blanco?

—No.

—Es un experto en satanismo. Colaboró con nosotros en la investigación de Amaia Braganza. Es joven y se viste un poco raro, pero es un chico despierto. Le caerá bien. Quiero que lo tenga cerca al menos en los primeros pasos de la investigación.

El patriarca de la familia, Julián Zulueta del Moral, llegó a Madrid a finales de junio de 1950 como apoderado general del Banco de Vizcaya. Junto con él, viajó su esposa, Lourdes Sanz de Iturriaga, quien añoró desde el primer día la atmósfera húmeda y salada del Cantábrico en la playa de las Arenas. A Julián Zulueta no le costó mucho abandonar el palacete familiar donde residía en el barrio de Neguri, en Getxo, por otro similar de la calle Serrano; se hablaba de que en Madrid se podía hacer mucho dinero en aquel tiempo, y para él el dinero era más importante que la exasperación que le producía el sofocante verano madrileño a su esposa.

La capital comenzaba a salir de las penurias causadas por la Guerra Civil, y la dictadura franquista quería aprovechar la coyuntura para convertirla en una megalópolis al estilo de las grandes capitales europeas. Madrid había sido el emblema republicano durante la guerra, por lo que Franco anhelaba cambiarla de arriba abajo y, fiel a su visión imperialista, hacer de ella el escaparate de su nueva España. La idea pasaba por una reconstrucción del centro y la anexión de un buen número de municipios de alrededor. El proyecto, muy ambicioso, fue aprobado por el Consejo de Ministros.

La noticia de que semejante reestructuración urbana estaba en marcha atrajo enseguida a las entidades bancarias, interesadas en financiar todos los grandes negocios inmobiliarios que surgirían a raíz del proyecto. Además, el plan de la dictadura contaba con el apoyo crediticio de la Administración estadounidense, que agradecía así las señales de aperturismo y, sobre todo, el acuerdo para establecer bases militares de su ejército en suelo español. Muchos hombres de negocios vieron en esos vientos de cambio económico una buena oportunidad de ganar mucho dinero. Julián Zulueta fue uno de ellos.

Como apoderado general del Banco de Vizcaya, negoció asiduamente en nombre de empresarios vascos con el Ministerio de la Vivienda para obtener la adjudicación de varios de los inmensos complejos de vivienda social. Con el tiempo y el conocimiento del terreno, retomó su vieja profesión de abogado y abrió un exclusivo bufete en la calle Casado del Alisal. Desde las ventanas del despacho podía elegir entre mirar a la parte de atrás del Museo del Prado o a la entrada al parque del Retiro.

El despacho jurídico Zulueta y Asociados se convirtió rápidamente en un punto de referencia para aquellos empresarios vascos que emprendían negocios inmobiliarios en la capital o que pretendían extenderlos a otros puntos de la geografía española. Viviendas sociales, las primeras urbanizaciones para la clase media alta al este del parque del Retiro, la remodelación de la avenida del Generalísimo —rebautizada años más tarde como paseo de la Castellana—, los primeros rascacielos… El afán especulador crecía casi al mismo ritmo que la fortuna de Julián Zulueta.

La voracidad constructora de los empresarios, amparada en el paquete de bonificaciones y exenciones fiscales aprobadas por la dictadura, hizo que Madrid duplicase su población en poco más de una década. Como la ciudad carecía de infraestructuras para absorber a tanta gente, las clases obreras y menos pudientes debieron alojarse en una amalgama de áreas metropolitanas circundantes donde lo único que abundaba eran la escasez y la precariedad. Mientras tanto, los grandes artífices de la remodelación urbanística de la capital, como Julián Zulueta, construían una vida de ensueño en sus palacetes de la calle Serrano y preparaban a sus hijos para que heredasen los imperios familiares que estaban construyendo.

Julián y Lourdes tuvieron dos hijos: Fermín y Gonzalo. Los dos tenían los ojos azules y el cabello claro, aunque Gonzalo, el menor, con un matiz cobrizo. No había constancia de ningún Zulueta pelirrojo y tampoco en la familia Sanz de Iturriaga, así que la broma favorita de Fermín era machacarlo en público diciéndole que era adoptado. Al final, Gonzalo siempre caía en la trampa, empujaba a Fermín y este encontraba la excusa perfecta para zarandearlo y dejarlo en ridículo. Pero si a algún otro se le ocurría acercarse a Gonzalo para acosarlo, entonces Fermín se plantaba ante él y le decía: «Eh, tú, cuidadito: el zángano es mío». Ese falso sentimiento de protección y la ira que subyacía bajo el mismo marcaron la infancia de ambos.

Si Gonzalo se quejaba a su madre, Fermín decía: «Lo que pasa es que es un llorica y no sabe aguantar una broma, mamá. Lo hago por su bien, a ver si espabila de una vez». Lourdes le pedía a su marido que hiciera algo, que aquello podía ser peligroso. Sin embargo, Julián, partidario de que los chicos se arreglaran entre ellos, se tomaba esas cosas a la ligera. «Deberías haber visto qué cosas hacíamos en los maristas, mujer», decía.

Llegó un momento en que Gonzalo estaba tan lleno de impotencia que dejó de quejarse y aceptó que su hermano se ganase la simpatía y las risas de sus compañeros dejándolo como un trapo. Hay personas que temen verse convertidas en actores secundarios de su vida, como si hubieran nacido sabiendo que, de no ser los primeros, nunca serán felices. Y Gonzalo sabía que, bajo la apariencia sociable y amistosa de Fermín, se abría una frontera de oscuridad de la que nadie más era consciente.

A sus setenta y tres años, Fermín Zulueta seguía ejerciendo de abogado porque era la manera que tenía de seguir sintiéndose joven. Además, como dueño y señor del despacho Zulueta y Asociados, elegía con qué clientes trabajar y cuándo hacerlo. Solo su desmedida ambición explicaba cómo había transformado el coqueto y exclusivo despacho familiar que había heredado de su padre en un imponente bufete que ocupaba tres plantas donde trabajaban casi un centenar de profesionales de la abogacía, incluido su hermano Gonzalo. No había escatimado en gastos cuando lo remodeló integralmente: el ascensor de cristal, el salón inglés o la gran terraza solían ser alabados de manera unánime por su clientela. Era una manera, como cualquier otra, de hacerle saber que respetaban y admiraban lo que había construido durante más de cuatro décadas.

Quizá por esa razón, Fermín llevaba semanas sintiéndose incómodo frente a aquellos dos abogados sin canas con los que había negociado un acuerdo de colaboración entre una empresa emergente en el sector de las nuevas tecnologías y una productora de cine y televisión con la que llevaba años trabajando y que, como consecuencia de no haberse adaptado a tiempo, ahora requería de ayuda para colocar sus productos en plataformas digitales. Como si fuera una broma de mal gusto, los jóvenes abogados lo trataban como a un dinosaurio en peligro de extinción; como si ellos, por su juventud, estuvieran de vuelta de algo en la vida.

Cuando el más menudo, que llevaba el pelo cortado a tazón, le devolvió el documento sin abrir la boca, Fermín respiró aliviado. Era la sexta versión que esos dos niñatos le habían obligado a hacer en la última semana.

—Entonces, ¿estamos de acuerdo? —preguntó.

El que llevaba la camisa blanca salpicada de pequeños tréboles de cuatro hojas y una corbata violácea de textura brillante con un nudo estrecho asintió:

—Sí, Fermín, podemos firmar cuando usted quiera.

Fermín se colocó el pañuelo que sobresalía del bolsillo de su chaqueta, se alzó lentamente y adelantó una mano por encima de la mesa para sellar el acuerdo. Quizá él no tenía ni puta idea de programación o algoritmos, ni de toda esa extraña jerga que utilizaban esos dos gilipollas con la clara intención de confundirlo; sin embargo, dominaba las modalidades tradicionales de capitalización de las sociedades mercantiles y cómo aventajar a quien tiene más músculo financiero. Por eso, sonrió de manera genuina cuando les estrechó la mano y dijo:

—De acuerdo, pero no me tratéis de usted, que me hace más viejo de lo que ya soy. ¿Me dejáis que os invite a tomar algo para celebrarlo?

—No podemos, colega —respondió el abogado del pelo cortado a tazón—. Son casi las ocho y media, y tenemos que hablar con nuestro cliente. ¿A qué hora firmamos mañana?

Fermín simuló decepcionarse.

—A las diez y media.

—¿Y dónde?

—Aquí mismo.

El abogado de la corbata violácea soltó una carcajada y se atusó la barba con una mano desde la parte ancha hasta la punta.

—Caray, Fermín, con notario a domicilio; mira que sois sibaritas los abogados de toda la vida.

De camino a la calle, el de la corbata violácea le hizo un par de observaciones sobre las instalaciones: a ver si modernizaba no sé qué, a ver si modernizaba no sé cuántos, todo con palabras raras que él desconocía. Cuando los despidió en el ascensor de cristal y regresó hacia su despacho, pensó que los tréboles de cuatro hojas bordados en la camisa del gilipollas más alto eran algo así como una ironía del destino. Tanto engreimiento y tanto presumir de haber estudiado en Estados Unidos, y tanto borrador de documentos en Google Drive, para terminar pasando por alto una cláusula que permitía a su cliente acudir a ampliaciones de capital sin restricciones. Por muy moderna que fuera la empresa tecnológica, no tenía ni el dinero ni el músculo financiero suficiente para igualar las aportaciones que hiciera la anquilosada productora a la que él representaba. Si su cliente inyectaba el suficiente dinero en la nueva sociedad, diluiría el peso de las acciones de la empresa tecnológica hasta reducirlo a la mínima expresión. Llegado ese momento, buscaría al hombre de los tréboles azules y le diría que, en efecto, así trabajaban los dinosaurios.

Victorias así le hacían sentir nostalgia de su época de juventud. En otro momento, habría llamado al cliente o a unos amigos y se habría corrido con ellos una juerga en condiciones por los bares de la calle Doctor Fleming y hubieran terminado yéndose de putas, que en esa zona las había, y muy buenas. Aquel ritual lo había conservado hasta no hacía mucho, cuando le diagnosticaron que sus riñones fallaban y que debía someterse a diálisis y esperar un trasplante. Solo una situación extrema como esa lo había retirado de su antigua vida.

Llevaba varios años sin probar el alcohol, así que le había sonado raro escucharse invitar a tomar algo a esos dos abogaduchos. Era la primera vez que pensaba seriamente en tomarse una copa desde que le trasplantaron el riñón. Siete meses de diálisis, el rechazo del riñón de su hermano Gonzalo y la aparición *in extremis* de un segundo riñón lo habían convencido de que debía cambiar el sabor del Cardhu por el del agua mineral.

De regreso al despacho, le encargó a la secretaria que llamase al notario y verificó con ella que no tenía más asuntos urgentes que atender. A continuación, le pidió que avisara a Waldo para que lo esperase en el garaje.

—¿A casa, señor? —le preguntó Waldo al verlo salir del ascensor.

—Hoy no, Waldo.

Diez minutos más tarde, Waldo Marco detenía el coche en el encuentro del paseo de la Castellana con la calle López de Hoyos. Fermín esperó a que el coche se alejase de allí para cruzar el paso de cebra. Después subió la calle del Pinar hasta el número 6. La puerta del local se abría en forma de herradura bajo un chaflán metálico que sobresalía del edificio. El suelo estaba cubierto con una alfombra roja con el nombre del local en letras doradas. El traje negro le daba al portero un aspecto siniestro; sin embargo, su cara destilaba amabilidad.

—Buenas noches, señor.

Todavía era joven la primera vez que había estado allí celebrando una despedida de soltero. Después había habido otras muchas, no sabría decir si más o menos de cien, pero muchas. Desde lo del trasplante, había dejado de ir: le parecía una humillación pedir agua en un sitio así.

Caminó hasta la mitad del local y se apoyó en la elegante barra de madera, al más puro estilo inglés, que recorría la estancia. Echó una mirada al fondo y, entre la escasa iluminación que reinaba allí, le pareció adivinar tres mujeres, una cubitera con champán y un hombre con un ostentoso reloj de oro. Cuando intentaba averiguar a quién pertenecía ese reloj, Fermín escuchó la voz del camarero dirigirse a él.

—¿Caballero?

—Un Cardhu de doce años. Sin hielo, por favor.

Fermín observó al camarero mientras le servía el *whisky* en un vaso bajo. Tenía el cabello voluminoso y peinado con una raya que parecía hecha con tiralíneas. La camisa blanca y la pajarita completaban un aspecto parecido al de los tahúres de las películas del Oeste americano. Al dar el primer trago, pensó en la primera vez que había pagado a cambio de sexo. Fue en una casa lúgubre cerca de la calle Infantas, donde se jugaban grandes sumas de dinero al póquer. Ya no se acordaba del nombre del sereno; solo de que era gallego y conocía los entresijos de cada casa mejor que sus propios dueños. Desde entonces, siempre bebía *whisky* cuando iba de putas.

—Hola… —oyó a su derecha.

Una joven se había sentado a su lado. Por el pelo negro y cardado, le recordaba a una chica de los años ochenta. Sus ojos eran grandes y juguetones, adornados por unas pestañas postizas que se movían como el dispositivo de una cámara fotográfica. Llevaba un top blanco y una falda estrecha de piel, también blanca, que enseñaba sus piernas desnudas y bronceadas. Como vio que Fermín se las miraba, descabalgó una de la otra y se inclinó hacia él.

—¿Tienes nombre, guapo?

—Alfredo —dijo él.

—Yo soy Marta. ¿Me invitas a una copa de champán, Alfredo?

En ese momento una mujer se sentó al otro lado. Su cabello rubio, cuidadosamente peinado hacia atrás, dejaba al descubierto su rostro. Las cejas felinas y arqueadas, los ojos azules, sumidos en la marea de reflejos que desprendían las luces de neón de la barra. Todo cuanto hasta ese momento hubiera tenido Marta de interesante quedó reducido a cenizas. Fermín se inclinó ligeramente hacia la recién llegada, pero, antes de que pudiese decir nada, se levantó del taburete y desapareció entre los murmullos del local.

—Las rusas son muy frías, guapo. Seguro que te lo pasas mejor conmigo.

Entonces la imagen del reloj de oro captó de nuevo la atención de Fermín. Poco a poco, algo más surgió de la penumbra. Primero un cigarro y la llama de un mechero. Luego un destello fugaz iluminando el rostro de su dueño. Lo reconoció. No había duda. Era Igor Garmendia, el consejero delegado de una de las metalúrgicas más importantes del país y cuya cuenta sostenía una parte notable de los salarios de Zulueta y Asociados. No era buena idea encontrárselo: si lo veía ahí, al día siguiente todo el despacho sabría dónde había estado. Prefería guardar las formas, en particular, desde lo del riñón. Lo de hoy iba a ser algo puntual.

—Camarero, póngale una copa de champán a esta señorita, por favor. —A continuación, sacó la billetera y puso un billete de cien euros sobre la barra—. Quédese con el cambio.

Salió del local sin despedirse, caminando apresurado, confiando en que Garmendia estuviese lo suficientemente entretenido como para no reconocerlo. Iba a tomar un taxi cuando escuchó una voz femenina a su espalda.

—¿Tan mal se está ahí dentro?

Fermín se giró bruscamente. Era la misteriosa rubia de la barra. Su acento era fuerte, áspero, como del norte.

—Dímelo tú. No me diste tiempo ni de saludarte.

—No formo parte de esa fauna. Tan solo me gusta venir y pasar un rato.

—¿Eres rusa?

—¿Es lo que te dijo tu acompañante?

—Sí, también dijo que eras fría.

—Bueno, de momento, a ella le has pagado una copa de champán y yo te voy a invitar a otro *whisky*.

Fermín puso cara de no entender nada.

—¿Nunca te habían invitado a una copa? —añadió ella.

—No, si se supone que yo soy el cliente.

—Aquí no eres el cliente de nadie… Eso sí, te dejo pagar el hotel. Tienes pinta de ser todo un caballero. ¿Te parece bien el Wellington?

Con una leve inclinación del rostro, Fermín dejó que sus labios esbozaran una sonrisa.

—Me parece perfecto.

4

A esa hora de la tarde, los álamos, cipreses y moreras marcaban claroscuros sobre la hierba y el rastro de la luz se perdía en una orilla ondulante de sombras. Un pavo real replegó su abanico de plumas y cruzó el sendero justo por donde Elia tomaba notas en una libreta. El inspector Juan Olmedo se repasó el pelo hacia atrás con una mano y giró la cabeza a la derecha para mirar lo que escribía.

—Añade que la encontró un hombre que hacía *footing* con su perro.

Vizcaíno movió la cabeza como si acabase de escuchar un disparate y dijo:

—Ahora se dice *running*.

Olmedo y Elia se dieron la vuelta.

—¿Y qué importa eso? —preguntó Olmedo.

—Cada palabra en su sitio. «Escalafón», por ejemplo, significa 'cadena de mando', que nadie puede desobedecer una orden directa, ni por ejemplo atacar a un subordinado.

—Deja ya el numerito, Nico —dijo Olmedo.

—A sus órdenes, señor inspector.

Tras teatralizar un saludo marcial, Vizcaíno tomó un sendero lateral y comenzó a descender los peldaños de tierra hacia la explanada inferior. Elia hizo un gesto de desconcierto y se volvió hacia Olmedo:

—¿Ves como no es una buena idea que trabajemos juntos?

—Calma, Elia, dale tiempo. Le dejaste la mano hecha un cristo.

—Está bien. Centrémonos en revisar la escena del crimen.

—El cadáver de Amaia Braganza —retomó Olmedo— apareció en esa zona ajardinada que está rodeada por un seto en forma de U. Se puede encontrar cierta privacidad, excepto porque tenemos esa terraza que vuela por encima de nuestras cabezas. La autopsia detectó restos genéticos en el cadáver pertenecientes a varios individuos.

Elia escribió en la libreta: «Teatralización de la muerte, exhibicionismo, posible presencia de público...». Olmedo echó un vistazo a la hoja y dijo:

—Eso mismo pensaba Dante Blanco.

—¿Por qué Blasco le da tanta importancia a lo que diga el experto en satanismo ese?

—Porque dio con algunas claves del caso y sostuvo desde el primer momento la tesis del asesinato ritual. Lo que pasa es que tiene veintiocho años y se viste de una manera extravagante, así que los de Homicidios y los del Ministerio del Interior pasaron de su cara. Le dijeron que se dejaba llevar más por su imaginación de escritor que por el rigor de los hechos. ¿Has leído algo de lo que ha escrito?

—No, es la primera vez que escucho su nombre.

—Escribió un ensayo titulado *El tribunal de tu carne*, que trataba de un caso con cierto paralelismo con el de Amaia Braganza. Blasco lo había leído y le pareció que una opinión fresca como la suya nos podía sacar del estancamiento en que estábamos.

—¿Y de qué va el libro?

—De un sacerdote que asesina a una niña con la excusa de que padece una posesión demoniaca. Dedica mucho espacio a hablar del satanismo, su origen en España, tipos de culto y esas cosas. Tiene mucha información de interés policial. Al parecer, en los foros de internet lo pusieron muy bien. De hecho, tan bien que varias asociaciones cristianas ultraconservadoras se sintieron obligadas a insultarlo y quejarse sobre la mierda diabólica que se publicaba en España.

—Pues nada, habrá que conocerlo entonces. Empiezo a tener más claro por qué le pusieron eso de caso 666.

5

El doctor Viedma llevaba un traje de dos piezas bajo la bata blanca. La espesa mata de pelo blanco, peinada hacia atrás con fijador, se le ondulaba por encima de las orejas en forma de caracolas de mar. Como jefe del Departamento de Anatomía Forense de la Policía Nacional, solía delegar el trabajo de campo y las intervenciones anatómicas forenses en los agentes de la policía científica que trabajaban bajo sus órdenes. Sin embargo, cuando llegaba algún caso complicado o escabroso, a Viedma le gustaba practicar personalmente las autopsias. Era su manera de romper con la rutina y evitar que se fosilizasen sus habilidades.

El inspector Olmedo lo había llamado por teléfono, le había explicado la situación del caso y le había pedido que se reuniese con la inspectora Sandoval para que respondiese a sus preguntas. Ante la eventualidad de que requiriese explicar alguna cosa de manera práctica, Viedma citó a la inspectora en la morgue.

Después de saludarse, Viedma la invitó a tomar asiento en un despacho pequeño que había a la entrada. Elia sacó el informe de su cartera, lo puso sobre la mesa y repasó con Viedma los pormenores de la pericia sobre el cadáver.

—La encontramos en posición de decúbito ventral y con múltiples heridas incisocontusas en espalda y muslos —explicó Viedma—.

Probablemente, usaron un cortador con ajuste de cuchilla, pues la profundidad de las heridas era constante. La persona que lo hizo sabía cómo y dónde aplicar los cortes para infligir el mayor dolor posible sin alcanzar órganos vitales.

—¿Estaba viva cuando le hicieron eso?

—Sí.

—¿Está seguro?

—Tan seguro como de que usted y yo estamos hablando aquí sobre el asesinato más extraño que he visto en treinta años de oficio.

—¿Y cómo pudo comprobar el estado de coagulación? En su informe indicó que las heridas estaban limpias…

—Muy observadora, inspectora. Deje que le enseñe algo.

Viedma guio a Elia hasta el cadáver de una mujer que yacía sobre una camilla, se colocó un guante quirúrgico y presionó ligeramente sobre una ingle para enseñarle la zona vaginal.

—A Amaia Braganza le hicieron un corte aquí y otro aquí —dijo marcando con un dedo la cara interna del muslo—. Se trata de una zona con una estructura muy compleja de vasos sanguíneos. Esos cortes, en concreto, siguieron sangrando después de que la limpiasen.

—Entonces, ¿murió desangrada?

—No, murió por asfixia. —Viedma se desprendió del guante quirúrgico, le pidió el informe y lo abrió por una fotografía—. ¿Ve las marcas? Los ojos, la cara y el cuello están plagados de colecciones sanguíneas por rotura de pequeñas vénulas, lo que confirma como causa de la muerte el estrangulamiento. No es frecuente encontrarnos con tal cantidad de lesiones externas; el distinto tamaño que presentan esas hemorragias indica que le fueron aplicando distintos niveles de compresión para producir una obstrucción respiratoria gradual. Debió de ser una agonía larga y dolorosa, porque el *exitus* no se produjo hasta primera hora de la mañana.

Viedma se ajustó las gafas sobre el puente de la nariz, buscó en el informe el resultado de las pruebas de toxicología y siguió hablando:

—Encontramos restos de ATT, un potente psicotrópico derivado de la ergotamina; sin embargo, parece que la víctima no estaba bajo su influencia el día en que la mataron. En pocas palabras —añadió quitándose las gafas—: Amaia Braganza se enteró de todo lo que le estaban haciendo… Y no pudo ofrecer resistencia alguna.

—¿Podría decirme si la violaron? Al parecer, la autopsia detectó restos genéticos de varios individuos.

—No encontramos signos de relaciones sexuales orales, vaginales o anales, aunque puede existir algún componente sexual en lo que encontramos en las heridas. ¿Es que no ha leído el anexo?

Elia revolvió la copia del informe de adelante atrás dos veces mientras negaba con la cabeza.

—¿Qué anexo, doctor?

—Veo que sus amigos de Homicidios siguen tan profesionales como siempre… Vamos a mi despacho; tengó una copia completa del informe en mi archivo.

Viedma estiró mecánicamente el brazo hacia la segunda balda del archivo. Seguía en el mismo sitio, o eso dijo, que el día que cerraron el caso. Abandonó la idea de comentar la de asesinatos sin resolver que había en aquellas mismas baldas pensando ya en encontrar el anexo, y respiró visiblemente aliviado al encontrarlo en su sitio.

—Pues verá, inspectora, las muestras de tejido mostraban rastros de saliva de cuatro individuos, pero… había otra que no era humana.

—¿Cómo dice? —dijo Elia, arrebatándole el anexo de las manos.

—Los humanos tenemos un pH alcalino y algunos de los restos que encontramos en las heridas del tronco superior contienen una fuerte concentración de ácido, lo que indica que se trata de un animal con una dieta basada en carne cruda. ¿De verdad no le dieron esta parte del informe? —Elia negó con la cabeza mientras leía todo lo deprisa que podía—. Pues, sí, inspectora, si le hubieran dado el anexo, sabría que los psicópatas que busca drogaron a Amaia Braganza, la cosieron a cortes, la mantuvieron con vida más de seis horas y, cuando les pareció oportuno, la estrangularon. Y, por si fuera poco, dejaron que un perro o un animal similar participara en su fiesta. Algo demencial.

Elia sintió que le daba una arcada y pidió ir al baño.

6

Cuando la vieja furgoneta Datsun se detuvo frente al estrecho valle cubierto de árboles de morera, la estructura cónica del santuario de Lalish emergió entre la niebla como el puente de mando de un barco fantasma. Rojian estaba un poco mareada después de cuatro horas de viaje a través de carreteras serpenteantes. Habían parado en Tal Afar y en Mosul; desde ahí habían hecho el resto del viaje de una tirada. Cuando bajó del coche, imitó a su padre y se quitó las botas. El frío húmedo de la piedra de la explanada que se abría frente al templo hizo que se le agarrotasen los dedos de los pies. En diciembre, en esa zona montañosa, la bruma solía esconder el sol muchos días.

La semana previa Marcus había hablado con los ancianos de Kopo para saber su opinión sobre la situación política. Así, corroboró sus peores temores: la caza de los kurdos emprendida por los soldados de Sadam Huseín había tensado las relaciones con los suníes que habitaron antes que ellos las tierras de Abdel Raûf y los otros terratenientes; raro era el día en que no había alguna pelea entre yazidíes y suníes en alguna aldea del entorno. En la cercana Solagh, de hecho, habían aparecido destrozados dos campos de labranza en la última semana. Todos esos incidentes reafirmaron a Marcus en su decisión de bautizar a Rojian cuanto antes.

—¿Por qué debemos ir descalzos, papá? El suelo está frío.

—Porque estamos en suelo sagrado. Este es el primer lugar que tocó el venerado Melek Taus cuando descendió de los cielos y nos ofreció su protección.

—¿Tú ya habías venido, papá?

—Sí, hija. Hace muchos años, con mi padre. Vine en octubre. Los alrededores del templo estaban engalanados con flores y telas para la celebración del Festival de los Siete Días. En esa fiesta, el Venerado agradece los fastos visitando el templo al frente de los seis arcángeles que Khude, el dios que gobierna sobre todas las criaturas, puso a su servicio.

—Ni siquiera en esa fiesta los yazidíes podemos vestirnos de azul, comer lechuga o hablar mal del fuego, ¿verdad?

Marcus miró a su hija y dudó si no era mejor montarse en el coche y regresar a Kopo; Rojian era demasiado pequeña para comprender el alcance de Melek Taus. No podía contarle que, si ella moría sin haber sido ungida en las aguas del templo de Lalish, Melek Taus no iluminaría su siguiente vida, y quedaría relegada a una existencia animal.

—Sí, recuerda que el fuego es sagrado y que nunca debes hablar mal de él —dijo Marcus.

—¿Y el azul es por respeto al color que luce el ángel Pavo Real en las plumas?

—Así es, hija. —Marcus le pasó a Rojian una mano por el hombro y siguió hablando mientras caminaban—: Khude se creó a sí mismo y a los seis arcángeles dirigidos por Melek Taus, el ángel Pavo Real. Como Melek Taus era venerado por los otros arcángeles, Khude decidió someterlo a una prueba para saber si era fiel y obediente. Así, del barro, creó a Adán y le ordenó que se postrase frente a él. Melek Taus, sin embargo, se negó.

—¿Y por qué hizo eso, papá?

Marcus ayudó a Rojian a subir los escalones de piedra que llevaban a la entrada del templo.

—Porque el Venerado provenía de la luz de Khude, y el hombre, del polvo, pero él se tomó ese acto de rebelión como el mayor ejemplo de lealtad, y por eso le otorgó el color azul y lo convirtió en gobernante de la tierra. —Marcus inspiró hondo nada más alcanzar el rellano superior—. Mira a tu alrededor: este es el lugar que Melek Taus eligió para establecer su trono. Aquí descansan desde hace siglos los restos de *sheik* Adi, la encarnación del Venerado.

Marcus besó con reverencia los laterales de piedra en el umbral del santuario y golpeó con el puño la madera de la puerta. Rojian escondió la cabeza por detrás de las piernas de su padre y estrujó con sus manitas el pantalón de paño, asustada por el talismán en forma de serpiente negra que custodiaba uno de los laterales de la entrada.

—Tranquila, pequeña: es una serpiente mágica —dijo Marcus pasando la mano por la anatomía sinuosa de la escultura—; ella te dará la fuerza necesaria si alguna vez alguien intenta que renuncies al Venerado.

Escucharon unos pasos que provenían del otro lado de la puerta y, a continuación, el engranaje de la cerradura chirrió en los raíles y se abrió un pequeño hueco. Marcus entrecerró los ojos intentando vislumbrar algo en la oscuridad. Una mujer con la piel oscura como la ceniza y ataviada con una túnica blanca se asomó tímidamente.

—¿Quién eres?

—Soy Marcus Tekkal, de la aldea de Kopo.

—¿Para qué traes a esta criatura?

—Para su bautismo. Los tiempos andan muy revueltos con nuestros vecinos suníes y quisiera que Melek Taus la guíe en su vida.

—¿Conoces los riesgos?

—Los conozco y los acepto.

La monja asintió y miró a Rojian.

—¿Y tú? ¿Quieres entrar por tu propia voluntad?

Rojian se encogió de hombros.

—No debes temerme, pequeña: soy una *feqrayyar*, una monja

entregada al cuidado del sagrado guardián del templo, el jeque Baba Taha. ¿Quieres entrar o no?

—Sí.

—Entonces, sed bienvenidos.

Las paredes del templo desprendían un intenso olor a humedad. No había ninguna ventana y la única luz provenía de las antorchas ancladas a los muros. Rojian caminaba distraída por el eco de sus propios pasos sobre las resbaladizas losas del suelo. En un despiste que tuvo, piso mal, resbaló y, si no hubiera sido por los reflejos de su padre, habría caído en el oscuro estanque abierto en la piedra donde se decía que Azrael, el ángel de la muerte, lavaba su espada después de tomar un alma. Al darse cuenta de lo que había pasado, la monja se volvió hacia Marcus y le preguntó:

—¿Estás seguro de seguir adelante?

—Sí, fue solo un resbalón sin importancia, ¿verdad, Rojian? —dijo pasándole la mano por el pelo.

Atravesaron una sala llena de tumbas hasta llegar a una puerta tras cuyas tablas de madera se entreveían filos de luz. La monja la abrió y caminó hasta un hombre de turbante blanco que estaba sentado al otro lado de una mugrienta mesa, custodiado por varios de sus acólitos.

La monja se inclinó para susurrarle al oído. El jeque Baba Taha no parecía demasiado interesado, movía la cabeza arriba y abajo, desganadamente, sin quitar los ojos de un pergamino hasta que de pronto frunció el ceño y alzó la mirada. Entonces, Rojian se estremeció al ver la enorme cicatriz que le recorría la mejilla derecha y le cruzaba el párpado y la ceja.

—Tranquila, Rojian: se la hicieron los soldados de Sadam Huseín porque no quiso traicionar a Melek Taus. Es la marca de un hombre valiente.

La monja hizo un gesto para que Marcus se acercara. Este le pasó la mano por la espalda a Rojian y le murmuró:

—Enseguida vuelvo. El guardián del templo quiere hablar conmigo.

Marcus avanzó en solitario. Cuando estuvo frente a la mesa del jeque, este le dijo:

—Tu aldea no está en peligro más que cualquier otra. ¿A qué viene tanta prisa por bautizar a tu hija?

La voz aguda y afeminada del sumo sacerdote reverberó en las paredes como el maullido de un gato. La castración resultaba obligada para cualquier sacerdote aspirante a guardián del templo.

Marcus se inclinó tímidamente hacia la mesa y dijo con voz temblorosa:

—Yo mismo vi cómo Mohamed Ashour, el hombre que antes trabajaba las tierras que compró mi padre, juró que su familia se vengaría tarde o temprano. Lo hizo el día que llegamos a ocupar el terreno y puso a sus hijos por testigos. Abdel Raûf, el terrateniente de Mosul que nos las vendió, es ya mayor y su muerte está muy cerca. Con los tiempos tan tensos que vivimos con los suníes, la familia Ashour acudirá pronto a Kopo a vengar a su patriarca. Me da miedo que nos suceda una desgracia.

—¿Cuántos hijos tiene el agricultor suní?

—Ocho.

Uno de los acólitos se inclinó hacia Baba Taha y le susurró algo al oído inaudible para Marcus. El sacerdote asintió y juntó las yemas de los dedos.

—Está bien: bautizaremos a tu hija… Pero, si asumes el riesgo, debes asumir también la consecuencia.

—La asumo, señor.

—Jura entonces que, si tu hija no supera la prueba, le quitarás la vida.

Los acólitos se congratularon de la decisión entre murmullos. Eran más de una docena y formaban corros por detrás del guardián. Marcus se llevó las manos a la cabeza y comenzó a frotársela con fuerza.

—No esperaba una pena tan alta, señor.

—Tú mismo lo has dicho, Marcus Tekkal: los yazidíes vivimos de nuevo tiempos muy difíciles. Si los videntes detectan peligro en tu hija, nada es más importante que la supervivencia de nuestro pueblo. ¿Lo comprendes?

Marcus bajó la mirada y puso las manos en la espalda. El jeque Baba Taha cogió el pergamino y, antes de retomar la escritura, dijo:

—Si quieres marcharte, hazlo ahora.

Sin levantar la mirada de sus pies, Marcus respondió:

—No, haré lo que me pides, señor.

El rostro de Baba Taha se vació lentamente de toda expresión.

—¿Estás dispuesto a jurarlo ante la tumba de *sheik* Adi? —preguntó.

—Melek Taus será testigo de mi compromiso.

En el semblante del guardián del templo se dibujó una plácida expresión, como si realizar sacrificios en nombre del venerado Melek Taus ocupase un lugar primordial en sus quehaceres diarios. Con una mano lánguida y afeminada, le indicó a la monja que se llevase a la pequeña Rojian, que correteaba tras un escarabajo negro de grandes dimensiones. Después se levantó y se acercó hasta donde estaba Marcus.

—Vamos, presentemos nuestros respetos al profeta —dijo.

La monja condujo a Rojian hasta una pequeña estancia iluminada por una sola vela. La llama flameaba en dirección a una rendija abierta en el muro por la que entraba una ligera brisa. Poco después, otra monja se acercó con un cuenco de agua entre las manos y una pequeña túnica blanca colgando del antebrazo. Las dos monjas lavaron concienzudamente a Rojian, la vistieron con la túnica y le pintaron con henna las alas desplegadas del ángel Pavo Real en la comisura de los párpados.

* * *

Marcus terminó de prestar juramento y apartó rápidamente la mirada de la tumba del profeta *sheik* Adi. Mientras doce sacerdotes murmuraban oraciones que le resultaban indescifrables y que le crispaban los nervios cada vez más, buscó sosiego en el tacto gastado del relieve de piedra que adornaba el sitio donde el avatar de Melek Taus reposaba desde hacía casi mil años. Cuando el jeque Baba Taha besó la tumba, el murmullo se detuvo en seco. Todo el mundo lo miró de repente: el guardián del templo le estaba haciendo un gesto para que él también besase la tumba de *sheik* Adi.

Marcus dio un paso hacia delante, se inclinó y besó donde le indicaba el jeque Baba Taha.

—Tu compromiso ya no es con el guardián del templo de Lalish, Marcus Tekkal; a partir de ahora, tu compromiso es con el Venerado, con el ángel Pavo Real, con Melek Taus.

El jeque Baba Taha señaló hacia el arco de piedra que conectaba con la sala conocida como la Primavera de Zamzam.

—Allí donde ningún no yazidí ha puesto su pie —proclamó—, allí será bautizada tu hija.

En ese instante, las dos monjas trajeron a Rojian. Entre las manos, la niña llevaba el montón de astillas con las que el guardián prendería el fuego purificador. La túnica blanca le hacía parecer una joven monja del templo. Marcus se emocionó y deseó que Kathrine estuviera allí para ver lo radiante que estaba su hija.

Una monja ayudó a Rojian a arrojar las astillas a una abertura redonda y profunda que recogía, a través de unos finos conductos abiertos en el suelo, el agua que se filtraba por las paredes; mientras tanto, los doce sacerdotes formaron un círculo a su alrededor. Un hombre de unos cuarenta años, completamente rapado, puso un tambor de considerables dimensiones conocido como *daf* al lado del guardián del templo y colocó las manos unos veinte centímetros por encima del parche de piel. Después de unos segundos, lo percutió con ambas manos y un sonido grave retumbó en las paredes. Sobre el agua oscura se formaron dos ondulaciones esféricas.

Marcus tuvo la sensación de que el sonido del tambor emulaba sobre el agua la misma disposición de los religiosos alrededor del pozo. La pequeña Rojian miraba a todos lados y, de vez en cuando, buscaba entre las sombras la cara de su padre, que la tranquilizaba con una sonrisa. Cuando el sonido se desvaneció, el jeque Baba Taha le indicó a Rojian que se metiese en el agua. Ella obedeció y se aferró con los dedos al borde del pozo.

A la señal del jeque, los sacerdotes vertieron el contenido de unas tinas de barro en el tramo final de los conductos y un líquido verduzco avanzó rápidamente hacia Rojian. Era el aceite extraído de las aceitunas que se recogían en las colinas de los alrededores de Lalish. En pocos instantes, el líquido rebosó los conductos y descendió por las paredes del pozo. Baba Taha hizo una segunda señal y el resplandor de una antorcha tiñó de naranja las paredes húmedas e irregulares de la caverna. El jeque comprobó que la película de aceite que flotaba en el agua era lo suficientemente densa y extendió una mano en dirección a Rojian.

—Oh, Rojian Tekkal, hoy te ofrecemos a Melek Taus para que proteja tu alma en este nuevo cuerpo —dijo—. Desde hoy, él será para ti el Venerado. Cumplirás sus reglas, rezarás al sol y nunca vestirás el azul de sus plumas ni dejarás que se extinga la llama que te entrega. ¿Lo recibes incondicionalmente?

Rojian dejó escapar un gemido. El borde del pozo estaba completamente liso y no encontraba la manera de aferrarse bien con los dedos.

—¿Lo recibes? —repitió el guardián del templo.

Rojian recordó las palabras que le enseñó la monja durante los preparativos y dijo:

—Sí, le abro mi corazón. Desde hoy y hasta el fin de mis días.

Baba Taha asintió satisfecho, cogió la antorcha que le entregaban sus sacerdotes y se arrodilló frente a Rojian.

—Pues renace en su fe.

El jeque hundió la cabeza de Rojian en el agua y rozó con la antorcha la superficie cubierta de aceite. Ella contuvo la respiración y se quedó inmóvil mientras contemplaba la cegadora luz que se expandía al otro lado de la cortina de agua, tal y como le habían explicado las monjas. Marcus contempló cómo varias líneas de fuego ascendían por las paredes del pozo y avanzaban por los conductos. Una de las líneas corrió como la mecha encendida de un reguero de pólvora hasta los pies de uno de los sacerdotes, formó un ángulo y cambió bruscamente de dirección. En pocos segundos, las otras líneas también se quebraron frente a los demás sacerdotes y descendieron en dirección a Rojian. Los ángulos de fuego se fueron cosiendo los unos a los otros hasta completar una luminosa estrella de doce puntas. Entonces, Baba Taha hundió una mano en el agua y tiró de Rojian hacia arriba.

—Bendecida seas, hija de la luz.

Ya en el suelo, Rojian vomitó un poco de agua y enseguida respiró con normalidad. Desde la sala de bautismo pasaron por distintas estancias hasta la tenebrosa cámara de piedra de los *kocheks*, los videntes, a quienes solo era posible ver ahí, en el templo. Su presencia en la oscuridad del pasadizo resultaba extremadamente inquietante a quienes caminaban por él. Para muchos era como encontrarse de manera inesperada con un holograma, como un reflejo parpadeante que atravesaba el alma del recién bautizado y que anidaba en ella en forma de miedo. Si no conseguían entrar en el alma del recién bautizado, los *kocheks* regresaban al mundo espiritual a través de los agujeros abiertos en los muros del pasadizo que conectaban el templo con el cielo y el infierno.

Marcus apretó los labios cuando el sacerdote que custodiaba la entrada se dirigió a Rojian. Un pequeño fulgor ardía en las pupilas de su hija.

—¿Ves aquella luz? —dijo apuntando con el índice hacia el fondo oscuro.

Rojian asintió.

—Es la salida. Pase lo que pase ahí dentro, no la pierdas de vista.

El sacerdote encendió una antorcha y condujo a Rojian en sus primeros pasos. Ella estaba tan asustada que casi podía sentir el aliento de las diabólicas máscaras esculpidas en los muros laterales.

—Sigue la luz, niña. Síguela y abrazarás las alas del Venerado.

7

Dante se encogió en la silla y sacó del bolsillo de su gabardina negra un cigarrillo aplastado que sujetó con los labios mientras lo encendía. El comisario Blasco acababa de ponerle al día sobre la recepción de la fotografía de la mujer secuestrada.

—Bueno, ¿qué me dices? —dijo Blasco.

—Que no entiendo su juego.

—Nosotros tampoco.

—Dos secuestros, dos fotografías, una cuenta atrás… Es como si el asesino ofreciese a la policía la oportunidad de cogerlo antes de cada sacrificio. ¿Lo ha pensado?

—Claro, Sherlock, pero lo que necesito ahora es saber si puedo contar contigo.

—No quiere mi ayuda, comisario. Solo busca la manera de que una nueva muerte no pese sobre su conciencia.

A Dante se le escapó de la boca una nube en forma de cabeza de medusa.

—Mira, Dante, no me toques las pelotas… Fui el único que te escuchó en el caso 666, por no decir que he sido el único que se ha leído un libro tuyo en comisaría. Si los del Ministerio del Interior o algunos de mis hombres se burlaron de tus apreciaciones sobre el satanismo o los ritos sacrificiales, habla con ellos.

Desde el ventanal del comisario Blasco, se veía la entrada de un colegio. Un montón de padres, madres y coches esperaba la avalancha de niños que se lanzaba en ese momento escaleras abajo. Dante movió la mano para disipar el humo.

—Mírelos: parecen tan felices… Desconocen que los monstruos existen de verdad y que podrían terminar como Amaia Braganza. ¿Sabe lo que ocurre, comisario, cuando comprendemos que hemos caído en manos de uno? Que todos los recuerdos hermosos que tenemos de nuestra vida desaparecen en un instante.

—Y luego me preguntas por qué te quiere zurrar medio cuerpo de Homicidios y parte del ministerio… En fin, si quieres echarnos una mano, necesito que estés disponible para asesorar a la inspectora Elia Sandoval y al subinspector Miguel Coronado.

—No los conozco. Esos no estuvieron aquí la otra vez.

—No, los dos vienen de refresco. ¿Cuento contigo?

—Déjeme ver sus expedientes —dijo con un dedo sobre la sien—. Los memorizo y se los devuelvo impolutos.

Blasco puso un gesto de exasperación.

—Deberías ver menos la tele y salir un poco más a la calle; así a lo mejor dejabas de tener la piel más blanca que un vampiro —dijo.

—Si usted lo dice…

—Coronado no lo sé, pero la inspectora Sandoval te caerá bien; es como tú: un poco rara.

—Defina «rara», por favor.

El comisario miró a Dante de arriba abajo y dijo:

—Es de las tuyas: lleva cazadora en pleno junio.

—Caray, por fin una perspectiva esperanzadora.

Miguel abrió la puerta, encendió la luz y dejó que Elia buscase un lugar donde poner la caja con la documentación del caso.

—Vaya mierda de sitio —bufó Miguel.

—¿Te creías que lo llamaban «la cueva» de broma?

—Entre esto y una morgue, veo poca diferencia.

—Vamos, no la montes nada más empezar. Además, a ti el cerebro te funciona mejor en los espacios cerrados —dijo Elia soltando la caja sobre el escritorio.

En la pared del fondo de la habitación había una plancha de corcho y un montón de chinchetas.

—Mira qué majos —ironizó Miguel—, hasta tenemos dónde colgar las fotografías. Parecemos policías y todo.

—Venga, deja de quejarte y recuerda que Olmedo firmará todo lo que hagamos. Conviene que pasemos lo más inadvertidos posible.

—Como usted diga, jefa.

—Saca el material de la caja y vamos a colocar lo que sea de ayuda en el corcho.

Miguel extrajo una docena de fotos del cuerpo de Amaia Braganza; cada una mostraba un encuadre diferente del rostro y de las heridas. Después de ordenarlas en tres filas, fue hacia la mesa y vio que Elia había desplegado un mapa de Madrid.

—La descubrieron sobre las doce de la mañana en el parque de la Quinta de la Fuente del Berro. Aquí —dijo Elia poniendo el índice derecho sobre una isleta verde—, detrás del Pirulí de O'Donnell.

—¿En el mirador?

—No, justo debajo. El terreno está rodeado por un seto verde… Quizá les sirvió de pantalla protectora a los asesinos.

—Pero ese mirador debe estar muy concurrido de día y no queda lejos del parque infantil. Sería como invitar a todo el que pasase por allí a un sórdido espectáculo al aire libre.

—Puede que los asesinos accedieran al parque la noche anterior para no ser vistos. La entrada más cercana al mirador está a unos doscientos metros por la calle… ¿Cómo se llama esta calle?

—Sainz de Baranda —dijo Miguel apoyando las palmas de las manos sobre el mapa.

—Sainz de Baranda, eso es. Doscientos metros es mucha distancia para llevar a una mujer por la fuerza a plena luz del día. Sí, creo que aprovecharon la madrugada anterior para colarse en el parque.

—Hay tíos corriendo desde las seis y media de la mañana. Los habrían pillado con ella a cuestas.

Elia lo miró intrigado y preguntó:

—¿Tú corres?

—No, es que mi exmujer vive en la calle Peñascales. ¿Qué tiene de raro que sepa eso?

—La hora.

Miguel apartó la mirada, sonrió débilmente y dijo:

—Bah, no remuevas el asunto, que mancha.

—Pero ¿la has vuelto a ver? ¿Tú no tenías una orden de alejamiento o algo así?

—No tanto; me cancelaron el derecho de visitas por tirarle un botellín de cerveza al coche… Su abogado me jodió bien, y eso que el coche estaba vacío, y ella, durmiendo en casa.

—¿Y qué hacías entonces en la calle Peñascales tú a las seis y media?

—Solo quería ver a mi hija, aunque fuera de lejos y de camino al colegio.

—Joder, estás fatal. ¿Y eso cuándo fue?

—Hace una semana; tal vez, dos.

—Si Paula te denuncia por acoso, puede que no vuelvas a ver a tu hija hasta que sea mayor de edad. ¿Eso es lo que quieres?

Miguel se incorporó, se pasó la mano por la barba de varios días, dio media vuelta, caminó unos pasos, regresó de nuevo junto a Elia y dijo:

—He pasado página con Paula. Confía en mí. No me sermonees más, por favor.

Elia amagó con seguir hablando del asunto, pero prefirió concentrarse de nuevo en el mapa del parque:

—¿A qué hora fue la última ronda de la brigada municipal?

—A las diez de la noche.

—¿No te parece factible que los secuestradores entrasen la noche del sábado al domingo con Amaia Braganza y se escondieran hasta la hora del cierre?

—No sé, no lo veo claro, Elia.

Miguel se pasó la mano por la nariz, miró hacia uno de los archivadores apilados en el escritorio y preguntó:

—¿Y eso?

—El expediente policial.

—¿En serio se llama «caso 666»? Pues nadie mejor que un experto en *heavy metal* para las cosas del infierno, ¿eh?

Soltó una risotada mientras tiraba con dos dedos de la camiseta para enseñarle la calavera en llamas estampada a la altura del pecho.

—Déjate de coñas y ayúdame a encontrar alguna pista: no podemos seguir así de perdidos.

Blasco entró primero en la cueva. Unos pasos por detrás se asomó Dante, enfundado en su gabardina negra sobre una camiseta descolorida de color azul y con un flequillo tan largo que apenas dejaba ver sus esquivos ojos marrones.

—Comisario, cuánto tiempo… —saludó Miguel tendiendo la mano.

—Gracias por sumarse al equipo, subinspector —dijo Blasco mientras se la estrechaba—. Le he pedido a la inspectora el máximo sigilo. Supongo que está al tanto.

—Todo bajo control, comisario.

—¿Cómo va todo, Elia?

—Bueno, estamos ordenando la documentación del caso… Era tal galimatías que la estamos recomponiendo desde el principio.

Mientras charlaban los tres policías, Dante, como imantado por la serie fotográfica que estaba expuesta en el corcho, se había acercado a examinar los diferentes encuadres del rostro y las heridas de Amaia Braganza.

—Les presento a Dante Blanco. Él nos ayudó con algunos detalles del caso 666.

Dante miró de reojo hacia los policías, levantó la mano y se concentró de nuevo en el corcho. Blasco continuó hablando con Elia y con Miguel:

—Tenemos trece días contando hoy para encontrar a la mujer de la foto. Si todo funciona como con Amaia Braganza, la hipótesis es que está secuestrada y que, si no la encontramos a tiempo, será sometida a un rito salvaje y morirá. Mientras nosotros la buscamos, ustedes tres revisan de oficio el caso de Braganza. Quiero saber si están conectados y, como comprenderán, necesito saberlo cuanto antes. Ese sería el resumen de la situación.

—¿Pretende que lo hagamos en tan poco tiempo? —preguntó Miguel.

—No tenemos más remedio. Después del escándalo que se montó con lo de Braganza, si aparece en la prensa un segundo asesinato como ese… No quiero ni imaginarme lo que puede pasar.

—¿Descarta de plano el móvil sexual o que el secuestro de Amaia Braganza lo cometiera alguien de su círculo cercano? —quiso saber Elia.

—Esa posibilidad la investigamos a fondo —respondió Blasco— y no encontramos nada la otra vez. A la vista de la fotografía que hemos recibido esta mañana, tiendo a creer que hay un patrón, y que el asesino o los asesinos quieren que formemos parte de él.

—¿Con lo del patrón se refiere a las fotografías? —dijo Miguel.

—En efecto, eso demuestra que somos parte de su juego. Una foto es casualidad; dos, otra cosa.

—Pero no sabemos cómo ni por qué elige a las víctimas… —arguyó Elia.

—Eso es cierto: no sabemos si son al azar o si tienen alguna conexión, por pequeña que sea, entre sí. Pero, bueno, para eso están ustedes, ¿no?

Elia observó que Dante seguía examinando las fotografías; de hecho, las estaba mirando tan de cerca que casi las tocaba con la nariz.

—Hay un dato que me inquieta, comisario —dijo Elia—: según el forense, las heridas no estaban cauterizadas. Esa chica debió de sangrar mucho; sin embargo, no había rastro de sangre ni en el cuerpo ni en el terreno… La limpiaron.

Sin dejar de mirar las fotos, Dante sugirió:

—O se la bebieron…

—¿A qué te refieres? —preguntó Elia.

—Me refiero a que se entrega el cuerpo como ofrenda a una deidad y luego, terminado el sacrificio, se bebe la sangre fresca.

Elia sintió que le volvía la misma arcada de asco que había tenido en el despacho de Viedma.

—A ver, chaval, explícate mejor —dijo Miguel—, que nosotros no tenemos vicios tan raros.

—Matar en grupo es más fácil —dijo Dante—. La jauría se deja llevar por lo que ordena el líder, como una manada de lobos en plena cacería. Buscamos a un grupo de personas que tienen un líder que funciona como si fuera su sacerdote supremo. Beber sangre humana es lo que los une.

Elia se excusó y se fue al baño.

—Será mejor que nos dé un poco el aire, comisario. Ahora, cuando venga la inspectora, nos vamos a la Fuente del Berro a echar un vistazo. ¿Nos llevamos al vampiro este?

—Mejor será.

8

Elia, Miguel y Dante deambularon por el parque hasta encontrar el que había sido el escenario del crimen. A pesar de que habían pasado seis meses desde el asesinato, en el lugar todavía quedaba alguna pegatina numerada, pero poca cosa más. Miguel se ofreció a dar una vuelta para ver si encontraba algún otro escenario o detalle que estuviese conectado con el asesinato, mientras Elia revisaba con Dante las fotografías del escenario del crimen.

—Fíjate en los trazos quemados alrededor del cuerpo: parecen ángulos —dijo Dante al examinar la primera fotografía.

—¿Ángulos?

—Bueno, no exactamente eso.

—Aclárate, muchacho.

—Lo que quiero decir es que, si trazamos una línea invisible, vemos que convergería en forma de punta por todos lados. ¿Ves cómo la línea forma una estrella bajo el cuerpo? Sin duda, es la estrella de doce puntas, la que abarca las doce divisiones del horóscopo que hicieron los sumerios. Se usa desde hace siglos como talismán.

—Entonces, ¿hay un código?

—Algo así —dijo Dante agachándose y poniendo una mano sobre la hierba, como si con ese gesto buscase el pálpito de la víctima—. Esa mujer, Amaia Braganza, no pudo imaginar ni por un momento lo que se le venía encima. Pero me confunde que los asesinos envíen a la policía fotografías de las víctimas cuando las secuestran.

—¿Adónde quieres llegar?

Dante se levantó y se encogió de hombros.

—A ningún lado en particular; tan solo me pregunto por qué las mandan. En principio, eso no tiene que ver con ningún ritual que yo conozca.

Elia ladeó la cabeza, observó a Dante con curiosidad, como quien mira una flor extraña.

—¿Encuentras en esto una fuente de inspiración para escribir libros? —preguntó.

Antes de contestar, Dante se tomó su tiempo para sacar un cigarrillo y encenderlo. Después de dos caladas, respondió:

—Yo indago en la psicología de quienes se atreven a dar un paso más; gente que convierte sus deseos en realidad y que después culpa a un ser con cuernos y rabo de sus propios excesos. ¿Has leído *El tribunal de tu carne*?

—No.

—Pues vendí unos cuantos miles de ejemplares —dijo, y exhaló una larga bocanada de humo—. «Satanás causa la felicidad y la miseria en igual medida; quienes le son fieles necesitan compensar lo que Él les ofrece», así empieza.

—Supongo que ese rollo de brujo o gurú del mal te funciona, ¿no?

—Ahuyenta a las chicas, sí, y pone nerviosa a mucha gente ultraconservadora. —Dante se retiró el flequillo de la frente y, en voz baja, recitó—: «Si tuviera tantas almas como hay estrellas, todas ellas daría a Mefistófeles».

—¿Qué? —dijo Elia.

—Recitaba a Fausto… —Dante tiró el cigarrillo y metió las manos en la gabardina—. La estrella de doce puntas forma en su interior un pentagrama conocido como «la estrella de la mañana», que es el símbolo de los adoradores del diablo.

Elia sopesó lo que iba a decir antes de abrir la boca.

—En el cadáver de Amaia Braganza se encontraron restos genéticos de cinco individuos distintos —dijo obviando que uno de ellos era de procedencia animal.

—Bueno, tal vez las cinco puntas del pentagrama marquen el número de oficiantes, pero me resulta imposible saberlo sin conocer el rito… ¿Sigo o me vas a tratar de loco, como los colegas de Blasco?

—Trataré de reprimirme.

—Me vale por el momento. ¿Por dónde escaparon?

—Sainz de Baranda es la opción más probable.

—¿Eso es el este de la ciudad?

—El sureste.

Dante sacó otro cigarrillo de la cajetilla y lo encendió. Escondido tras el humo de su primera calada, continuó diciendo:

—Un satanista nunca cometería el sacrilegio de caminar hacia la luz del alba después de un ritual. El diablo es la luz, y no se interpondría entre él y la ofrenda.

—Eso me suena a comentario de un foro de internet —dijo Elia.

—Ya ves, inspectora, solo soy un escritor con imaginación —dijo Dante abriendo las manos con gesto teatral—. Eso es lo que me dijeron tus compañeros cuando investigaron el caso.

—Es que tampoco me has contado nada que no pudiera encontrar yo navegando o leyendo un par de libros… Necesito algo que me ayude a resolver un crimen.

—Tienes razón… —Dante dio tres caladas seguidas al cigarrillo y lo tiró—. La cabeza está orientada hacia el oeste —aclaró—, de espaldas a la luz. Si son satanistas, se fueron por allí. ¿Hay salida por ese lado?

—Sí, la de Enrique d'Almonte.

—Llama a tu compañero y veamos si encontramos algo allí.

—No, regresemos a la cueva; quizá se nos pasó por alto algún informe o declaración donde citasen esa calle. Apenas llevamos unas horas con el caso.

9

Miguel se masajeó la nuca y reprimió un bostezo. Había revisado los informes policiales por cuarta vez y en ninguno de ellos se reflejaba una toma de declaraciones en los aledaños de la calle Enrique d'Almonte.

—Si Dante está en lo cierto, debemos interrogar a los trabajadores de este centro cultural —dijo al tiempo que marcaba con el dedo la localización del edificio sobre el mapa—; a ellos y a quien estuviese de guardia en este colegio de aquí arriba.

—¿Y la declaración de Martínez-Cifuentes? —dijo Elia.

—No está.

—¿Seguro?

—Seguro.

Elia se puso en pie, cogió el teléfono y marcó el móvil de Olmedo. Miguel cerró el grueso expediente del caso y miró a Dante, que estaba de espaldas a él.

—Eh, chico… —dijo.

Dante no se dio por aludido. Miguel arrugó un papel que tenía sobre la mesa y se lo lanzó a la cabeza, pero se desvió y le dio en el hombro izquierdo. Dante se dio la vuelta y dijo:

—¿Qué?

—¿Qué es eso que miras con tanta atención?

Dante volvió a darle la espalda y bajó la mirada hacia la caja de las pruebas físicas.

—Algo extraño —dijo.

—¿Qué es?

—Ven y míralo tú mismo.

Miguel se levantó, se acercó hasta el sitio de Dante y observó lo que este le mostraba.

—¿Pero qué hostias es esto?

Miguel se giró y silbó para llamar la atención de Elia. Ella le hizo un gesto con la mano pidiéndole que esperase un minuto: estaba al teléfono. Cuando terminó, se acercó hasta donde estaban Dante y Miguel.

—Mira qué bonito, inspectora —dijo Miguel—: un fragmento de hoja de papiro en la caja de las pruebas físicas… Y sin clasificar. ¿Qué te parece?

—¿Cómo? —dijo Elia.

—Lo que te digo: un cacho de papiro… Lo ha encontrado nuestro escritor.

Elia cogió el pequeño tubo de papel y, con el dedo, lo hizo girar un par de veces.

—Joder, no tiene número de registro —dijo. Lo giró un par de veces más y añadió—: El precinto está limpio.

Miguel se inclinó hacia delante para observarlo de cerca. Cuando lo sopló levemente, el reborde macilento y quemado del papel aleteó como el ala de una mariposa.

—¿Qué crees que es? —le preguntó a Dante.

—Un dibujo quizá… Tendría que abrirlo para salir de dudas.

Elia dejó el papiro sobre la mesa y miró alrededor para asegurarse de que la puerta estaba cerrada.

—Adelante. Sin número, esa prueba no existe… No creo que nadie diga nada por una irregularidad más.

Dante se tiró con fuerza de los dedos índice y anular de la mano derecha, como si necesitara escuchar el crujido de sus articulaciones para empezar a trabajar con ellas. Después, dedicó cinco minutos a despegar con extrema delicadeza la tira amarilla del papel. Al desenrollarlo, apareció una mancha oscura.

—Es sangre —dijo levantando la cabeza hacia Elia—. Parece un ala.

—¿Un ala de qué? Yo solo veo una mancha de sangre —dijo Miguel.

—De un pájaro —dijo Elia—. Fíjate bien en el contorno de la mancha: son como capas superpuestas que forman plumas.

Miguel se acercó y alejó tres veces de la mancha. A la cuarta vez que se acercó hacia el papel, convino:

—Joder, es un ala.

Dante se apartó el flequillo de la frente y se inclinó un poco más sobre el fragmento de pergamino. Tras examinarlo cuidadosamente, dijo:

—Hace muchos siglos, la magia negra se extendió por toda Europa. A pesar de su condición de país cristiano, apostólico y romano, Francia contaba con un buen número de adeptos a la magia ritual, probablemente porque varios de sus reyes eran algo más que simples conocedores de lo oculto. Los magos profesionales solían ser individuos discretos y educados que acudían a la corte por pasadizos secretos para atender a los aristócratas, que eran su clientela más distinguida. Se sabe que a su vez algunos de esos magos eran aristócratas con ascendente político suficiente para influir en las cuestiones de Estado, aunque este hecho sea con frecuencia obviado en los libros de historia. Solo unos pocos de esos magos tuvieron la valentía de reconocer públicamente su heterodoxia, y sufrieron por ello el castigo censor de la Iglesia. Sin embargo, la mayoría prefería ocultar sus prácticas para no acabar en la tribuna pública de las arengas o asados en la parrilla de su localidad. Muchos, por esa razón, preservaron el saber de la magia negra en textos secretos. A partir del Renacimiento se compilaron los manuscritos más antiguos y se publicaron unos libros llamados «grimorios», que recogen un completo sistema de símbolos mágicos, fragmentos de lenguas muertas, grabados, listas de entidades demoniacas y sellos para rubricar los pactos de sangre en honor de cada una de ellas. Los más conocidos son el *Grimorio Verum*, el *Gran grimorio* y el *Grimorio del papa Honorio III*.

Dante apoyó la barbilla sobre la mesa y sopló delicadamente el fragmento de papiro para que el ala cobrase vida.

—Estupendo que sepas tanta historia, campeón… Pero al grano: ¿qué nos quieres contar con todo esto de los grimorios?

—Que puede que estemos ante alguna de las entidades malignas que aparecen ilustradas en los sellos.

—¿En forma de pájaro? —insistió Elia.

—¡Vamos, hombre! —exclamó Miguel.

Dante se irguió, lo miró de soslayo y dijo:

—La imagen de los demonios se asociaba en muchas ocasiones a diversos animales, incluso a seres híbridos. El sello del duque Astaroth, por ejemplo, lo representa como un hombre con alas que cabalga sobre un perro y conduce a sus adoradores hacia tesoros escondidos.

—¿De cuándo es el duque ese? —dijo Miguel.

—De la segunda mitad del siglo XIX.

—¿Y no te parece que eso de los demonios ya no se lleva en pleno siglo XXI? —dijo Elia.

Dante hizo una pausa dramática antes de responder.

—Mientras existan personas que crean en un dios todopoderoso, también las habrá que crean en quien se atrevió a alzar la mano contra él. Los satanistas cuentan con una gran aliada en la mitología; es más: la usan como reclamo para ganar adeptos. La mitología está llena de seres a los que un dios todopoderoso les coarta la posibilidad de decidir por sí mismos. Prometeo es un buen ejemplo. Zeus quiere que su hijo siga siendo un hombre ignorante, supersticioso y esclavo de su propia estupidez, pero él no dudó en alzar la mano contra su padre para ganar su libertad. Un satanista diría que Prometeo es un Lucifer griego que fue capaz de sacrificar todas las ventajas de las que disfrutaba a cambio de la esperanza de la liberación. La misma Revolución francesa, sobre la que se asientan las bases de la civilización occidental, fue calificada desde los púlpitos como una sucesiva consumación de actos satánicos. Las cabezas que rodaban bajo la guillotina no eran otras que las de aquellos que habían sido designados por la gracia de Dios como guardianes de su rebaño. ¿Comprende la fuerza del mensaje? No es de extrañar que los satanistas proliferasen a lo largo de los siglos bajo innumerables manifestaciones, ni que el ocultismo se haya extendido en nuestros días hasta límites insospechados. Quienes firman un pacto con el diablo lo hacen desde la creencia de estar tratando con un ser benévolo cuyo único pecado fue rebelarse contra la dictadura de Dios, una imagen bien distinta de la que transmiten las grandes religiones, que consideran su existencia y la de los innumerables demonios que trabajan a su servicio como el mayor peligro para la humanidad.

—Expones una visión demasiado junguiana del asunto —dijo Elia.

—¿Qué coño significa eso? —dijo Miguel.

—El bien y el mal no existen: son creaciones de la mente, símbolos que Jung habría considerado arquetipos a los que acudimos para construir su realidad —dijo Elia.

—Quizá, inspectora —dijo Dante—; pero diría que usted y yo compartimos la idea de fondo: puede que los asesinos no sean inadaptados sociales o enfermos mentales, sino personas respetadas cuya conciencia no contempla el sacrificio como un acto de maldad, sino de superación.

Elia entró en el despacho de Olmedo y se quedó en un discreto segundo plano observando el rápido movimiento de sus manos mientras impartía instrucciones al subinspector Vizcaíno y a dos oficiales:

—No tenemos ni idea de quién es la víctima y no tenemos a ningún familiar ni amigo al que podamos interrogar. Investigad cualquier desaparición que haya sido denunciada con sus características: rubia, treinta años, ojos claros, delgada… ¡Vamos! —exclamó al tiempo que daba una palmada sonora—. ¡Quiero su nombre en mi mesa mañana a primera hora!

Cuando Vizcaíno y sus ayudantes abandonaron el despacho, Olmedo regresó a su silla. Sobre la mesa había una carpeta, una fotografía de la víctima y un folio garabateado a bolígrafo rojo.

—¿Alguna novedad, Juan? —preguntó Elia.

—Contamos con la descripción de dos mujeres desaparecidas, y ninguna se ajusta. Con Amaia Braganza perdimos mucho tiempo reuniendo testimonios con la esperanza de encontrar su paradero, hasta que ya fue demasiado tarde. Esta vez voy a solicitar la colaboración ciudadana, si Peñafiel me lo permite, claro.

—¿Qué pasa con ese juez? —preguntó Elia.

—Instruyó el caso de Amaia Braganza y dijo que la investigación policial había sido un desastre, y que nuestras pruebas eran inconsistentes. Lo que verdaderamente le enfadó, creo, fue el circo mediático que se formó cuando tuvo que cerrar el caso sin culpables… Eso frustró sus aspiraciones de ascender a magistrado. —Olmedo giró la fotografía que había sobre la mesa y miró por la ventana—. Además, Blasco y él se llevan a matar… Hoy por hoy la mejor baza la tenemos en los antecedentes del caso 666.

—¿Seguro?

Elia arrastró una silla y la colocó ruidosamente frente a él. Se sentó con la espalda recta y apoyó los antebrazos en la mesa dejando los ojos a la misma altura que los suyos.

—No entiendo el retintín de tu pregunta, Elia.

—¿Cómo va a ser la mejor baza si no juegas limpio?

—No te sigo, disculpa…

—Me refiero a la declaración de Guzmán Martínez-Cifuentes —dijo Elia.

Olmedo cerró los ojos con fuerza y reconoció:

—No debí hablarte de eso tan pronto. —Guardó la fotografía en el expediente y lanzó la carpeta a un lado—. Hubo muchas presiones, Elia, para que nada de lo que contó ese abogado saliese a la luz.

—Tú has leído la declaración, ¿verdad?

Olmedo movió afirmativamente la cabeza.

—Es muy fuerte.

—¿Y cuál es el problema?

—Blasco sería el primer sospechoso si se filtra algo. Fue él quien le tomó declaración.

—¿Tanto poder tiene el padre de Martínez-Cifuentes?

—Por desgracia, sí. Es lo que tiene venir de una familia de magistrados y militares, tener títulos nobiliarios y todo tipo de vínculos con el Estado.

—Pues lo siento mucho, Juan, pero no pienso seguir adelante si no dispongo de cierto margen.

—Me expongo mucho, y expongo a Blasco.

—O me das una copia, o lo dejo. No soy una fan de Peñafiel, pero le doy la razón en una cosa: todo en este caso apunta hacia el desastre.

10

Fermín salió del vestidor con un traje a medida azul marino y sin corbata. Tiró de las solapas para ajustarse los hombros y se colocó en el bolsillo de la chaqueta un pañuelo de seda en forma de flor. Después se miró en el espejo de su cuarto y se sintió más joven aquella mañana. La noche con Greta en el Wellington había sido larga, así que había pasado por casa para echar una cabezadita y comer algo. Creía haber estado a la altura de las circunstancias con una mujer tan joven y vigorosa, pero había terminado extenuado. No estaba acostumbrado ya a tanta intensidad. En cualquier caso, mientras las pastillas azules funcionasen y el corazón aguantase, no sería él quien se negase a seguir el ritmo de semejante belleza rubia.

Cuando Fermín y Gonzalo estudiaban Derecho en la Universidad Complutense, Madrid era una ciudad que vivía ya en el tardofranquismo. Gonzalo se levantaba temprano y aprovechaba las mañanas para realizar prácticas en el despacho de su padre; en cambio, Fermín dedicaba no menos de tres o cuatro noches a la semana a correrse una fiesta tras otra, a cada cual más desenfrenada. No era infrecuente que Gonzalo se encontrase a Fermín durmiendo en la escalera. Cuando eso ocurría, lo ayudaba a llegar hasta su dormitorio y le servía de coartada con su madre, que, por aquella época, ya comenzaba a levantarse bastante tarde, aquejada de fuertes dolores musculares.

Waldo se sorprendió al ver el aspecto que su jefe lucía esa mañana.

—¿No va al despacho, señor? —aventuró.

—¿Por qué lo dices, Waldo?

—Como va tan informal, supuse...

—No vas desencaminado. Pasaré un minuto a firmar unos papeles y luego me tomaré el resto del día libre.

Fermín buscó el teléfono y llamó a su secretaria:

—Marisa, llegaré hacia las once. Entretén, por favor, al notario y a los dos abogadillos esos. Tenía cosas que hacer por casa.

Cuando iba en el coche camino de su casa en La Moraleja, Fermín notó la vibración del teléfono. Era un mensaje de Greta: «Estoy mirando una tienda de decoración en la calle Velázquez. Si quieres que comamos juntos, te espero en la puerta del Wellington dentro de media hora. No hace falta que contestes: si no estás, es que no quieres verme. Besos».

Fermín guardó el teléfono, revisó sus bolsillos y dijo:

—Llévame por la calle Velázquez, Waldo.

—Como guste, señor.

Acababan de salir del despacho, así que no le costaría nada acercarse desde el Retiro y darse un paseo con el coche a ver si era cierto que Greta estaba por ahí. Waldo enfiló la calle de Alfonso XII, bordeó la plaza de la Independencia hacia la calle O'Donnell y entró por Velázquez.

—Ahora no vayas rápido —dijo Fermín mirando primero hacia la acera derecha y luego hacia la izquierda.

—¿Busca a alguien, señor?

—Sí, a una chica rubia y joven. Se supone que está mirando una tienda de decoración. —Pasada la calle Hermosilla, Fermín reconoció el pelo peinado hacia atrás y el cuerpo escultural de Greta—. Para aquí, Waldo. Puedes irte a casa. Si te necesito, te llamo.

—Gracias, señor.

Fermín bajó del coche y se acercó caminando hacia Greta. Ella lo vio por el reflejo del escaparate y fingió estar más interesada aún si cabe en las mesas y sillas que estaba mirando. Cuando Fermín llegó a su altura, dijo:

—Elige lo que más te guste y te lo regalo.

Greta se dio la vuelta y lo besó efusivamente en los labios. Después le puso la mano en la bragueta y preguntó:

—¿Sigues teniendo a tu nombre esa habitación en el Wellington? Quizá podríamos hacer algo antes de comer…

Fermín la cogió del brazo y caminó con ella las tres manzanas que los separaban del hotel.

Después de haberse asegurado de que Fermín se había corrido por segunda vez, Greta se levantó, se quitó la camiseta de manga larga que llevaba y se fue al cuarto de baño. Por la rendija abierta de la puerta, que había quedado a medio cerrar, Fermín podía ver la silueta de su cuerpo bajo la ducha. Miró la caja de Viagra y respiró aliviado al comprobar que aún tenía pastillas.

Cuando salió de la ducha, Greta se secó, se puso de nuevo la camiseta y se sentó en la cama. Fermín recorrió con el índice sus muslos.

—¿Por qué no te la quitas? —dijo tirando con el índice y el pulgar de la camiseta—. Todavía no te he visto completamente desnuda.

Greta se levantó de la cama, caminó por la lujosa alfombra que cubría el suelo de madera, cogió sus bragas, se las puso con cierta brusquedad y comenzó a vestirse.

—No hay nada que ver… Me muero de hambre y conozco un restaurante con música en la calle Génova que te va a encantar. ¿Vamos?

—De eso nada, jovencita. —Fermín extendió expresivamente la mano con la tarjeta negra del club privado de la séptima planta donde comía habitualmente y añadió—: Las vistas desde la terraza son espectaculares.

—Está bien: tú ganas. Vístete, anda.

Fermín se incorporó, la tomó de la cintura y hundió su boca en el cuello de Greta.

—Así soy yo: siempre gano. Por eso me contratan mis clientes.

Fermín cursó el último año de carrera en 1969. Aunque era un año crítico porque arrastraba tres asignaturas, su nivel de concentración en los estudios fue incluso peor que el anterior. Gonzalo y él pasaban mucho tiempo solos: su padre viajaba a todas horas entre Madrid y Bilbao, y su madre estaba demasiado ocupada con sus acontecimientos sociales.

La parte trasera de la casa familiar tenía una puerta que conectaba con las plantas superiores, donde estaban sus habitaciones. Ambos tenían llave, pero Fermín era quien solía usar esa entrada en vez de la principal cuando regresaba de madrugada. Una mañana de noviembre, mientras Gonzalo se dirigía al cuarto de baño, vio que su hermano llegaba a casa acompañado por Mateo Sandoval, el hijo de un alto cargo del Ministerio del Interior que presumía de ser el futuro heredero de un título nobiliario. Los dos vivían para la noche y tenían dinero suficiente para costearse unas juergas que muchos otros envidiaban.

Cuando Fermín entró en casa y subió las escaleras para ir a su habitación, Gonzalo se asomó desde la puerta del baño y le dijo:

—A este paso no te vas a graduar.

—Bah, Gonzalito, lo tengo controlado. Además, no sabes la de potenciales clientes que estoy conociendo.

—Papá no alterna con sus clientes.

—Porque él es un viejo y un aburrido como tú.

—Yo no soy un aburrido.

—No solo eres un aburrido, sino que siempre serás un puto cobarde, Gonzalito, y un puto segundón de mierda. Me da igual lo meritorio que seas con papá… En cuanto me dé la gana, trabajarás para mí.

Unos meses más tarde, Mateo Sandoval llamó por teléfono y preguntó por Fermín. Este le dijo al ama de llaves que lo excusara diciendo que estaba estudiando para un examen importante. Gonzalo, que salía en ese momento para la calle, escuchó que alguien gritaba por el teléfono al ama de llaves y le preguntó qué sucedía. Ante la cara de circunstancias de la pobre mujer, Gonzalo le pidió el teléfono y lo atendió él.

—Fermín está estudiando —dijo—; tiene que sacarse las tres asignaturas que le quedan, o mi padre va a joderlo.

—Yo sí que voy a joderlo como no se ponga… Escúchame, Gonzalo: ni está estudiando, ni hostias por el estilo. Le dices a tu hermano que, si no se pone ahora mismo, me planto en tu casa y no me muevo de la puerta hasta que salga.

Gonzalo fue a la habitación, pero Fermín ni siquiera le abrió. Se limitó a decirle desde el otro lado de la puerta que Mateo era un pesado y que le trasladara que ya lo telefonearía él cuando terminara de estudiar. Media hora más tarde, Mateo se acercaba a la puerta para llamar al timbre como un desaforado. Fermín había dado orden a las chicas del servicio doméstico de que no abriesen la puerta. Después de tres cuartos de hora soportando largos timbrazos, Gonzalo, sin quitar la cadena, abrió una rendija en la puerta y dijo:

—Si no dejas de molestar, llamaré a la policía.

—Trabajan para mi padre, chorlito —le soltó Mateo mirando por encima de su cabeza.

75

Gonzalo nunca lo había visto tan de cerca. La nariz quebrada le daba una apariencia peligrosa, parecida a la de los chicos que aspiraban a ser boxeadores en el gimnasio que había cerca de Las Ventas.

—No está —dijo Gonzalo.

—Y una mierda. Dile que baje o subo a buscarlo.

Desde la parte alta de las escaleras, Fermín veía el pelo denso y alborotado de Mateo. Pensó en bajar a plantarle cara cuando vio que Gonzalo le cerraba la puerta en las narices.

—Eh, a lo mejor no eres tan cagado como creía —dijo Fermín—. Me enrollé con su hermana. En dos días se le pasa.

—¿Con Julia?

—La misma.

—Pero si solo tiene quince años, cabrón. ¡Va al instituto!

—A ti lo que te molesta es no haberte enrollado tú con ella, ¿no?

El asunto de Julia y Fermín llegó hasta los padres de las respectivas familias. El padre de Julia mandó llamar a Julián Zulueta y se reunió con él en el Ministerio del Interior, como si necesitara exhibir su poder ante lo que iba a decir.

—Mi hija es una cría, Julián, y tu hijo casi le dobla en edad. O mandas a tu hijo fuera de España una temporada, o hasta aquí hemos llegado tú y yo.

—Raúl, por favor…

—Lo siento, Julián, pero las cosas son así. Mi mujer está que se sube por las paredes.

—Son jóvenes; se les pasará.

—¿También se pasará que tú estés pagando bajo cuerda el impuesto revolucionario a ETA?

Julián palideció al escuchar en boca de Raúl Sandoval su secreto mejor guardado. Se abrochó la chaqueta, se puso en pie y le tendió la mano:

—He entendido el mensaje. Dame un mes. Quiero hacer bien las cosas.

Por aquel tiempo el Banco de Vizcaya había abierto oficinas en Nueva York, México, Ámsterdam y Londres. De entre esas cuatro opciones, Fermín escogió Londres para iniciar su andadura profesional. Lejos de enfadarse por tener que irse de España, se sintió el hombre más feliz de la tierra; podía ver mundo y acostarse con tantas mujeres como quisiera mientras Julia crecía.

Fermín empezó a trabajar en una cómoda oficina de Westminster con solo tres empleados. En su tarjeta de visita decía «Director de relaciones institucionales», un cargo testimonial que servía de coartada a una holgada cuenta de gastos de representación con la que Fermín agasajaba a los clientes preferentes del banco, cuando no a sí mismo. La oficina apoyaba las corporaciones industriales españolas que, en el ocaso del régimen franquista, comenzaban a abrirse al extranjero, así que raro era el día que Fermín no estaba de «comida de negocios».

Uno de esos clientes era Fabiola Cuevas, la viuda de un rico terrateniente de Cáceres. Ella era licenciada en Bellas Artes y había invertido parte de la fortuna de su esposo en relanzar una importante empresa española del mundo textil. Fermín sabía que el sector textil era, como el papelero y el inmobiliario, una de las principales apuestas del banco desde los tiempos de la autarquía, así que se desvivió en atenciones con ella.

Después de haberla invitado cuatro veces a comer a cargo del banco, ella lo citó un viernes por la noche en un restaurante del Soho. Fabiola no era una mujer especialmente guapa y casi lo doblaba en edad, pero a Fermín le parecía que rebosaba sensualidad en cada gesto. Había visto la película de *Mrs. Robinson* y más de una vez se había imaginado que estaría muy bien pasar la noche con ella en un hotel. Sin embargo, le imponía cierto respeto que fuera viuda.

Terminado el postre, Fabiola se levantó y le dijo:

—Voy al tocador: te voy a dar una sorpresa.

Al cabo de unos minutos, regresó con un renovado color rojo en los labios.

—Abre la boca —ordenó.

Fermín obedeció y ella le puso en la lengua un pequeño cartoncito de color amarillo.

—La mitad tú y la mitad yo —dijo, y se comió un trozo idéntico—. Se llama *yellow submarine*. Salgamos de aquí antes de que descubras por qué.

Una hora más tarde, Fermín estaba en un hotel del Soho con Fabiola, desnuda, con los ojos cerrados y contoneándose encima de él, moviendo los brazos con la sinuosidad de las algas marinas. Después de aquella experiencia psicodélica, vinieron muchas otras. Algunas con Fabiola, otras con mujeres cuyos nombres nunca le importaron gran cosa.

Cuando Fermín regresó a Madrid a finales de 1975, Raúl Sandoval se había jubilado y su hijo Mateo seguía viviendo de fiesta en fiesta, más de noche que de día. Por eso, cuando Mateo se reencontró con Fermín, pesó más acribillarlo a preguntas sobre cómo era Londres y qué música se escuchaba que hablar del pasado. A Fermín, que le encantaba ser envidiado, no le importó adornar sus años londinenses diciendo que había coincidido una vez en un bar con David Bowie y había charlado un rato con él: «Bowie no te mira a la cara, pero da igual; su voz es acojonante. Había regresado ese mismo día de grabar en Berlín. Desde el estudio veía el careto de los de la Stasi en el lado oriental cuando les apuntaba con la guitarra. Me dijo que otras veces, cuando iba tan colocado que no podía ni tocar, sencillamente les lanzaba botellas». Mateo elevó enseguida a Fermín a la categoría de ídolo personal y lo llevó a todas las fiestas de la alta sociedad madrileña para que contara una y mil veces la misma mentira.

Gonzalo trabajaba por entonces como un abogado más en el bufete de su padre. La llegada de su hermano lo sumió en un periodo melancólico: hubiera preferido que se quedase en Londres. Era cuestión de tiempo que Fermín entrase en el bufete y lo importunara en público con sus bromas pesadas. También era cuestión de tiempo que Fermín intentara hacer con Julia lo que sus padres antes le habían impedido. Al fin y al cabo, ella tenía ahora veintiún años y era una soltera muy codiciada, y él era un ave de presa que atacaba cada vez que se encaprichaba de una víctima.

Al cerrar la puerta del taxi, Elia se subió el cuello de la cazadora y miró a ambos lados antes de cruzar el semáforo. La urbanización privada del paseo de La Habana estaba formada por tres edificios dispuestos en paralelo que parecían clonados entre sí. Cuando las puertas del ascensor se abrieron en la segunda planta, le asaltó la confortable sensación de encontrarse a salvo.

—¿Mamá? —dijo al rebasar la entrada del piso.

Elia se quitó las botas en el pasillo y entró en la habitación principal de la casa. Su madre estaba acostada viendo su programa preferido. Esperanza, la cuidadora, estaba sentada al borde de la cama leyendo una revista. La televisión estaba tan alta que ninguna de las dos se dio cuenta de que Elia había llegado hasta que le tocó el hombro a Esperanza.

—Ay, disculpe, Elia, no la oí llegar —saludó Esperanza levantándose y dándole un beso en la mejilla.

Elia se agachó a darle un beso a su madre.

—¿Cómo estás?

—Mejor, hija.

—Le he tenido que dar PecFent dos veces porque la cadera sigue dándole la lata —explicó Esperanza—. He dejado pollo en el horno y unas verduras cocidas que sobraron de mediodía.

—Gracias —dijo Elia.

—A mandar. —Esperanza se puso la chaqueta, se acercó a la madre de Elia y le dio un beso en la mejilla—. Hasta mañana, señora Julia —se despidió.

—Descansa, que mañana volveré a darte guerra.

Esperanza cerró la puerta tras de sí con un suave clic, dejando a madre e hija en la intimidad. Elia ayudó a su madre a incorporarse un poco sobre los almohadones.

—Vino el médico moreno, el guapo.

—No empieces, mamá.

—Solo es que no quisiera morirme viéndote así de sola. Alguno habrá que te guste, ¿no?

Elia se echó hacia delante hasta quedar cara a cara con ella y le apoyó una mano sobre el hombro. Podía notar su escuálida anatomía bajo la tela fina del camisón.

—No estoy sola; tú estás conmigo, ¿recuerdas? Además, no me gustan los médicos: hacen más guardias que los policías. Anda, vamos a poner a tono esa circulación —arguyó cogiendo un bote de crema de la mesa de las medicinas.

—Pero, cuéntame, ¿qué tal ha ido el día?

Elia apartó la colcha hacia un lado y se puso un poco de crema en las manos.

—Complicado.

—¿Por?

Elia vaciló antes de hablar.

—La policía me ha pedido ayuda para un caso —dijo aplicándole un masaje en las piernas.

—Pero tú ya no eres inspectora, ¿no?

Elia se levantó, anduvo unos pasos y dejó el bote de crema en la estantería. En el cielo había desaparecido todo vestigio de azul y una negrura rebajada por las luces de la ciudad se sobrepuso como un manto.

—Están atascados y quieren un nuevo punto de vista —explicó Elia.

—Hija, prométeme que tendrás cuidado.

—Tranquila, solo quieren mi opinión.

—Es que tú vales mucho.

Elia le cubrió las piernas con la colcha y cogió las manos de su madre entre las suyas. Le dio un beso en la frente, apagó la luz de la mesilla y salió de la habitación.

—Anda, descansa, que son casi las once ya.

11

La llama amagó con apagarse, pero Rojian se la acercó al cuerpo y la protegió de la brisa fría que corría por el pasadizo. Cuando se estabilizó el fuego, respiró hondo y echó a andar en la oscuridad. Junto al crepitar de la antorcha, empezó a notar el aleteo de una nube de insectos y algo que le corría por encima de los pies. Antes de que pudiera levantar la mirada de nuevo hacia la luz del final del pasadizo, escuchó un susurro a su izquierda:

—Rojian...

No había dado ni tres pasos cuando se topó con unas siluetas que se movían por fuera del anillo de luz. Siguió su trayectoria con la antorcha y alumbró una escultura cuya piel eran plumas de ave que caían sobre extremidades humanas. A su lado, había otras dos figuras, mitad humanas, mitad animales, que miraban hacia ella con fiereza, como si estuvieran a punto de cobrar vida.

—Rojian...

Unas manos finas, con dedos largos y delicados, emergieron de las sombras. Rojian movió la antorcha hacia delante y atisbó el rostro de un hombre cuya piel era blanca como la leche, pero cuyos ojos y algunas partes de su cara quedaban ocultos en la oscuridad.

—He venido a ayudarte —farfulló con una voz deshilachada y rota.

Rojian le azuzó la antorcha y siguió avanzando.

—Espera, solo quiero que contestes a una pregunta —continuó el hombre a su espalda, con un tono de voz suplicante y pronunciando despacio cada palabra.

Rojian se dio la vuelta y movió la antorcha como si intentara espantar a un lobo. Luego, volvió a darse la vuelta y siguió avanzando. Al final del pasillo, comenzó a adivinar una tenue luz. «La salida está cerca», se dijo. Conforme caminaba, la voz suplicante del hombre que acababa de ver fue desvaneciéndose. Cuando se esfumó del todo, aparecieron delante de ella dos pequeños fulgores. Al darse cuenta de que eran los ojos de otro hombre, Rojian dio un salto hacia atrás y adoptó una posición defensiva con la antorcha.

—Deja que regrese con mi padre… —suplicó.

Su voz sonó ahogada por el temor.

—No tengas miedo: soy solo un *kochek*. —Una pesada respiración empujaba cada una de las palabras del vidente—. No te haré ninguna pregunta —siguió diciendo—, pero no podré ayudarte a encontrar a tu padre si no me dices su nombre.

—Marcus Tekkal, de la aldea de Kopo.

El vidente movió las pupilas de sus ojos por el rostro de la pequeña como si fueran dos insectos negros en busca de comida.

—Sí, él te trajo aquí… Dame tu mano; yo te llevaré hasta él.

Rojian liberó su mano izquierda de la antorcha y se la tendió al *kochek*. Apenas había notado el tacto frío y suave de la mano del vidente, cuando este sufrió una convulsión que le hizo sacudir todo el cuerpo, poner los ojos en blanco y gritar:

—¡Cuídate, Rojian, del animal oculto en la sombra! ¡Veo tus manos asidas a su hocico!

Rojian se asustó e intentó soltarse. El *kochek* la asió con fuerza de la mano y, volviendo en sí, dijo:

—Tu destino es un perro, y el perro se traga tu alma. Tú solo nos traerás desgracias en forma de coronas negras y de muerte. Márchate: el templo de Lalish no tiene nada para ti.

El vidente retrocedió y desapareció entre las sombras. Rojian dejó caer la llama y empezó a llorar. El crepitar del fuego de su antorcha se fue haciendo más y más pequeño hasta desaparecer.

12

El juez Peñafiel hizo acto de presencia en la sala de vistas acompañado por una mujer. La chaqueta azul, sobre una impecable camisa blanca, le hacía parecer más alto. Tenía un aspecto sobrio y elegante que el nudo flojo de la corbata y la barba de dos días se encargaban de compensar con un toque de calculado descuido.

—Buenos días, inspector Olmedo.

—Buenos días, señoría. Ya conoce al subinspector Vizcaíno.

Peñafiel saludó con un gesto que denotaba confianza.

—¿Sabemos quién es la víctima?

—Llevamos desde ayer localizando las posibles denuncias que se hayan producido por desaparición de mujeres con las características físicas de esta joven, pero, de momento, no sabemos ni su nombre ni sus apellidos. Quería su autorización para filtrar la foto a los medios.

—Un momento… —dijo el juez—. Laura, no tome nota hasta que se lo diga.

La funcionaria hizo un gesto afirmativo. Peñafiel se volvió hacia Olmedo.

—Me parece que no le voy a dar esa autorización, inspector. El desenlace podría ser fatal para esa chica si es cierto que la raptaron.

—Vamos, señoría, ¿no cree que podemos llegar a un entendimiento?

Peñafiel reflexionó unos segundos.

—Agoten todas las posibilidades de identificarla. Si dentro de tres días no saben nada aún de ella, llámenme y vemos si lo filtramos. ¿Quién sabe? A lo mejor hasta piden un rescate por ella en las próximas horas.

Olmedo intentó decir algo, pero Peñafiel ya se había girado hacia su ayudante:

—Ahora sí, Laura, tome nota.

Miguel Coronado abrió la puerta a las once de la mañana con los ojos vidriosos y una cara que evidenciaba falta de sueño. Se dirigió a su escritorio sin hacer siquiera un amago de saludar a Dante. Elia estaba revolviendo cuadernos, informes y fotos sobre su mesa.

—¿Qué haces? —preguntó Miguel.

—Busco los interrogatorios de los trabajadores.

Miguel hundió la mano en el amasijo de papeles y sacó una carpeta fina con un título manuscrito: «Servicio municipal de jardines y parques».

—¿Ves qué fácil? Alberto Montilla: 61 años, casado, con dos hijos, 20 años trabajando como jefe de la brigada del parque. Luis Pastor: 56 años, viudo, 10 años en la misma brigada que Alberto Montilla. Y luego está…

—¿Cuántos hay? —dijo Elia.

—Cinco en total. ¿Sigo?

—Sigue.

—Fermín Terciado: 42 años, con más bajas por enfermedad que todos los demás juntos. Estuvo casado con una funcionaria del Ayuntamiento y tiene antecedentes por maltrato.

—¿Maltrato? Yo empezaría por ese…

—Espera, que faltan dos perlas. Una es Reinaldo Santos: 21 años, exmilitar y deportista extremo, cambia de trabajo como de camisa, seis meses en la brigada, soltero y con ganas de seguir siéndolo. Y la otra es José Ramón Merino: 28 años, el único licenciado de todos ellos, un verdadero inadaptado social que quema las redes con sus opiniones políticas. Merino cubría la baja por accidente laboral de otro trabajador que estuvo a punto de perder el brazo al intentar encender una maquina desbrozadora.

—Ya dije cuál era mi favorito —dijo Elia—. ¿El tuyo?

—Empezaría por el jefe —respondió Miguel señalando con el índice hacia el primer nombre de la lista—, el tal Montilla. Leí ayer su declaración y tengo el presentimiento de que se guarda algo.

—¿Sigue en activo?

—Sí.

—Está bien, hazle una visita informal y deja que se explaye.

—Eso está hecho, jefa.

Miguel fue hasta su mesa, abrió el cajón, sacó una petaca y se la metió en el bolsillo. Cuando se dio la vuelta, tenía a Elia detrás.

—Nos pidieron discreción, Miguel —susurró Elia—; y esos ojos y, sobre todo, esa petaca me hacen pensar en todo lo contrario…

—Tranquila, está todo bajo control. —Miguel metió la mano en un bolsillo interior de su chaqueta, sacó unas gafas de sol y se las puso—. Arreglada la mitad del problema —dijo—. Y por lo otro no te preocupes: es té verde. Me viene bien para… los cartílagos. —Y, mirando a Dante, añadió—: El vampiro es ese, no yo. Mira que está pálido el niño, ¿eh?

Miguel observó la amplia explanada que se abría frente al estanque de agua situado en la parte baja del parque de la Fuente del Berro y reconoció al jefe de la brigada por su uniforme amarillo. Estaba agachado frente a lo que parecía una llave de paso de agua. Miguel descendió por un sendero de tierra y caminó a buen ritmo hasta donde estaba el chaleco amarillo. Al llegar a su altura, dijo:

—Disculpe, ¿puedo interrumpirlo un momento?

El hombre se puso de pie, arrojó la manguera a un lado y se secó las manos en el mono. Miguel soltó su placa del cinturón y se la enseñó.

—Subinspector Coronado, de la Policía Nacional. —Casi a la vez que guardó la placa, Miguel sacó la fotografía de Amaia Braganza del bolsillo de su cazadora—. Quería hacerle un par de preguntas sobre esta mujer —le espetó.

El hombre la miró y, acto seguido, señaló hacia el mirador.

—La encontraron allí —dijo.

Dante acariciaba el fragmento de papiro con las yemas de los dedos. Con la mirada fija en la mancha de sangre en forma de pájaro, aventuró:

—En la Fuente del Berro hay pavos reales, ¿no?

Elia levantó la cabeza del informe que estaba leyendo.

—¿Quieres una visita guiada? —replicó.

—No, gracias: odio todo lo que camine sobre dos patas, y los pájaros no son una excepción.

Elia arrastró la silla hasta él.

—¿Algún avance?

—Sigo a vueltas con los grimorios, por si existiera alguna vinculación del ala del pergamino con los sellos de los pactos de sangre.

Elia le pidió el papiro a Dante y lo miró al trasluz, como si pudiera contener un mensaje encriptado.

—Por más que lo intento —dijo—, no acabo de comprender cómo existen todavía personas que creen en el favor de los espíritus a cambio de un sacrificio.

—¿En serio?

—Sí, estoy acostumbrada a que la gente haga las cosas por un motivo más concreto: dinero, una idea política, ajustes de cuentas…

Matar a otra persona para ofrecérsela a un dios o a un demonio me suena a cosa de hace siglos.

—Los pactos con el diablo no son una rareza medieval; son tan habituales como el que los adolescentes prueben con la güija. Lo más irónico es que quien practica satanismo no hace algo muy distinto de lo que hacen millones de personas que oran cada día. ¿Acaso pactar con el diablo no es también un acto de fe? Quien manifiesta en la iglesia un propósito de enmienda espera recibir a cambio aquello que no está en su mano conseguir. La única diferencia de quienes pactan con el diablo es que creen elegir una opción más eficaz que la gracia de Dios.

—¿A cambio de su alma, como en las películas?

Dante fingió molestarse por el tono irónico de la pregunta y negó con la cabeza.

—Los demonios ya tienen suficientes almas —contestó—; más bien diría que buscan algo que resulta bastante humano: alabanza y devoción. A cambio, ofrecen algún favor especial, como transmutar el alma en algo más importante.

—Tengo la sensación de que crees en esto más de lo que dices.

Dante le pasó un taco de folios encuadernados.

—Lee lo que está subrayado en la segunda hoja, por favor.

Elia puso el índice encima de un texto subrayado con un rotulador de color azul y comenzó a leer:

—«Yo os conjuro a que me obedezcáis al momento, siempre que os llame, ejecutando escrupulosamente mis deseos. Y, si por cualquier motivo o insuficiencia mía al evocaros no podéis comparecer, yo os conmino a que me mandéis espíritus inferiores con poderes suficientes para cumplir cuanto os ordene...». —Elia deslizó el dedo hasta el siguiente conjunto de frases que estaban subrayadas y continuó leyendo—: «Su santidad el papa Honorio III, por su solicitud pastoral, se ha dignado transmitir a sus hermanos en Jesucristo la manera y forma de poder ordenar y dominar los espíritus...». —Y cerró el libro—. ¿Un papa escribió esto? —preguntó.

—Así lo consideran diversos expertos en ocultismo; otros creen que lo escribieron unos cardenales y que luego, para darle más importancia, le atribuyeron la autoría al papa. Sea una u otra cosa, el texto original de ese libro conocido como *Gran grimorio* está fuertemente custodiado en los archivos secretos del Vaticano. Es una de tantas pruebas que demuestran la relación entre el catolicismo y las ciencias ocultas. ¿Has oído hablar del *Ritual romano*?

—No.

—Es el libro que contiene todos los ritos de la Iglesia católica. La última versión, autorizada por el papa Pío XII a mitad del siglo xx, contiene un capítulo entero dedicado al exorcismo. Como ves, la Iglesia también tiene herramientas para luchar contra aquellos espíritus que rompen la regla de obediencia al papa como representante de Jesucristo en la tierra.

—Sabía lo del exorcismo, pero eso no cambia nada —dijo Elia con determinación—. Se trata de supersticiones propias de tiempos en los que la ciencia no era capaz de ofrecer respuestas.

Dante volvió a fingir fastidio, como si estuviera cansado de contestar siempre las mismas preguntas.

—¿Crees en la divinidad de Jesús, Elia?

—Sí, pero con reservas.

—Me vale así. Tres de los Evangelios narran los exorcismos que Jesús practicó con los endemoniados de Gadara; ese es un poder que se supone que transmitió a sus discípulos. Así que ¿se puede aceptar la divinidad de Jesús proclamada por los Evangelios sin aceptar la existencia de otros seres sobrenaturales?

—Supongo que no.

—Vale, pues, igual que un cristiano encuentra la palabra de Dios en los Evangelios, un satanista busca la del diablo en el *Gran grimorio*. No es el único libro negro; pero, por así decirlo, el *Gran grimorio* es el evangelio según Satanás.

Elia observó un instante los tomos que formaban dos pilas sobre la mesa. La primera era una superposición de tacos de fotocopias. La otra, en precario equilibrio, una columna de libros de apariencia antigua.

—Está muy bien todo tu enciclopedismo, Dante; pero trabajamos contrarreloj… No te entretengas con cosas que no sean cruciales, por favor.

—Sé que solo tenemos doce días por delante, pero no puedo avanzar si no sé ni a qué demonio están invocando.

—Está bien, dime por dónde empezar y te ayudo a buscar.

Dante señaló la pila de libros.

—Vayamos uno por uno a ver qué encontramos. —Abrió el *Grimorium Verum* o «Grimorio de la Verdad», traducido del hebreo por el jesuita Plaingière en 1517, y del que tenía una edición actual basada en una copia elaborada en el siglo XVIII—. Aquí están los signos y los sellos para invocar a los dieciocho demonios más importantes del infierno.

—A los más importantes… No a todos entonces —dijo Elia.

—Sí. Según los especialistas, en la obra original había muchos más, pero se perdieron. Por tanto, si el ala del pergamino pertenece a uno de esos demonios no registrados, sería muy complicado descubrirlo.

—¿Y a ese otro libro de ahí también le faltan demonios? —preguntó Elia mirando un grueso libro de piel cuarteada.

—Ese es una copia perfecta del *Lemegeton*, un grimorio antiguo compuesto de varios tratados. La única diferencia con el original es la encuadernación: antes las tapas eran de piel humana.

—Muy ilustrativo.

—El primero de sus tratados, llamado *Ars Goetia* o *Arte de la brujería*, describe los setenta y dos demonios que el rey Salomón habría invocado y encerrado en vasijas con ayuda de una serie de símbolos mágicos.

—¿Y qué tiene de especial?

—Que contiene el rango de cada uno de esos setenta y dos demonios que componen la jerarquía infernal. Todos y cada uno de ellos se rigen por...

—Un sello.

—Exacto. Se supone que, identificando al demonio por su sello y haciendo un uso correcto de las fórmulas mágicas, es posible invocarlo de forma segura. Deberíamos empezar por descartar todas las entidades demoniacas que no sean seres alados.

—No vamos a terminar nunca: hay cientos de demonios.

—Iré lo más deprisa que pueda. Te lo prometo.

Elia pasó varias páginas del *Lemegeton* intentando encontrar alguna clave en esas extrañas ilustraciones en blanco y negro. Después de leer un par de párrafos al azar, dijo:

—¿Por qué un segundo sacrificio, Dante?

—No es tan extraño que repitan, si están lo suficientemente persuadidos.

—¿Para conseguir más poder?

—Esa sería una buena razón.

Elia cerró el libro, lo empujó hacia Dante y se levantó.

—Esto empieza a parecerse a cuando mi madre le pide milagros a un santo —dijo.

—Veo que nos vamos entendiendo, inspectora.

Alberto Montilla sintió la necesidad de confirmar su última respuesta:

—Esa noche los accesos del parque estaban cerrados a las diez en punto. Se lo aseguro.

—Solo una cosa más —dijo Miguel cerrando su bloc de notas—. Según declaró ante mis compañeros, el que hacía más turnos de noche en aquella época era Reinaldo Santos. ¿Por qué?

—Porque le gustaba. Siempre quería el turno de noche, y a mí nunca me ha importado que los chicos se repartan las horas a su conveniencia. Mientras eso no afecte al trabajo y cumplan su jornada, dejo que se arreglen entre ellos. Además, no quería líos con Trog.

—¿Trog es Reinaldo Santos?

—Sí, nos pedía que lo llamásemos así.

—¿Y por qué no quería líos con él?

—Iba con unos tíos tatuados que acojonaban bastante. A veces le venían a buscar al parque. Tenían pinta de repartir buenas hostias.

—¿Alguna vez le hicieron algo?

Montilla se secó la frente con el dorso de la mano y respondió:

—A mí no, pero Trog tuvo un problema con un policía local, una tontería, y sus amigos lo acosaron tanto que al final acabó pidiendo plaza en la zona norte.

—¿Me está diciendo que pegaron a un policía?

—No, no es su estilo. No sé cómo explicarle; los tipos saben hacerte sentir incómodo, pero sin pasarse de la raya. Intimidan. Se mueven juntos y se comportan como si fueran un grupo organizado. Quizá le parezca una exageración, pero dan la sensación de ser militares, parte de un ejército, de algo así.

—Pero a usted no le hicieron nada…

—Nada de nada. No me complicaba la vida: si Trog quería estar en el turno de noche, le daba todas las facilidades… ¿Entiende lo que quiero decir?

13

Elia aprovechó lo que restaba de la mañana del segundo día para visitar a Otto Aguilar, un reputado psiquiatra que colaboraba con la Policía Nacional en la evaluación de agentes involucrados en casos delicados, tales como el uso abusivo de la fuerza o procesos traumáticos sufridos en acto de servicio. Esa mañana el psiquiatra estaba enfundado en uno de sus impecables trajes ingleses, tan milimétricamente adaptado a su cuerpo que parecía haberlo cosido el mismísimo Alexander McQueen. Elia tomó asiento en una silla desde la que podía ver el diván donde trataba a sus pacientes. Aguilar se sentó frente a ella, cruzó una pierna sobre la otra y giró la mano dejando la palma ahuecada hacia arriba.

—Bueno, querida, ¿qué tal está?

Elia le expuso a grandes rasgos el caso de Amaia Braganza; Aguilar le dijo que lo conocía por los medios de comunicación.

—No pretendo otra cosa —expuso Elia golpeando el extremo del bolígrafo contra su pómulo— que comprender por qué la víctima se dejó matar sin mostrar resistencia.

—Con una buena técnica y dedicación, es posible compartimentar la psique de cualquier persona para que haga lo que se quiera; por ejemplo, causarle un trauma intenso por asfixia.

—¿A qué se refiere? Si alguien intenta asfixiarme, yo daría patadas, puñetazos…, lo que pudiese.

—Depende de cómo la asfixiasen, inspectora. Cuando se aplica de manera controlada, la asfixia ofrece a la víctima algo que no puede rechazar: esperanza. Llega un momento en el que la mente se entrega a la muerte, aunque el cuerpo se resista a dejar de respirar. Se produce una disociación de la realidad; al final, morir es para la víctima una suerte de privilegio o una bendición. Cualquiera en esa situación colaboraría con su verdugo.

Elia movió la cabeza levemente de arriba abajo. La autopsia había descartado que Amaia Braganza estuviese bajo la influencia de algún narcótico; sin embargo, su organismo presentaba restos antiguos de un potente psicotrópico llamado ATT. Repasó por encima sus anotaciones y siguió preguntando:

—¿Podrían varias personas ponerse de acuerdo para hacer algo así?

Aguilar no pudo evitar una mueca amanerada dirigida a sí mismo.

—¡Claro! Somos capaces de eso y de mucho más cuando actuamos en grupo —dijo—. ¿No es la extinción un medio justificable cuando se trata de proteger lo colectivo? Si lo contempla desde la perspectiva de la naturaleza, no sería más que un acto de reafirmación de unos sujetos sobre otros de su misma especie, como el lobo viejo al que descuartizan los más jóvenes de la manada; en cambio, en el plano psicológico, nos encontramos ante un acto abominable donde un grupo de individuos parece estar buscando la belleza suprema en el horror. Al negarle a la víctima la posibilidad de morir una y otra vez, hacen del asesinato una verdadera obra de arte. Diría que lo crucial no reside en la manera en que le dan muerte, sino en el tiempo que dedican a negársela.

Elia se sintió algo contrariada por el tono profesoral que había adoptado Aguilar: no le gustaba el papel de alumna o discípula. Sin embargo, pese a que llevaba dos días estudiando a fondo el caso, debía reconocer que no había sido capaz de atar un solo cabo.

—Toda manada tiene un líder —dijo.

—Así es, inspectora.

—¿Y qué clase de persona puede convencer a otros de hacer algo así?

Aguilar, con gesto complacido, unió las palmas de las manos:

—Alguien digno de estudio; probablemente una persona que ocupa dos universos paralelos y que desdobla su vida en función de ellos.

—¿Y dónde puedo encontrar a alguien así?

—Ese es su trabajo, inspectora, no el mío. En cualquier caso, si viniera a consulta, la aviso inmediatamente.

Elia entendió que Aguilar no estaba dispuesto a opinar mucho más. Quizá estaba molesto porque Olmedo no le había llamado para pedirle opinión sobre este caso y había preferido hablar solo con Viedma. Elia cerró la libreta y la guardó en el bolso. Antes de levantarse, se quedó mirando la cara de Aguilar. Este, en un primer momento, hizo como si buscase algo en la habitación.

—No me diga que… —empezó a decir Elia.

Aguilar se remesó el flequillo, giró de nuevo la cara hacia ella y parpadeó teatralmente.

—Me he hecho unos arreglillos —reconoció—. ¿Qué tal?

—Fascinante.

—Gracias, querida —dijo con visible alivio. Después volteó la mano y la puso sobre la suya—. Y usted, ¿cómo se encuentra? ¿Ha vuelto a sufrir algún brote violento desde la última vez que nos vimos?

—El director general está reunido, comisario. ¿Le paso con el señor Bermúdez?

—No, ya volveré a llamar; no es importante. Gracias, Rosa.

Blasco siguió unos instantes con el auricular del teléfono pegado a la oreja. El inspector Olmedo estaba de pie junto a él.

—¡A la mierda! —dijo Blasco—. Dale la maldita declaración a Elia.

—¿Seguro?

—Llevamos dos días investigando y no hemos encontrado nada aún… Y, antes de pedirle permiso a Bermúdez, prefiero dimitir.

—Puedo imaginar cómo te sientes —dijo Olmedo.

—No, no lo puedes imaginar. Ese hijo de puta de Bermúdez se cepilló en su día a todos los que pidieron la equiparación salarial con los Mossos. Desde ese día, cuando lo veo, me dan ganas de liarme a hostias con él. —Blasco hojeó la declaración de Guzmán Martínez-Cifuentes, se la entregó a Olmedo y dijo—: Manejad esto con cuidado. Si nos trinca el director general, Juan, ya podemos apuntarnos al paro.

Desde la entrada al parque de la Fuente del Berro por la calle Enrique d'Almonte se veía una sucursal bancaria. Elia comprobó que en la fachada había una cámara de seguridad que podía arrojar alguna pista que corroborase la teoría de Dante: si los asesinos de Amaia Braganza habían seguido las reglas de un ritual satánico, aquel acceso habría funcionado como vía de escape. No le costaba demasiado verificar eso y, de paso, ver si Dante podía ser tan útil como decía Blasco.

Sacó el móvil y llamó a Olmedo para ver si lo esperaba o si entraba sola. La voz del inspector indicaba cierta confusión al otro lado de la línea:

—¿Una cámara, Elia?

—Sí, justo al otro lado de la salida del parque.

—No me jodas…

—¿Nadie se preocupó por ellas?

—No tengo ni idea; al menos nadie me había dicho nada hasta ahora. En cualquier caso, dudo mucho que el banco conserve las imágenes.

—Por probar no pierdo nada. Entro y a ver qué saco en claro.

—Recuerda que doy la cara por ti. No me metas en ningún lío.

—Solo voy a preguntar, descuida.

Elia se guardó el móvil y miró al cielo a través del cristal delantero del coche. Un desfile de nubes se movía por encima de la corona de edificios como el reflejo fantasmagórico de la circulación en una ciudad inversa. Del banco entraban y salían clientes cada tanto. Miró el reloj: quedaban diez minutos para que cerrasen al público. Por el retrovisor, miró a Dante y le preguntó:

—¿Cómo vas?

Dante levantó la vista del libro que tenía sobre las piernas y puso gesto de fastidio.

—De momento, no he encontrado ninguna similitud del fragmento de ala con los sellos ilustrados del *Lemegeton*. Esa es la mala noticia; la buena es que todavía me queda más de la mitad del libro por revisar.

—No parece mucho.

—Bueno, la probabilidad mejora si tenemos en cuenta que ahora estoy con los demonios de segundo nivel y que sus representaciones suelen tener más atributos animales.

—Y plumas.

—Exacto.

Elia sacó las llaves y abrió la puerta del coche. El sonido monocorde del tráfico matinal inundó la cabina.

—Encuéntrame uno de esos sellos, Dante; empiezo a estar harta de no avanzar en ninguna dirección.

Terminadas las presentaciones de rigor, Miguel utilizó el viejo truco de irse a por un café para dejar que Reinaldo Santos sintiese el peso de estar en la sala de interrogatorios.

Sacó de la máquina del pasillo dos cafés expresos. El primero se lo tomó mientras esperaba el segundo. El segundo se lo llevó en la mano. Antes de entrar de nuevo en la sala de interrogatorios, se asomó al despacho de la oficial Cristina Muriel y dijo:

—¿Qué sabe de deportistas extremos la oficial más bonita de la comisaría?

—Nada, lo mío es el senderismo. ¿Tienes que interrogar a uno?

—Sí, a un ex boina verde. Según una página web, las balas lo eluden y las rocas lo respetan. No sé qué coño le voy a preguntar a un tío así.

—Espero que no necesites apretarle las tuercas...

Miguel se bebió de golpe el café y tiró el vaso a la basura.

—Lo que necesito, preciosa, es que aceptes de una vez mi invitación a cenar, sobre todo, si el tipo se pone en pie y empieza a darme de hostias.

—Ya, déjame adivinar: vas a necesitar una enfermera que te cuide.

—Eso mismo. Bueno, te dejo, que tengo al toro en la plaza.

—Pregúntale por sus tatuajes. Esos tíos suelen llevar un montón, y son como la historia de su vida.

14

Julia Sandoval empezó a beber su cremoso café muy despacio, saboreando los pequeños granos de azúcar que se le colaban a cada sorbo, con la mirada perdida en el fondo de la taza. El sonido de la campanilla de la puerta la sacó de su ensimismamiento. Cuando reconoció a Fermín, no se puso de pie; solo se aproximó al borde de la mesa, apoyó encima los codos y el mentón en las manos fingiendo tranquilidad. Estaba muy guapo con el pelo un poco más largo que de costumbre. Además, el abrigo azul marino le sentaba muy bien.

—Qué guapa estás —dijo besándola en la mejilla.

—¿Qué tal por Londres?

Fermín se sentó frente a ella y, abriendo los brazos como si fuera a rezar, dijo:

—Dios, te has convertido en toda una belleza de mujer.

—Cumplí los veintiuno hace dos semanas.

—Y no me invitaste… ¿Ya no me quieres?

Julia sintió un ligero ardor en las mejillas. Miró los labios de Fermín y recordó el breve intercambio de besos que se habían dado cuando ella iba aún al instituto. Fermín le había metido la mano por debajo del vestido y le había tocado los muslos y el culo. Cuando tuvo la mano dentro de las bragas, lo paró en seco.

—¿Te apetece una cerveza?

—Sí, vale.

Fermín pidió dos cañas y dejó un billete de cien pesetas en el platillo sin preocuparse por el cambio. Se desabotonó el abrigo y dejó al descubierto un elegante traje de corte británico que le daba aspecto de banquero. Le contó a Julia todos los pormenores que intuía que le podían interesar: la casa victoriana con salientes redondos que había alquilado en el Soho, lo exclusivo que era el West End, la cantidad de empresas españolas que estaban intentando abrir mercado allí, lo malo que era el clima, la cantidad de tiempo que había dedicado a mejorar su inglés. Evitó mencionar, por supuesto, las comilonas de negocios, su agitada vida nocturna, la calidad de los prostíbulos que había frecuentado o la cantidad de veces que se había acostado con Fabiola Cuevas.

Luego, como si lo tuviera bien preparado, le contó que el Banco de Vizcaya le había propuesto regresar a España.

—Están muy contentos con mi labor comercial en Londres, así que quieren que venga y que sea el jefe en Bilbao.

—¿Y lo vas a aceptar?

—No, voy a instalarme en Madrid. Ya hablé con mi padre y me incorporo al despacho la semana que viene. Así puedo estar más cerca de ti.

Julia escondió su rubor tras el vaso de cerveza. Después de un pequeño sorbo lo dejó sobre la mesa y se acercó a él como para hacerle una confidencia.

—Mateo me contó todo al año de haberte ido.

—¿Y?

—Al principio, cuando desapareciste sin más, te odiaba. Cuando supe que fue cosa de mi padre y de Mateo, sentí una rabia tremenda.

—Bueno, todo eso ya pasó. Lo importante es que ya estoy aquí otra vez.

Julia se mordió el labio, cogió de nuevo el vaso y dijo:

—Mateo dice que has madurado, pero también que me aleje de ti.

—Bueno, yo haría lo mismo si fueras mi hermana.

—Pero no lo soy.

—¿Y qué eres?

—Dímelo tú.

—¿Yo?

—Seguro que en Londres has tenido muchas novias...

Fermín, como si esperase la frase desde que se había sentado, apuró su cerveza y se aflojó el nudo de la corbata.

—La verdad, Julia, es que estos años me he sentido tremendamente solo.

Azorada, Julia dijo:

—Pues yo tengo novio.

—Ah, ¿sí? —El rostro de Fermín adquirió una expresión grave—. Pero no es nada serio... —Luego la cogió de la mano y le dijo en voz baja—: Sal conmigo. Tenemos tanto tiempo que recuperar...

A Julia, los ojos de Fermín le parecieron de un azul más intenso que nunca y, aunque sabía que debía retirar la mano cuanto antes, dejó que él la acariciara con fruición. Cuando Fermín la soltó, supo que ese novio que se había inventado había sido el más efímero de su vida.

El viernes siguiente quedaron a comer en una terraza al lado del paseo de la Castellana, guarecidos en la parte trasera de la caseta que albergaba la barra y la zona de cocina. Charlaron de una manera mucho más relajada. Julia no paraba de reír con las anécdotas que Fermín le contaba sobre su vida en Londres, encuentro con David Bowie incluido. Cuando pidieron el café, Fermín dijo:

—Ya está bien de hablar de mi periplo inglés; cuéntame de ti. ¿Qué quieres hacer cuando termines Bellas Artes?

—Quiero especializarme en diseño de moda y abrir mi propio negocio, compraré telas y haré con ellas ropa de mujer, algo distinto.

Los ojos de Julia se movían por el rostro de Fermín con un brillo especial.

—¿Distinto?

—Algo muy elegante; pero para toda clase de mujeres, no solo para las ricas.

Fermín puso cara de asombro.

—No sé si es casualidad o cosa del destino, pero el banco está apoyando a una empresaria que tiene una idea parecida.

—¿Sí?

—Se llama Fabiola Cuevas y yo mismo la ayudé con su plan de negocio. Podría ponerte en contacto con ella. ¿Quién sabe? A lo mejor acabáis trabajando juntas.

—¿Harías eso por mí?

Fermín se inclinó hacia delante y la besó en los labios.

—Sí.

Julia cerró los ojos unos segundos y tuvo la sensación de que podría ser muy feliz con ese hombre.

La siguiente vez que se vieron ya paseaban de la mano con la complicidad de una pareja de novios. Después de tomar un helado cerca de la Puerta de Alcalá, caminaron sin rumbo por el Retiro, hasta que terminaron en la plaza de Mariano de Cavia. Fermín la tomó de la cintura y señaló hacia un edificio alto.

—Ahí tengo mi apartamento. ¿Quieres verlo?

Nada más rebasar la entrada, Fermín comenzó a besarla con voracidad. Julia se dejó hacer, y dejó que Fermín le quitara el abrigo, la chaqueta, las medias, la falda y las bragas. Convencida de que no merecía la pena resistirse más, ella misma le bajó la bragueta y abrió las piernas.

—Despacio, por favor, es mi primera vez.

Carlos Casado asomó la cabeza por detrás de la pantalla de su ordenador. Su despacho estaba separado del resto de los empleados por una pared traslúcida de cristal. Era el prototipo de director de banco, joven, con una preparación aparentemente impecable y unas dotes comerciales innatas. Ilustró a Elia sobre el sistema de vigilancia de cámaras como si fuera el mismo instalador. La sucursal tenía tres cámaras dentro de las oficinas y una en la fachada enfocando el cajero y la entrada; las imágenes se conservaban un máximo de quince días; transcurrido dicho plazo, si no había habido algún tipo de reclamación oficial, se procedía a su borrado automático. Casado se mostró súbitamente sorprendido cuando Elia preguntó si por casualidad conservaba la grabación del 5 de enero.

—Ah, esa sí: recibimos la orden de conservarla, pero luego nadie vino a por ella.

—¿La tiene aún?

—Por suerte, sí.

—¿Podría enseñarme el requerimiento y la grabación?

Del último cajón de su escritorio, Casado sacó un papel donde se leía claramente «Subinspector Nicolás Vizcaíno» y un sobre.

—Acompáñeme, por favor. Vamos a la sala de reuniones: allí tenemos los medios adecuados.

Elia caminó detrás del director del banco pensando en qué momento iba a clavarle una pluma en la otra mano a Vizcaíno. Mientras ella pensaba en el día y el lugar, Casado puso en marcha la grabación.

—Si me dice lo que está buscando, inspectora, podemos ahorrar algo de tiempo.

—Cualquier movimiento que haya detectado la cámara ese día desde las cinco de la mañana en adelante.

—Eso es fácil.

El director retrocedió hasta que los dígitos de la pantalla marcaban las 05:00 y dejó funcionando la grabación al doble o triple de la velocidad normal. A las 06:45 la imagen captó parte de la carrocería de un vehículo de color negro que avanzaba lentamente hacia el cajero.

—¡Pare! ¿Puede enfocar esa rueda? —dijo dando un par de toquecitos con el dedo sobre la pantalla.

Casado manejó con destreza el mando del vídeo y dijo:

—Es lo mejor que puedo hacer sin pixelar la imagen, inspectora. El resto lo tendrá que hacer su gente.

Elia apreció que la llanta estaba cromada y que no mostraba arañazos ni muescas. Aunque no era posible distinguir el eje desde la perspectiva que ofrecía la cámara, la llanta tenía un diseño radial peculiar en color acero y fondo negro. No sería difícil identificar el modelo de rueda. Tomó una fotografía con el móvil y se la mandó a Olmedo. A continuación, le pidió a Casado que dejase correr la cinta a cámara lenta. A las 06:51 el vehículo tomó un impulso lento, bajó de la acera y desapareció de la imagen.

Elia pidió ver de nuevo este último minuto: el conductor no había apagado el motor y la carrocería se había balanceado levemente unos segundos antes de que el coche arrancase.

—Alguien subió por el otro lado del vehículo —dijo Elia.

El reloj de Miguel marcaba las tres y media cuando entró de nuevo en la sala de interrogatorios. Reinaldo Santos estaba sentado en una silla, con los brazos cruzados sobre el pecho. Llevaba una camisa militar encima de una camiseta blanca y un corte de pelo casi al cero. Pero lo que más llamaba la atención era el hoyuelo a lo Kirk Douglas que lucía en el mentón.

—Disculpe la demora, señor Santos. Quise asegurarme de algunos datos de su expediente antes de hablar con usted. Necesito que me aclare ciertos aspectos de su primera declaración antes de proceder al archivo definitivo del caso. Se trata de una mera formalidad, pero hay que hacer bien las cosas.

—No creo que le pueda servir de mucha ayuda. Ya conté todo lo que tenía contar.

—Será rápido —dijo Miguel bajando la mirada a sus notas—. Usted formaba parte del grupo de operaciones especiales desplazado en

Bagdad al inicio de la guerra contra el Estado Islámico para instruir a los militares iraquíes. ¿Es correcto?

—De ley, sí.

—Usted es de familia ecuatoriana, ¿verdad?

—Sí, pero vine cuando era un niño a España. He vivido casi toda la vida aquí.

—¿Por qué dejó el ejército?

—No es bueno tentar demasiado a la suerte.

—Sin embargo, permaneció en Irak después de que su grupo fuese relevado.

—Sí.

—Bien, ¿qué hizo a su regreso de Oriente Próximo?

—No gran cosa, hacía chapuzas aquí y allá hasta que comencé a trabajar para el servicio municipal de parques y jardines del Ayuntamiento de Madrid.

—¿Por qué, si era un soldado de élite?

—¿Qué tiene de malo ser jardinero?

—Nada, pero podía acceder a las ventajas que le ofrecía su carrera militar, como ser instructor de operaciones especiales, por ejemplo.

—No me interesaba.

—Está bien —dijo Miguel mientras pasaba página en su bloc de notas—, está bien… Usted trabajaba en el equipo de mantenimiento del parque de la Fuente del Berro y, por lo que tengo entendido, estaba en el turno de noche cuando encontraron a la víctima, Amaia Braganza.

—Así es.

—La empresa tenía un calendario para el personal con turnos de mañana, tarde y noche. Eran rotatorios; pero, al parecer, usted le pidió al jefe de la brigada, Alberto Montilla, que le apuntara siempre al de cierre. ¿Por qué razón?

Santos asintió, como si esperase la pregunta.

—No se me dan bien las personas.

106

—¿Por eso se juega la vida escalando?

Reinaldo Santos se retrepó en la silla.

—No entiendo qué tiene que ver lo uno con lo otro, subinspector; en cualquier caso, no soy ningún suicida ni nada por el estilo: me gustan los retos, estar en forma…, esas cosas. A unos les gusta jugar al fútbol; a mí, escalar paredes difíciles.

—Tiene razón… A otros, para estar en forma, nos gusta beber cervezas. —Reinaldo Santos sonrió ante la ocurrencia de su interrogador. Miguel se desperezó para estirar la espalda un poco y preguntó—: ¿Por qué le llaman Trog?

—Es por los troglobios, unos pequeños animalitos que viven en las grietas de algunas cavernas volcánicas. Se le ocurrió a un amigo canario.

—Seguro que puede explicarme eso un poco mejor.

—Sobreviví veinte días en una cueva lamiendo agua directamente de la roca. Después de perder cinco kilos, conseguí atravesar una fisura que jamás antes nadie había pisado y salí de allí por mi propio pie —dijo Santos en tono altivo.

—Un reto.

—Uno del que me siento orgulloso, subinspector.

—Impresionante. Eso sí que es fuerza de voluntad y convicción, y no lo que vemos por ahí.

—Y que lo diga. La gran aventura no está en poner los pies en la Luna, sino en los enclaves inhóspitos que nos reserva la naturaleza.

—¿De qué otros retos se siente orgulloso?

—He hecho salto base en el Himalaya, he descendido cavidades infernales en Noruega, he buceado en el Polo Norte, he escalado el Cnoc na Mara en Irlanda… He estado en lugares que la mayoría de los mortales no podría ni imaginar.

—Lo envidio: mi sueldo de policía no da para esas expediciones… ¿El suyo de jardinero sí?

Santos se remangó los dos brazos de la camisa hasta el antebrazo y dejó a la vista varias puntas de una estrella tatuada en la parte interior.

—Tengo patrocinadores. Hoy el dinero se gana en internet.

—¿Jugando al póquer o cómo?

—Disculpe, ¿estoy aquí para hablar de mí? Creí que solo quería verificar unos datos y archivar un expediente.

—Tiene razón, señor Santos. Hablemos entonces de aquella noche. Era sábado y usted era el encargado de inspeccionar el parque a la hora del cierre. ¿Es así?

—Sí.

—¿Y no vio ni escuchó nada raro?

—Nada.

—¿Seguía siempre el mismo itinerario?

Santos negó con la cabeza.

—Dependía de dónde me encontrase o de lo que estuviese haciendo, pero ninguno de los lugares transitados por gente quedaba sin revisar.

—¿Y si alguien se oculta en la maleza del parque?

—No es la primera vez que en la centralita reciben la llamada de personas que se despistan y se quedan encerradas dentro, si es a lo que se refiere. A veces algún yonqui o alguien que quiere dormir ahí. Los sacamos a todos, por las buenas o por las malas. Nadie se queda dentro del parque.

Miguel se concentró en sus notas.

—Según su declaración, el sábado estaba arreglando una bomba de agua cerca de la cascada. Comenzó la ronda por la zona de la M-30, subió por la izquierda y cruzó la parte central hacia el parque infantil, que es la zona más concurrida a última hora. ¿No vio nada extraño?

—Ya le dije que no.

—A ver si lo entiendo… Un exmilitar se las arregla para tener siempre el último turno del trabajo, cierra el parque ese sábado por la noche con una mujer y sus secuestradores, y no se da cuenta de nada. Son muchas coincidencias, ¿no?

Santos se revolvió en la silla.

—Yo no sé nada de eso. Hice bien mi trabajo.

—Hace tiempo que vino de Irak, pero la Quinta de la Fuente del Berro no es más que un simple parque urbano. Me cuesta creer que un antiguo miembro de los GOE, con sus muchas habilidades físicas y el olfato adiestrado para detectar el peligro —dijo Miguel golpeándose la nariz—, esté tan en baja forma.

Reinaldo Santos se desabrochó dos botones de la camisa y se arremangó un poco más la camisa.

—Por cierto, ¿qué es ese tatuaje?

Santos apretó el puño contra el pecho.

—Un símbolo.

—¿Qué significa?

—Que la verdad se encuentra dentro de uno mismo.

—Vaya, interesante reflexión… ¿Es religioso?

—No.

—¿Lleva más tatuajes?

—Alguno más, sí.

—¿Y sus amigos?

—¿Quiénes?

—Los que acosaron a ese policía local que tuvo que pedir el traslado a la zona norte. ¿También llevan esos tatuajes?

—¿Eso qué tiene que ver, subinspector?

—A lo mejor eran ellos los que estaban dentro del parque.

Santos balanceó un índice calloso y deforme en el aire.

—No puede hablarme así: conozco mis derechos. Puedo demandarle.

—¿También tiene patrocinador para eso?

Santos se bajó las mangas de la camisa.

—No voy a decir nada más. Quiero irme y no puede retenerme.

—Muy bien, pero antes quiero una descripción detallada de todo lo que hizo ese fin de semana. Dónde estuvo y con quién, con nombres y apellidos.

—Estuve en casa de mi madre.

—Déjeme ver su teléfono.

—¡No puede obligarme a eso!

—No esté tan seguro —dijo Miguel, y extendió la mano—. Al menos yo no veo a nadie alrededor que me lo vaya a impedir.

15

Miguel cogió el paquete de tabaco del bolsillo de la camisa a cuadros que llevaba desabrochada sobre una camiseta donde Iggy Pop lucía su torso desnudo. Sin un poco de nicotina en los pulmones, se sentía una versión menos trabajada y explosiva de sí mismo. Sacó un cigarrillo y se lo llevó a los labios casi con una ostentación insultante. A Vizcaíno le sacaba de quicio su insubordinada manera de ser. Lo veía demasiado chulo, demasiado suelto.

—¿Y no puedes encenderte ese cigarrillo fuera? —dijo.

Miguel deslizó la yema del pulgar sobre la rueda del Zippo para encenderlo.

—No —dijo soplando ruidosamente en la primera bocanada.

Con la mano en alto y la llama todavía flameando en el aire, Miguel se dio la vuelta cuando escuchó la voz del inspector Olmedo:

—Apaga ese cigarrillo inmediatamente.

Olmedo venía caminando rápido hacia él hecho una furia.

—No te he dado permiso para interrogar a Reinaldo Santos —dijo Olmedo.

—Es que miente, inspector —dijo Miguel aplastando la punta del cigarro contra la tela de su vaquero.

—Habíamos quedado en llevar el asunto de una manera discreta… ¡Es una investigación oficiosa!

—Y he sido todo lo discreto que he podido, inspector.

—Miguel, no estoy para cachondeo… Este caso no es como otros; como Santos te denuncie y quiera tocarte las pelotas, me van a buscar las cosquillas a mí.

—¿Y por qué iba a pasar eso?

—Le has presentado como cierta la teoría de que los asesinos habían llevado a la víctima al parque la madrugada anterior al asesinato. ¿Te parece poco intentar confundirlo para que se inculpe?

—Vamos, solo fue un amago, jefe.

—Hay gente por encima de Blasco que no quiere que removamos la mierda. ¿Tan difícil es de entender?

Miguel hizo un gesto de calma.

—Bueno, ya está hecho, inspector. La próxima vez respetaré mejor la cadena de mando: te aviso y hacemos juntos el interrogatorio.

—Eso, si antes no te abro un expediente por indisciplina.

—Otro más… Está bien, tienes mi palabra. Y, ahora, al grano: ¿quieres oír lo que ha dicho Santos o no?

Olmedo se puso con los brazos en jarra y dijo:

—Venga, así, si me echan, al menos sabré qué dijo el jardinero de la Fuente del Berro.

—Santos fue antes boina verde en Irak… Es imposible que ese tío no detectase nada raro el sábado antes de la hora de cierre.

—Eso es conjetural.

—También es deportista extremo, así que está acostumbrado a moverse por sitios más complicados que un parque. Ah, y se negó a enseñarme voluntariamente su móvil.

—¿Y eso es una prueba, Miguel?

—Hombre, si rastreamos su número de teléfono, a lo mejor nos llevamos una sorpresa y el GPS lo posiciona en el parque la madrugada del sábado, ¿no? —Olmedo abrió los labios con intención de decir algo, pero los cerró en cuanto vio que Miguel sacaba un papel del bolsillo interior de su chaqueta—. Mira lo que lleva tatuado Santos en el antebrazo. Lo he dibujado después de interrogarlo, pero tengo buena memoria.

—¿Qué es?

—Es la estrella de doce puntas, inspector, el símbolo que apareció bajo el cuerpo de Amaia Braganza. Pregúntale al escritor si no me crees.

El teléfono móvil de Olmedo emitió un zumbido en ese momento. El inspector miró la pantalla, se excusó y se retiró unos metros. Miguel vio cómo se le arrugaba la frente mientras movía la cabeza en señal de asentimiento. Tampoco el subinspector Vizcaíno perdía detalle. Olmedo apenas habló, excepto para decir «sí», «no» o «de acuerdo». Cuando terminó, regresó adonde estaban Miguel y Vizcaíno y anunció:

—Hoy es tu día de suerte, Miguel: Elia tiene una cinta procedente de la grabación de un banco cercano al parque. Va a venirnos bien esa declaración de Santos. Y ahora, circula, que tengo que hablar con Vizcaíno.

Elia se sentó en una mesa del restaurante desde la que disponía de una amplia panorámica del centro comercial. A pesar de que tenía el estómago vacío, evitó picar algo para apaciguar la ansiedad: su prima Ana solía ser puntual y debía de estar al caer. Mientras llegaba, le dio vueltas a por qué Vizcaíno no había ido a recoger la grabación de la cámara de seguridad y también a la manera en que iba a intentar averiguarlo; ir de frente, en principio, no le parecía una buena estrategia.

—¿Qué tal, amor?

Su prima apareció con un moño negro, tan brillante como cuando tenían quince años. Elia se levantó, la abrazó y, hundiendo la nariz en el fino jersey de punto de Ana, dijo:

—Qué bien hueles, prima.

El camarero se acercó a ellas libreta en mano. Elia y Ana se soltaron, se sentaron a la mesa y pidieron dos ensaladas de la casa y un par de copas de vino blanco.

—¿Y tu madre? —quiso saber Ana.

—Mal.

—Puedo hablar con Eduardo para que la ingresen en una buena residencia. Estará bien atendida.

—Ya sabes que no quiere moverse de su casa. Yo me turno con Esperanza. Intento dormir dos o tres noches a la semana allí, y paso todo el tiempo que puedo con ella cuando no estoy trabajando.

—¿Puedo ir a verla algún día?

—Claro, se pondrá muy contenta. Eso sí, tiene sus momentos.

—Desde que tu padre la dejó, ya nunca fue la misma.

El camarero trajo las copas de vino y las ensaladas. Elia y Ana brindaron. Cuando dejaron las copas sobre la mesa, Elia dijo:

—Dejemos a mi padre fuera de la comida. Ya sabes lo que pienso de él.

Ana bajó la vista al plato y comenzó a comer lechuga de manera casi maquinal. De pronto, se atragantó y empezó a toser.

—¿Se te ha ido por mal sitio la lechuga? —preguntó Elia.

—Sí —contestó Ana con la voz tomada.

—¿Te acuerdas de aquel día que fumamos nuestro primer cigarro juntas, a escondidas? Te pasaste veinte minutos tosiendo.

Ana tomó un sorbo de vino.

—Creía que me moría —dijo.

Elia la agarró de la mano.

—Qué lejos queda todo eso, uf.

—Y que lo digas. Por cierto, ¿cómo vas de lo tuyo?

—Ahí voy. ¿Me has traído mis pastillas?

—Las tengo en el bolso. ¿No te estás pasando? No deberías estar tomando vino, por ejemplo.

Elia soltó la mano de Ana, cogió el tenedor y pinchó un pedazo de espárrago y un trozo de huevo duro.

—Tranquila, prima: estoy bien.

—Eso mismo dijiste cuando nos vacunaron de pequeñas. Yo estaba aterrorizada. ¿Te acuerdas?

—No, para nada…

—Tenías siete años recién cumplidos y te sentaste sobre las manos hasta que se te amorataron los dedos. Después nos quedamos mirándolos hasta que volvieron a ser otra vez de color carne. Yo no comprendía nada, pero tú dijiste que con la inyección sería igual, que el dolor también pasaría enseguida.

—De lo único que me acuerdo es de que, cuando el médico se acercó con aquella aguja goteante en la mano, casi te desmayas. Si no es por la bestia parda de su enfermera, seguirías sin vacunarte de la polio.

—Mal, muy mal, me decía papá. Aprende de tu prima.

—Eso sí lo recuerdo.

Ana puso gesto serio y dijo:

—Yo sabía que estabas muerta de miedo.

Elia cerró los ojos un instante.

—Ah, era un cuento de infancia con moraleja… ¿Me vas a dar las pastillas, o no? No me lo pongas difícil.

Ana hurgó en el bolso, sacó un paquete del tamaño de una caja de cigarrillos y lo colocó sobre la palma de la mano de Elia.

—Toma, pesada.

—¿Solo una caja?

—No puedo darte más. Tiene que ser un doctor el que…

—Por favor, Ana.

—Elia…

—Por favor.

Ana volvió a hurgar en el bolso.

—Está bien —dijo dejando una bolsa de plástico sobre la mesa—: tres cajas de Trankimazin y dos de Tranxilium. ¿Satisfecha?

—Sí.

—Ya puedes tener cuidado; según Eduardo, si las consumes mucho tiempo, pueden producirte una depresión.

—Solo es por si acaso.

—Eso me dijiste hace dos meses.

—Sé lo que hago, en serio. No te pongas en plan madre conmigo, por favor.

Ana apuró su copa de vino y continuó:

—Por cierto, hablando de la familia: el otro día vi a tu padre por la calle Velázquez besándose con una chica rubia, de nuestra edad más o menos. Fue una escena surrealista.

—¿Te vio él?

—No, imposible: estaba muy ocupado metiéndole mano a la mujer delante de un escaparate. Muy fuerte, en serio.

—No podíamos esperar menos de Fermín Zulueta, ¿no?

—Bueno, en eso se parece bastante a otros hombres. Tu padre ¿qué tiene? Setenta años o así, ¿no?

—Tiene setenta y tres y, a estas alturas, me importa una mierda lo que haga con su vida. Por mí, como si se emborracha todas las noches y le estalla el riñón trasplantado ese que lleva. Fue un hijo de puta conmigo y le destrozó la vida a mi madre.

—¿Te pidió alguna vez disculpas por no ir a tu graduación y obligar a tu madre a quedarse en casa?

—No, ni siquiera cuando fui al hospital a verlo tras la operación. Desde entonces no lo he vuelto a ver ni a llamar.

—Tampoco ayuda que te hagas llamar inspectora Sandoval.

—Que se joda… Su apellido solo lo llevo en el DNI.

Ana levantó la mano y pidió otra copa de vino. El camarero se acercó y rellenó la copa vacía.

—Bueno, dejemos la familia, que ese tema nos lo sabemos de memoria —dijo Elia.

—Está bien. ¿Cómo va lo del novio?

—Como siempre.

—Hija, algo habrá, ¿no?

—Ahora no tengo tiempo para novios.

—Ya sabes que Eduardo tiene unos cuantos amigos solteros… Si quieres, probamos. Quizá te guste alguno.

—Por ahora, déjalos que sigan tomando *gin-tonics* con tu marido. Tengo mucho trabajo ahora.

—Pasan los años y no cambias, ¿eh? A los doce a ti ya te gustaba jugar con los chicos; de hecho, no había día que no acabases zurrándote con alguno. Mientras tanto, yo lavaba y vestía mis muñecas. Siempre fuimos distintas.

—Tú sigues cuidando muñecas —apuntó Elia.

—Y tú, comportándote como un chico.

Elia se retrepó en la silla.

—¿A qué viene ahora eso?

—Mi terapeuta me dijo que hablase de ello contigo, y es lo que hago.

—¿No le basta que lo hables con él?

—No tienes por qué avergonzarte, Elia.

—No me avergüenzo; tan solo me pregunto qué le habrás dicho a tu psicólogo para que me vengas ahora a mí con estas.

—Lo nuestro te rompió algo por dentro. Lo sé, Elia. Pero debes superarlo: fue una tontería de adolescentes.

—Alucino contigo, prima.

—Desde que me casé con Eduardo, todo cambió entre nosotras. Le dije a mi terapeuta que tienes celos de él.

—Nos distanciamos, Ana, porque tu marido es un gilipollas machista, no porque yo estuviese enamorada de ti. Lo único en lo que estoy de acuerdo contigo es en que enrollarnos aquella tarde tuvo más que ver con la adolescencia que con otra cosa.

Ana miró las mesas de alrededor para asegurarse de que nadie las miraba y soltó:

—Que si es demasiado bajo, demasiado engreído, demasiado

tonto… Todos los tíos tienen siempre algún defecto para ti. Puede que el problema no esté en ellos, sino en ti. Se llama «bloqueo» y las personas que los sufren suelen refugiarse en el trabajo para no pensar.

—Si me gustaran las tías, Ana, no sería un problema. Y dile a tu terapeuta que el único bloqueo que tengo es una madre que se muere de cáncer y un padre que es un puto adolescente narcisista y tirano con el que no me hablo. De paso, piensa tú en ello esta noche cuando interpretes tu papel de esposa devota y le hagas una mamada a Eduardo para que se relaje del estrés del trabajo.

Ana echó la silla hacia atrás bruscamente y apartó la mano de Elia cuando esta trató de disculparse.

—¿Es tan malo hablar de lo que hay entre nosotras, Elia?

Ana se incorporó, dejó un billete de veinte euros sobre la mesa y salió caminando mientras buscaba un pañuelo de papel en el bolso. Elia levantó la mano y pidió otra copa de vino al camarero.

16

El sol entraba a raudales por entre las cortinas de lino. Era una luz limpia, alejada de la mortecina y amarillenta que alumbraba las dependencias secretas del monasterio de Lalish. Los primeros rayos de la mañana resbalaban por la pared y trepaban por la espalda de Kathrine como si buscasen apropiarse de su todavía esplendorosa belleza. Marcus la contempló y se estremeció al pensar en lo que había ocurrido. Comenzaba otro tiempo, una cuenta atrás al final de la cual debía afrontar la promesa que había hecho ante la tumba del profeta *sheik* Adi. Kathrine se dio la vuelta intuyendo que la respiración desacompasada de su marido solo podía significar que estaba despierto.

—¿Has descansado? —preguntó.

—No mucho.

—La niña también tardó mucho en dormirse anoche.

—No te preocupes: durmió todo el viaje de vuelta —dijo Marcus mientras se recostaba de espaldas a su mujer.

Le remordía en la conciencia la imagen de su hija asustada a medida que salía de la oscuridad. Rojian era demasiado pequeña para comprender lo que había pasado. El jeque Baba Taha había exhalado un profundo suspiro, se había tocado el pecho y había dicho: «Que Melek Taus guíe tus pasos». Marcus se había esforzado por mantener la compostura mientras el guardián del templo le indicaba el camino hacia la salida. Sobrecogida por la procesión de los sacerdotes y monjas que los seguían, Rojian había asido su mano. De manera instintiva, Marcus le había dicho a Baba Taha: «Puede que la llama se le haya caído: es muy pequeña…», dijo Marcus. El jeque no se había inmutado; simplemente, había abierto la puerta y le había dicho: «Ya sabes lo que pasará, Marcus Tekkal, si no cumples tu promesa».

Kathrine levantó la cabeza de la almohada y miró a Marcus por encima del hombro.

—No sabes la alegría que me da ver el fuego de Rojian junto al nuestro —dijo besándole en la mejilla.

Las tres velas que simbolizaban la obediencia de la familia Tekkal a Melek Taus se encontraban en la tercera de las cinco estancias de adobe que dividían la casa, en un rincón donde el viento no podía entrar ni con la peor de las tormentas. Marcus cerró los ojos y recordó con angustia cómo la noche anterior había recompuesto los restos de madera de la llama de Rojian y la había encendido antes de llegar a la aldea.

—¿A qué hora terminará el consejo? —preguntó Kathrine.

—¿Consejo? Hoy no es sábado —contestó Marcus.

—¿No me escuchaste ayer? Lo pidió Massoud ayer de manera urgente: está furioso porque los suníes la tomaron con él y le impidieron vender la mercancía en el mercado. Anda, levanta o llegarás tarde.

Marcus salió de la cama, se vistió y se fue sin siquiera tomar una taza de té. Cuando llegó a la *jevat*, la mayoría de los otros cabezas de familia estaba fuera discutiendo acaloradamente sobre lo sucedido con Massoud y cuáles eran las medidas pertinentes. El debate era tan encendido que nadie reparó en Marcus cuando llegó.

El consejo transcurrió de manera aún más tumultuosa que los prolegómenos. Massoud y otros expusieron que los suníes presionaban para que los yazidíes abandonasen sus creencias y se hicieran musulmanes. Incluso habían comenzado un boicot comercial a los productos yazidíes; en los últimos dos meses, había sido imposible vender grano, leche y otros productos en las aldeas suníes próximas, donde antaño se habían hecho buenos negocios. El colmo había sido que a Massoud ni siquiera lo habían dejado bajar de su coche el lunes pasado, y lo habían invitado a salir cuanto antes del pueblo. Un par de adolescentes le había lanzado piedras, una de las cuales le había roto la luna trasera. Massoud, fuera de sí, gritaba: «¿Es que no vamos a hacer nada?».

Pese a la algarabía de voces en favor de tomar represalias contra los suníes, Elías, el anciano de la casta pir que dirigía el consejo, dijo que era partidario de dejar correr el agua y olvidar. «Lo importante es que seguimos cultivando la tierra. Varios incidentes aislados no cuestionan la propiedad de la tierra, que es nuestra —dijo. Y añadió—: Temporalmente, compremos cuanto podamos a los comerciantes como Massoud. Así sus productos no se pudrirán y podrán seguir trabajando».

A la hora de votar, Marcus levantó la mano en favor de la opinión del anciano Elías. Terminada la reunión, se excusó y dijo que debía volver pronto a casa porque Rojian no se encontraba bien. Cuando llegó, vio que Kathrine y Rojian lo esperaban en la entrada, sentadas una junto a la otra, pero sin hablar entre sí. Kathrine se levantó y fue a su encuentro.

—Rojian está muy rara, esposo. Casi no habla conmigo —manifestó.

—Es normal, mujer: el rito fue duro. Comamos; un poco de vida cotidiana nos vendrá bien a los tres.

Después de comer, Rojian se levantó para jugar con las ovejas y con los pollos. Kathrine aprovechó el momento para preguntarle a Marcus cómo habían ido las cosas en el templo de Lalish. Marcus le habló del monasterio, del jeque Baba Taha, de la tumba del profeta y de la ceremonia del fuego. También dijo que Rojian había superado la prueba del pasadizo. Todo había salido según lo previsto. Kathrine le sirvió un poco más de vino y le preguntó por la bendición del sumo sacerdote. Marcus bebió la mitad de la copa antes de contestar:

—El guardián Baba nos acompañó hasta la salida y colocó su mano sobre la frente de Rojian en señal de despedida.

Kathrine echó la espalda hacia atrás y expresó:

—Ya no tengo miedo, esposo. Podrán secuestrarnos o matarnos, pero el alma de Rojian podrá seguir el ciclo de la transmigración.

Marcus evitó mirar a su esposa y se concentró en observar la media copa de vino que le restaba.

A los tres días de haber regresado de Lalish, una tormenta de arena asoló Kopo. A su paso, dejó varios establos rotos, el ganado diezmado y muchos campos de cultivo arrasados. Cuando entró en el salón, Kathrine encontró a Marcus dando golpes con la mano en la pared y gritando:

—¡No es justo! Dame tiempo para cumplir con mi palabra.

—¿Con quién hablas? —preguntó Kathrine.

Sobresaltado, Marcus se dio la vuelta y, envuelto en sudor, dijo:

—Es solo que me desespera perder lo que habíamos sembrado y que Melek Taus nos dé la espalda.

—Nos repondremos de los daños de la tormenta. Siempre lo hemos hecho —rebatió Kathrine—. ¿Qué tal si en vez de quejarte tanto aprovechas para arreglar el armario de nuestro cuarto? Yo prepararé la cena.

Después de cenar, acostó a Rojian y, mientras Kathrine se preparaba para ir a la cama, fue al salón a fumarse un cigarrillo. Desde la ventana contempló el fondo oscuro del desierto. Cuando apagó el cigarrillo en el cenicero, murmuró para sí mismo:

—Pero ¿qué terrible premonición han tenido los videntes?

A la mañana siguiente, el desierto se encendió como una llama. El sol emergió por encima de una duna y, en pocos minutos, volvió la mañana roja incandescente. Después de echarse un barreño de agua para ducharse, Marcus fue al cuarto de su hija.

—Despierta, Rojian —susurró mientras retiraba la tela que a modo de cortina cubría el hueco de la ventana.

Ella se revolvió en el edredón que su madre había confeccionado con lana de oveja.

—¿Qué pasa, papá?

—Hoy vendrás conmigo.

Marcus le pidió a su esposa que pusiera agua a calentar y que sacase un poco de pan del horno: Rojian ya se había levantado y necesitaba que desayunara rápido.

—Déjame que me enrolle primero el pañuelo. Pareces preocupado, Marcus. ¿Qué te pasa?

—Los cultivos. Seguro que hemos perdido buena parte de lo sembrado. Ahora iré a comprobarlo. Me llevaré a la niña; así va aprendiendo el oficio. Dile a Rojian que la espero en la camioneta.

—¿Tú no vas a comer nada?

—No, hoy prefiero ayunar.

Marcus condujo a toda velocidad hasta la falda del monte Sinyar, a media hora de distancia. El sol ya quemaba, y en los pastos no había una sombra donde guarecerse.

—¡Ahí está Saedd!

Marcus lo saludó desde el coche, giró a la izquierda y enfiló un camino de tierra que se adentraba en el desierto. Saedd se abrió camino entre las ovejas que lo habían seguido hasta el extremo de la cerca y levantó la mano para decir adiós.

—¿Vamos al otro lado de la montaña, papá? —inquirió Rojian.

—Ahora lo verás.

Después de conducir otra media hora, Marcus detuvo la camioneta, se bajó y regresó con un cordero de pocos días en los brazos. Rojian rodeó la camioneta y se lo quitó de las manos.

—¿Y su mamá?

—Está en casa, como la tuya.

Rojian titubeó un momento y luego lo abrazó con fuerza. Su padre no le dejaba tocar las crías durante el destete y nunca les ponía nombre hasta que comenzaba a alimentarlas con grano y heno, pero se animó a preguntar:

—¿Me lo puedo quedar y llevármelo a casa?

—Sí, hoy podemos hacer una excepción.

El gesto de alegría de Rojian emocionó a Marcus, que miró al horizonte para evitar que su hija le viese las lágrimas.

—¿Qué miras, papá? —dijo Rojian cuando vio que su padre llevaba quieto un rato.

—El desierto.

—¿Por qué? ¿Viene otra tormenta como la de ayer?

Marcus se agachó, cogió un puñado de arena y le enseñó cómo se escurría entre sus dedos.

—¿Ves cómo los granos escapan de mi mano? —preguntó.

Rojian asintió.

—¿Y recuerdas que te dije que somos lo que vemos?

—Sí.

—Pues con nosotros pasa algo parecido: el alma escapa de nuestro cuerpo de igual manera que estos granos de mi mano. Dame la tuya.

Rojian soltó el cordero y dejó la palma de su mano derecha extendida hacia su padre. Marcus dejó caer arena sobre la mano de Rojian.

—El alma va a otro cuerpo una y otra vez —explicó—, hasta que llega un momento en que entra en el cielo.

—Entonces, ¿el abuelo está vivo?

—Claro que sí.

—¿Y por qué no viene a vernos?

—Porque no recuerda quién es.

—No entiendo, papá.

—Porque el alma se desprende de la persona que adquirimos en cada vida. Pero, tranquila: eso no importa ahora; seguro que el abuelo ha renacido en alguna de las familias de nuestra comunidad.

—Somos un pueblo fuerte —aseguró Rojian—. El abuelo siempre decía eso.

Marcus le pasó la mano por el pelo a su hija y dejó que sus dedos hicieran de peine.

—Es cierto: somos un pueblo fuerte. Hemos sobrevivido a nuestros enemigos porque siempre permanecemos unidos. Mira —dijo enseñándole un pequeño grano de arena—, por separado, este grano no es nada; sin embargo, junto con todos esos granos de ahí, forma un desierto por el que pocos se aventuran a caminar. Y, si el desierto se une al viento, es capaz de azotar nuestra aldea con tormentas que lo arrasan todo. Melek Taus nos guía.

Marcus atrajo hacia sí a Rojian para evitar que viera las lágrimas que asomaban de nuevo a sus ojos. Ella pasó los brazos alrededor del torso de su padre.

—Y el cordero, papá, ¿irá al cielo, como el abuelo?

El animalito golpeó suavemente con el morro los tobillos de Rojian, como si hubiera adivinado que hablaban de él.

—No, pequeña, los animales son el refugio de las almas perdidas. Es difícil que puedan encontrar la salida.

Tomó a Rojian de la mano y la llevó hasta uno de los abrevaderos naturales que servían para abastecer los rebaños durante los traslados. Estaba camuflado entre un conjunto de rocas que sobresalían de la arena como crestas de dinosaurio. La corona irregular del abrevadero se entreveía debajo de cuatro tablones de considerables dimensiones separados por muy pocos centímetros. Marcus metió los dedos en una de esas ranuras, sacó un tablón y lo cruzó encima de los otros. Rojian se asomó tímidamente al interior y llamó:

—¿Hola? ¿Sí? ¿Me oyes?

Su voz reverberó en las paredes húmedas de la hendidura. Mientras Rojian experimentaba con el eco que producían sus palabras,

Marcus miró con detenimiento a su espalda y a los lados. El pulso le temblaba. Después de vacilar unos segundos, agarró a Rojian por las muñecas y la alzó sobre el agujero.

—¡Me haces daño, papá!

Rojian comenzó a buscar desesperadamente apoyo en los tablones que bordeaban el pozo.

—¡Estate quieta! —gritó Marcus.

Rojian obedeció y miró con ojos desconcertados la sobrecogedora oscuridad que se abría bajo sus pies.

Entonces la soltó.

Antes de que Rojian saliese a la superficie y pudiese pedirle socorro, lanzó también el cordero al agua y comenzó a tapar el pozo con los tablones, apresuradamente, ignorando las súplicas de la niña, moviendo las manos lo más rápido que podía.

—Perdóname, hija, pero si se cumpliese la premonición de los *kocheks* se borraría todo vestigio de tu existencia y solo serías una página en blanco en tu siguiente vida: el perro que recorre las calles, el escorpión que se guarece entre las piedras, las escamas secas de un invertebrado fosilizado del desierto, como si ya no hubieras sido nadie anteriormente… —Cuando terminó de colocar el último tablón, se quedó mirando la superficie sellada por unos segundos—. Melek Taus guiará tus pasos, hija. Él te ayudará a renacer en otra persona. —Luego se dio media vuelta y corrió hacia el coche sin mirar atrás.

17

Elia golpeó con los nudillos en la puerta del despacho de Blasco. Al no recibir respuesta, llamó una segunda vez. A su espalda escuchó la voz de Olmedo:

—No está. Tiene una reunión con Bermúdez. ¿Podemos hablar? —Olmedo apoyó el hombro derecho contra la puerta del despacho de Blasco y explicó—: El archivo judicial del caso 666 tuvo lugar a los tres o cuatro días de requerirle al banco las grabaciones. Por eso Vizcaíno nunca llegó a recogerlas. No veas fantasmas donde no los hay.

—Eso no es concluyente, Juan. Los dos lo sabemos.

—¿Y que Miguel interrogue a Reinaldo Santos sin mi conocimiento lo es? Me ha dejado como un gilipollas delante de Blasco.

—No comparto lo que hizo Miguel; pero, si es por irregularidades, la gestión de esta causa se lleva la palma —dijo Elia levantando la carpeta—. Ha sido un desastre desde el inicio, tanto la oficial como la que nos traemos entre manos. Llevamos dos días trabajando en una especie de zulo sin saber por dónde tirar… Y resulta que hay unas grabaciones que Vizcaíno nunca recogió, y que nadie cayó en la cuenta de que el jardinero del parque era un ex boina verde que había estado en Irak y que en el informe que tenemos falta la declaración de Martínez-Cifuentes. Perdóname, Juan, pero, en lo de sentirse gilipollas, juraría que no nos ganas a Miguel y a mí.

—Está bien, está bien… Vamos a calmarnos. Haced lo que consideréis oportuno: yo os avalo. Pero, por favor, que nadie piense que pretendemos reabrir el caso de Amaia Braganza, ¿vale? Si encontramos algo sólido, Blasco hablará con el juez Peñafiel. Hasta entonces, sed cuidadosos.

—Tienes mi palabra, si jugamos limpio desde ahora.

Olmedo metió la mano en el bolsillo interior de su chaqueta, sacó un rollo de folios estrecho y aplastado, y se lo tendió a Elia.

—Aquí tienes la declaración de Martínez-Cifuentes. He visto de todo lo habido y por haber: violadores, proxenetas, asesinos, pedófilos, psicópatas que matan por deporte… Pero esto, Elia, no sé cómo clasificarlo.

Elia cogió los folios y dijo:

—Lo tomo como una señal de buena voluntad.

—No pierdas de vista esos papeles. Nada de copias ni de enseñárselo a nadie más aparte de Miguel. Órdenes de Blasco. ¿Estamos?

—Cuenta con ello.

18

DECLARACIÓN DE GUZMÁN MARTÍNEZ-CIFUENTES
4 de enero, 11:11 horas

COMISARIO BLASCO: ¿Cómo se llama la mujer en cuestión, señor Martínez?

MARTÍNEZ-CIFUENTES: Amaia Braganza.

C. B.: Y cree que está siendo retenida a la fuerza.

M.-C.: Creo que es algo más complicado… En fin [*Se oye una tos*], no sé si tiene sentido lo que estoy haciendo aquí.

C. B.: Deje que yo decida eso, señor Martínez. Le advierto que, si nos encontramos ante un secuestro, las primeras horas resultan vitales. Dígame dónde está y con quién.

M.-C.: Oiga, ya le he dicho que es algo más complicado que un secuestro.

C. B.: Conteste, por favor.

M.-C.: No sé con quién está. Tampoco dónde.

C. B.: ¿Disculpe?

M.-C.: Si me deja, le explico lo que…

C. B.: Casi mejor.

M.-C.: La culpa la tuvo un cliente, ¿sabe? Entablé con él una relación bastante estrecha a través de internet mientras preparaba la defensa de su caso ante la corte militar española.

C. B.: ¿Era militar?

M.-C.: Sí, estaba acusado de deserción. Conseguí que se le retirase el cargo y que Lorenzo aceptase una pena, por abandono de destino, de reclusión de tres meses en una cárcel militar.

C. B.: ¿Lorenzo qué?

M.-C.: Lorenzo Trujillo, de las fuerzas especiales.

C. B.: ¿Y qué pasó?

M.-C.: Que congeniamos y me presentó a sus amigos. Coleccionaban armas, y a mí siempre me gustaron las armas. Un momento, ¿esto queda todo grabado?

C. B.: Obviamente.

M.-C.: Por favor, le pido que borre esto último.

C. B.: Que conste la petición del señor Martínez y que conste que será eliminada de la transcripción cualquier referencia que no guarde relación con la señora Braganza.

M.-C.: Bueno, verá, eran otros dos hombres. Nunca supe cómo se llamaban, pero el más grande, que parecía indio, me propuso conocer al Ángel.

C. B.: ¿Era militar?

M.-C.: No, claro que no.

C. B.: ¿Entonces?

M.-C.: No sé cómo calificarlo, joder. Me hacía pensar en algo y lo adivinaba. Sin trampa ni cartón.

C. B.: Era un mago.

M.-C.: Yo no lo llamaría así.

C. B.: Disculpe. ¿Y cómo lo llamaría?

M.-C.: Lo llamaría milagro. ¿Puede imaginar lo que sentí cuando se ofreció a compartir ese don conmigo? Soy abogado, inspector: imagine las ventajas que me traería adivinar lo que piensan mis adversarios.

C. B.: No soy especialista en esta materia, señor Martínez. Solo sé que el mundo está lleno de charlatanes con un enorme poder de persuasión. ¿Y cómo se llamaba ese ángel?

M.-C.: No lo sé.

C. B.: ¿Aspecto físico?

M.-C.: Tampoco lo sé. Llevaba el rostro oculto con una especie de pañuelo negro.

C. B.: Vale, dígame dónde lo conoció.

M.-C.: En una casa de la sierra, no muy lejos de aquí. ¿Me da agua? Disculpe, estoy nervioso.

C. B.: Tome.

M.-C.: Gracias.

C. B.: ¿Y qué pasó? [*Se registran seis segundos de silencio*]. ¿Señor Martínez?

M.-C.: Sí, perdone. Me propuso participar en un rito.

C. B.: ¿Y qué tiene esto que ver con Amaia Braganza?

M.-C.: Ella también participaba.

C. B.: Explíqueme eso, por favor.

M.-C.: Ella estaba completamente desnuda en el suelo. El Ángel sacó una hostia empapada de sangre de un cáliz y la puso sobre su ombligo.

I. J. B.: ¿Ha dicho «sangre»?

M.-C.: Era de cerdo. El Ángel dijo que debía romper mis barreras para alcanzar la plenitud de la videncia. Luego partió la hostia en porciones, derramó la sangre que había dentro del cáliz sobre su abdomen y me la dio a probar.

C. B.: ¿Lo hizo?

M.-C.: No, pero Trujillo y sus amigos sí.

C. B.: ¿Y la señora Braganza? ¿Se prestó voluntariamente a eso? ¿Estaba bajo los efectos de alguna droga?

M.-C.: No lo sé.

C. B.: Deduzco, por lo que dice, que no sufrió ningún daño.

M.-C.: Creo que no lo entiende. [*Se escucha un ruido seco*]. Mire, esto ha sido un error. Mejor me voy.

C. B.: ¡Siéntese! Que conste la advertencia que le hago al señor

Martínez de las consecuencias que tiene el encubrimiento de un delito.

M.-C.: Quiero hablar con mi padre: es juez.

C. B.: No antes de que acabe.

M.-C.: Pues prométame que no va a constar por escrito nada de lo que le cuente ahora.

C. B.: Haré lo que esté en mi mano.

M.-C.: ¿Me pone un poco más de agua?

C. B.: Ahí la tiene.

M.-C.: Mi padre y su inquebrantable ética de magistrado se irán a la mierda si se entera de esto.

C. B.: Prosiga.

M.-C.: Verá, junto a Amaia Braganza había otra mujer desnuda. Su piel era muy blanca. El Ángel le puso un dedo en la sien y le ladeó la cabeza para que pudiese ver sus ojos. Parecía una muñeca.

C. B.: ¿Les dijo algo?

M.-C.: No estaba despierta, inspector. Estaba muerta.

C. B.: ¿De dónde salió el cadáver?

M.-C.: No lo pregunté; solo sé que la embadurnó con la misma sangre que a todos los demás. No sé explicarle lo que sentí… El revoltijo de cuerpos de sangre fría y caliente era algo pavoroso y bello al mismo tiempo.

C. B.: ¿Sugiere que practicaron necrofilia?

M.-C.: Sí.

C. B.: ¿Y usted participó en eso?

M.-C.: No.

C. B.: ¿Había alguna señal en el cadáver que denotase violencia?

M.-C.: No lo sé.

C. B.: Necesitaré una descripción lo más precisa posible de lo que recuerde, pero antes dígame qué papel jugaba la señora Amaia Braganza en ese ritual.

M.-C.: ¿Me sirve un poco más de agua?

C. B.: No hay más agua.

M.-C.: No me gusta su tono.

C. B.: Al grano, señor Martínez.

M.-C.: ¿Es que todavía no se ha dado cuenta? Su sangre es la parte fundamental del rito. Aquello solo era un ensayo.

C. B.: ¿Es consciente de lo que me está contando?

M.-C.: [*Sollozos*]. No quiero que le pase nada, no quiero…

C. B.: ¿Dónde está?

M.-C.: En la casa; está en la casa…

C. B.: Está bien, tranquilícese. Aguarde aquí unos minutos.

[*Se registra una interrupción de diez minutos*].

C. B.: Que conste que retomo la declaración a las 12:21 horas. Escuche atentamente, señor Martínez: debe actuar tal y como esperan que lo haga. Le colocaremos un dispositivo de escucha y le vigilaremos las 24 horas. Entre tanto, siga con su rutina diaria y no le cuente a nadie la conversación que hemos tenido.

M.-C.: Me propone que rompa su pacto de sangre. ¿Sabe lo que eso significa?

C. B.: Solo le pido que nos lleve hasta ese ángel. Nadie se va a enterar de nada. Se lo garantizo.

M.-C.: No podrán protegerme: el Ángel tiene el don de la videncia. Sabe lo que pienso antes de que diga nada.

C. B.: Si no me ayuda, señor Martínez, tendremos que acusarlo de cómplice de asesinato. ¿Es lo que quiere?

M.-C.: No ha entendido usted una mierda, inspector. El Ángel no es un hombre.

C. B.: ¿Qué es entonces?

[*Se registra un minuto y veinte segundos de silencio*].

M.-C.: El diablo.

[*Fin de la transcripción*].

19

En cuanto acordaron que eran novios, Fermín le prometió a Julia que dejaría de salir por las noches. Él puso fin a sus juergas y el noviazgo se consolidó de tal manera que hasta Mateo asumió el prematuro rol de cuñado. La presencia de la adorable Julia en su vida le permitió a Lourdes Sanz de Iturriaga disfrutar de la hija que no había tenido, de una complicidad femenina de la que hasta ahora había carecido en la casa.

Aunque Julia era para Lourdes una joven devota y religiosa, la realidad era algo distinta. Bajo sus recatados vestidos, se escondía una mujer apasionada que no eludía los lances del siempre ardoroso Fermín. Después del primer encuentro en el piso de la plaza de Mariano de Cavia, vinieron muchos más. En ese aspecto, Fermín y Julia fueron una pareja bastante moderna para la época. Una vez que Julia vio claro que se casaría con él, no tuvo inconveniente en visitar a Fermín casi a diario en su piso de soltero.

En uno de esos encuentros, Fermín estaba particularmente ardoroso y le dijo: «Me vuelves loco, blancucha. No puedo estar sin ti». Julia aprovechó la ocasión para conseguir la redención definitiva y le contestó: «Pues prométeme que no volverás a ver a ninguna otra. Cuando nos casemos, nada de queridas; conmigo te sobra y te basta». A continuación, Fermín se arrodilló, le levantó la falda y comenzó a besarla, pero, antes de que pudiese quitarle las bragas, Julia le tiró del pelo para que la mirase: «Prométemelo», insistió. Fermín sonrió malévolamente, salió del dormitorio y, al cabo de unos minutos, regresó con una cajita de terciopelo rojo sobre la palma de la mano. Julia la abrió y contempló fascinada la gargantilla isabelina de oro que había en el interior. Fermín se arrodilló de nuevo frente a ella y dijo: «Te lo prometo».

Después de seis meses idílicos de matrimonio, Julia vio como su sueño comenzaba a desmoronarse. Fermín llegaba cada día más tarde y, cuando se sentaba a la mesa para cenar, su conversación apenas servía para rellenar el silencio. Además, le ponía mala cara cada vez que ella hablaba de su intención de trabajar en el mundo del diseño y la moda. Insistía en que no hacía falta: él ganaba ya mucho dinero y tenía previsto ganar mucho más aún; por tanto, lo que ella debía hacer era disfrutar de la vida y encargarse de que la casa fuera un verdadero hogar para los dos. Si necesitaba dinero para cambiar los muebles, las cortinas o alguna alfombra, solo tenía que pedirlo.

Con el favor de su suegro, Mateo Sandoval, Fermín tejió una red clientelar que le colocó como el candidato ideal para asumir la dirección del despacho Zulueta y Asociados. Su padre hizo pública la decisión durante una estancia en la casa de la familia de Neguri en el verano de 1976. Aquel día Gonzalo estuvo a punto de abandonar el bufete; sin embargo, Fermín le pasó la mano por el hombro, lo invitó a tomar unas cervezas y lo convenció para que aceptara con resignación una vez más su papel de segundón. «Es tu destino —le dijo—. No te rebeles contra él y ganarás más dinero del que nunca hubieras imaginado».

El fin de semana en que Fermín se convirtió en el sucesor de Julián Zulueta, Julia empezó a darse cuenta de que su matrimonio, definitivamente, no iba a ser lo que ella había imaginado. Fermín se fue por la tarde de bares con los amigos de la cuadrilla y no regresó hasta la mañana siguiente. Aquello, lejos de convertirse en algo excepcional, muy pronto adquirió rango de costumbre durante las semanas que estuvieron en Getxo. A Fermín le dio igual que estuvieran alojados en el palacete familiar y que ella se viera obligada a pasar los días casi al completo con sus padres.

Julia esperó a regresar a Madrid para decirle que las cosas no podían seguir así. Ella le dijo que entendía que reencontrarse con los amigos de la cuadrilla de Neguri era un desahogo ante la enorme responsabilidad que suponía su trabajo en el despacho de Madrid, pero que ella no quería ser un mero objeto decorativo, como la gargantilla que le había regalado el día que le pidió matrimonio. Le dijo que iba a buscar trabajo y que empezaría en cuanto encontrase uno.

«¿Es que no tienes todo lo que necesitas?», le espetó Fermín. Julia hizo un gesto de fastidio y contestó: «Ya sabes que sí; no empieces otra vez con eso…». Entonces, Fermín dijo: «¿Y qué pasa con lo de tener hijos?». Julia respondió: «¡Pero, Fermín, si lo hablamos antes de ir a Getxo y tú mismo me dijiste que no querías tenerlos por ahora!». Fermín se desabrochó la camisa, se la quitó y la tiró sobre una silla. «No sé, blancucha, a lo mejor es hora de tenerlos…».

Aquella tarde el asfalto exudaba una neblina ardiente. El termómetro marcaba 37 °C y el sol proyectaba la sombra de la verja del aparcamiento sobre el coche patrulla como la celosía de un confesionario. Dante deslizó los dedos entre los asientos para devolverle a Elia la declaración policial de Martínez-Cifuentes.

—El Ángel es un cazador muy astuto. Muy convincente.

—Sin duda tuvo que hacer una buena puesta en escena para que un abogado como Martínez-Cifuentes creyese que tenía dotes adivinatorias.

—¿Qué sabemos de ese Trujillo?

—Está en paradero desconocido desde hace tiempo. De hecho, no se sabe nada de él desde esto —contestó Elia blandiendo la declaración.

—Santos también era boina verde. Puede que la conexión de ambos esté en el ejército.

—Buena observación. Lo investigaremos.

—¿Y crees que lo de Martínez-Cifuentes fue un suicidio?

—Claro que no.

—Eso significa que el Ángel sabía que colaboraba con la policía.

—Veo que vas pillando de qué va esto, Dante. La fotografía de Amaia Braganza llegó a la mañana siguiente de que Martínez-Cifuentes abandonase la comisaría. Con él fuera de juego, el Ángel debió de sentirse seguro para repetir su *modus operandi* con esa segunda víctima.

—Yo diría «rito», para ser más exacto.

—Acepto la precisión. Por cierto, necesito tu mente retorcida para entender algunas cosas.

—Está bien, pregunta.

—¿Por qué toda esa depravación sexual?

—La palabra «depravación» responde a nuestra moral colectiva —replicó Dante—, pero siempre han existido personas con inclinaciones sexuales extrañas.

—Estamos hablando de necrofilia, Dante. Follarse a una mujer muerta es algo más que una inclinación extraña.

—Depende de cómo se mire, inspectora. En Grecia, Roma y, sobre todo, en el antiguo Egipto, se celebraban ceremonias religiosas asociadas a prácticas orgiásticas donde se usaban cadáveres. No existían entonces prejuicios sobre el incesto y la homosexualidad, y la muerte era considerada como parte de la vida. En la desgastada superficie del papiro de Turín, hay cortesanos, sacerdotes y altos cargos del Gobierno egipcio teniendo sexo en grupo, y frases tan explícitas como «Ven y métemela por detrás». El papiro de Ebers, uno de los tratados médicos más antiguos, muestra que la necrofilia era una práctica extendida.

—Me estás contando una de tus historias inventadas…

—En absoluto. El papiro de Ebers, por ejemplo, fue hallado entre los restos de una momia en la tumba de Assasif, en Luxor. La necrofilia estaba tan extendida entre los embalsamadores durante el reinado de Amenhotep que los familiares de los fallecidos contrataban guardias para vigilar los cuerpos hasta el momento en que se extraían sus entrañas.

—¿Y tú por qué sabes tanto de eso?

—Cuando escribí *El tribunal de tu carne* tuve que familiarizarme con toda clase de parafilias. El antiguo Egipto siempre ha sido una de mis debilidades. Lo que a ti te parece excéntrico para mí, por decirlo de algún modo, es normal. Por ejemplo, no me resulta extraño que un asesino satanista quiera beber sangre humana antes de que se vuelva densa y oscura.

—Pero en el caso de Martínez-Cifuentes no era sangre humana, sino de cerdo.

—Supongo que la usaron en el ensayo para vencer su resistencia a beber sangre humana. A grandes rasgos, lo que se desprende de esta declaración es que hubo un proceso iniciático cuyo clímax se alcanzó con un sacrificio humano.

—Por cierto, no le digas a Olmedo y a Blasco que te he dejado leer la declaración de Martínez-Cifuentes. Les prometí máxima discreción.

—¿Y por qué me la has dejado leer entonces?

—Por si te ayuda a identificar al demonio ese al que prestan culto.

—Veo que tú también vas pillando de qué va esto, inspectora.

El calor del día todavía contaminaba el ambiente de la madrugada.

—Vamos, mamá —imploró Elia.

Julia hizo uso de todo su aplomo para que no se escurriese una sola gota de medicina. Chupó la cuchara y exhaló todo el aire cuando Elia dejó que la cabeza se le hundiera de nuevo en la almohada.

Permaneció en silencio mirando a su hija. Esperanza recogió la bandeja y cerró la puerta del dormitorio cuando salió. Por fin, Julia dijo:

—¿Rezarás conmigo?

Elia observó los brazos de su madre perfilados con trazos más finos de lo que recordaba. No dejaba de darle vueltas a que su padre estuviese comenzando una relación sentimental mientras su madre sucumbía al cáncer.

—Claro, mamá.

Elia fijó la vista en las manos de la anciana, desplegadas como dos abanicos traslúcidos sobre la colcha. Después se sentó a su lado, tomó su mano izquierda entre las suyas y dejó que le dibujase con el pulgar de su mano derecha una cruz sobre la frente. Su madre comenzó a rezar un rosario. Elia estuvo quieta, casi sin atreverse a mirarla para que no detectase que aquellos padrenuestros, avemarías y glorias no significaban nada para ella. Los recitó como un autómata mientras pensaba de qué modo podría llegar hasta el Ángel.

20

Vizcaíno y Miguel estaban cada uno en un extremo de la mesa, como si aquello fuese el receso de un combate de boxeo. Elia, con la espalda apoyada contra la pared y los brazos cruzados sobre el pecho, escuchaba con atención a Olmedo. El inspector hablaba sobre las indagaciones realizadas en torno a Reinaldo Santos:

—Según su teléfono, Santos estuvo en casa. El GPS lo sitúa en su domicilio habitual desde las siete de la tarde del sábado 8 de enero hasta las doce de la noche del domingo 9. Sin embargo, estuvo trabajando en el parque el sábado entre las ocho y las diez de la noche. Por tanto, caben dos alternativas: o se olvidó el móvil en casa, o lo dejó adrede para no ser localizado. En cualquier caso, ninguna parece muy útil ahora.

—Es el único día de los registrados en que su móvil no se movió de casa… Es un indicio para tener en cuenta —dijo Miguel.

—Eso lo dices para justificar la cagada de haberle hecho declarar por segunda vez —replicó Vizcaíno.

—Una cagada fue no ir al banco a recoger la grabación. Yo al menos intento resolver el caso.

Olmedo golpeó la mesa con el puño.

—¡Ya está bien! ¿O tengo que recordaros que tenemos una mujer asesinada y otra, casi seguro, en la cuenta atrás? ¡Ya estamos en el tercer día, coño! —Apuntó con el dedo índice derecho hacia el pecho de Vizcaíno y añadió—: Tenemos una pista nueva: la rueda del coche. Centrémonos en eso y, de paso, saquemos algo de rentabilidad a los dos años que estuviste al frente de la operación Dryer.

—Aquello fue un cúmulo de desaciertos —bufó Vizcaíno—. Demasiada burocracia.

—Y más de cien coches de importación requisados —dijo Olmedo—. Dime que van a servirnos ahora para algo.

—No parece una llanta de serie, si es lo que quieres saber.

—Exactamente, Vizcaíno. Por eso te toca localizar el coche que las monta.

Mientras salía el segundo café de la máquina, Miguel se tomó el primero de un trago. Cristina Muriel iba hacia el despacho de Blasco y se desvió al verlo.

—¿Ese café es para mí?

—Solo si me das un poco de conversación, preciosa, que estoy que me subo por las paredes.

Miguel esperó a que terminase la máquina y le alargó el café a Cristina. Después sacó una moneda del bolsillo y marcó para que saliese otro café.

—¿Siempre te los tomas de dos en dos?

—Mis noches sin ti son demasiado largas, ya sabes.

Cristina sonrió, le hizo una carantoña y dijo:

—Puede que eso tenga solución… Por cierto, ¿qué tal fue la declaración con el boina verde?

—No sé, ¿conoces la sensación de estar ante alguien que analiza cada uno de tus movimientos?

—Supongo que debe de formar parte de su adiestramiento.

—El tipo siempre estuvo tenso y alerta, como si esperara el momento para tirarse encima de mí y… —Le alertó un zumbido dentro de la máquina de café e interrumpió lo que estaba diciendo para pegar el oído—. Puta mierda. Se ha tragado la moneda otra vez.

Un oficial en prácticas que pasaba en ese momento por delante de la máquina se detuvo al ver que Miguel le inquiría con la mirada.

—¡Esa chaqueta abotonada! Todavía te falta un poco para lucir estos galones —dijo tocándose la camiseta.

—Eh…, sí…

—¿Te apetece un café, chaval?

—Sí, gracias.

—Pues no hay. Pero… —Miguel sacó unos cigarrillos del bolsillo de su camisa y le ofreció uno— aquí tienes.

—¿Son porros?

—Hostia puta, no. Cigarrillos sin filtro. ¿Por quién me tomas?

Cristina Muriel cruzó los brazos y desvió la mirada disimulando una sonrisa.

El chico dejó caer los brazos.

—Perdone, inspector, es mi segundo día y estoy un poco nervioso.

—Vale, circula.

Cristina señaló con el mentón hacia el frente.

—Eh, tu mejor amigo acaba de llegar al despacho.

Miguel miró mecánicamente a su espalda. El llavero de Vizcaíno, oscilante en la cerradura de la puerta de su despacho, le cegó unos instantes.

—Otro día te invito al café, preciosa. Hoy la máquina jugaba con el enemigo.

—¿Puedes venir aquí y ver esto? —dijo Elia.

Dante se levantó de la silla y se acercó a la mesa de Elia. Se detuvo a escasos centímetros de su espalda. Sobre la mesa, había un dibujo.

—Lo hizo Miguel el otro día después de la declaración. Santos lo lleva en el brazo. ¿Qué te parece?

Dante contó rápidamente sus doce puntas.

—Es la misma. ¿Vais a detenerlo?

—Blasco dice que ve difícil que el juez quiera reabrir el caso; que necesitamos algo más. De todas maneras, mañana iremos a verlo. ¿Y tú? ¿Alguna novedad?

—He pensado que estaría bien que visitemos al sepulturero del cementerio civil de Madrid.

—¿Y por qué has pensado que esa es una buena idea?

—Porque es un sepulturero que sabe mucho de satanismo.

—¿Eso lo pone en la web del cementerio?

—No, más bien en los foros de la *darknet*. El tipo no es peligroso, pero maneja muchas referencias bibliográficas y conoce a mucha gente del mundillo. Puede aportarnos algún dato.

—Si tú lo dices… ¿Desistes entonces de encontrar algo en tus grimorios?

—Por ahora sí. Tenemos que abrir otras vías. —Dante cogió un volumen grande y pesado de su mesa que decía *Tratado de necrofilia*, lo abrió sobre el escritorio de Elia y leyó—: «No siempre la atracción sexual hacia los cadáveres es fruto de una patología, como la del asesino en serie Ted Bundy, que mató a más de cien mujeres en menos de dos años para abusar de sus cuerpos. De hecho, muchos investigadores rechazan la vinculación de la necrofilia con el sadismo, la psicosis o el retraso mental. A veces, simplemente es una cuestión de preferencia, de disponer de un cuerpo que no oponga ningún tipo de resistencia a las más oscuras fantasías; otras veces solo es una cuestión de oportunidad, como el caso del médico que no pudo resistir la tentación de hacerlo con el cadáver de una joven cuando se quedó encerrado toda la noche en la morgue. La gente como usted no piensa en estas cosas; pero, igual que existen pederastas allí donde hay niños, hay necrófilos donde hay cadáveres. Son personas normales en su vida cotidiana, pero con inclinaciones extrañas. Estadísticamente, muchas de ellas trabajan como asistentes en funerarias y hospitales o como empleados de cementerios».

—Me cuesta imaginarme eso de «normales».

—Basta con que comprendas que el uso de cadáveres puede tener un sentido espiritual. —Dante avanzó unas cincuenta páginas hasta llegar al inicio de otro capítulo y siguió leyendo—: «Leilah Wendell se hizo famosa por hablar sin tapujos de su amor por la muerte y sus experiencias con la necrofilia mientras trabajaba en un depósito de cadáveres. Buscaba un hálito de vida en sus inertes parejas durante el tiempo que duraba su propio orgasmo. Como ella, otros muchos insisten en que la conciencia persiste en el cuerpo tiempo después de que una persona haya fallecido. Durante una ejecución acontecida en 1803 en Breslau —la actual ciudad polaca de Wrocław—, se llevó a cabo un sorprendente experimento reprobado por la actual ética médica. Justo después de decapitarse a un criminal con una espada, la cabeza fue conectada a un dispositivo electromecánico por el extremo cortado de la médula espinal. El resultado fue que el rostro se contrajo de golpe en un rictus de dolor. Podría haberse tratado de un acto reflejo, pero, cuando el investigador lanzó rápidamente su dedo hacia los ojos, los párpados se cerraron, como si el cerebro fuera consciente de la amenaza. Lo mismo ocurrió cuando el investigador dirigió la cabeza recién cortada hacia el sol. Y cuando gritó el nombre del ajusticiado en uno de sus oídos, este abrió los ojos y volvió la mirada hacia el lugar de donde provenía el grito». —Dante cerró sonoramente el volumen e informó—: El sepulturero que vamos a conocer pertenece a la categoría de los que viven el misticismo de los muertos. Se hace llamar Aarón, en honor a un antiguo mago nigromante griego que, según los demonógrafos, vivió en tiempos del emperador Manuel Comneno. Creo que es un tío interesante.

—«Demonógrafos». La cantidad de palabras que estoy aprendiendo contigo. En fin, vamos a ver a tu sepulturero satanista. —Elia fue hacia el perchero y se puso la cazadora. Abrió la puerta y, señalando la gabardina, le preguntó a Dante—: ¿Nunca te la quitas?

—Estoy acostumbrado a que me echen de los sitios. Es más rápido salir si estás preparado.

Miguel abrió la puerta del despacho de Vizcaíno. Este se balanceaba hacia delante y hacia atrás en la silla con la mirada puesta en la pantalla del ordenador.

—¿Qué te pasa? ¿No sabes llamar? —escupió Vizcaíno dejando de balancearse y apoyando las cuatro patas de la silla en el suelo.

—Dime qué rollo te traes, gordo. ¿A qué viene meterte con la declaración de Santos? ¿Tanto te molesta que haga bien mi trabajo?

—Estaré gordo, pero al menos no soy un alcohólico como tú. ¿A qué hora te acostaste anoche? ¿O es que tienes los ojos rojos porque te dejó tu mujer?

—Haré como que no he escuchado todo eso, y así no tengo que partirte la cara, a cambio de que me digas por qué cojones no fuiste a por la grabación al banco.

—Peñafiel archivó el caso, y ya no hacía falta ir. Tenía otras cosas que hacer. Trabajo. En vez de estar en el bar o poniéndome hasta el culo de tranquilizantes como tu amiga Sandoval, yo estaba trabajando. Me pareció que no merecía la pena perder el tiempo en hacer algo que no iba a ninguna parte.

—Retira eso que has dicho.

—¿Retirar qué, que tu amiga iba puestísima el día que me clavó la pluma y me rompió los tendones?

—Eres un pedazo de mierda asquerosa, Nico.

Antes de que Vizcaíno pudiese ponerse en pie, Miguel se abalanzó sobre él y lo agarró del cuello de la camisa. Con un brusco tirón lo sacó de la silla y lo lanzó contra la mesa. Los más de 95 kilos de

145

Vizcaíno barrieron la taza de café, tres archivadores, una fotografía y la pantalla del ordenador.

El inspector Olmedo abrió la puerta de manera intempestiva y gritó:

—¿Pero qué cojones estáis haciendo?

Avanzó hasta Miguel, lo cogió del hombro y tiró de él.

—Te voy a denunciar por agresión, como a ella... —amenazó Vizcaíno.

—¡Basta! ¡Ni una palabra más! —gritó Olmedo.

Vizcaíno se puso en pie y tiró de las solapas de la chaqueta del uniforme para recolocárselo. Fuera del despacho, media docena de personas se arremolinaban cerca del cristal.

—Otro espectáculo como este y os pasáis archivando papeles el resto de vuestra puta vida. La próxima vez os dais de hostias cuando no estéis de servicio. ¿Está claro?

—Está claro —contestó Vizcaíno.

—Está claro —dijo Miguel.

Olmedo se giró hacia la cristalera y dio unas cuantas palmadas dando a entender que todo el mundo debía volver a su puesto de trabajo.

Miguel estaba acodado en el extremo de la barra del Boulevard Rock. En otro tiempo, los grupos más cañeros de la ciudad presentaban allí sus discos rodeados por una clientela de empedernidos bebedores y fumadores ya en peligro de extinción. Miguel era uno de esos supervivientes. Bajo el pelo, que mostraba ya algunas canas, se atisbaba aún el joven músico que veinte años atrás colgó la guitarra para hacerse policía. Cuando Elia se sentó a su lado, Miguel miraba el fondo de su vaso como si estuviese buscando allí su destino.

Elia le puso una mano sobre el hombro para darle a entender que había llegado. Miguel sonrió desganadamente y dijo:

—¿Desde cuándo sales entre semana?

—Desde que hago de niñera. ¿Llevas mucho rato aquí?

—Desde que salí de la comisaría.

Un tipo corpulento y grande se acercó con paso ágil hasta ellos. Parecía sorprendido con la inesperada compañía de su único cliente.

—¿Qué tomas, guapa?

—Agua mineral. Y se llama inspectora —puntualizó Miguel.

—¿Agua mineral, inspectora? —dijo el camarero.

Elia asintió con la cabeza y le hizo un gesto al camarero para que no hiciera caso del tono hosco que había utilizado Miguel.

—¿Se puede saber qué haces? —preguntó Elia—. Pareces fuera de control.

—Eso dice Olmedo. —Miguel echó la cabeza ligeramente hacia atrás y se pasó la mano por la barba de dos días, cada vez más blanca en el mentón. Sus ojos eran dos puntos negros atrapados en una malla de venas rojas—. Beber para recuperar el tiempo perdido —dijo llevándose el vaso de *bourbon* a los labios.

El camarero dejó una botella de agua mineral de plástico sobre la barra y un vaso. Miguel esperó a que se alejase de regreso a la caja para añadir:

—Y, de paso, volar lejos de todos los emputecidos parásitos del sistema. ¿Satisfecha?

—No.

Miguel se restregó la palma de la mano por el rostro y luego suspiró.

—La cagué con mi hija, Elia. Lo sé. Me paso el puto día flagelándome por lo que pasó, así que no tiene que venir un gordo malnacido como Vizcaíno a recordármelo. Sé que estaba borracho aquel día, sé que me sobrepasé y sé que desde entonces nuestra hija es solo la hija de Paula. Lo tengo claro, todo eso. No necesito a nadie que me recuerde que, mientras ella rehace su vida, yo estoy aquí deshaciendo la mía. Y menos, un tío que solo sabe ser el lameculos de Olmedo.

—Coronado en versión penitente… Anda, para el carro, que te conozco.

—A tu salud.

Miguel alzó el vaso y apuró el medio dedo de *bourbon* que le quedaba. Luego, movió el vaso por encima de su cabeza antes de dejarlo sobre la barra con suavidad. Después de pedirle al camarero que le sirviese otro, continuó:

—Yo no soy una sanguijuela, Elia. Vizcaíno, sí. Él sí es una puta sanguijuela. No intento llegar a primera línea tirando de las botas de un compañero, ¿vale?

—Da igual ahora si Vizcaíno es un mierda o no… Fuiste a buscarlo al despacho porque querías pegarle. Fue un error. Eso es todo.

—Hablas como Olmedo. ¿Eres también ahora una fiel servidora de los mandos?

—En todo caso, una detective privada que bebe agua mineral en un garito tan venido a menos como tú y como yo.

—Casi dejas manco a Vizcaíno… El gordo también me recordó eso. Sin embargo, Blasco y Olmedo besan el suelo que pisas.

—Nadie besa el suelo que yo piso. Saben que pasaba una situación difícil: mi madre, mi padre, el estrés… Pidieron un informe a Otto Aguilar.

El camarero dejó otro *bourbon* en la mesa con un sonoro golpe y se llevó el vaso vacío de Miguel.

—Te protegen, Elia, no me jodas. Hasta Vizcaíno sabe que ibas empastillada hasta las cejas aquel día… Y que llevabas semanas así. Pero tú te apellidas Sandoval, y yo, Coronado.

—A veces eres gilipollas. ¿Lo sabías?

Miguel le puso una mano en el hombro, pero Elia se la quitó de encima con un movimiento brusco.

—Siempre viene bien tener a Coronado cerca por si vienen mal dadas y hay que partirse la jeta con Vizcaíno… ¿O no?

—Fue un error pedirle a Blasco que te metiera en el equipo.

Sigues siendo el mismo de siempre. La vas a cagar y nos vamos a ir todos a la mierda.

Miguel dejó caer la cabeza hacia ella. Después se hundió un dedo en la mejilla como si estuviese tratando de recordar algo y se mantuvo así un rato.

—¿Sabes lo bueno de beber tanto? —dijo Miguel levantando la cabeza y cogiendo el vaso de *bourbon*.

—No tengo ni idea.

—Que tarde o temprano terminas sacando la mierda fuera y duermes más tranquilo.

21

El trajín de abogados, procuradores y clientes en los juzgados de plaza de Castilla era frenético a las diez de la mañana. El juez Peñafiel subió instintivamente la voz al asomarse por la puerta, y el inspector Olmedo se encaminó hacia él, seguido por Elia, con una carpeta bajo el brazo. Una vez dentro de su despacho, Peñafiel los invitó a sentarse en una mesa redonda llena de expedientes tapizados de pósits.

—Gracias por recibirnos en plena jornada, señoría —dijo Olmedo.

—Algunos compañeros fuman en los recesos entre juicios, inspector; yo los aprovecho para estas cosas. Ustedes dirán.

—Necesitamos la colaboración ciudadana. Han pasado tres días, bueno, cuatro contando con hoy, y no hemos podido identificar todavía a la víctima.

—¿Tiene ahí la foto?

Olmedo sacó de la carpeta la fotografía de la segunda víctima y el retrato que habían elaborado los de la científica para evitar enseñar a los medios una prueba de la investigación.

—Tres días son muchos para una identificación —reconoció Peñafiel.

—Tenemos un sospechoso, señoría: Reinaldo Santos. En esta carpeta están los indicios que sustentan la petición judicial de registro en domicilio e intervención de sus comunicaciones. Se lo he mandado por *mail* por si le facilita el trabajo.

Peñafiel hojeó el expediente.

—¿Santos?

—Sí, un exsoldado que trabajaba en el parque la noche que mataron a Amaia Braganza.

—¿Y qué tiene que ver Santos con este caso?

Olmedo le explicó que la fotografía de esta nueva víctima era muy similar a la que habían recibido cuando el secuestro y asesinato de Amaia Braganza. Además, le habían tomado una segunda declaración a Santos y habían encontrado datos, como los tatuajes, las compañías que frecuentaba o que fuese boina verde como Lorenzo Trujillo, que merecía la pena investigar a fondo.

Mientras Olmedo exponía el discurso que había preparado, Elia reparó en una foto de la estantería donde Peñafiel, vestido de montañero, abrazaba por los hombros a dos hombres pertrechados de cuerdas y utensilios de escalada. Era la única foto deportiva que había en el despacho. Las demás parecían un publirreportaje donde posaba siempre con su calculada apariencia de solterón insomne: sobrio traje oscuro, corbata floja al cuello, camisa blanca impecable y barba de pocos días, pero cuidadosamente arreglada. Volvió a la conversación cuando escuchó que el juez dejó caer la declaración sobre la mesa y, con tono grave, dijo:

—Pretenden que reabra el caso 666.

—La declaración de Santos no es el único argumento, señoría. El rastreo del GPS es concluyente. Curiosamente, Santos no llevaba encima el teléfono móvil el día del crimen; se lo dejó en casa. Es mucha coincidencia, ¿no le parece? Se lo indico al final.

—Eso es una opinión subjetiva, inspector; no un hecho constatable. —Peñafiel separó la silla de la mesa unos centímetros—. Lo que veo es que está encajando con calzador la petición de colaboración ciudadana con un caso de asesinato ya archivado. ¿No le parece un tanto forzado?

—¿Y la segunda fotografía? —dijo Olmedo posando la mano encima.

—Insuficiente. El caso 666 se filtró a los medios; cualquiera puede haber copiado el patrón del primer secuestro.

—Disculpe, señoría, pero Santos luce en el brazo el mismo símbolo que apareció en el escenario del crimen.

El juez miró a Elia y, con un toque de calculada afabilidad en el tono, preguntó:

—¿Puede aseverar la plena coincidencia, inspectora?

—Las marcas que aparecieron en el parque se asimilan mucho a ese tatuaje.

—O sea que no.

Peñafiel se inclinó hacia atrás alzando las patas delanteras de su silla. Estaba perdido en el vaivén de aquel juego de equilibrio, cuando, de repente, recuperó la posición natural, cruzó los dedos sobre la mesa y dijo:

—No puedo reabrir el caso 666 en base a opiniones subjetivas, así que busquen sospechosos directamente relacionados con el caso que estamos instruyendo. Y, créanme, agradezco mucho el esfuerzo que están haciendo, pero el registro y la intervención del teléfono de Santos en estas circunstancias sería meramente prospectivo. Si esperan unos minutos ahí fuera, les redacto el oficio para la difusión pública del retrato de la víctima. Es todo lo que puedo ofrecerles de momento.

Elia desapareció por el paso de control de los juzgados mientras Olmedo se despedía de los agentes que custodiaban la entrada. Quedaron en verse en el coche. Elia llegó, revisó los mensajes que tenía pendientes y se cruzó de brazos mientras observaba el tráfico en plaza de Castilla. El tránsito era tan lento que un autobús del servicio municipal parecía ser arrastrado por una riada de vehículos.

Cuando Olmedo llegó, Elia dijo:

—Ese cabrón de Peñafiel no habría soltado la autorización ni aunque le hubiéramos dicho que nos bebimos la sangre nosotros mismos.

—Ya te lo dije: hay gente arriba que no quiere remover la mierda.

—¿Viste las fotos que tiene en el despacho?

—¿Qué fotos? ¿Las de Peñafiel?

—Hace escalada, como Santos.

—Bah, no seas paranoica; que vaya de vez en cuando a La Pedriza no lo convierte en un escalador. Peñafiel sabe que el caso va a saltar a la prensa y se la coge con papel de fumar. Por cierto, bebe los vientos por tus huesos.

—No lo creo. Estoy segura de que a este le van más los tíos.

—Le preguntaré a Blasco, a ver qué me dice. ¿Vamos?

—Yo me quedo. Voy a mirar no sé qué libros y sellos satánicos con Dante. Te veo en un rato.

22

Kathrine dejó el cuchillo sobre la tabla y se remetió varios mechones ensortijados de pelo antes de dar la bienvenida a su esposo.

—¿Y la niña? —preguntó ella.

—No va a volver.

Kathrine se llevó las manos al regazo instintivamente.

—Rojian no superó la prueba de su bautismo —dijo Marcus.

—¿Me mentiste?

—Solo quería ahorrarte el sufrimiento.

Marcus dio un paso hacia delante con la intención de abrazarla y buscar consuelo, pero Kathrine se echó hacia atrás y cogió de la mesa el cuchillo de hoja ancha de acero con el que había troceado el cordero.

—¡Dime qué has hecho con ella! ¡Dímelo!

El pecho se le encogía entre leves y espasmódicas convulsiones.

—La arrojé al abrevadero, cerca de los rebaños, hace casi una hora.

Kathrine dejó caer el cuchillo y se llevó las manos a la boca.

—Dame las llaves del coche —exigió.

Marcus hizo un gesto negativo con la cabeza y dijo:

—Su destino ya no está en nuestras manos. No podemos contrariar el designio de Melek Taus.

Kathrine salió corriendo en dirección a la casa de su hermano gritando:

—¡Khaled, Khaled, Khaled!

Khaled conducía tan rápido su destartalado Toyota que avanzaba envuelto en una nube de polvo permanente.

Kathrine trataba de recuperar los rasgos de su hija, representárselos, mas no era capaz de recordar nada. Sin embargo, algo en su interior le decía que seguía viva, como si a pesar de los kilómetros que las separaban fuese consciente de su respiración y del movimiento de su cuerpo.

—Te dije cientos de veces, hermana, que tuvieses cuidado con Marcus —la amonestó—. Es un hombre demasiado riguroso; antepone la religión a todo.

—Nunca pensé que llegaría a hacerle daño a Rojian —murmuró Kathrine.

—Es un extremista. Siempre lo ha sido.

—No es cierto, Khaled. Marcus quería que Rojian estudiara y se casara con quien quisiera… No sé qué le ha pasado.

—Y, sin embargo, se casó contigo, aunque era nuestro primo hermano.

—Marcus ha cambiado con los años.

—No tanto, hermana. ¿A quién se le ocurre enviar a la pequeña Rojian a los videntes del templo? ¡Solo tiene cinco años!

—Ahora todo eso ya da igual, Khaled… Lo que importa es llegar antes de que Rojian se ahogue. Acelera, por favor.

Veinte minutos después, la montaña de Sinyar se erigió ante ellos. Kathrine reconoció a través de la ventanilla los fértiles prados que reverdecían al abrigo de la montaña, donde Saedd, el ayudante de su marido, cuidaba del rebaño. Khaled viró a la izquierda en el punto donde se veía la huella reciente de unos neumáticos. El sol calentaba

155

los cristales y abrasaba la tela de los asientos y las partes metálicas de la cabina.

Al ver en el horizonte dos piedras monstruosas que semejaban las crestas de un dinosaurio, Khaled avisó:

—Ya llegamos.

—Resiste, mi pequeña —sollozó Kathrine.

Al llegar a la altura de las rocas, Khaled frenó, abrió la puerta y salió corriendo hacia el abrevadero. Kathrine lo siguió a unos metros de distancia. Cuando Khaled retiró las tablas, vio la cara de Rojian flotando en el agua. Era como una máscara inexpresiva a la que solo una mirada exhausta y lánguida otorgaba vida.

—¡Rojian! ¿Puedes oírme? —gritó Khaled. Al cabo de dos segundos vio que una de sus manitas ascendía temblorosa del agua—. Eso es, muy bien; voy a sacarte de ahí.

Khaled rebasó el borde y estiró el brazo hacia ella. En cuanto sus dedos se entrelazaron, acentuó la presión sobre la mano de su sobrina. El eco de su respiración se confundía con los gemidos de Rojian. Tiró de ella con fuerza, pero intentando no hacerle daño.

—Vamos, vamos… —la animó Khaled con la voz ahogada.

Rojian fue emergiendo de las profundidades del abrevadero tras una máscara viscosa de agua. Llevaba un bulto cubierto de barro en los brazos. Khaled se lo quitó con suavidad y lo dejó sobre los tablones.

—¡Hija mía!

Kathrine la atrajo hacia sí y comenzó a limpiarle el rostro con una mano mientras con la otra la aplastaba contra su pecho. Rojian cerró los ojos y volvió a abrirlos un instante después sobre el pequeño bulto que yacía a su lado. Más que a barro, olía a cordero mojado.

—Límpiala lo mejor que puedas, hermana. Este abrevadero es más limpio que otros, pero acuérdate de los niños de Kadaoui…

—¿Has tragado mucha agua, Rojian? —preguntó Kathrine.

Rojian permaneció inmóvil con los ojos fijos en algún punto del desierto. Kathrine respiró angustiada mientras se aplicaba en secar a su hija y limpiar lo mejor que podía los restos de barro y heces animales. Sabía que los hijos de Kadaoui habían muerto de una fiebre tifoidea, pero no quiso decir nada para no asustar a su hija. Lo único que dijo fue:

—Tenemos que lavarte bien con agua.

Kathrine se puso de pie y le hizo una señal a su hermano dándole a entender que debían partir cuanto antes. Khaled tomó en brazos a Rojian y caminaron rápido hacia el coche. Cuando Khaled dejó en el suelo a Rojian para abrir la puerta trasera, la niña dijo con frialdad:

—El cordero ha muerto, mamá.

Kathrine se echó a llorar y le dijo que no se preocupara, que ella le conseguiría otro.

23

Miguel recorría la piel del cuello de Cristina Muriel cuando el teléfono móvil comenzó a sonar bajo la cama. Los primeros acordes de la canción *Know by Now*, de Robert Palmer, le hicieron saber que era un mensaje de Elia.

—Ni se te ocurra contestar —dijo Cristina—; antes termina esto que estás haciendo.

Cristina entreabrió los labios y cerró con fuerza las piernas sobre la cintura de Miguel.

—A sus órdenes, oficial —asintió Miguel buscando con los dedos la boca de Cristina y embistiéndola aún más fuerte.

Cuando terminaron de hacer el amor, Miguel se recostó y, a la vista del rostro complacido de Cristina, dijo:

—¿Me da su permiso ahora, oficial?

—Ahora ya puedes hacer lo que te dé la gana.

Miguel deslizó una mano por debajo de la cama y sacó el móvil envuelto en una maraña de pelusas. Cristina apoyó la espalda en el cristal de la ventana, tan erguida, que podía verse el perfil de la ciudad por encima de sus hombros.

—Mierda, nos han denegado la autorización para reabrir el caso —se quejó contemplando la pantalla, y cogió el paquete de tabaco de la mesilla.

—¿Para lo del boina verde?

Miguel giraba el paquete de tabaco como si fuera un taco de cartas.

—No lo entiendo, joder.

Cristina recogió las piernas sobre el pecho, cogió el paquete de tabaco de Miguel y encendió un cigarrillo. Dio una calada, apoyó el codo encima de las rodillas y dejó que su mano, lánguida, dibujase espirales de humo.

—¿Quién es el juez?

—Peñafiel.

—No te hagas mala sangre. Es bueno.

—¿Has trabajado con él?

—No, querido —dijo pasándole el cigarrillo—, pero ha llevado más casos de la comisaría y, en general, ha ido bien la cosa.

Miguel dio varias chupadas cortas y nerviosas al cigarrillo, y se lo devolvió a Cristina.

—Voy a ducharme. Me temo que no va a ser el único mensaje que reciba esta noche.

Diez minutos después, regresó vestido y con el pelo oliendo a champú. Se sentó en el borde de la cama, se inclinó sobre Cristina y le dio un largo beso en los labios.

—Eh, nada de arrullos de cortesía, subinspector.

Miguel sonrió mientras ella le apartaba el rostro.

—¿Volverá mañana? —preguntó Cristina.

—Pierda usted cuidado, oficial.

Elia y Dante cruzaron por delante del Palacio del Pardo y la colonia que daba nombre al cementerio y estacionaron frente al camposanto sobre las once de la mañana. Era un lugar discreto y silencioso donde apenas se escuchaba el rumor del tráfico de la carretera de La Coruña. Aarón, el sepulturero, los esperaba en la entrada. Tenía el pelo peinado hacia atrás, con amplias entradas a los lados, y la mandíbula hundida y torcida hacia la izquierda, como si hubiese recibido una coz de caballo. Nada en su rostro parecía guardar un mínimo equilibrio. En cambio, el traje negro que llevaba puesto lucía un corte ajustado a su endeble anatomía, como de sastrería. Elia dedujo que el sepulturero no debía de andar mal de dinero.

Antes de que sus visitantes abrieran la boca para dar los buenos días, Aarón se dirigió a Dante y dijo:

—Seguidme, por favor.

Una nube de insectos revoloteaba en la senda por la que caminaron hasta un mausoleo de mármol negro con dos grandes columnas en la entrada. La parte inferior de la puerta de cristal y hierro estaba cubierta de hojarasca. Elia miró hacia el interior cuando pasaron por delante. A tenor de las telarañas que había sobre los tres altares, supuso que aquella era la parte del cementerio menos visitada. Tras intercambiar algunas palabras con Dante, Aarón le dijo a Elia:

—Quiero que comprenda que, aunque la nigromancia y la necrofilia a veces vayan de la mano, no siempre es así. No soy de los que se excitan con la contemplación de un cadáver en un sarcófago.

—Dante ya me lo ha explicado; no tiene de qué preocuparse.

A continuación, el sepulturero explicó que su obsesión había comenzado cuando se decidió a embalsamar el cadáver de su esposa. Eso le permitió explorar por vez primera el inhóspito terreno que habitaban las almas al emprender el viaje al más allá. Las dudas existenciales tuvieron la culpa de que buscase en los muertos lo que no encontraba en sus oraciones. Con un hondo suspiro, Aarón le ofreció un sobre a Elia.

—Ahí dentro encontrará el nombre de uno de los principales proveedores de materia prima —dijo.

—¿Y por qué nos ayuda?

—Porque se trata de un traficante sin escrúpulos que vende cadáveres y partes seccionadas de cuerpos a precios muy lucrativos sin preocuparse por el uso que vayan a darles. Aunque yo le pueda parecer un enfermo, tengo una ética.

—Disculpe, pero no sé a qué se refiere —dijo Elia.

—A que ya ni siquiera se puede donar con tranquilidad un cuerpo a la ciencia —se lamentó Dante—. En la Complutense, sin ir más lejos, se descubrió que se conservaban de forma ilícita decenas de cadáveres y miembros apilados en el Departamento de Anatomía y Embriología Humana. Varios miembros de la universidad vendieron desde cabezas o rodillas hasta cuerpos enteros para, por decirlo de alguna manera, investigaciones irregulares. A eso te refieres, ¿no?

Aarón asintió y, en un tono algo dramático, dijo:

—Créame si le digo, inspectora, que los cuerpos son revendidos o desmembrados para someterlos a verdaderas atrocidades más veces de las que usted imagina… Y los muertos no merecen eso.

Elia abrió el sobre y sacó la tarjeta que había dentro.

—Gustavo Solís —dijo Aarón—. En la parte de atrás tiene todo lo que necesita saber. Ese hombre hace esculturas con la materia inerte; los cuerpos que no diseca los vende en porciones a coleccionistas extravagantes o fetichistas, pero últimamente ha ampliado el negocio a la venta de cadáveres frescos. Tiene contactos en funerarias, hospitales y centros universitarios, así que puede conseguir casi cualquier cosa en menos de veinticuatro horas.

—¿Cadáveres frescos? —dijo Elia.

—Si el individuo que usted busca requiere de recién fallecidos en sus ceremonias, Solís es su hombre.

24

Miguel se quitó el jersey y dejó a la vista una camiseta negra descolorida con la lengua de los Rolling Stones. El subinspector Vizcaíno lo observó con especial atención.

—¿Qué pasa? —preguntó Miguel.

Olmedo suspiró y se encajó en la silla.

—Que llegas tarde. Otra vez.

—El tráfico está imposible.

Olmedo miró hacia la pantalla del ordenador, agitó la mano hacia Vizcaíno con gesto resuelto y dijo:

—Sigue, por favor.

Después de un momento de vacilación, Vizcaíno puso el dedo sobre la pantalla, donde estaba congelada la imagen de una llanta.

—Decía que viene de serie en el nuevo modelo de *pick up* de la marca asiática Owo. Estamos comprobando con Tráfico cuántas de color negro se han matriculado en España.

—Esa llanta es lo único que tenemos para relacionar a Reinaldo Santos con la víctima —dijo Olmedo—, así que nuestra prioridad es localizar esa maldita camioneta.

—Estoy en ello —contestó Vizcaíno.

—Yo no he visto ninguna camioneta así, creo —dijo Miguel.

Vizcaíno levantó la vista de la pantalla del ordenador y miró hacia la televisión que tenía Olmedo en el despacho. Estaba sintonizada en La 1, y el *Telediario* de las tres iba a empezar. Vizcaíno les hizo un gesto para que mirasen hacia la televisión. La primera noticia hablaba del secuestro de una mujer y mostraba el retrato que la policía había difundido a los medios.

—Al menos Peñafiel aflojó en esto —dijo.

Todos los años el despacho Zulueta y Asociados celebraba el aniversario de su fundación con un cóctel en los jardines del patio interior. Una alfombra azul marcaba la senda de los invitados hacia el *hall* de entrada, donde las azafatas los orientaban a través de las dos enormes puertas de madera que se abrían en los laterales de una enorme pared engalanada con un óleo del patriarca, don Julián Zulueta del Moral. A pesar de las profundas reformas que había sufrido el edificio, el cuadro que había pintado el gaditano Hernán Cortés permanecía en el mismo lugar desde finales de los años setenta. La composición enmarcaba al patriarca de pie, con la mano sobre el respaldo de una silla de principios del siglo XX, y la sobria cartera de piel negra que le acompañaba en los estrados encima del cojín del asiento. En un nivel más profundo, las líneas se desdibujaban en contraste con la nitidez de las escamas que cuarteaban la madera de nogal de las patas delanteras de la silla y las flores de la tela del asiento. Aunque Julián Zulueta miraba de frente, tenía una expresión de acogimiento y hospitalidad que parecía abarcar todos los rincones del *hall*. Ese juego óptico solimiantaba extremadamente a Fermín, hasta el punto de que, si alguien le hacía un comentario elogioso sobre el cuadro, él negaba con la cabeza y hacía ondear una mano con premura para quitarle importancia, como si fuese así de fácil desprenderse de la larga sombra de su padre y de la de quienes consideraban que nunca estaría a su altura.

Sobre las seis de la tarde los jardines estaban abarrotados de gente. Todos los representantes del mundo de la justicia —jueces, fiscales, funcionarios y abogados— estaban ahí, deseosos de saludarse y de hacerse notar. Un hombre de pelo rizado y voluminoso de unos sesenta años estuvo a punto de originar un desastre cuando asaltó la bandeja que un camarero llevaba a la altura del hombro con champán y varias copas de vino tinto y blanco. Algunos invitados se habían agrupado en los tresillos que la empresa encargada del *catering* había instalado en el claustro de columnas que circundaba el patio. Profiteroles de boletus con crema de *foie*, charlotas de paté de centollo, finas lonchas de jamón ibérico, dados de queso parmesano, blinis de salmón ahumado y un sinfín de exquisitos canapés de distintas formas geométricas llenaban los platos de porcelana. El cóctel de Zulueta y Asociados tenía fama de ser uno de los más generosos y mejor abastecidos de la ciudad. Pocos se lo perdían.

Fermín había encargado a Gonzalo que fuera recibiendo a los invitados mientras él terminaba de arreglarse. Se estaba mirando en el espejo del despacho privado del último piso cuando su hermano subió a buscarlo.

—El ministro no para de preguntar por ti —dijo.

Fermín se asomó a la galería acristalada para observar las cabezas de la animada multitud que se perfilaba bajo la luz de las antorchas que ardían en el centro del jardín.

—¿Está ya lo suficientemente borracho?

—Ha estado a punto de tirar una bandeja por no perder la oportunidad de hacerse con una copa de Pingus.

—Entonces, bajo enseguida.

—Yo regreso ya; quiero hablar con la secretaria de Estado. Te veo abajo.

Fermín se puso colonia en las muñecas, en el cuello y en el pañuelo que asomaba en el bolsillo de su traje. Salió del despacho y bajó en el ascensor pensando en si esa noche recibiría también un mensaje de Greta. Casi prefería que no: llevaba cuatro días y cinco noches en que había follado más que en sus mejores tiempos de juventud. Se preguntó en qué medida dos o tres pastillas de Viagra por día y la cantidad de *whisky* y vino que estaba tomando podían afectarle. El médico había sido muy claro al respecto después del trasplante: nada de alcohol y vida sana. Sin embargo, él se sentía rejuvenecer con la sensación de emborracharse y luego follar hasta la extenuación.

En cualquier caso, decidió que, en público, mantendría las apariencias y solo bebería agua mineral. A su riñón no le vendría mal descansar un poco. Había estado con mujeres que tenían aguante con el alcohol y a las que les gustaba mucho el sexo, como Fabiola Cuevas, pero con ninguna como Greta. Era como si él fuese un mero objeto y follárselo fuera lo único que ella necesitaba. A diferencia de otras, a Greta le resultaba indiferente que él tuviera mucho dinero, que la doblara en edad o que viviera en La Moraleja y tuviera una *suite* a su nombre en el Wellington. Tampoco parecía la típica mujer interesada en redimirlo o en hacer catarsis sobre lo desgraciada que había sido su vida. Simplemente, era una especie de atleta del sexo y se había propuesto dejarlo seco. Él solo era un reto para ella. Fermín sonrió ante su ocurrencia. «Eso es —se dijo—, lo único que quiere es que le pida clemencia y que me rinda primero. Quiere ser la primera mujer que consigue que Fermín Zulueta claudique».

Mientras cruzaba el jardín, Fermín tuvo la sensación de que todos se habían confabulado para que no llegase hasta el ministro. Cada encuentro con un abogado, juez o fiscal conocido se convertía en una pequeña emboscada, pues nadie parecía dispuesto a dejar ir al anfitrión sin estrecharle la mano y agradecerle algún pequeño favor, hacerle alguna confidencia o pedirle una reunión. Fermín había aprendido de su padre que un buen maridaje de vino y comida volvía a la gente más empática, y eso permitía hacer mejores negocios. Donde los demás escatimaban, él era generoso. Era cuestión de tiempo volver rentables esos ágapes.

Cuando ya estaba a punto de llegar al ministro, que miraba con deleite la etiqueta de una botella que tenía un camarero, Fermín sintió una mano en el hombro.

—Sígueme; te abro paso. Es importante —apuntó Gonzalo.

—Aún no he saludado al ministro.

—Puede esperar. Elia está sentada en el sofá que hay frente a tu despacho.

—¿Mi hija?

—Por mucho que te sorprenda.

—¿Y qué quiere?

—No lo sé. Pero no parece de buen humor.

—De acuerdo, dile al ministro que ahora vengo.

Cuando salió del ascensor, Fermín reconoció rápidamente los vaqueros y la cazadora de cuero de Elia al fondo del pasillo.

—Me alegra verte, hija —dijo cuando estuvo a su altura.

Elia se levantó y se colocó a una distancia prudencial para evitar que su padre intentara darle un beso. Después dejó que él marcara los cuatro números de la combinación secreta que abría la puerta de su despacho privado. Su padre no hizo ademán de ocultársela, así que ella anotó mentalmente que era la fecha en que su madre y él se habían casado.

—¿Te gusta la decoración?

Elia contempló los minúsculos cuadros de temática abstracta en los paños de pared que antaño ocupaban pesados lienzos con representaciones de caza, arqueros y bodegones.

—Muy actual —dijo Elia.

—Ya sabes: renovarse o morir. —Con la sonrisa cordial que lo caracterizaba, Fermín condujo a su hija hasta un amplio y cómodo sofá de piel de dos plazas—. ¿Cuánto tiempo ha pasado desde la última vez que nos vimos?

—No he venido aquí para hablar de nosotros, papá.

—Tú dirás entonces… ¿De qué se trata?

—De Guzmán Martínez-Cifuentes.

Fermín plantó las manos en los brazos de la butaca y echó ligeramente hacia atrás el cuerpo.

—¿Es que hay alguna novedad? Si es así, me gustaría informar personalmente a la familia.

Elia lo miró con recelo; sabía que su padre tenía la habilidad de esconder sus emociones tras una infranqueable expresión de indiferencia, por lo que no supo medir cuánto de verdad había en aquello que había dicho.

—No tiene que ver con su muerte, sino con un caso en el que él estaba trabajando.

Elia sacó el móvil y le enseñó la foto de un hombre con uniforme militar. Estaba arrodillado y portaba a la espalda una mochila de lona sujeta a su cuerpo mediante un arnés que le pasaba por encima de los hombros y entre las piernas. Fermín observó con gesto neutro la pantalla y elevó el mentón cuando terminó de ver la foto.

—Se llama Lorenzo Trujillo —explicó Elia—, boina verde destinado en Irak durante la guerra contra el Estado Islámico y acusado de deserción... hasta que Martínez-Cifuentes le consiguió un provechoso acuerdo que le permitió eludir la cárcel.

Fermín se recostó en la butaca y buscó la mayor distancia posible con Elia.

—¿Crees que por ser mi hija te facilitaría información de un cliente? Deberías saber que estoy sujeto al secreto profesional.

Elia apoyó los antebrazos en las rodillas y entrelazó los dedos bajo la barbilla.

—Déjame adivinar: contrataste a ese pobre desgraciado para hacerte con las relaciones de su padre, ¿verdad? Dime, ¿cuánto has facturado en asuntos militares en estos años?

—¿De verdad crees que vas a conseguir algo por esa vía?

—Supongo que no, pero me pregunto cómo conseguisteis que se le diese carpetazo al asunto de Lorenzo Trujillo. Tuvo que ocurrir algo demasiado gordo para que las autoridades militares retirasen los cargos contra él. Dime, ¿por qué desertó? ¿Por qué se encuentra en paradero desconocido?

—Mira, hija —expuso Fermín haciendo alarde de una condescendencia que Elia sabía que utilizaba como pretexto para cambiar de tema—, los abogados somos como los curas con sus feligreses: no contamos los pecados de nuestros clientes.

—La vida de una mujer depende de que localicemos a este soldado. Si sabes algo y no colaboras, puedes ser acusado de obstrucción a la justicia.

Ofuscado, Fermín negó con la cabeza.

—Estás hablando con un abogado, Elia. Llevo toda una vida en esto.

—Sé bien cuál es mi trabajo, papá.

—Por fin encontraste algo con lo que intentar vengarte de mí. El rencor no te llevará a ningún lado.

—¿Cuál, el que guardo por lo que le hiciste a mamá o el que te guardo por lo que me hiciste a mí?

Fermín golpeó con furia uno de los brazos del sofá donde estaba sentado, se puso de pie y, señalando a su hija, exclamó:

—No me hables así… ¡Yo adoraba a tu madre!

—Tú lo has dicho: la adorabas… Pero la engañabas con la primera que se te ponía a tiro. El otro día la prima Ana te vio metiéndole mano a una tía que podría haber sido mi compañera de universidad… Y mamá, muriéndose. Das asco, papá.

—¡Elia!

—Tú solo te adoras a ti mismo. Siempre has sido un puto egoísta. ¿Por qué tuviste que decirme que habías pagado por tu riñón de repuesto? Puedo entender que te moleste que sea policía, pero ¿hacerme cómplice de un delito?…

—¿Tan malo es confesarse con una hija?

—Para eso sí, ¿no? Eres un puto egoísta y lo vas a seguir siendo hasta el último día de tu vida. No sé ni para qué he venido.

Elia salió del despacho. En vez de esperar al ascensor, bajó corriendo por las escaleras. Fermín abrió la caja fuerte, sacó una botella de Cardhu y se sirvió cuatro dedos. Se los bebió de golpe. Se sirvió cuatro más e hizo lo mismo.

—Ya estoy a tono con el ministro —murmuró.

Anochecía cuando Elia y Dante llegaron a la guarida de Gustavo Solís. Una camioneta negra y polvorienta arrancaba en ese momento de la entrada. Elia apuntó la matrícula en el móvil y le dijo a Dante:

—Voy a trepar por la verja y a bajar por esas escaleras que se ven ahí hacia el sótano. Si no te he llamado o no he vuelto en diez minutos, llama a Olmedo para que envíe una patrulla. Y, si Olmedo no te coge el teléfono, llama a Blasco, a Miguel y a todos los números que te sepas.

—Ten cuidado.

Elia sacó el revólver y balanceó el tambor hacia fuera para introducir la munición.

—Lo tendré, aunque en momentos así echo de menos mi HK USP reglamentaria de 9 milímetros.

Elia se guardó el revólver, abrió y cerró con cuidado la puerta del coche, cruzó la calzada de cuatro zancadas largas y subió la reja. Caminó deprisa hasta donde comenzaban las escaleras. Vio que había unos treinta escalones. Sacó el revólver, verificó que no había nadie alrededor y comenzó a bajar tratando de hacer el menor ruido posible.

Al final de la escalera había una robusta puerta semiabierta. Pensó que el tipo de la furgoneta negra se habría olvidado de cerrarla. Elia amartilló el revólver y cruzó el umbral lentamente. Parecía haber entrado en una especie de cine antiguo, quizá una sala de teatro en desuso. Un haz de luz proyectaba sobre el fondo del escenario imágenes de cuerpos que se amontonaban unos sobre otros de una manera geométrica, como si alguien hubiera hecho una sórdida escultura con ellos. Una tos le hizo apartar la mirada de la pantalla y apuntar hacia su derecha. Vio que se trataba de un tipo escuálido que parecía hipnotizado con lo que estaba contemplando. Casi por obligación giró la cabeza y miró de nuevo hacia la pantalla: unas manos estaban soltando una masa viscosa sobre una escultura. El audio parecía silenciado. Escuchó una voz que provenía de algún lugar fuera de la sala: «Y con ese toque finalicé la obra, señor. No dude en comprarla. Mientras otros se preocupan por construir ciudades, yo creo arquitectura con los cuerpos». El tipo escuálido sacó una libreta y comenzó a hacer anotaciones mientras asentía con la cabeza. Elia caminó hacia la sala de proyección y rebasó la puerta con el revólver a la altura de sus ojos. Solís estaba frente a un arcaico proyector con un micrófono en la mano.

—¡Policía! ¡De cara a la pared!

—¿Qué?

—¿No me ha oído?

—Espere, espere… Yo… Esto no es lo que parece. Por favor…, deje que le explique: aquí no propiciamos la muerte; solo la observamos.

—¡Cállese y haga lo que le digo! Las manos donde pueda verlas. ¡De cara a la pared!

—Esto es un error, ¿sabe? —insistió Solís en tono suplicante mientras metía las palmas de las manos por debajo de un rollo de película de considerables dimensiones que había encima de la mesa—. Nosotros no relegamos a los muertos al olvido; al contrario, somos quienes los cuidamos cuando los familiares desaparecen. Deje que le explique, se lo ruego.

De pronto, un ruido se escuchó en la sala.

—No se mueva —dijo Elia, girando instintivamente la cabeza.

Sin dejar de apuntar a Solís, se acercó a la puerta para ver qué sucedía. Al abrirla, le pareció que el tipo escuálido huía por donde había entrado.

—¡Insulta a los muertoooos! —gritó Solís con los ojos desmesuradamente abiertos mientras le arrojaba el rollo de película encima.

Elia movió la cabeza hacia un lado y el rollo le impactó en el hombro. «Maldita sea». Sin querer, disparó al techo y un restaño de cal y ladrillo cayó sobre Solís. Este levantó las manos. Ella se acercó apuntándole al pecho:

—Ni se le ocurra moverse, psicópata de mierda.

Elia entró en su apartamento sobre las doce de la noche, cerró el pestillo, fue hasta el salón y se dejó caer en el sofá con un pesado suspiro. Recordó a Solís, esposado, con las muñecas rojas, hinchadas, retorciéndose incómodo en la parte trasera del coche. «¡Joder, suéltame! Esto me está jodiendo las muñecas, ¿no ves? ¡Es un puto abuso de autoridad!». Cerró los ojos un segundo, pero los abrió rápido: las imágenes volvían a su mente. A punto estuvo ese tío de liarla gorda, de verdad. Y ella, a un paso de partirle la cara y meterlo en el calabozo de una patada. El cadáver. Las vísceras. La sangre. Pedazos de lo que alguna vez fue humano esparcidos por la parte trasera de esa maldita sala de proyecciones. Un espectáculo grotesco, un retazo de horror que las cámaras no muestran y los periódicos no cuentan.

Puso Canal 24 Horas. Cuando vio la foto de la mujer secuestrada en la pantalla, ya notaba una creciente sensación de ahogo. Fue a la cocina, cogió un par de pastillas de Tranxilium y se las tragó con medio litro de agua.

El teléfono vibró entonces sobre la mesa del comedor. Era Miguel.

—¿Cómo se te ha ocurrido ir tú sola a detener a un sospechoso? ¿No era yo el que cometía las irregularidades?

—Estaba Dante.

—Lo dicho: fuiste sola. Eso se llama imprudencia.

Elia suspiró y se pasó una mano por la nuca.

—Estoy agotada, Miguel; mejor hablamos mañana.

—No, no, hablemos de esto porque luego parece que soy yo el único que se equivoca… ¿Qué coño hacías tú metiéndote sola en ese agujero?

—Era la única manera. Estoy segura.

—Pero ¿cómo va a ser la única? Escúchame…

—Mañana, Miguel. Necesito dormir y olvidar lo que he visto.

25

El interrogatorio de Gustavo Solís había sido un verdadero fiasco. Miguel resopló soltando el humo de su cigarro mientras sopesaba la propuesta de Elia de que lo intentase Dante.

—Pero si el manoseamuertos ese de Solís no abre la boca, Elia.

—Contigo —respondió ella presionando el índice contra el pecho de Miguel—, que eres un borde.

Miguel miró la punta de su cigarrillo y dijo:

—Bueno, ¿quién sabe? A lo mejor dos raros se entienden mejor entre sí.

Elia fue a buscar a Dante y lo acompañó hasta la sala de interrogatorios.

—Habla con él. Solo eso. No tienes que interrogarlo… Eso ya lo ha hecho Miguel, y no ha servido de nada. Habla con él y mira a ver qué te cuenta. Nosotros estaremos al otro lado del cristal. Si vemos cualquier cosa extraña tardamos cero segundos en entrar.

—Lo intentaré.

—Pero sin florituras, que no estás escribiendo uno de tus libros.

Dante entró con las manos metidas en los bolsillos de su gabardina, saludó a Solís y se sentó frente a él. Sobre la mesa, había dos fotografías tamaño A4 que mostraban una suerte de esculturas realizadas con cuerpos humanos embalsamados. Dante tomó una de las fotografías y la observó con interés. Después hizo lo mismo con la otra. Cuando depositó la segunda sobre la mesa, Solís afirmó:

—Mi obra es hermosa.

—Dudo mucho de que alguien lo entienda aquí.

—¿Y usted qué opina? Parece interesado…

—Me recuerda a Teresa Margolles, una artista mexicana que usaba partes de cuerpos humanos en sus esculturas. Era la manera filosófica, por así decirlo, que tenía de intentar entender el misterio de la muerte.

Solís pareció reconfortado por la respuesta y su rostro pareció relajarse.

—Ahora, si me lo permite —prosiguió Dante—, tengo un acertijo para usted.

Dante sacó un bolígrafo, cogió un folio en blanco de los que había sobre la mesa y trazó varias rayas en apariencia inconexas. Cuando terminó el dibujo, Solís lo miró extrañado:

—¿Quién es usted? —preguntó.

—Un amigo… —respondió Dante—. Tenemos algunos gustos afines.

Solís volvió a mirar el dibujo y se encogió de hombros.

—No sé lo que es.

—Es el ala de un demonio. La encontré en un grimorio y llevo tiempo intentando averiguar a quién corresponde.

—Usted me habla del inframundo, y yo solo soy un artesano de cuerpos. ¿Qué quiere de mí?

Dante le dio la vuelta al folio y dibujó en el reverso la estrella de doce puntas.

—Que me ayude a encontrar a la persona que rinde culto a ese demonio —dijo.

—No sé de qué me habla.

—No hay tantos suministradores de cadáveres en la ciudad…

Solís pareció hacerse más pequeño aún de lo que ya era. Las primeras gotas de sudor asomaron a su sien.

—Sabemos que esa persona le compra los cadáveres para hacer sacrificios en nombre de ese demonio. El problema es que se deshace de ellos de cualquier manera… Los ultraja. No muestra ningún respeto por ellos.

En la camisa de Solís, el sudor comenzó a formar marcas visibles en el pecho y en los sobacos. Dante rebuscó en la mesa hasta encontrar una foto del cadáver de Amaia Braganza y la puso al lado de una foto con una de las esculturas con cadáveres que preparaba Solís. Las observó con detenimiento y, adelantando la de Amaia Braganza, dijo:

—Usted es un artista, Gustavo: no haría algo así. Los monstruos son quienes hicieron esto.

Solís agachó la cabeza y miró fijamente el dibujo de la estrella de doce puntas. Al cabo de unos veinte segundos, levantó la cabeza y respondió:

—Es cierto que le entrego las criaturas, pero no le he visto nunca el rostro al comprador; solo esa estrella tatuada.

—¿En el brazo?

—No, en el cuello.

—¿Y cómo le entrega los cadáveres?

En la sala contigua, Elia y Miguel miraban a través del cristal semiplateado el interior de la sala de declaraciones. Miguel echó un vistazo al equipo de grabación y comprobó que estaba en funcionamiento. Solís se limpió el sudor de la frente con la manga de la camisa y empezó a frotar nerviosamente una mano contra otra.

—Viene y se los lleva en una furgoneta —contestó.

—¿Negra?

Solís agachó la cabeza y, con una voz apenas audible, afirmó:

—Sí.

Cuando Reinaldo Santos apoyó la bota en el extremo del acantilado, la brisa movió las tiras de sujeción de su casco y dejó atrás un ligero temblor sobre las flores silvestres asomadas al vacío. Entonces aulló a las montañas que se perfilaban en el horizonte con una línea quebrada e incandescente. Desde la cumbre del pico Castillo Mayor, bajo sus pies, se abría la naturaleza en toda su magnificencia. A su lado, había un hombre enfundado en un traje negro de salto base que emulaba a un pájaro.

—¿Te queda bien? —preguntó.

Santos levantó el dedo pulgar de su mano derecha en señal de aprobación.

—Echaba de menos saltar. No puedo estar un mes sin hacerlo —dijo.

—La adrenalina sí que es adictiva.

—¿Qué ha cambiado en este equipo que me has traído?

—Es como los que teníamos antes, pero la maniobra es aún más sencilla cuando tiras de la anilla y sale el paracaídas. Aunque me ha salido un poco caro, merece la pena. La semana pasada lo utilicé con Rolo y tuvimos un vuelo fantástico.

—Sí, me lo contó. Me dio mucha envidia. ¿Está todo en orden? —quiso saber Santos.

—Lo revisé con Rolo ayer por la mañana. Está todo a punto. Échale un vistazo si quieres.

—No, hermano, confío en ti: ya he perdido la cuenta de las veces que hemos saltado juntos desde los tiempos de Irak.

El hombre enfundado en el traje negro pasó la mano por encima del hombro de Santos y dijo:

—¿Preparado para obtener la visión reveladora del universo?

—Sí, hermano, somos uno.

—La madre Tierra nos lo da todo, y nosotros se lo damos todo a ella.

El hombre de negro abrió los dedos de la mano derecha y comenzó a contar cinco segundos. Cuando terminó, saltó. Santos dejó pasar otros cinco segundos y saltó detrás de él. Logró estabilizar el vuelo enseguida y, con los brazos extendidos como si fueran las alas de un pájaro, siguió la estela de su compañero de vuelo. Le pareció que la belleza de la estampa que tenía ante sí —el cielo como si fuera un vapor azulado, el verde de la hierba, los árboles bajo su pecho y él deslizándose entre medias como si fuera un águila— le daba sentido a tanto riesgo. El hombre de negro giró la cabeza y Santos levantó el pulgar.

Miró el altímetro: tenía algo de tiempo aún para disfrutar. «Si quieres que la montaña te respete, la entrega debe ser total», se dijo. Era uno de sus mantras favoritos. Hizo unos leves giros, ajustó su pilotaje en campana y se alejó con destreza de una pared rocosa. La sensación de planear le pareció tan maravillosa como la primera vez: solo quería que durara eternamente.

Cuando visualizó el claro donde debía aterrizar y vio cómo su compañero abría el paracaídas, Santos miró el altímetro, contó los segundos y tiró de la anilla. El paracaídas formó un gurruño de cuerdas y tela a su espalda. La tela discurrió rápidamente por debajo de los cordones, pero no terminó de abrirse. De repente, su trayectoria se desvió hacia unos árboles y sus pensamientos se empequeñecieron a la misma velocidad que crecían los elementos de la inquietante hondura que le esperaba. Santos cerró los ojos en los últimos segundos y mil fragmentos de tela flotaron en el aire tras el impacto. Como plumas de ave.

Aún suspendido en el aire, el hombre de negro vio cómo su compañero de vuelo se estrellaba. Maniobró y tomó tierra en el claro previsto. El paracaídas le ondeó por encima de los hombros antes de caer delante de sus pies. Con una mano cogió las correas y con la otra se desató el arnés. Después se quitó el casco. Llevaba la melena negra sujeta en una coleta y se pasó una mano por los cabellos que le caían sobre la cara para recomponerla.

—La montaña no es indulgente con los errores. Tuviste una oportunidad, Trog, y la desaprovechaste.

A continuación, se quitó el traje, recogió todo rápidamente y salió corriendo del lugar. La luz recortaba aristas catedralicias sobre la pared del desfiladero, que parecía haberse cerrado como una trampa sobre la copa de los árboles.

Elia estiró el brazo hasta el extremo de la mesa y cogió el teléfono. Vio en la pantalla que era Olmedo. Descolgó y lo primero que escuchó fue:

—Santos ha muerto.

—¿Qué?

—Haciendo salto base —dijo Olmedo.

—Joder.

—Trataré de averiguar los detalles. Te llamo más tarde.

Elia colgó y dejó el teléfono sobre la mesa. La puerta de la cueva se abrió. Miguel venía con un expediente de pocas hojas en la mano.

—¿Te has enterado, Elia?

—Es todo un puto despropósito.

—Y luego se quejaban de que por qué lo interrogué… Bueno, antes de desesperarte, mira lo que tengo aquí.

El expediente hizo un ruido seco al caer sobre la mesa de Elia.

—¿Qué es?

—El historial militar del recién fallecido —respondió Miguel—. Santos fue uno de los muchos inmigrantes latinoamericanos afincados ilegalmente en España que encontraron en el ejército la oportunidad de regularizar su situación. De los trescientos hombres y mujeres que se presentaron a las pruebas preliminares del cuerpo de operaciones especiales, las míticas COE de los años ochenta, solo la cuarta parte superó la primera criba, y solo treinta, el curso de ingreso. El tío fue uno de ellos. Lo consiguió porque contaba con la ventaja de haberse curtido desde pequeño como escalador cerca del Iliniza, un volcán situado al sur de Quito cuya cara meridional está reservada para deportistas experimentados en escalada en hielo. Era especialista en supervivencia, paracaidismo, escalada y tiro, así que formó parte del primer contingente español que se desplazó a Irak en la guerra contra el Estado Islámico. Mientras el grueso del contingente se instaló en Besmayá el 22 de febrero de 2015, los boinas verdes llegaron un mes antes y se quedaron en la base estadounidense de Bagdad.

—No comprendo adónde quieres llegar.

—A esto... —Miguel abrió el expediente y le dio la vuelta para que Elia pudiera verlo—. Su grupo —dijo— sufrió una emboscada en la localidad de Al-Suwaira, a unos treinta kilómetros al sur de Bagdad, en uno de los desplazamientos que realizaron por carretera junto a los mandos de la Brigada de Infantería iraquí.

Elia cogió el expediente y leyó la parte que describía la emboscada. El convoy estaba compuesto por un total de cuatro vehículos civiles. El primero de ellos había sido alcanzado por un lanzagranadas RPG; los siguientes sucumbieron al fuego cruzado de los subfusiles Kaláshnikov de los yihadistas apostados en los flancos. Tres de los cinco boinas verdes de la expedición habían muerto casi en el acto. Reinaldo Santos salió prácticamente ileso, pero la pérdida de sus compañeros cambió de modo radical su perspectiva de la guerra. Cuando se licenció, en la primavera de 2015, no renovó contrato con el ejército y se sumó a las milicias iraquíes que combatían al Estado Islámico.

Elia levantó la mirada del expediente.

—¿Santos se hizo mercenario?

—Eso parece.

—¿Y salió de Irak el 19 de diciembre de 2016?

—Sí, poco después del acto de transferencia de mando del segundo al tercer contingente, con todos los militares que fueron relevados. El registro de vuelo está al final.

Elia tecleó algo en el ordenador y pareció comprobar algunos datos en la pantalla.

—Entonces, Santos no salió de Irak con sus compañeros del

primer contingente, sino cuando Trujillo fue detenido por deserción y deportado a España —dijo.

—Sabía que te iba a gustar esa coincidencia.

Elia consultó en Facebook el perfil público de Santos. No parecía tener movimiento desde hacía bastante tiempo. Las imágenes enseñaban impresionantes parajes de escalada. Una de ellas mostraba un gigantesco monolito con vistas al mar de la isla de Gran Canaria.

—Santos estuvo en la isla y pasó varios días aprisionado en una grieta. De hecho, lo llaman Trog por unos bichitos que... —Miguel se interrumpió a sí mismo, como si el toque legendario que Santos había imprimido a esa anécdota careciese de importancia frente a la imagen que Elia había encontrado.

En la foto se veía un destacamento de boinas verdes impecablemente uniformados alineados bajo un sol de castigo frente a tres féretros. Bajo la fotografía, había una frase: «A nuestros compañeros caídos en Al-Suwaira».

La publicación tenía más de quinientos comentarios. Muchos mostraban sus respetos por los caídos; otros lanzaban todo tipo de proclamas heroicas. Un poco más abajo, Elia encontró otra fotografía de Santos; en ella aparecía junto a dos hombres frente a la puerta de un hangar construido en medio de la nada. A la derecha de la imagen asomaba el morro de un helicóptero Tigre. Los tres hombres sujetaban entre el índice y el pulgar el parche distintivo de la unidad de operaciones especiales: un machete enmarcado en dos hojas de roble. Debajo figuraba la siguiente frase: «Los guerrilleros llegamos aquí por honor y nos vamos en una caja de pino o por culpa del dinero».

La publicación había generado una treintena de mensajes de apoyo y de críticas al Gobierno. Elia leyó en silencio los comentarios.

—¿Ves algo? —dijo Miguel.

Elia soltó el ratón y dirigió el índice hacia la pantalla.

—El de la derecha es Trujillo.

—Tienes razón.

—Mira qué responde a la publicación de la fotografía: «Toda la razón, hermano. Y todo por un sueldo de 960 euros al mes y una probabilidad de morir en combate de un 30 %».

—¿Y el otro? —preguntó Miguel.

—Espera que mire si está etiquetado… Sí, es Rolo Duque.

—¿Otro boina verde?

—Déjame ver.

Elia hizo clic y cargó la página de Rolo Duque. Estaba llena de motivos militares. Una de las fotografías mostraba su llegada a Irak junto a Lorenzo Trujillo. El *post* de la fotografía indicaba que formaban parte del grupo de treinta boinas verdes que había entrado en Irak un mes antes del despliegue del primer contingente.

—Joder, los dos entraron con Santos en Irak.

—Rápido, busca una dirección donde localizarlo —dijo Elia.

—¿Rolo es el nombre?

—Espera, no… Rolando, Rolando Duque. Lo de Rolo debe ser para los amigos.

Miguel se lanzó sobre el ordenador de su mesa, abrió la base de datos de la policía y tecleó. Casi de manera inmediata, dijo:

—Lo tengo. Calle Villalobos, número 7. Es un bajo en Vallecas. ¿Vamos?

Antes de que terminara la frase, Elia ya se había levantado y se estaba poniendo la chaqueta.

—Por fin, algo que nos sale bien y rápido —dijo.

El bajo estaba en un edificio de ladrillo con unas escuetas terrazas en el centro de cada una de las plantas, una obra representativa de los mamotretos de cemento que se construían en los años setenta. Tenía la reja cerrada y no había signos de que hubiese nadie dentro. Un hombre bajito y calvo, pulcramente vestido, salía del portal contiguo en ese momento.

—Espérame aquí —dijo Elia mientras bajaba del asiento del copiloto.

El hombrecillo pareció titubear cuando Elia le mostró la fotografía de un militar.

—¿Lo conoce? —preguntó Elia.

—Sí, tiene el taller de aquí al lado —respondió mirando hacia la reja cerrada del bajo.

—¿Sabe cuándo abre?

—No sé decirle: es imprevisible con los horarios. No tengo trato con él. Solo sé que es del barrio. ¿Ha hecho algo?

—No, no, solo lo estoy buscando para darle una noticia sobre un amigo en común.

—Pregunte a los obreros de ahí enfrente que están volcando escombros en el contenedor. Alguna vez los he visto tomarse una cerveza juntos.

Elia le dio las gracias, cruzó la calle y se acercó hasta el contenedor. Les enseñó la fotografía a los obreros.

—Hostia, es el Rolo... —dijo uno.

—Joder, y vestido de militar —apuntilló el otro.

Cuando Elia iba a preguntar si sabían dónde estaba, el primer obrero que había hablado apuntó:

—Pues viene por ahí.

A la espalda de Elia, a unos veinte metros, un hombre de mediana altura, con el pelo rapado en las sienes y un penacho de pelo peinado hacia un lado, avanzaba en su dirección con una bolsa de supermercado en la mano. Nada más verla, se paró en seco y miró hacia el coche patrulla. Elia gritó:

—¡No se mueva!

Duque soltó la bolsa y echó a correr en dirección contraria. Al ver correr a Elia hacia el tipo rapado, Miguel metió la marcha atrás y recorrió la calle hasta encontrar dónde dar la vuelta y enfilar en la misma dirección en la que corría Elia. Cuando llegó a su altura, frenó para que ella saltase al interior del coche.

Rolo Duque había parado un vehículo a punta de pistola y estaba arrojando a la conductora al suelo tirándole del pelo. Antes de que pudiesen alcanzarlo, Duque montó en el coche y torció por la callejuela que quedaba a su izquierda. Elia salió lanzada contra el cristal de su ventanilla cuando Miguel viró bruscamente en la misma dirección.

—¡Aparten de ahí, coño! ¡Fuera!

La voz de Miguel resonaba en la cabina del coche como un torbellino de palabras deslavazadas a la vez que tocaba el claxon.

Cuando pasaron el siguiente cruce, el tráfico se volvió más denso y Miguel conectó la sirena. Los coches se iban apartando a su paso, y parecían estar recortando la distancia respecto del coche de Duque. De repente, a unos quinientos metros, un grupo de unas veinte personas se agolpaba a la altura de un paso de cebra.

—¡Cuidado, Miguel, que nos los llevamos puestos!

—Tranquila, si ponen un pie en la calzada, ya buscaremos a Duque otro día.

En ese instante apareció la silueta de un autobús entrando en el cruce y clavando los frenos. Apenas un segundo después llegó el sonido del choque. En el siguiente segundo, un coche volaba por los aires, daba una vuelta de campana y se empotraba contra el portal de una casa.

Miguel frenó bruscamente, Elia bajó y corrió por entre la gente hacia el lugar del accidente gritando:

—¡Al suelo, al suelo, puede explotar en cualquier momento!

Antes de que pudiera decirlo por segunda vez, una deflagración se propagó desde los bajos del coche y el portal. Elia se tiró al suelo y se tapó la cabeza con las manos. Tras unos segundos, se levantó y vio que Miguel corría hacia un cuerpo que yacía en el suelo en medio de dos coches. Ella se levantó y corrió hacia ese mismo sitio abriéndose paso entre las decenas de curiosos que se interponían en su camino. Cuando llegó, Miguel estaba arrodillado e intentaba reanimar al hombre que estaba en el suelo.

—¿Es Duque? —preguntó.

—¡Mierda, sí! —respondió Miguel.

Elia se agachó.

—Sácame a toda esta gente de aquí, Miguel, por favor. —Y, dirigiéndose hacia Duque, añadió—: ¿Puedes oírme, Rolo?

La boca de Duque se inundó de sangre. Miguel hacía señales ostensibles para que se apartase la gente.

—¡Una ambulancia! —gritó Elia. Después cogió a Duque de las solapas de la casaca militar y lo levantó ligeramente del suelo—. ¿Dónde está la mujer?

Duque tenía la mirada perdida.

—¡Vamos, habla!

Duque se agarró del brazo de Elia.

—Eso es, eso es —dijo Elia con expresión más amable—; ayúdanos a encontrarla, y lo tendremos en cuenta más adelante, cuando todo esto pase.

Duque abrió la boca y expulsó un borbotón de sangre.

—Melek… Taus —dijo.

Se agitó dos veces y su mirada quedó anclada en el vacío.

—¡No, no, joder! —gritó Elia golpeándole el pecho con fuerza, como si quisiera reanimarlo.

Después de elaborar un completo informe sobre lo acontecido con Rolo Duque y de dar cuenta personalmente al comisario Blasco, Elia bajó directamente a la cueva. Dante escuchó con las manos en los bolsillos de la gabardina y la cabeza agachada el relato de Elia sobre la muerte del boina verde. Solo levantó la vista del suelo cuando le preguntó si las palabras «Melek Taus» tenían algún sentido para él. Dante sacó las manos de los bolsillos, cogió un bolígrafo de la mesa y se puso a dibujar.

—Melek Taus —repitió Elia como si quisiera captar algo a través de la sonoridad del nombre. Miró los trazos que Dante estaba haciendo—. ¿Qué es eso? ¿Un ala?

Dante no se dio por aludido y siguió dibujando. Cuando terminó, cogió el folio y lo pegó en la pizarra, al lado del fragmento de ala del pacto de sangre.

—Ahí lo tienes, Melek Taus, el ángel Pavo Real, tal y como lo representa el Al-Jilwah. Por eso no encontraba nada en los antiguos grimorios: estaba buscando un demonio cristiano; sin embargo, Melek Taus pertenece a una civilización mucho más antigua.

Elia contempló el dibujo.

—¿Y qué es el Al-Jilwah?

—El Libro de la Revelación de la religión yazidí, una de las más antiguas del mundo. Sus miembros son en su mayor parte de origen kurdo y viven en los alrededores de Mosul, aunque existen pequeñas comunidades dispersas por Siria, Turquía, Rusia y los países de su entorno.

—¿Los yazidíes no fueron masacrados por el Estado Islámico? —dijo Elia.

—Esos mismos.

—Irak, Estado Islámico, yazidíes… ¿Alguna teoría sobre cómo encaja todo esto, Dante?

—Por ahora, no. Lo único que puedo aportar es que los yazidíes son uno de los pueblos más perseguidos de la historia. Desde los tiempos del Imperio otomano hasta ahora con el Estado Islámico, rara vez han vivido en paz. En su día fueron acogidos como refugiados en Europa, especialmente en Alemania, y en los Estados Unidos.

—¿Y por qué los persiguen?

—El secretismo de su credo les ha dado fama de adoradores del diablo.

—¿Un pueblo entero? Explícate.

—Antes que nada —dijo Dante—, hay que salirse de la perspectiva cristiana y mirar el asunto con los ojos de los yazidíes. Para ellos existe un ser supremo y creador llamado Khude, que dejó nuestro destino en manos de siete espíritus, uno de los cuales, el más grande, era Melek Taus, el ángel Pavo Real.

—¿Y el diablo dónde está?

—Para los griegos, Melek Taus era Lucifer; para los cristianos, Satán; y, para los musulmanes, se llama Iblis —dijo Dante.

Elia lo tomó del brazo izquierdo y tiró bruscamente de él.

—¿Crees que sacrificaron a Amaia Braganza en el parque de la Fuente del Berro porque hay pavos reales?

—Es posible. —Dante bajó la mirada a su codo izquierdo—. Me haces daño…

Elia abrió la mano.

—Perdona, es que no entiendo por qué tiene que ser todo tan complicado. ¿Qué más?

—Todas las leyendas afirman que Melek Taus gobierna el mundo e incide en todas las acciones de los yazidíes y que su voluntad está supeditada a lo que en cada momento disponga.

Elia fue hacia la pizarra.

—Martínez-Cifuentes estaba persuadido de que el tipo que dirigía la ceremonia era el Diablo.

—Bueno, Melek Taus poco o nada tiene que ver con el diablo cristiano, pero puede ser que el Ángel use algún ritual del Al-Jilwah o de algún texto secreto para invocarlo como hacen los satanistas con los grimorios.

Elia estaba inmóvil ante la pizarra mirando el dibujo de Melek Taus. Dante se acomodó el flequillo y dijo:

—Imagina sus plumas desplegadas sobre Amaia Braganza, toda esa colorida hermosura obnubilando a los congregados en el momento de su muerte. ¿Te haces una idea de su fuerza simbólica?

26

El doctor Darna siguió a Marcus hasta el interior de la casa donde Kathrine lloraba con Rojian en su regazo. Darna le pidió que dejara a la niña sobre la cama y que le colocase algo bajo la cabeza para que pudiese respirar mejor. Después de hacerle algunas preguntas y revisarla entera, le pidió a Kathrine que templara un poco de agua y que trajera un bol. Mientras tanto, él sacó un bote con ungüento y una cuchara. Cuando Kathrine trajo el agua, Darna echó un chorro en el bol, agregó dos cucharadas del ungüento y revolvió hasta que la mezcla adquirió la consistencia de una crema. A continuación, se la extendió a Rojian por el pecho y la espalda.

—La fiebre está alta ahora, pero le bajará pronto —dijo Darna—. Se pondrá bien en unos días.

—Gracias, doctor —replicó Kathrine.

—Ahora, con su permiso, me retiro. Si necesitan algo, ya saben dónde encontrarme.

Marcus acompañó al doctor Darna hasta la puerta y, antes de salir, le pagó por sus servicios. Cuando caminaba por el pasillo de regreso al cuarto de Rojian, escuchó que Khaled le decía a Kathrine:

—Aprovecha y descansa un rato, hermana; yo cuidaré de Rojian. Mientras yo esté aquí, estáis a salvo.

Kathrine salió al pasillo y fue hacia la habitación de matrimonio.

Descorrió la cortina, miró a Marcus y le dio a entender que quería hablar con él. Kathrine se tumbó bocarriba en la cama. Marcus se tumbó junto a ella, pero dejando dos palmos de espacio entre ambos.

—No te creía capaz de matar a tu propia hija…

Marcus se puso la mano derecha sobre el pecho. Su respiración estaba algo agitada.

—Solo he sometido mi voluntad al Venerado.

—Pero ¿cómo va a pedirte el Venerado que mates a Rojian, a tu hija? ¡Es una niña de cinco años!

—El dios cristiano le pidió lo mismo a Abraham —apuntó Marcus adoptando el tono elocuente de un predicador—. Los mortales no podemos enjuiciar las decisiones divinas.

Kathrine giró sobre el costado y le dio la espalda a Marcus.

—¿Cómo puedes decir eso cuando la niña casi…? —dijo.

—Somos yazidíes. Nuestra supervivencia depende de respetar nuestras costumbres y tradiciones.

Kathrine comenzó a llorar.

—Tú no eras así, Marcus, cuando te conocí. Yo me enamoré de un chico con largas trenzas y que ayudaba a su padre en las ferias de ganado, no de un fanático religioso.

Marcus se acercó a ella, la abrazó y, como despegándose de una sombra siniestra, dijo:

—Tienes razón. No volveré a intentarlo, Kathrine…

—Júramelo.

—Tienes mi palabra. Si las cosas se ponen feas en el pueblo, pagaré yo por Rojian.

Kathrine se deshizo del abrazo.

—No tiene por qué morir nadie: ni Rojian ni tú. Pide protección al consejo: tú eres alguien importante. Te entenderán.

—No me apoyarán en esto… Al contrario, serán los primeros en ir contra mí, precisamente por pertenecer yo a una de las familias fundadoras de Kopo.

A Kathrine la asaltó una ansiedad repentina.

—Pero ¿qué pudieron ver los *kocheks* en una niña tan pequeña?

—No lo sé; pero, si la condenaron a muerte, es porque percibieron algo terrible.

—Eso es imposible, Marcus. Tú sabes que Rojian no haría daño a nadie.

—Solo Rojian sabe lo que le dijeron los *kocheks*. Tendremos que esperar.

A medianoche, Rojian bebió a pequeños sorbos la infusión curativa de manos de su madre; luego, se recostó sobre la almohada, todavía dolorida por el esfuerzo que había hecho en el pozo para no ahogarse. Se quedó dormida casi al instante.

—Ve a descansar a tu casa, Khaled —dijo Kathrine.

—¿Estás segura?

—La culpa no es suya, hermano; es de los sacerdotes de Lalish y del celo con que adoran a Melek Taus.

—Tu esposo es un fanático, hermana. Lo volverá a intentar.

—Me ha jurado que no. En todo caso, será él quien acepte el castigo del jeque Baba Taha cuando llegue el momento.

El rostro de Khaled se ensombreció.

—De un modo u otro, la desgracia se cierne sobre la familia —farfulló—. Ya nada volverá a ser igual.

Las tres semanas siguientes al regreso del templo de Lalish fueron muy agitadas para Marcus. La razón no fue Rojian, sino Sadam Huseín. El presidente iraquí quería mostrar al mundo la solidez de su liderazgo en Irak avivando el fuego de la xenofobia, por lo que había puesto a otras etnias, en particular a la yazidí, en el punto de mira de sus políticas prosuníes.

En esos días, llegaron a Kopo cinco familias procedentes del pueblo de Siba a las que hubo que dar refugio. Según contaron, fue el propio ejército iraquí el que las sacó de sus casas y las echó del pueblo; en su lugar, el ejército alojó a cinco familias suníes, a las que además les dieron sus tierras.

La prensa tampoco invitaba al optimismo. Los baazistas de Sadam Huseín aprovechaban cualquier pretexto para acusar a los yazidíes de adorar al diablo y clamaban para que el ejército los obligase a convertirse al islam. En Kopo, la sensación general y, en particular, de Marcus era que algún día esa hostilidad acabaría por romper la concordia y la convivencia en la aldea.

Una mañana, Elías, el anciano gobernante de la casta pir, se presentó en casa de Marcus y Kathrine. Sudaba abundantemente y le faltaba el resuello, como si hubiese recorrido una larga distancia a toda prisa. En cuanto Marcus apareció en el umbral de la puerta, le anunció:

—Debes acompañarme. Los soldados de Sadam han regresado, pero esta vez no atienden a razones. Quieren verte.

—¿A mí?

Elías llevó a Marcus hasta una camioneta todoterreno aparcada en medio de la amplia explanada de grava donde se celebraban las fiestas de Kopo. El que impartía las órdenes tenía las manos remetidas en el cinturón del uniforme militar. De vez en cuando apremiaba a sus soldados, que estaban subiendo ovejas a la parte trasera del vehículo.

—No se las lleve, se lo suplico… —les decía un aldeano con los dedos entrelazados sobre su boca en señal de plegaria.

Marcus y Elías se acercaron.

—Por favor, soldado, esta familia no tiene tierras; esas ovejas son todo lo que tienen —les dijo Marcus.

Los niños de la aldea se habían agolpado detrás de unos carromatos para contemplar la escena.

—¿Quién eres tú para hablar así a un soldado de la república?

—Marcus Tekkal, hijo de Dishan Tekkal, y miembro del consejo de la aldea de Kopo.

—¿Eres Marcus Tekkal? —dijo el soldado.

—Sí.

—¿Y te atreves a hablarme a mí de tierras? ¿Acaso no me reconoces?

Marcus se fijó en el rostro del soldado y creyó reconocerlo.

—¿Mohamed? ¿Mohamed Ashour?

—Soy Sadiqui, su primogénito. Mi padre trabajaba las tierras que tu familia robó.

—No robamos nada: mi padre le compró las tierras al terrateniente de Mosul. Pagó el precio que le pidieron.

—Esas tierras deberían haber sido nuestras.

—La oferta de tu padre fue menor. No hubo nada personal…

Elías, viendo el gesto crispado del soldado iraquí, dijo en tono conciliador:

—Oficial, conozco a sus superiores de Mosul, y no sabe cuánto me apena lo que está pasando en estos momentos. Llévese seis ovejas y olvidemos este incidente, por favor. Desde que fundamos Kopo en los años cincuenta, hemos sido siempre buenos vecinos y gente generosa.

Los soldados iraquíes se rieron. El oficial Sadiqui Ashour acercó su rostro al del anciano Elías y dijo:

—No has entendido nada, infiel. Cogeremos tantas ovejas durante tantos días que acabaréis largándoos de estas tierras por vuestro propio pie.

El anciano Elías dio un paso atrás y agachó la cabeza. El oficial Ashour se dio la vuelta y dio la orden a sus soldados de subirse a la camioneta. Cuando se dio cuenta de que estaban rodeados por una decena de aldeanos de Kopo que empuñaban viejos Kaláshnikovs, gritó:

—¿Es así, infieles, como recibís a los soldados de la república?

—¡Sois vosotros los que nos habéis obligado! —gritó un aldeano sin quitar el ojo de la mirilla de su fusil.

—Nos apuntáis con armas… Las de mis hombres están guardadas. Me parece que está todo muy claro.

Sadiqui Ashour miró hacia Marcus y ordenó a los soldados que bajasen las ovejas. Estos, con el semblante serio, obedecieron. Después fueron ellos quienes subieron a la caja de la camioneta. Sadiqui se adelantó unos pasos hacia el aldeano que parecía encabezar el grupo.

—Esto tendrá consecuencias. Después no digáis que no os lo advertí.

Se dio la vuelta, golpeó con el puño la carrocería de la camioneta dos veces y el motor rugió con un gran acelerón. Subió al asiento del copiloto y la camioneta salió encabritada por donde había venido. Cuando la polvareda se perdió en el horizonte, Marcus se acercó hasta el aldeano que había desafiado al oficial iraquí y le increpó:

—¿Te has vuelto loco?

—O mostramos que estamos dispuestos a luchar, o cualquier día lo intentará con nuestras mujeres. Tu prudencia es nuestra debilidad.

Marcus regresó a donde estaba el anciano Elías.

—Este es el fin de la diplomacia, Marcus. A partir de ahora, el caos —dijo con cara de desesperación.

Al día después del incidente con el ejército, una veintena de hombres se turnaba en los distintos puestos de control improvisados en el lado exterior de las murallas de Kopo. El aldeano parecía haberse erigido en el líder del movimiento y daba instrucciones sin parar. Los más jóvenes habían sido los primeros en sumarse al movimiento de resistencia. Cuando Marcus vio lo que sucedía, cayó en una suerte de depresión. En menos de un mes, había pasado de tener una vida relativamente tranquila y feliz a sentirse un hombre miserable y ver cómo la aldea sería pronto atacada por el ejército iraquí. ¿Qué sería de ellos y de Rojian ahora que él había incumplido el mandato de Melek Taus?

—Dale una oportunidad, Venerado, al menos una posibilidad de demostrarte que es digna de ti. No te defraudará.

27

Mientras caminaba hacia la calle San Nicolás, Elia se acomodó las correas de la mochila a la espalda. Después sacó el teléfono, buscó en la agenda el apellido «Krum» y marcó el teléfono particular. Al tercer tono, una voz familiar sonó al otro lado.

—¿A qué debo el honor, inspectora Sandoval?

—A un demonio, Ditlev.

—Tanto tiempo sin saber de usted y, cuando me llama, me pregunta por un demonio… Veo que no cambia. ¿Usted y yo no teníamos algo pendiente desde hace algún tiempo?

—Sí, sé que le debo una cena por lo de aquella metedura de pata en el congreso de criminalidad transfronteriza, pero no he vuelto a Holanda desde entonces. Tenga paciencia.

—Buena excusa… Entonces, si no llama para saldar la cuenta, llama para incrementarla, ¿no? Usted dirá si ese demonio es terrenal y competencia de Europol.

—Aún no lo sé. Tengo mucha información y poco orden en mis ideas… ¿Le dice algo «Melek Taus»?

Al otro lado de la línea, Ditlev Krum pareció anotar algo en un papel antes de contestar.

—Que, si viviera en tierra kurda, Elia, podría morir con tan solo pronunciar ese nombre. ¿Qué quiere exactamente de mí?

—Necesito saber si tres militares del ejército español estaban en contacto con alguna comunidad yazidí del Kurdistán iraquí. También si algún yazidí obtuvo asilo político en Europa gracias a ellos.

—Sabe de sobra que no estoy autorizado a contestarle esas preguntas. Eso, en el caso de que encontrase información, lo cual veo complicado: Irak y el Kurdistán suelen ser materia reservada.

—Lo sé.

—¿Y por qué no sigue el conducto oficial?

—Quizá hay un pez gordo. Estamos teniendo problemas para mover el caso.

Ditlev suspiró.

—Está bien, deme el nombre de los militares y veré qué puedo hacer.

Elia le pasó los nombres y una breve semblanza de Reinaldo Santos, Lorenzo Trujillo y Rolo Duque. Confiaba en Ditlev, así que le habló también del asesinato ritual de Amaia Braganza, del secuestro de una segunda mujer cuyo nombre desconocían y de la declaración de Martínez-Cifuentes.

—Es un asunto serio, Ditlev.

—No le garantizo nada, inspectora. Si no la llamo, es que no tengo nada.

Cuando colgó, Elia se quedó mirando la entrada de un centro de entrenamiento. Según el informe, aquel había sido el santuario de Reinaldo Santos, así que le pareció buena idea darse una vuelta por ahí. Aunque su única experiencia con la escalada se remontaba a sus tiempos de la academia, y ahora se encontraba en baja forma, decidió que el sacrificio merecía la pena.

A la entrada, un hombre de manos nervudas y dedos deformes como tubérculos le pidió su identificación. Ella le dijo que era su primera vez; el hombre le explicó que el centro pertenecía a una asociación de militares de montaña jubilados y que necesitaba la invitación de un socio para entrar, salvo que fuese militar o policía. Elia le enseñó la placa y el hombre le entregó un díptico y le explicó los servicios que prestaba el centro.

—La primera media hora es gratis. Si llevas ropa adecuada en esa mochila, puedes probar ahora mismo y ver qué tal te sientes. ¿Quieres? Tengo un monitor que podría trabajar contigo.

—Me parece bien. Vamos.

Mientras el monitor le ajustaba el material técnico a la cintura, Elia observó a los demás escaladores. Les resultaba fácil encaramarse a la pared, imprimir la fuerza justa en cada agarre y, ayudándose de las piernas, alzarse un metro tras otro. Ella dudaba de que sus brazos y piernas tuvieran la mitad de la fuerza y habilidad para imitarlos. Desde que se había tomado la excedencia, su nivel físico estaba bajo mínimos. Con un ligero punto de vértigo en la boca del estómago, se puso tiza en las manos y le dijo que estaba lista.

—Entonces, vamos allá —la animó el monitor mirando la senda de agarres que sobresalían de la pared—. Con todo el peso en las piernas y el cuerpo bien pegado al muro, no tendrás problema. Y, tranquila, el arnés te protege de cualquier caída.

Apenas había transcurrido un minuto cuando culminó el ascenso y se dejó caer por la línea.

—Habías practicado antes, ¿verdad?

—Hace años hice algo en roca, pero ahora estoy en baja forma.

—Busquemos algo más complicado.

El monitor la llevó hasta otra zona del recinto donde los agarres eran protuberancias más pequeñas y distantes. El primer tramo de la escalada le resultó algo complicado, pero lo superó siguiendo los consejos del monitor. Sin embargo, al llegar al segundo tramo, se bloqueó y, por más que intentaba equilibrar el peso, no podía avanzar. Se sentía atrapada.

Ante la mirada atónita del monitor, soltó el arnés y siguió escalando más arriba de lo que alcanzaba su cordaje de principiante. Cada extremidad de su cuerpo parecía tener vida propia y no se había detenido ni un segundo para darse cuenta de lo lejos que estaba del suelo. A esa altura, la escalada se complicaba con fisuras y diedros casi invisibles.

Una chica rubia pasó a su lado y la miró con extrañeza, como si se hubiera adentrado en un tramo donde no debería estar. Elia se fijó en que la chica tenía más o menos su edad y trepaba con soltura, sin cuerda ni arneses, solo con la ayuda de pies y manos. Con una leve torsión, la chica alcanzó un asidero y saltó a otro que había un poco más adelante. A Elia le pareció que jamás lograría hacer algo así.

La mujer la miró por encima del hombro, intrigada, y le preguntó:

—¿Sabes bajar de ahí?

La mirada de Elia transmitía tanto pánico que la chica se acercó y le volvió a preguntar:

—¿Sabes bajar de ahí?

Desde abajo el monitor gritó:

—Ayúdala o se caerá.

—Tranquila, no vas a caerte si haces lo que te digo. Coge el mosquetón y asegúralo aquí —dijo golpeando una hebilla metálica hundida en una junta por la que discurría otra cuerda de mayor grosor.

Elia intentó asir la cuerda en dos ocasiones, pero falló. Después aplastó el mosquetón contra el muro y cerró los ojos. El corazón le palpitaba a mil por hora, la cabeza le daba vueltas y a duras penas conseguía moverse.

—¿Cómo te llamas? —preguntó la chica.

—Elia.

—Muy bien, Elia, presiona más la punta del zapato y muévete.

Aunque el rostro de la chica estaba a contraluz, Elia pudo distinguir cómo sus ojos azules se agrandaban y empequeñecían sobre sus manos y sus pies. Obedeció y alzó levemente el talón.

—Eso es, Elia. Ahora coge la cuerda y asegúrala en el arnés.

Elia consiguió ejecutar la orden y comenzó a respirar tranquila.

—Ahora te voy a abrazar y bajaremos juntas. ¿De acuerdo?

La chica la abrazó con fuerza por la cintura y, cuando escuchó su respiración en la espalda, sintió que el corazón se le aceleraba. Cuando la chica se dejó caer en rápel por la pared, Elia cerró los ojos y apoyó los pies en el muro de manera instintiva. Al llegar al suelo, la chica se desprendió de su material de escalada rápidamente, saludó al monitor y se perdió por una puerta lateral hacia el vestuario femenino.

El monitor agarró a Elia por los hombros y le dijo:

—Si vuelves a soltarte el arnés mientras estás bajo mi supervisión, ya puedes buscarte otro club. Aquí no queremos suicidas.

Elia agachó la cabeza.

—Disculpa, no sé qué me ha pasado… Se me fue la cabeza. No volverá a suceder.

Elia se sentó en un banco del vestuario y respiró hondo.

—¿Estás bien? —dijo una voz a su espalda.

Elia dio un respingo y giró la cabeza cuando vio a su rescatadora acercarse vestida y secándose el pelo con una toalla. Era más o menos de su misma estatura, y sus ojos, de un azul tan intenso que resultaba imposible apartar la mirada.

—Sí, gracias. Perdona por fastidiarte tu escalada.

—¿Puedo hacerte una pregunta?

—Claro.

—¿Por qué lo has hecho?

—No lo sé.

—Busca en tus emociones —dijo con la mano en el pecho.

—Lo tendré en cuenta.

—Soy Vega.

—Y yo Elia.

—¿Me aceptarías un café?

—¿Ahora?

—Sí.

—Venga, uno rápido. Te espero en el bar de enfrente mientras reviso el correo en el teléfono.

Vega hablaba con un acento áspero. Le dijo que sus padres eran noruegos, pero que había pasado la mayor parte de su infancia en un pequeño pueblo de Suiza donde su padre trabajaba en una empresa de exportación de madera. Eso la había ayudado mucho a la hora de aprender idiomas. También a la hora de aprender escalada.

—Mi padre tenía el hábito de llevar encima el material de escalada por si acaso. Supongo que por eso yo hago lo mismo.

—¿Y dónde vives? —preguntó Elia.

—Tengo un apartamento en París, pero casi no lo piso.

—¿Por?

—Soy técnica de mantenimiento. Uso mis habilidades para arreglar cosas en altura, así que siempre estoy de aquí para allá. ¿Y tú?

—Investigo infidelidades.

—¿Bromeas?

—No, para nada: soy investigadora privada.

—¿Estás entrenando para hacer fotos trepando por ventanas o algo así?

Elia se rio con el comentario y respondió:

—Quiero ver si me pongo en forma. Hace años escalé un poco en roca, pero ya casi lo he olvidado.

—¿Y te gusta hurgar en la vida íntima de la gente?

—No particularmente, pero me da para vivir. Hay muchas mujeres persiguiendo maridos infieles por Madrid.

—¿Y al revés no?

—Menos. O, bueno, mi clientela es casi toda femenina.

—¿Y ninguna mujer le es infiel a su marido contigo?

Elia sintió que la sangre le subía al rostro. Al darse cuenta de la incomodidad de Elia, Vega miró el reloj y dejó unas monedas sobre la mesa.

—Tengo que salir volando —dijo.

—No, no, guarda el dinero: invito yo.

Vega sacó un bolígrafo de su mochila, escribió algo en una servilleta y se la dio a Elia.

—Es mi número; estaré hasta final de mes en Madrid. Después vuelo a París. Si quieres, nos vemos con más tiempo y algo dulce para el café.

28

El sol se había difuminado en el horizonte cuando Rojian regresó a casa. Cuando era pequeña se reía, y su risa lo ocupaba todo, pero ahora, a sus quince años, se había convertido en una joven callada y reservada. A veces, después de clase, corría a esconderse en algún rincón resguardado de las miradas y de los chicos que trataban de hacer migas con ella; otras veces se encerraba en su habitación completamente a oscuras y escuchaba música hasta la hora de la cena. Kathrine había inventado una historia sobre el suceso del pozo, una de esas mentiras piadosas con las que los padres intentan proteger a sus hijos. Rojian nunca había hablado con su padre de lo que había ocurrido.

Hasta ese día.

Marcus mantuvo la mirada en Rojian mientras se explicaba. Nada más terminar la cogió de la barbilla y le hizo una pregunta:

—¿Qué te dijeron los *kocheks* aquel día, hija?

—No sé… No lo recuerdo…

—Tienes que decírmelo. De ello depende nuestra propia supervivencia.

—Algo sobre coronas…, unas coronas negras que destruirían nuestro pueblo.

Marcus le soltó la barbilla y miró un momento hacia la ventana.

—Todo lo que está pasando en Kopo es por mi culpa, ¿verdad? —quiso saber Rojian.

—No, hija, no es culpa tuya, a veces el Venerado nos somete a pruebas que no somos capaces de comprender. ¿Recuerdas la prueba a la que lo sometió a él mismo Khude?

—Sí, Khude le pidió a él y a todos sus arcángeles que reverenciaran a Adán después de que le diese vida con su propia respiración; el Venerado dijo que si formaba parte de su iluminación no podía someterse a un ser nacido del barro.

—¿Y qué hizo Dios?

—Reconoció su lealtad dándole el gobierno del mundo.

—Así es, en ningún momento Melek Taus se lo tomó como un castigo, sino como una oportunidad de servirlo mejor. Debes pensar de esa manera de ahora en adelante; si el Venerado fue capaz de idear la noche para resaltar el universo brillante de Khude, tú debes sobreponerte y mostrarle tu lealtad incondicional.

—El Venerado nos guía.

—El Venerado nos guía. —Marcus le palpó a Rojian los hombros y los brazos; después subió las manos a su cuello y la atrajo hacia él—. Tienes que prepararte física y psicológicamente, hija. Debes aprender a pelear mejor que los hombres, a usar tu fuerza interior para vencer su mayor fuerza física, porque tarde o temprano el Venerado te pondrá a prueba y tendrás que luchar por tu vida.

En ese momento llevaría unas treinta dominadas. Las muñecas le ardían de dolor y su mente clamaba por que se soltase de una vez. «No tires con los dedos; tira de los brazos», se dijo abriendo mucho los ojos. Sus dedos se cerraron un poco más sobre la rama del árbol y concentró todas sus energías en el músculo braquial que discurría por debajo de sus bíceps y que confería fuerza a las manos. Rojian se sabía de memoria todos los músculos del cuerpo humano porque quería estudiar Medicina en Mosul en cuanto acabase la escuela.

Rojian fue notando cómo su cuerpo se transformaba con el paso del tiempo. Al cabo de un año lucía una anatomía más poderosa que la mayoría de los hombres jóvenes de Kopo. Muchos de ellos se miraban la espalda y los brazos, intentando encontrar algunos de aquellos músculos perfilados que ni sabían que existían. También era capaz de recorrer largas distancias corriendo y de escalar rocas sin otro agarre que sus propias manos. Cuando le preguntaban para qué tanto desgaste físico, contestaba que era su manera de honrar las habilidades que le había concedido Melek Taus y de ayudar mejor a su padre con los campos de la familia.

Pocos días después de su veinticuatro cumpleaños, Rojian se llevó la vieja camioneta de su padre hasta la falda del monte Sinyar. Tenía unos días de vacaciones por delante antes de regresar a Mosul para presentarse a las últimas asignaturas de Medicina y comenzar las prácticas. Nada más llegar dejó la furgoneta a la sombra de una pared terrosa y bastante lisa, aunque con algunas grietas y salientes visibles. Los agarres eran buenos e intuitivos, pero la plancha de roca era tan larga que parecía perderse en el cielo. Los guerrilleros kurdos de la zona la utilizaban para entrenarse, y no era raro verlos dejarse caer sobre las colchonetas que ponían abajo antes de concluir la escalada. Cuando dominaban la técnica, el siguiente paso era dormir en la cima y acostumbrarse así a las temperaturas extremas. Rojian pensó que la prueba no sería fácil, pero que, si ellos habían podido, ella también podría. Si alcanzaba su nivel, estaría en mejores condiciones de defender a su familia cuando llegara el Estado Islámico a Kopo. Se sacudió las manos un par de veces para que el riego le llegase a la punta de los dedos y comenzó a subir siguiendo la trayectoria de una pequeña fisura.

Desde la cima, contempló cómo una masa de nubes bajas había encerrado el monte Sinyar en una jaula grisácea. No tenía ropa de abrigo y todo apuntaba a que esa noche las temperaturas caerían por debajo de cero. Dio una vuelta por las inmediaciones hasta encontrar una pequeña hendidura para pasar la noche. Sabía que el ser humano podía sobrevivir hasta tres semanas sin comida, tres días sin agua y tres minutos sin aire, pero que podría perder la vida en tres segundos si no era capaz de mantener la calma. De alguna manera, exponerse al peligro en condiciones adversas la fortalecía.

Cuando regresó a casa dos días más tarde, el miedo y la incertidumbre desaparecieron del rostro de su madre. Durante la cena, su padre estuvo callado y apenas abrió la boca. Cuando terminaron de comer, Marcus exhaló un suspiro y dijo:

—Necesito que dejes tus clases por una temporada. Quédate en Kopo hasta que las cosas estén más calmadas.

—En Mosul nada de lo que hacen esos hombres del Estado Islámico importa, papá. Allí estudio con chicos árabes y nadie pregunta de dónde somos o en qué creemos.

—No voy a discutirlo contigo, hija. Esos hombres se están imponiendo por la fuerza. Todos temen que acaben tomando Mosul para extender su dominio hasta la frontera con Jordania y Siria. Acusan a políticos, militares y sacerdotes de tergiversar la religión, de practicar la herejía y de amparar a infieles como nosotros. Si imponen la *sharía*, cerrarán las universidades, quién sabe si incluso algo peor.

—¿Y entonces qué vamos a hacer? ¿Nos encerraremos aquí el resto de nuestras vidas?

Rojian se levantó de la mesa y se dirigió furibunda a la parte trasera de la casa. Amaba su religión, pero se sentía preparada para formar parte del mundo.

—¡Harás lo que tu padre diga mientras vivas en esta casa! —gritó Kathrine mientras Rojian se iba.

—Déjala —dijo Marcus en voz baja—, ya entrará en razón.

A finales de junio, Rojian acompañó a su padre a los pastos de la falda del monte Sinyar. Era la primera vez que lo hacía en los cuatro meses que llevaba en Kopo. Tal y como había predicho su padre, la Universidad de Mosul había sido clausurada por los guerrilleros del Estado Islámico y su doctrina seguía ganando adeptos por todo el país. El ruido del motor se confundía con el sonido de la radio, que arrojaba noticias triunfalistas sobre los últimos logros: «Hoy 29 de junio de 2014, con motivo del comienzo del mes del Ramadán, el portavoz de nuestro amado Estado Islámico, Abu Mohamed al-Adnani, ha declarado el califato sobre los terrenos ya conquistados de Siria y de Irak». Marcus escuchó un buen rato la radio. Cuando las noticias cambiaron de rumbo, miró a su hija y manifestó apesadumbrado:

—Los americanos nos han abandonado.

Rojian no dijo nada.

Llevaban casi media hora de viaje cuando presenciaron cómo unos hombres vestidos de negro amenazaban con sus fusiles a tres pastores y cargaban ovejas en dos camiones.

—¿Son ellos, padre?

—Sí, son ellos, los hombres del Estado Islámico.

—¡Es Saedd! —exclamó Rojian—. Está con sus dos hijos mayores...

Marcus salió del coche y le gritó mientras corría en su dirección.

—¡Para, Saedd, para! ¡Dales las ovejas!

Saedd siguió con su airada protesta ante el rostro del miliciano. Luego, le dio la espalda y se puso a reunir a las ovejas. De pronto, el arma se movió dos veces sobre el hombro del miliciano y el cuerpo de Saedd salió despedido hacia delante. El segundo disparo sonó como si fuera un eco del primero.

Marcus se detuvo de golpe y miró hacia el coche: la expresión horrorizada de Rojian le indicaba que aquello no había sido un espejismo, sino algo terrible que había ocurrido de verdad. Los demás milicianos comenzaron a vaciar sus armas contra todo lo que se movía levantando pequeños túmulos de arena y tierra con cada ráfaga. Marcus regresó corriendo al coche.

Rojian le abrió la puerta. Cuando Marcus se sentó en el asiento del conductor, estaba exhausto y respiraba con mucha dificultad. Le temblaba tanto la mano derecha que no era capaz de atinar con la llave de encendido.

—¡Los han matado a los tres, padre!

Una tarde, Rojian regresaba a casa con una mochila en la mano cuando se cruzó con Walid, un antiguo compañero de clase de Medicina en Mosul.

—¿Vienes de la montaña?

—Sí.

—¿Qué llevas ahí? —le preguntó él.

Rojian se echó la mochila a la espalda.

—Eso no te importa —dijo en tono divertido.

Forcejearon un rato hasta que Walid puso un gesto cómicamente serio y le dijo que, como colaborador de la policía, podía registrarla de arriba abajo.

—Tu madre se preocupa cada vez que te marchas. ¿Se puede saber qué haces allí sola tantos días?

—Busco paz y tranquilidad, Walid.

Durante unos segundos se miraron a los ojos. De pronto, él miró hacia su coche.

—Pues ya está bien de tanta tranquilidad. ¿Me acompañas?

—¿Adónde?

—A mi puesto.

—Sabes que nadie puede ir a los puestos de vigilancia sin autorización.

—Tú te lo pierdes —dijo Walid guiñándole un ojo.

—Más te vale que merezca la pena.

Como hacía demasiado calor, esperaron hasta que el sol se puso en el firmamento. Entonces Walid cogió su furgoneta, condujo hacia el sur diez minutos y se detuvo a orillas de un lago artificial, detrás de la fila de bidones de gasolina que circundaban el puesto fronterizo. Luego abrió la puerta, caminó hasta el borde y se descalzó.

—¿Te apuntas? —la invitó.

—No tengo bañador.

—¡Pues sin bañador!

Walid trató de darle un beso, pero ella le torció una muñeca y le obligó a pedirle perdón. Después lo soltó, le dio un manotazo para apartarlo y se quedó callada.

—¿Qué pasa, Rojian?

—¿Has oído eso?

—¿Qué?

De repente, escucharon un grito algo lejano, pero nítido:

—¡Tekbir! ¡Alá es grande!

—Eso...

Era un hombre que llevaba un turbante negro y que gritaba desde lo alto de una loma cercana. Llevaba encima una cazadora militar de color verde y un pantalón marrón bastante amplio que le cubría las botas. Empezó a correr hacia ellos liderando a una decena de hombres. Todos llevaban armas.

—¡Vamos, Rojian! ¡Vamos!

—Es tarde, Walid: el coche es un blanco fácil. Volaríamos por los aires... Llevas un bidón de gasolina atrás.

—Tienes razón. Negociaré con ellos. Seguro que solo quieren agua. Ya he pasado por esto alguna vez.

Walid levantó las manos en son de paz y, cuando los milicianos del Estado Islámico estuvieron cerca, dijo en voz alta y clara:

—Tomad el agua que necesitéis, pero respetad nuestras vidas.

El miliciano echó una mano a su cuchillo y lo observó con ojos brillantes.

—Repite conmigo, infiel zoroastra: «No hay más Dios que Alá, y Mahoma es su profeta». Dilo y te dejaré ir.

29

Cuando Elia se levantó de la cama, advirtió un profundo mareo y tuvo que sentarse. Le dolía el cuerpo entero, como si hubiera tenido en tensión todos y cada uno de los músculos durante varios días. Abrió el cajón de la mesilla y revolvió en su interior hasta que rescató dos pastillas de ibuprofeno.

—Espero que mezclen bien con los tranquilizantes —se dijo en voz alta.

De camino a la cocina, sonó el teléfono. Era Olmedo. Puso el altavoz mientras se preparaba un café y unas tostadas.

—Te quiero aquí ya mismo: tenemos a una chica y a un chico que dicen conocer a la víctima. Es alemana, se llama Alicia Betancourt y trabaja en ACNUR. La conocieron cuando era encargada de la intendencia del campamento de refugiados en Barika, al noroeste de Irak. Al parecer, Betancourt decidía sobre la entrega de las tiendas de campaña, esterillas y material de supervivencia para quienes huían del Estado Islámico.

—Por fin una pista. Voy para allá.

—Búscame en la sala de declaraciones.

—Por cierto, ¿sabes si Amaia Braganza estuvo en Irak?

—No que yo sepa; pero intentaré averiguarlo.

* * *

Eran las nueve en punto cuando Elia entró en la sala. El chico se frotaba con fuerza las palmas de las manos una contra otra. La chica miraba alrededor, desorientada. Ninguno de los dos daba crédito a la noticia de que Alicia Betancourt hubiese desaparecido.

—Enséñame eso otra vez —dijo el inspector Olmedo.

La chica se inclinó para coger una carpeta de cartón de su mochila. La abrió en sus rodillas y sacó una fotografía. Olmedo se la pasó a Elia. Los dos se miraron y asintieron a la vez.

—Es ella —dijo Elia.

La chica le facilitó el número de teléfono de Alicia. Elia marcó confiando en que alguien descolgase al otro lado de la línea. Después de cinco intentos, colgó y se apresuró a pedirle la dirección de correo electrónico y los datos del edificio donde había alquilado un apartamento turístico.

—Así que los tres fuisteis voluntarios en Barika, ¿eh? —preguntó Elia.

—Sí —dijo ella—. Estuvimos en contacto con Alicia desde entonces y quedamos en que algún día podíamos vernos en Madrid. Nos dijo que nos avisaría.

—Nos enteramos por la tele de que había desaparecido. Muy fuerte —dijo el chico.

—¿Y tenía amigos en España? —preguntó Olmedo.

—Bueno, me imagino que estaba en contacto con la gente de ACNUR España —dijo la chica.

Elia observó de nuevo la fotografía: Alicia Betancourt miraba distraída a la cámara; tenía el pelo rubio, alborotado sobre la cara. Una leve brisa parecía palpitar en la imagen, quizá un movimiento apenas insinuado en la bandera del campamento de Barika que asomaba por detrás de sus cabezas.

—¿Había refugiados kurdos o yazidíes en Barika?

Olmedo miró hacia Elia y puso cara de no comprender a qué venía la pregunta.

—Sí, claro —contestó la chica—: estábamos en Irak… Estaban no solo dentro del campamento, sino en las aldeas que había alrededor. Ayudamos a muchas familias huidas de Sinyar cuando los *peshmerga* las abandonaron a su suerte.

—¿Los *peshmerga*? —preguntó Olmedo.

—Las fuerzas de seguridad del Kurdistán iraquí —aclaró el chico.

Olmedo hizo como que sabía a qué se refería y miró hacia Elia para que siguiese interrogando ella.

—Tratad de recordar lo que os contó la última vez que hablasteis con Alicia —pidió Elia.

El chico echó la cabeza hacia atrás, como si de pronto un pensamiento se hubiese adueñado de él.

—Dijo que necesitaba cambiar de aires. En Barika se sentía presionada.

—¿Por quién?

El chico hizo un leve encogimiento de hombros y apuntó:

—No lo sé; Alicia era muy pudorosa con sus cosas.

Elia posó el índice encima de la fotografía.

—¿Sabéis quién hizo esta fotografía?

La chica se pasó la mano por la frente, varias veces, como si tratara de atrapar un recuerdo.

—Un militar jordano de la Coalición Internacional, pero no recuerdo su nombre. Alicia lo conocía del campamento, creo.

Elia sacó las fotografías de Santos, Trujillo y Duque.

—¿Os suena alguno de estos militares españoles?

La chica y el chico observaron las fotografías. El chico dijo:

—A mí no me suenan de nada. No sé, quizá estén entre las fotos que Alicia tenía en su Mac. Puede que lo trajera: iba a todas partes con él.

Elia miró a Olmedo.

—Necesitamos ese ordenador ya mismo.

* * *

Había llovido un poco a lo largo de la tarde y la ventana aún se veía salpicada por pequeñas gotas de agua. Olmedo estaba con Álex, el informático, mirando unas secuencias numéricas que se desplazaban vertiginosamente de izquierda a derecha. Llevaban más de dos horas buscando datos sobre Alicia Betancourt.

—Nadie que responda al nombre de «Alicia Betancourt» ha operado en internet desde principios de junio. ¿Es importante, jefe?

—Desgraciadamente, sí. ¿Y qué pasa con su cuenta de correo electrónico?

Álex se enderezó en la silla, mordió un bolígrafo, tiró de él y se quedó con la tapa en la boca al tiempo que hacía anotaciones en un folio.

—Estoy intentando acceder al servidor —dijo—, pero me parece que tampoco vamos a encontrar gran cosa. Salvo que ocurra un milagro, podemos decir que Alicia Betancourt está muerta digitalmente.

El móvil vibró en el bolsillo de la camisa de Olmedo. Era un mensaje de texto. Lo leyó mientras dejaba salir el aire de sus pulmones y sentía una leve recuperación de su estado de ánimo. Lo guardó de nuevo y vio que Álex esperaba expectante a que le contara algo.

—Vizcaíno y Miguel ya están en el apartamento de la víctima —dijo Olmedo—, pero no encuentran el ordenador de esa chica.

—¿Entonces?

—Tienen una pista.

—¿Cuál?

Olmedo sonrió. No tenía ni idea de lo que significaba la palabra que cerraba el mensaje. Solo a un revenido policía con ínfulas de estrella del *rock* como Miguel Coronado se le podría ocurrir algo tan extravagante.

—Periquitos.

—¿Así, sin más?

—Sí. Sin más.

* * *

Mientras la casera informaba a Vizcaíno de las entradas y salidas de la inquilina alemana, Miguel observó que solo había muebles vacíos y dos prendas de ropa en el armario. Ni ordenador, ni libros, ni papeles. Entonces miró la mesa con los ojos entornados y se dio la vuelta como si buscase algo en el aire.

—¿No ha entrado usted aquí hasta hoy? —preguntó Miguel.

—No. ¿Ocurre algo?

—Eh, sí... Quisiera ver su casa.

Las pestañas postizas de la casera se movieron ostensiblemente a la vez que se llevaba una mano al pecho, voluptuoso, demasiado alzado para una mujer que pasaba de los sesenta años.

—¿Por?

—Es mera rutina, no se preocupe. Será un minuto.

La casera, enfundada en su acolchada bata azul turquesa, se quedó unos instantes sin saber qué decir.

—Está bien, puedo ofrecerles un café —claudicó indicándoles el camino del descansillo y mostrándoles una sonrisa artificialmente blanca.

—Muy amable de su parte.

Vizcaíno le hizo un gesto a Miguel para preguntarle si estaba seguro de lo que estaba haciendo. Miguel levantó el pulgar derecho y dio a entender que todo estaba bajo control. Cruzaron el descansillo, la casera abrió la puerta y los condujo hasta la cocina. Miguel sonrió satisfecho cuando vio una jaula de alborozados periquitos en la terraza contigua a la cocina y una nube de plumas de colores en el suelo.

Mientras la casera servía café de una jarra en dos tazas, Miguel le enseñó a Vizcaíno el mensaje que le había escrito a Olmedo desde el apartamento de Alicia Betancourt. Vizcaíno le susurró algo inaudible. La casera se giró hacia ellos y los invitó:

—¿No se sientan?

—No, gracias, pasamos mucho tiempo sentados en el coche y en la oficina. Nos tomamos el café y nos vamos —dijo Vizcaíno.

La casera abrió el microondas, metió las tazas, marcó el tiempo de calentamiento y lo puso en funcionamiento.

—¿Cuántos apartamentos tiene en alquiler? —preguntó Miguel.

—Cinco.

Miguel sacó su cuaderno de notas y le hizo un gesto a Vizcaíno, que parecía más interesado en observar el balanceo de uno de los periquitos en el columpio que en prestar atención a sus preguntas.

—¿Quién se encarga de su limpieza?

—Depende, a veces los inquilinos prefieren que me encargue yo.

—¿Y en el caso de Alicia?

—Los jóvenes siempre prefieren ahorrarse un dinero.

—¿La visitaba?

—No intimo con los inquilinos.

El microondas avisó de que los cafés estaban listos. La mujer abrió la portezuela y le dio una taza a Miguel y otra a Vizcaíno.

—¿Azúcar o leche?

—No, gracias —dijo Vizcaíno.

La mujer se pasó el índice por una ceja apenas insinuada con un fino lápiz. En contraste con su falange nudosa y cuarteada, la frente le brillaba sin una sola arruga.

—¿Y cuándo fue la última vez que vio a su inquilina?

—Ya se lo dije antes: el 9 de junio sobre las nueve de la mañana.

La mujer frunció la boca y una multitud de arrugas le convergieron en la comisura de los labios haciéndola parecer diez años más vieja.

—¿Notó algún cambio extraño en su comportamiento en los días previos?

—Nada en particular; ya le he dicho que no intimo con las personas que vienen. Me limito a tener una relación comercial.

—¿Tiene usted otro juego de llaves del apartamento? —preguntó Vizcaíno.

—Claro, soy la propietaria. A ver, ¿qué es lo que quieren de mí?

—Díganoslo usted, señora.

—No entiendo…

—¿Entró usted en el piso con esa llave?

La casera miró hacia las cacerolas que tenía sobre la placa vitrocerámica. Miguel apartó con gesto teatral la taza hacia un lado, se inclinó hacia ella y dijo:

—Iré al grano. En el apartamento de ahí enfrente hay plumas de periquitos, pero el problema es que Alicia Betancourt no tenía periquitos… Por tanto, yo veo esto así: o uno de esos pequeñajos —dijo señalando a los pájaros— metió la cabecita entre los barrotes, salió por debajo de su puerta, atravesó la de enfrente y, después de darse un paseo por el apartamento de Alicia, regresó a esta jaula como si tal cosa; o usted —Miguel cogió una pluma de la encimera y la hizo girar como una veleta entre su índice y pulgar— usó la segunda llave para acceder al interior… Y, sin darse cuenta, dejó allí algunas plumas que llevaba pegadas en su bata. ¿Con cuál de las dos opciones se quedaría en mi lugar? —Se echó hacia atrás y añadió en un tono de voz más bajo—: Me aliviaría mucho salir de aquí con el ordenador portátil que se llevó del apartamento, señora. Si nos lo entrega voluntariamente, quizá el subinspector Vizcaíno y yo podamos olvidar este pequeño robo y hacer que todo quede en un secretillo entre nosotros tres.

—Bueno, pensaba devolverlo… —dijo la casera.

—Lo comprendo, lo comprendo: un Mac portátil de más de mil quinientos euros es siempre una tentación… Yo también quisiera tener uno. Dénoslo, y asunto resuelto.

Sobre las nueve de la noche, Elia miraba a un punto indeterminado de la hoja, con los codos apoyados en la mesa y una mano cruzada sobre los labios. Había escrito una palabra que parecía haber tomado forma por sí sola, como si hubiese encontrado la manera de ir de su cabeza a la yema de sus dedos: «Vega».

Elia la contempló unos segundos. Luego, arrugó el papel y lo lanzó a la papelera en el mismo instante en el que Olmedo se asomaba a la puerta de la cueva:

—Elia, ha llegado la hermana de la chica desaparecida con un funcionario de la Embajada alemana. Tengo también al traductor.

—Dame un minuto y subo.

Olmedo no se movió del sitio. Sus ojos se habían entornado hasta quedar reducidos a dos ranuras.

—¿Qué ocurre? —quiso saber Elia.

—Esta mañana parecías muy interesada en preguntarles a esos chicos por los kurdos y los yazidíes, y me preguntaba por qué.

—El demonio del sacrificio es el protector de ese pueblo: Melek Taus. Dante lo confirmó después de que Rolo Duque lo mencionase antes de morir.

Olmedo se quedó perplejo, pero no tenía tiempo para entrar en detalles y apuntó:

—Ya sabes que Blasco quiere que le informemos de todo.

—Es que no sabía qué contarle… No sé cómo encajar las piezas. Esperaba que esos dos chicos me ayudaran.

—Paciencia, quizá la hermana nos cuente algo o saquemos algo del ordenador de Betancourt. Te veo arriba.

Elia abrió el teléfono, fue a la agenda de contactos, buscó por la «V» y editó el contacto «Vega (escaladora)». Anotó: «Café pendiente».

Bärbel Betancourt lucía un vestido ceñido azul marino y una media melena rubia corta con flequillo. Parecía que la noticia de la desaparición de su hermana la hubiera cogido por sorpresa en medio de una fiesta; sin embargo, el gesto contenido de los labios arruinaba su elegancia. Por detrás de ella se asomó un hombrecillo vestido con un traje dos tallas más grande. Las hombreras de la chaqueta parecían volar sobre sus escuálidos hombros.

—Siéntense, por favor —invitó Olmedo.

Bärbel se acomodó en la silla con las palmas de las manos juntas entre las rodillas. Olmedo se dirigió al hombre:

—Usted es de la Embajada alemana, ¿verdad?

—Sí, soy el traductor —repuso.

—Dígale, por favor, a la señora Betancourt que la inspectora Sandoval y yo estamos haciendo todo lo posible por encontrar a su hermana. La policía no escatimará ni tiempo ni medios hasta dar con ella.

El traductor se inclinó hacia la mujer y le habló en alemán con un tono inusualmente suave. Cuando el traductor señaló a Elia y a Olmedo, Bärbel cerró los ojos y bajó la cabeza en señal de agradecimiento.

—Comenzamos —dijo Olmedo.

El traductor fue reproduciendo una a una las preguntas y a continuación traducía las respuestas al castellano. Durante la declaración, las manos de la mujer no conseguían encontrar acomodo en su pecho mientras iba comprendiendo la gravedad de la situación. Las lágrimas brotaban de sus ojos en una procesión lenta, sin ningún aspaviento, solo lágrimas que discurrían por las mejillas hasta el pañuelo que apretaba contra su nariz. A petición de Olmedo, esbozó una breve biografía de su hermana con lo que ella consideraba los puntos más significativos.

Según explicó, sus padres murieron en un accidente de tráfico cuando ellas estaban en la universidad. Eso fue un punto de inflexión para Alicia, que comenzó a trabajar en una asociación de Fráncfort dedicada a causas benéficas locales. Al año o así de empezar a trabajar para esta asociación conoció a Pierre Guérard, que tenía quince años más que ella, muy vinculado al activismo en la ciudad y que fue quien la llevó a ACNUR. Alicia congenió con la gente y con el proyecto, y enseguida salió a hacer trabajo de campo a Croacia, Costa de Marfil y El Salvador. Cuando estuvo preparada, pidió ir a Irak. Desde entonces se vieron menos aún de lo acostumbrado. En cuanto al campamento, ella desconocía si su hermana tenía enemigos o si estaba amenazada por alguien. Lo único que sabía era que Alicia había comenzado una relación sentimental con un militar jordano al poco de llegar al campamento de Barika. De él solo sabía que era un alto mando del ejército que trabajaba a las órdenes de la Coalición Internacional liderada por los Estados Unidos. Poco más, excepto que era celoso.

Después de casi media hora aportando detalles sobre la vida de su hermana, Bärbel Betancourt dejó de hablar y se quedó en blanco de repente, como si la hubiera golpeado una ola de impotencia. Elia se levantó, le puso una mano sobre el hombro y le dijo al traductor que iba a por un vaso de agua para la señora Betancourt. Cuando regresó, Bärbel tenía la mano abierta sobre el pecho y estaba en pleno ataque de llanto.

Elia sacó un paquete de pañuelos de papel y le dio un par. Luego, dirigiéndose al traductor, le indicó:

—Dígale que agradecemos enormemente el esfuerzo que está haciendo. Es muy importante para nosotros. Una pregunta más y terminamos. ¿Ha oído hablar de una mujer llamada Amaia Braganza? ¿Sabe si Alicia la conocía?

La mujer negó con la cabeza.

Iban a dar por terminada la declaración cuando Bärbel Betancourt formuló una pregunta. El hombrecillo se tomó su tiempo para trasladársela a Elia.

—¿Está muerta Alicia?

—Dígale que no —contestó Elia.

Julia se llevó el vaso a los labios y, desganadamente, dio un par de pequeños sorbos. Elia la observaba con un brillo especial en la mirada, sujetando entre el índice y el pulgar la cuarta y última pastilla que su madre debía ingerir. Julia arrugó la nariz con desaprobación y solo cedió a tragársela ante la insistencia de su hija. El doctor de paliativos estaba al otro lado de la cama, dándole palmaditas en la mano mientras las enfermeras colocaban la bolsa de goteo en una percha.

—Muy bien, así la mantendremos hidratada. Ya sabe que lo importante es que esté tranquila. Si se siente peor, avísenme y vengo en cuanto pueda.

El doctor se levantó y guardó sus cosas en el maletín. Elia lo acompañó hasta la puerta y, antes de despedirse de él, le preguntó por el estado de los nódulos en los pulmones.

—No quise preguntarle mientras auscultaba a mi madre por no preocuparla más de lo que ya está.

—Hace bien. Más o menos siguen igual: conserva cierta capacidad de respirar sin oxígeno, pero yo no sería muy optimista. Lo importante ahora es que no sufra.

Elia apoyó una mano en el marco de la puerta y sintió que el peso del día entero le caía encima.

—¿Cómo sobrelleva todo esto? Yo soy policía, pero nunca termino de acostumbrarme.

—¿Se refiere a mi trabajo? Es duro, pero, a la vez, un regalo.

—¿Es usted creyente?

—En cierto modo —repuso el doctor pensativo—. Hay que escuchar y aprender de quienes transitan por donde nosotros nunca hemos estado. Sin embargo, la mayoría de las personas prefieren no ver; les cuesta aceptar que la muerte es cosa de todos. Por eso, el mejor consejo que le puedo dar es que no le dé muchas vueltas a la cabeza: vaya a la habitación y pase un rato con su madre. No puede hacer mucho más, pero es lo mejor que puede hacer. Llámeme si ve que empeora.

Cuando Elia volvió al dormitorio, tiró hacia arriba de las sábanas y arropó a su madre, que estaba a punto de quedarse dormida. Le dio un beso de buenas noches, apagó la luz de la lámpara del techo y encendió la de la mesilla. Después se sentó en la alfombra a mirarla hasta que se le cerraron los ojos.

30

A Elia le sorprendió encontrarse a Dante tan temprano en la cueva.

—¿Qué pasa? ¿Te estás acostumbrando a la luz del día?

—No cantes victoria, inspectora.

Elia se llevó lo que quedaba de su vaso de café a los labios y conectó el altavoz de su teléfono móvil. Olmedo le estaba hablando del propietario de la camioneta negra.

—Acabamos de confirmar con los compañeros de Tráfico que se llama Víctor Almagro. No sabemos cuál es su domicilio actual, pero hemos activado un dispositivo de búsqueda. No podrá circular por ninguna carretera sin que lo localicemos.

—¿Y qué sabemos de él? —preguntó Elia.

—Nada. Ese tío casi no tiene pasado —dijo Olmedo con acritud—. Ni un solo ingreso hospitalario, ni un alta en la Seguridad Social, ni siquiera un teléfono móvil a su nombre. Solo el coche.

Elia subió a las oficinas centrales y fue al Departamento de Informática. Álex descruzó los pies de la mesa nada más verla.

—Estoy probando con un programa…

—¿Alguna novedad sobre Alicia Betancourt?

—Ninguna por ahora. Sigo procesando datos.

—¿Sabes cómo entrar en la *darknet*?

—Claro, trabajo para la Policía…

—¿Y ahí puede entrar cualquiera?

—Sí, cualquiera que tenga el *software* especial de navegación y las claves de acceso. Si no controlas mucho de ordenadores, te diría que no es el sitio más recomendable para navegar plácidamente: hay mucho loco y friki. ¿Quieres que te busque algo?

—Prueba con «Víctor Almagro», a ver qué encuentras.

Álex tecleó a toda velocidad, hizo varios clics y se quedó pensativo frente a la pantalla.

—¿Alguna idea de por qué lo buscamos: asesinatos por encargo, tráfico de armas, drogas, pornografía infantil…?

—Por ahora, no —respondió Elia—, pero seguro que nada legal. Bueno, sí, algo sobre satanismo, demonios, tatuajes raros…, cosas así.

—Ah, de eso también hay mucho. Estás buscando en el sitio adecuado.

Al cabo de cinco minutos, Álex anunció:

—Aquí hay algo.

En la pantalla apareció el retrato de un hombre en blanco y negro. Un rostro de facciones algo aindiadas se desdibujaba en claroscuros por detrás de un árbol. Sus grandes ojos negros reflejaban una serenidad inquietante en el fondo de sus cuencas. Llevaba el cabello negro recogido en una coleta que dejaba a la vista su frente cuadrada y morena. Aunque debía frisar los sesenta, se veía que era un hombre con la forma física de alguien bastante más joven. Tenía una mano sobre el tronco del árbol, delicadamente apoyada sobre la corteza, como si estuviese compartiendo con él una confidencia.

—¿Es él? —preguntó Álex.

—Ni idea. No sabíamos nada de él hasta hace un rato. El único dato que tenemos es que conduce una camioneta negra.

—Vale, pues aquí aparece como uno de los introductores de una novedosa corriente satanista en España. ¿Lo ves?

—«Good Karma…» —leyó Elia.

—Es una red encriptada. —Álex colocó el cursor sobre una pestaña y pulsó el ratón sin ningún resultado—. No podemos entrar. Eso sí, la portada promete: «Ritos antiguos y una correcta observación de la naturaleza nos permiten entrar en contacto con Satán como divinidad liberadora de los prejuicios que imponen las religiones predominantes. Conoce al dios que los babilonios llamaban Ishtar y los hindúes Shiva y que los yazidíes preservan como Melek Taus».

—¿Se puede vivir de algo así?

—Y ganar mucho dinero. Esas redes cobran a sus seguidores en bitcoins cada vez que se conectan. Además, una vez dentro, los usuarios disponen de herramientas para acceder a espacios reservados de pago.

—Imprime esa pantalla, por favor. Y no toques nada hasta que yo te diga.

Elia llamó a Dante por teléfono y le leyó lo que aparecía en la pantalla del ordenador de Álex.

—¿Crees que es el Ángel? —le preguntó.

—No lo sé, inspectora. Entre los satanistas, Melek Taus es muy conocido. Tampoco me parece tan raro que esté en la *darknet*... Tener una página sobre satanismo ahí no tiene por qué ser necesariamente malo; también puede ser una cuestión de intimidad y para ponerse a salvo de la gente curiosa. A lo mejor estos de Good Karma, como mucho, se beben la sangre de un murciélago.

—Está bien —dijo Elia, algo desanimada—. Miro a fondo esto y hablamos más tarde.

Cuando colgó, un oficial entró con un folio en la mano y se lo dio.

—Estaba en el buzón, inspectora.

—¿Sin sobre?

—Sin sobre.

Un mechón de pelo le tapó la cara cuando empezó a leer:

Inspectora Sandoval:

Al fin me he decidido a escribirle unas palabras.

Comprendo que, después de todo el ímprobo esfuerzo de investigación que está llevando a cabo, resulte frustrante no llegar a ningún lugar. Créame cuando le digo que admiro profundamente el trabajo que está haciendo y que las muertes que se puedan producir no serán culpa suya, como tampoco lo serán de quien se limita a cumplir con su destino. La muerte de Amaia Braganza fue una manifestación de elocuente generosidad, un gesto paradigmático de la indiferencia que ella sentía por su propia supervivencia una vez que fue consciente del mal que había causado a la humanidad. No me llevará mucho tiempo que Alicia Betancourt comprenda que también merece morir y que esa es una sanción justa por sus actos. Quizá usted también debería reflexionar sobre ello. En fin, inspectora, si no consigue llegar a tiempo hasta mí por sus propios medios, le entregaré el cuerpo de Alicia Betancourt transcurrido el mismo plazo que con Amaia Braganza. No tenga en cuenta su estado: morimos en el dolor; exactamente como nacemos.

Atentamente,

El Ángel

El comisario Blasco había tardado más de una hora en localizar al juez Peñafiel, y otras dos en fijar una reunión por culpa de un juicio que se alargó más de la cuenta. Debía ser la primera vez que el juez Peñafiel se ofrecía a desplazarse a las instalaciones de la Policía Nacional. Por eso, en cuanto vio que la luz parpadeaba en el teléfono de la centralita, alzó el auricular hacia su mejilla y balbuceó:

—Sí, sí, que entre.

Peñafiel vestía su inconfundible traje oscuro con camisa blanca y sin corbata. La espesa cabellera desordenada le daba ese aspecto informal de niño pijo con ínfulas de comandante en jefe. O eso le pareció a Elia cuando se dio la vuelta. Peñafiel saludó a Blasco, Olmedo y Elia; luego, tomó asiento frente al comisario. Olmedo y Elia se quedaron de pie junto al ventanal.

—¿Puedo leer la carta? —pidió Peñafiel.

—Aquí la tiene. —Blasco le pasó la carta desdoblada—. Es la prueba de que nos encontramos ante el mismo individuo. Lo más importante es que ha elegido a la inspectora Sandoval como interlocutora. La verdad es que esperábamos algo así desde que recibimos la fotografía de la primera víctima.

Peñafiel leyó la carta con gesto grave y se la devolvió. Miró a Elia y preguntó:

—¿Y por qué usted, inspectora?

—No lo sabemos, señoría —dijo Blasco—. La inspectora Sandoval ni siquiera participó en la investigación del caso 666.

Peñafiel examinó el rostro de Elia, como si intentara averiguar si ella opinaba lo mismo que su superior. Elia se encogió de hombros y, al cabo de unos segundos, Peñafiel anunció:

—Les otorgaré las autorizaciones de registro que sean precisas. Supongo que lo primero es investigar al círculo más cercano de Reinaldo Santos, ¿no?

—Puede que lleguemos un poco tarde —habló Elia adelantándose al comisario Blasco.

—¿A qué se refiere, inspectora?

—Está muerto. De un salto base fallido —dijo Elia dejando al lado del juez una carpeta—. También murió Rolo Duque, compañero de armas de Santos; huyó de nosotros cuando le dimos el alto en Vallecas y se estrelló con el coche. Lo tiene todo ahí.

Peñafiel abrió la carpeta y leyó rápidamente las dos hojas de que constaba cada informe. Cuando alzó los ojos del papel, miró a Blasco y quiso saber:

—¿Y ahora, comisario?

—Nuestra única opción es encontrar a Lorenzo Trujillo y a Víctor Almagro. Trujillo también fue compañero de Duque y de Santos en Irak. De Almagro apenas sabemos nada por ahora.

—¿Y qué necesitan de mí?

—Su total disposición, señoría —dijo enfáticamente Elia.

Blasco miró a Elia y le hizo un gesto para que se estuviera callada. Peñafiel se puso de pie.

—Por supuesto, inspectora. En el tono de su voz aprecio cierto enfado conmigo… Déjeme decirle que rechacé la autorización de registro del domicilio de Reinaldo Santos porque no había indicios de su implicación en el caso. Ya ve que ahora no voy a esperar. Por algo será, ¿no cree? Hágame un favor: confíe en la justicia y en sus procedimientos. —Después, con tono afectadamente disgustado, añadió—: Cuando esto acabe, me encargaré en persona de remarcar ante los medios el excelente trabajo que están realizando.

A continuación, estrechó la mano de Blasco, saludó con una inclinación de cabeza a Olmedo y a Elia, y se fue. Blasco lo acompañó hasta la puerta y, cuando la cerró y Peñafiel estuvo lo bastante lejos, dijo:

—Y así es como un hijo de puta muy hábil le da la vuelta a todo de tal manera que, si lo escuchas hablar, te parece que él solito ha encauzado la investigación.

Miguel apuraba su décimo cigarrillo de la tarde mirando por la ventana del Departamento de Informática. Estaba prohibido fumar dentro del recinto; pero él decía que, mientras la mano, su boca, el cigarrillo y el humo no traspasasen la línea de fachada, no transgredía las normas. Apuró la última calada y dejó que la colilla se desprendiese de sus dedos formando una errante y fugaz brasa de ceniza en el aire. Cuando cerró la ventana, Álex le dijo:

—Confirmado. Han reseteado el disco duro.

—¿Podrás recuperarlo?

—Estoy en ello, pero quien lo borró ha hecho un buen trabajo. Sabía lo que hacía.

—¿Y de cuánto tiempo estamos hablando?

—Tendré que levantar unas cuantas capas. Dos días; quizá tres.

—Que sean dos —sentenció Miguel mientras se dirigía a la salida con una profunda arruga entre los ojos.

Eran más de las diez de la noche cuando Elia entraba en el garaje a por su coche. Una débil ráfaga de viento le dio en la espalda y le alborotó el cabello. El cuerpo se le tensó y se volvió bruscamente: no había nadie. Se sentía inquieta. Con la de Amaia Braganza, iban otras tres muertes: Guzmán Martínez-Cifuentes, Reinaldo Santos y Rolo Duque. Excepto la de Duque, que había presenciado, las otras resultaban algo extrañas. Tampoco sabía dónde ni en qué circunstancias habían secuestrado a Alicia Betancourt. Siguió caminando hacia el coche con la extraña sensación de no estar sola, escrutando las sombras que se arremolinaban ante ella como si tuviesen vida propia, con los dedos rozando la empuñadura del revólver. De pronto, un extraño sonido segó la noche. Un gruñido gutural, o, quizá, el estertor de un motor que se apagaba.

—¿Quién anda ahí?

Pasados unos instantes, escuchó el gruñido más cerca. No sonaba metálico, sino profundo y orgánico, como regurgitado desde las entrañas de un ser vivo. Cuando iba a echar mano de la pistola, notó una mano sobre el hombro; se giró bruscamente y la retorció a la altura de la muñeca hasta que escuchó un alarido de dolor.

Cuando bajó la cabeza, vio que era Vizcaíno.

—¿Qué coño quieres?

—¡Estás loca, joder!

Elia miró alrededor, confundida. Le parecía haber visto unos ojos luminiscentes, cambiantes, oscilando en la oscuridad, como llamas azuladas de un calentador de gas.

—¿Estás con ellos?

—Pero ¿qué dices? Tan solo te iba a decir que estamos sobre

la pista de la camioneta negra. Blasco cree que mañana la localizaremos.

Elia soltó la mano de Vizcaíno. Este se quedó encogido, mordiéndose el labio inferior, con expresión de dolor.

—No sabía quién eras, ¿de acuerdo?

—Te deberían echar del cuerpo. ¡Estás loca!

De camino a casa de su madre, llamó a Esperanza para ver si necesitaba que comprase alguna cosa y si Julia ya se había dormido. Luego, puso la radio, sintonizó una emisora musical y trató de olvidarse del incidente con Vizcaíno. Si Olmedo o Blasco le preguntaban, les diría la verdad: el anónimo la había dejado preocupada. Cuando circulaba por Raimundo Fernández Villaverde, sonó el teléfono; en la pantalla vio que era Ditlev Krum.

—¿Puede hablar, Elia?

—Estoy conduciendo, pero le escucho en el manos libres.

—¿Cómo va todo?

—Todavía no he conseguido encontrar ninguna conexión entre las víctimas.

—Pues yo he podido averiguar que sus tres boinas verdes tuvieron la gran idea de hacer la guerra por su cuenta.

—¿Y qué pasó?

—No puedo hablar mucho, así que iré al grano: los tres dejaron el ejército y se hicieron mercenarios para unirse a los kurdos en la defensa de los yazidíes en el norte de Irak. Cuando los kurdos abandonaron la causa, ellos siguieron al lado de los yazidíes. Hay movimientos suyos registrados cerca del monte Sinyar. Ahí acaba la historia y comienza la leyenda.

—¿Por qué lo dice?

—Oh, por nada. Es solo uno de los mitos que rodean a ese pueblo.

—Bonito momento para sacar su lado escéptico, Ditlev.

—Soy empírico por naturaleza.

—Le escucho atentamente.

Ditlev suspiró al otro lado de la línea.

—Según esa leyenda yazidí, su ángel Melek Taus lanzó al Estado Islámico contra ellos para castigar su traición. Al parecer, un yazidí de la zona incumplió una promesa ante la tumba del profeta *sheik* Adi, la encarnación de Melek Taus en la tierra. Melek Taus se enfadó tanto por el asunto que decidió encarnarse, por primera vez en mil años, en forma humana y, a través del Estado Islámico, castigar a su pueblo con el genocidio de sus hombres y mandando a la esclavitud sexual a sus mujeres.

—¿Y los soldados españoles? —preguntó Elia mientras entraba por el paseo de La Habana a la altura de Joaquín Costa.

—Pues Duque, Santos y Trujillo son las estrellas de la película. Como defensores del pueblo yazidí, se supone que el Estado Islámico los enterró vivos en el desierto, que es el castigo más cruel que aplica a sus enemigos. Sin embargo, Melek Taus, en justo premio por su valentía, les devolvió la vida. Esto, tal y como se lo cuento, está en una carpeta clasificada como «Materia reservada» en Europol.

Elia lanzó una carcajada nerviosa.

—No lo puedo creer... Es una locura: llevo ocho días con este caso trabajando mañana y noche, y no logro encajar dos piezas seguidas. En fin, Ditlev, gracias por el cuento para no dormir.

—Es todo lo que puedo ofrecerle por ahora.

—Bueno, algo es algo. Por cierto, supimos que Alicia Betancourt trabajó en el campo de refugiados de Barika por esa misma época y que tuvo un novio jordano, un militar de la Coalición Internacional. ¿Podría cruzar esos datos con los que ya tiene?

—Lo tendré en cuenta. Si encuentro algo, la llamo. Debo cortar.

—Gracias, Ditlev.

Elia aparcó en el primer hueco que vio. Cuando salió del coche, miró a un lado y a otro para cerciorarse de que no la habían seguido. Con la mano cerca del revólver, caminó hacia la puerta de la urbanización donde vivía su madre.

31

La ganchuda nariz del miliciano al mando y sus oscuras guedejas sobresalían por debajo del turbante negro que cubría su cabeza.

—No te lo repetiré otra vez, infiel zoroastra —masculló apretando su nudosa mano contra el mango del cuchillo—. Acepta que Alá es el único Dios y Mahoma su profeta, o atente a las consecuencias.

Walid le miró desafiante y negó con la cabeza.

—Alá no es mi Dios.

El combatiente levantó la mano y un borbotón de sangre salpicó el rostro de Rojian. Ella, en un acto reflejo, contrajo el gesto, se llevó las manos a las mejillas y vio cómo Walid caía de bruces contra el suelo. La sangre manaba de su cuello como si fuera un río. Los soldados del Estado Islámico rugieron enardecidos mientras repetían que no había más Dios que Alá, y escupían sobre el cuerpo de Walid.

—¡Lo has matado! ¡Lo has matado! —gritó Rojian agachándose y acariciando la espalda de Walid.

—No levantes la voz, mujer; tu voz es *awrah* —dijo el miliciano.

—¡Walid!

El miliciano le pegó un tirón del pelo y escupió:

—¿Qué hacías con ese infiel aquí? ¿Es esto lo que querías? —dijo el miliciano tirando aún más fuerte del pelo de Rojian.

Ella se vio obligada a doblar la cabeza hacia atrás. Él la besó con furia. Cuando aflojó un poco la presión, Rojian escurrió la boca y cerró la mandíbula con todas sus fuerzas sobre la mejilla del miliciano. Este dio un grito de dolor, soltó el pelo y se irguió:

—¡Perra yazidí!

El miliciano empezó a pegar patadas a Rojian en las costillas y en la cabeza. Rojian se protegió como pudo de los golpes. Después de una docena de patadas encajadas, se agachó frente a ella y le abrió las piernas a la fuerza. Sus compañeros comenzaron a jalearlo.

Cuando estaba bajándose el pantalón, un sonido seco atravesó el aire y levantó un puñado de arena a sus pies. Los demás milicianos echaron cuerpo a tierra y apuntaron con sus armas en dirección al punto de donde procedía el disparo. En lo alto de la loma, dos policías yazidíes del puesto transfronterizo disparaban parapetados tras una camioneta.

—¡Dejadla en paz y marchaos de aquí! —gritó uno de ellos.

El miliciano del Estado Islámico se levantó, alzó la bota y aplastó el montículo de arena que había producido el impacto de la bala. A continuación, evaluó rápidamente la situación: los policías tenían ventaja por la posición, pero ellos los triplicaban en número. Con eso en la cabeza, gritó:

—¡Estos que veis aquí son mis mejores muyahidines! —gritó tirando de nuevo del pelo a Rojian—. ¿Qué podéis hacer antes de que acaben con vosotros? ¿Matar a uno? ¿A dos? Da igual a cuántos… A ellos no les importará convertirse hoy en mártires de Alá. Lo que es seguro es que vosotros moriréis y que nosotros terminaremos con lo que estábamos haciendo.

—Esa mujer es la hija de Marcus Tekkal, un importante miembro de nuestro pueblo —dijo uno de los policías—. Si le hacéis algo, habrá consecuencias. Dejadla marchar y someteremos lo que ha ocurrido hoy aquí al criterio del consejo.

Los ojos del miliciano recorrieron la arena hasta alcanzar la mirada de Rojian.

—¿La hija de Marcus Tekkal? —La soltó e hizo un gesto con la mano hacia arriba para que se pusiese de pie—. ¿Sabes quién soy, perra infiel? Soy Sadiqui Ashour, el primogénito de Mohamed Ashour, el hombre al que tu abuelo Dishan y tu padre Marcus expulsaron de su hogar, como hicieron sus amigos zoroástricos con muchos de nuestros hermanos.

Rojian se irguió lentamente. Su mirada desprendía una cinética salvaje, la de una loba huyendo de un bosque en llamas.

—¿No vas a decir nada? —inquirió Sadiqui.

De entre los milicianos, apareció un hombre algo mayor con un turbante del color de la escarcha y dijo:

—Nunca le quites todo a un hombre, ni lo despojes de una sola vez, Sadiqui. Los enemigos más fuertes son aquellos que no tienen nada que perder.

—El muftí se muestra benevolente contigo y con tu familia, perra infiel. Hazle saber a tu padre que contigo regresa la desgracia a su casa y que su pueblo solo se librará de la ira de Alá si abandona voluntariamente esta tierra sagrada.

El muftí, Sadiqui y los demás milicianos del Estado Islámico comenzaron a alejarse del lugar. Cuando estuvieron lo bastante lejos, los policías condujeron duna abajo y se acercaron hasta el lago artificial. Uno de los policías se echó el cuerpo de Walid al hombro y caminó hasta la camioneta. A Rojian le pareció que el cadáver de Walid colgaba como un muñeco de trapo, con los brazos exánimes golpeando la espalda del policía.

32

El contacto de la mano de Fermín la sobresaltó.

—¿Estás bien, Greta?

Ella se volvió hacia él, lo miró y volvió a acostarse dándole la espalda.

—¿Por?

—Hace un momento respirabas con dificultad y hablabas en voz alta.

—¿Y qué decía?

—No lo sé; no lo entendí, pero estabas muy alterada.

Greta bajó la mirada y, cuando la levantó, su sonrisa se ensanchó maliciosamente. Cogió a Fermín del mentón, le dio un beso en los labios, lo empujó hacia la almohada y comenzó a masturbarlo.

—No es nada —dijo—. Relájate.

—Me va a estallar, Greta. Tengo una edad.

Greta se subió a horcajadas y se quitó la camiseta que llevaba. Unos pechos pequeños pero firmes aparecieron ante la cara de Fermín, que los empezó a masajear con avidez. En los nueve días que Greta llevaba torturándolo a base de sexo y alcohol lo único que ella le había prohibido era meterle mano por dentro de la camiseta mientras follaban. De hecho, no la había visto desnuda ni siquiera cuando se iba a duchar, como si hubiera algo que la avergonzara y que no quería compartir con él. El resto de su cuerpo se lo había entregado para que lo chupara o lo penetrara a su antojo, hasta el límite de su resistencia.

Cuando el miembro de Fermín estuvo lo bastante duro, Greta lo agarró, se lo metió y empezó a moverse relativamente rápido. El pelo, suelto, le rodeaba la cara y el sudor comenzó a aflorar. Se agachó para que Fermín pudiera lamerle las tetas.

—Me vuelves loco, Greta.

Greta aceleró progresivamente la marcha y dejó que Fermín se retorciera bajo ella. Cuando consideró que estaba a punto de correrse, le cogió la mano derecha y le hizo pasar la palma de la mano sobre una cicatriz en forma de media luna que discurría por el costado izquierdo de su abdomen.

—Es parecida a la mía —observó Fermín—. Te hace aún más bella de lo que eres.

Greta se apretó más contra él, lo besó en los labios y comenzó a cabalgar a una velocidad furiosa, como si la rendición incondicional de Fermín Zulueta en una cama estuviera cerca. Fermín dejó caer las manos de la cintura de Greta al colchón. Ella, mientras seguía acelerando hacia su orgasmo, dijo:

—Lo sé.

Miguel regresó a su casa sobre las ocho y media de la mañana. Estaba empapado en sudor y le ardían los pulmones, aunque no sabía si de toda la nicotina que llevaba dentro o de la maldita polución que flotaba como la sombra de un artefacto del espacio sobre el cielo de Madrid. Mientras abría la puerta, pensó: «Esto de madrugar y hacer deporte es malo para la salud. Me duelen ahora más los pulmones que después de una buena farra».

Cuando iba hacia la ducha, escuchó el teléfono: Olmedo. Descolgó.

—Hemos localizado una furgoneta negra en una nave a las afueras de Madrid —dijo el inspector—. Necesito que estés listo en la puerta de tu casa en veinticinco minutos. Vizcaíno va para allá. Si confirmáis que se trata de la camioneta que buscamos, retened a todo el mundo hasta que lleguen los refuerzos.

—Quién me manda a mí hacer deporte —dijo Miguel.

—¿Cómo?

—Nada, decía que pillaremos a ese cabrón, claro que sí.

Entró y salió de la ducha tan rápido como pudo. Mientras se secaba, se fue al armario de las camisetas para buscar la adecuada para una actuación estelar como la que se venía encima. Así, primero dejó a un lado la de Accept: el grupo alemán, incluso con temazos como *Fast as a shark*, no había tenido el nivel de popularidad que merecía. La de Judas Priest, que le recordaba una inolvidable aventura de amor después de un concierto suyo, tampoco pasó el corte: tenía una mancha de tomate y ya no estaba para apariciones en público. Por unas razones o por otras, Miguel también encontró inadecuadas las camisetas de Anthrax, Megadeth y Scorpions. Cuando estaba a punto de decidirse por una de Iron Maiden y su disco *The number of the Beast*, vio una de Black Sabbath que tenía la mirada serigrafiada de Ozzy Osbourne a la altura de su pecho y dijo:

—Joder, esta, claro que sí. Necesito la protección de alguien capaz de arrancarle de un bocado la cabeza a un murciélago.

Eran las doce de la mañana cuando los inspectores Elia y Olmedo estacionaron el zeta junto al muro exterior de la iglesia donde se celebraba una misa en honor de Reinaldo Santos. Entraron en el recinto sigilosamente y se refugiaron bajo la copa de un árbol mientras en el interior del templo resonaba un salmo. Sobre la línea del horizonte descansaban, en extraño equilibrio, los edificios de la ciudad diluidos en el humeo del asfalto.

Olmedo y Elia sabían que era improbable que Almagro o Trujillo se dejasen caer por allí; pero, entre los militares asistentes, estarían algunos de los mandos del primer contingente; entre ellos, el coronel Francisco Javier Viejo, que conocía personalmente a Santos, Trujillo y Duque. Forzar una charla con él quizá los ayudaría comprender mejor la relación entre los tres boinas verdes y Almagro, si es que la había.

A la salida del funeral, Olmedo y Elia observaron la larga serie de rostros que se arremolinaban en el atrio. Olmedo bajaba y subía la mirada de la foto que tenía en las manos; Elia, con disimulo, fotografiaba a los asistentes con el teléfono.

—No lo veo —dijo Olmedo en cuanto salió el último grupo de personas.

A Elia le pareció reconocer al juez Peñafiel entre los asistentes que rodeaban a un hombre de unos setenta años que llevaba el pelo rapado y gafas oscuras. El parecido se disolvió cuando el clon de Peñafiel se dio la vuelta. Elia dio un paso adelante y salió de la sombra del árbol con la mano a modo de visera sobre la frente.

—¿Es él?

Olmedo bajó el rostro a la fotografía.

—Diría que sí.

El coronel torció decididamente el rostro hacia ellos.

—Espero que no sea tan fiero como lo pintan —susurró Elia.

—¿Me dejas hacer los honores?

—Adelante, los hombres primero.

Olmedo se dio un par de tironcitos a las mangas de la camisa y comenzó a caminar abriendo y cerrando los dedos de la mano derecha como si fuese a desenvainar la pistola.

—Buenos días, coronel, soy el inspector Olmedo de la Policía Nacional —saludó tendiéndole la mano.

El coronel se la estrechó. Tenía los pómulos altos y la mandíbula cuadrada.

—Coronel Francisco Javier Viejo —dijo remarcando las consonantes.

—Y ella es la inspectora Sandoval —añadió Olmedo.

Elia notó la mano fría del coronel, impropiamente fría para esa época del año.

—Ya le dije al comisario Blasco que este no era un buen momento.

—Se trata de una cuestión de vida o muerte —dijo Elia.

—Seremos breves; se lo prometo —insistió Olmedo.

—¿Qué es lo que no han entendido de lo que acabo de decirles? —El coronel Viejo observó a los dos inspectores con la superioridad que le daban sus galones—. Les espero en una hora en mi casa. Anoten la dirección.

Viejo les abrió la puerta rodeado de una nube de tabaco y les estrechó la mano de una manera más amable que a la salida de la iglesia. Los acompañó a un salón lleno de fotografías, recuerdos y condecoraciones. Elia y Olmedo se sentaron en un sofá estilo inglés de color granate. El coronel hizo lo propio en un sillón de terciopelo verde y expulsó una insolente bocanada de humo que dejó el aire seco e irrespirable.

Sin apenas necesidad de preguntarle, el coronel Viejo explicó que la última vez que había hablado con Santos fue en febrero de 2015 durante una fiesta de confraternización con militares de otras nacionalidades en la base estadounidense de Bagdad, donde estaban destinados los boinas verdes españoles que formaban parte del primer contingente español de apoyo en Irak. Él acababa de traspasar el mando en presencia del general norteamericano que comandaba la coalición multinacional, el embajador de España y numerosas autoridades militares del país. Para entonces, Santos no había querido renovar su contrato con el Ministerio de Defensa. No había vuelto a saber nada de él hasta que un antiguo compañero de armas le contó que había muerto haciendo salto base. Como coronel del ejército, él tenía por costumbre asistir al funeral de todos los militares condecorados que hubiesen estado bajo su mando. Ese era el caso de Santos, recompensado con la cruz con distintivo rojo por el valor demostrado en la batalla de Al-Suwaira.

—¿Era valiente? —preguntó Elia.

—Era una fiera; un tipo capaz de enfrentarse a los demonios del Estado Islámico sin haber consumido ninguna droga para armarse de valor.

—¿A qué se refiere, coronel, con lo de la droga? —quiso saber Olmedo.

—Al captagón, una anfetamina muy potente que tomaban los milicianos del Estado Islámico antes de entrar en combate. Esa droga les producía un estado de euforia inmediato y les eliminaba el dolor, el miedo y el cansancio. Era la sustancia perfecta para matar sin escrúpulos y morir sin que nada les importase.

—O sea que Santos, por así decirlo, la llevaba instalada de serie —dijo Olmedo.

—Sí, Santos era un soldado de raza, pero creo que la muerte de tres compañeros suyos en la emboscada que les tendieron los yihadistas en Al-Suwaira cambió su perspectiva del conflicto. A partir de entonces, prefirió salir a matar yihadistas a adiestrar a los iraquíes en la retaguardia.

—Tenemos entendido que se hizo mercenario —dijo Elia.

Viejo sujetó las manos a los brazos del sofá. El humo flameaba entre los dedos índice y corazón de la diestra. Su cara estaba congestionada: el comentario de Elia no había sido de su agrado.

—No me gusta la palabra «mercenario», inspectora; a menudo se identifica con personas sin otra bandera o causa que el dinero… ¡Y Santos era un boina verde, por los clavos de Cristo! ¡Un hombre con principios y valores!

Viejo levantó una mano para sofocar un repentino ataque de tos que le había dado tras elevar demasiado el tono de voz.

—Disculpe, coronel, no era nuestra intención criticar al ejército —dijo Olmedo.

—Solo intentamos entender una situación compleja y alejada de nuestra vida cotidiana —apuntó Elia—. Desde Madrid es complicado entender por qué un soldado condecorado, como Santos, dejó nuestro ejército y se enroló, por así decirlo, en el iraquí.

—Por venganza —aclaró Viejo—; desde lo de Al-Suwaira, le cambió por completo el carácter. Le costaba más relacionarse con los compañeros y aceptar las órdenes de sus superiores.

—Pero se necesita algo más que venganza para hacer el camino que hizo Santos, ¿no? —aventuró Olmedo—. ¿Alguien lo captó?

—Miren, la guerra contra el Estado Islámico se libraba en varios niveles. Los mandos iraquíes recibían con los brazos abiertos a todo tipo de gente en sus filas, desde asesinos y trotamundos hasta cristianos enfervorizados. Les daba igual su nivel de preparación; lo importante era que tuviesen la determinación de disparar un arma contra los yihadistas.

El coronel Viejo parecía más tranquilo, así que Elia decidió volver a tentar a la suerte con una pregunta espinosa:

—Lorenzo Trujillo y Rolo Duque llegaron a Irak al mismo tiempo que Santos. ¿Sabe si existía entre ellos alguna relación especial?

—Explíquese, inspectora.

—Trujillo desertó de su unidad al poco de llegar a Irak y fue localizado meses después por los estadounidenses en Bagdad. Duque siguió sus pasos. Ambos estuvieron en paradero desconocido al mismo tiempo que Santos libraba la guerra por su cuenta. ¿No le parece demasiada casualidad?

—Yo regresé a España a los pocos días de traspasar el mando, así que no sé lo que sucedió con esos muchachos. Lo que sí le puedo asegurar es que a Santos no lo embaucó ningún militar, sino un civil. —Viejo subrayó sus palabras con un ligero movimiento de cabeza. Luego, trasteó con la mano en una mesilla y sacó una libreta. Una leve relajación en los pliegues y arrugas de su frente indicaba que había encontrado lo que buscaba—. Sí, aquí está. Ese civil se llamaba Víctor Almagro.

Olmedo le hizo un gesto a Elia para que guardase silencio y dejase que el coronel siguiera hablando. Viejo zarandeó la libreta y dijo:

—Échenle una hojeada y díganme qué opinan. Puede que algún día estas anotaciones formen parte de mis memorias.

Olmedo alargó la mano y se puso el cuaderno sobre las rodillas. El coronel Viejo echó los hombros hacia atrás y saboreó el habano con la punta de la lengua.

Según constaba en las anotaciones del coronel, Víctor Almagro había llegado de manera legal a Irak antes de que se formase el primer contingente español. Había fijado allí su residencia en el invierno de 2014, cuando el Estado Islámico se había hecho casi con un tercio del país y no faltaba mucho para que su líder Abu Bakr al Bagdadi proclamase el califato. El objetivo que perseguía Almagro era constituir una asociación de voluntarios españoles que se alzasen en armas contra los insurgentes como alternativa a la vía pasiva que mostraba Occidente, y que pasaba por labores de adiestramiento de las tropas locales y suministro de logística eludiendo el enfrentamiento armado. Según Almagro, la Coalición Internacional liderada por los Estados Unidos era inoperante y no servía para proteger ni a los yazidíes ni a otras minorías étnicas que estaban siendo masacradas; ni siquiera servía para proteger a la población árabe, fuera musulmana o no.

Almagro había trabajado primero con gente del lugar y tenía su cuartel general en Mervan, a unos cuarenta kilómetros al norte de Sinyar. Mientras adiestraba a sus voluntarios, aprendió a tejer alianzas secretas con líderes locales y se familiarizó con el terreno más que cualquier otro occidental. Por eso, cuando llegó el primer contingente de tropas españolas a Irak, tardaron poco en contratarlo como guía.

Almagro recibió el apodo del Rastreador debido a su especial habilidad para incursionar en el terreno enemigo y no ser detectado.

Algunos decían que su peculiar sexto sentido residía en la negra y lacia melena que le cubría los hombros, y que emulaba a la de los indios americanos. En una comparativa que adquiría tintes cuasi líricos, el coronel Viejo recordaba cómo durante la guerra de Vietnam los indios rastreadores alistados y sometidos al preceptivo corte militar perdían su capacidad para leer los signos ocultos que les permitían detectar al enemigo.

Cuando Elia y Olmedo terminaron de leer, el coronel Viejo cruzó una pierna sobre otra, dio una profunda calada a su habano e hizo un gesto para que le devolvieran el cuaderno.

—Bueno, ¿qué les ha parecido?

—Muy interesante, coronel —señaló Olmedo—. ¿Sabe si Almagro recibió alguna clase de instrucción militar? Lo digo porque resulta extraño que haya desarrollado estrategias de lucha y ese sentido de la orientación siendo un civil.

—Verá, Almagro aprendió todo lo que sabe sobre el arte de la guerra en la guerrilla colombiana; llegó a Bogotá como jefe de seguridad de una empresa dedicada a la exportación de café y acabó completamente seducido por la causa comunista de las Fuerzas Armadas Revolucionarias de Colombia: las FARC, para que nos entendamos. Debió de estar unos cinco años de guerrillero, los últimos tres, al frente de un comando en el norte del país, así que tenía las habilidades necesarias para convertirse en un líder.

—¿Existe alguna posibilidad de que Trujillo y Duque también formaran parte del comando de Almagro?

Viejo rehusó responder a la pregunta con un gesto de la mano con que sujetaba el habano.

—Lo que pone en mi cuaderno es todo lo que puedo contarles. Eso sí, tengan claro algo: Santos era un jabato. Ese chico luchó en Al-Suwaira como si fuese un infante de los mismísimos Tercios en Empel.

El coronel hizo ademán de levantarse para dar la visita por concluida. Olmedo carraspeó para aclararse la voz y, con un tono engolado, declamó:

—«Cinco mil españoles, que a la vez eran cinco mil infantes y cinco mil caballos ligeros y cinco mil gastadores y cinco mil diablos».

—¿Ha estado en el ejército, inspector?

—No más allá del servicio militar obligatorio, coronel. Estuve destinado en Ceuta. Cada tanto me reúno con dos o tres de mis compañeros de promoción y tomamos unas cervezas. Recordamos con cariño aquella etapa de nuestra vida. Desde entonces me hice fanático de las contiendas militares y de las estrategias en el campo de batalla. También disfruto de escuchar una buena marcha militar cada tanto.

Elia miró a Olmedo intentando adivinar si mentía o si decía la verdad. Tras la neblina del habano, los ojos de Viejo parecían haberse iluminado.

—Qué carajo, vamos —los apremió aplastando el habano en un tosco cenicero de mármol—. Aunque sea materia reservada, pregunten lo que quieran: soy demasiado mayor para temer a un consejo de guerra.

Elia movió la mano sobre la fina columna de humo que subía del cenicero.

—Necesitamos saber si Trujillo y Duque formaban parte del comando de Almagro.

—Sí, formaban parte. Díganme por qué es tan importante.

—Tenemos razones fundadas para sospechar que todos ellos practicaron un sacrificio ritual con una mujer —contó Olmedo.

Viejo encajó el comentario con un brillo en los ojos y tardó unos segundos en contestar.

—Hay algo siniestro en el pasado de Almagro como guerrillero de las FARC que quizá deberían saber: lo capturó una tribu caníbal conocida como los makuna o «gente del agua» en una escaramuza con el ejército colombiano en la selva del Vaupés. Esos salvajes vivían como sus antepasados hace cientos de años, comían personas igual que animales o plantas porque para ellos no había ninguna diferencia entre las especies. A los blancos los llamaban *gawa* y su único destino era servirles de alimento. Almagro tuvo suerte de que los makuna estuviesen en una especie de receso. Habían matado a tantos hombres, mujeres y niños de otras tribus que temían enfadar a los espíritus. Lo mantuvieron atado y en remojo en una jaula dentro del río sin apenas alimento. Después de dos semanas, el chamán le dijo a su pueblo que el blanco probaría la carne humana; si a la mañana siguiente estaba enfermo, lo matarían y seguirían comiendo plantas hasta apaciguar a los espíritus; si seguía vivo, se lo comerían. Al despuntar el alba encontraron a Almagro con una serpiente de grandes dimensiones colgada de la boca. Estaba muerta. La había matado a mordiscos, con sus propios dientes.

—Increíble… —susurró Olmedo.

—¿Y qué pasó con él? —preguntó Elia.

—El chamán le perdonó la vida.

—¿Se hizo caníbal?

—No lo sé.

—Pero tal vez se familiarizase con sacrificios humanos en la selva —especuló Elia.

—Lo que sé, inspectora, es que era un hombre curtido en la violencia con un objetivo muy claro durante la guerra contra el Estado Islámico.

—¿Matar?

Viejo sonrió.

—Ese solo era el medio para conseguirlo. Lo que quería a toda costa era salvar el templo de Lalish de su destrucción. Yo mismo le escuché decir que ese templo era «el último reducto conocido del Diablo» y que haría lo que fuese necesario para defenderlo. Eso es todo lo que sé, inspectores. Bueno, eso y que Almagro tenía un talento para la persuasión que no he vuelto a ver en nadie.

—¿Dónde está ese templo, coronel? —quiso saber Elia.

—A unos sesenta kilómetros al noroeste de Mosul. A unas tres o cuatro horas en coche de la región de Sinyar. Es difícil llegar hasta allí.

—Viejo empezó a trastear con el cuaderno, como si estuviese buscando algo en las anotaciones marginales. Algo contrariado por no encontrar lo que buscaba, dijo—: Miren, yo no sé si los yazidíes son o no adoradores del diablo, como dicen el Estado Islámico o Almagro. En la guerra conocí a unos cuantos, y todos me parecieron personas afables, gente del campo, más preocupados por los suníes o por el Estado Islámico que por otra cosa. Ahora bien, hay algo que tengo muy claro: cuando los kurdos abandonaron a los yazidíes, Almagro se quedó en la región de Sinyar y los ayudó a organizar un ejército de autodefensa conocido como YBS, por sus siglas en kurdo. Creo que aquí se tradujo como Unidades de Defensa de Sinyar o Unidades de Protección de Sinyar.

—Los boinas verdes fueron capturados por los yihadistas en una de sus refriegas. ¿Sabe si Almagro estaba con ellos? —preguntó Elia.

—Almagro encabezaba todas sus expediciones. Gran parte de su poder de persuasión consistía en que era el primero en meterse en la boca del lobo.

—Hay una especie de leyenda que dice que a Santos, Trujillo y Duque los enterraron vivos… —comunicó Elia—. Y que se salvaron.

Viejo puso cara de sorpresa y dejó transcurrir unos segundos ante de decir:

—¿Eso lo ha leído en internet, inspectora?

—No, coronel. Digamos que tengo un amigo que vuela alto y me pasó información por conductos no oficiales. Yo también tengo mis secretos.

Viejo miró con aprobación a Elia y asintió:

—La leyenda es cierta. Los enterraron en ataúdes. Y a Almagro también.

Elia retrocedió en el sofá y levantó las manos ostensiblemente.

—Pero ¿cómo consiguieron salvarse? Una caja bajo metros de tierra y con tan poco espacio parece una trampa mortal hasta para un boina verde.

—Esos muchachos sabían cómo escapar de una ratonera. Son la élite de nuestras Fuerzas Armadas. No son una gente cualquiera: son los mejores.

Olmedo se inclinó hacia delante en un gesto casi automático para evitar que el coronel diese por terminada la conversación antes de que él tuviese tiempo de formular una última pregunta.

—La otra cosa que nos interesa —dijo Olmedo tirando de los puños de la camisa para taparse las muñecas— es saber si Almagro y sus hombres pudieron estar en contacto con el campamento de refugiados de Barika. Allí trabajaba la mujer alemana que estamos buscando.

—Es bastante probable: allí llegaban miles de yazidíes que escapaban del conflicto. Eso sí, como les dije antes, sus acusaciones son graves y no dispongo de datos para refrendarlas. En todo caso, usen como crean conveniente lo que les he contado; a cambio, les pido que dejen a las Fuerzas Armadas al margen de todo esto… Ahí fuera hay demasiada gente esperando una excusa para atacarnos, y ya saben lo cainitas que podemos llegar a ser los españoles. —Dicho eso, el coronel Viejo se levantó y concluyó—: Y, ahora, si me lo permiten, los acompañaré hasta la puerta. Tengo cosas que hacer.

Un lagarto verdinegro se escurrió entre las piedras cuando el neumático del zeta se detuvo en el arcén de la carretera que serpenteaba hasta Alameda del Valle, en la sierra norte de Madrid. Miguel salió del coche, se colocó la pistola en la cintura y atravesó la calzada seguido por Vizcaíno. Tardaron poco más de un minuto en desenroscar el cable metálico que sujetaba la cancilla y entrar a pie por el camino de tierra que debía llevarlos hasta la nave donde supuestamente encontrarían la furgoneta negra.

Nada más cruzar la entrada se dieron de bruces con ella. Estaba medio desguazada, sin matrículas y situada sobre un foso. Un hombre de unos treinta años estaba apilando cajas en una esquina; era de complexión fuerte y con una incipiente barba negra alrededor de la boca. Al ver cómo se acercaban, se frotó las manos con un paño. Miguel sacó la placa y se acercó con ella en la mano mientras caminaban.

—Subinspectores Coronado y Vizcaíno, de la Policía Nacional —dijo.

—¿Qué quieren?

—Buscamos al propietario de esa furgoneta: Víctor Almagro.

El hombre hizo un gesto despreciativo.

—No sé quién es.

—¿Qué tienes tatuado debajo de la camiseta? —preguntó Miguel tocándose en la parte inferior del cuello.

—Un recuerdo de juventud —respondió el hombre bajando la barbilla.

—Pues enséñamelo, a ver si quiero uno igual.

El hombre se levantó la camiseta hasta la altura de los sobacos. Cuando la estrella de doce puntas apareció en todo su esplendor, Miguel dijo:

—Vale, colega, te vienes con nosotros a comisaría.

—Eh, pero ¿por qué? —dijo el tipo acercándose a él—. No he hecho nada. Llevar un tatuaje no es un delito.

—Ahí quietito —masculló Miguel llevándose la mano a la pistola—. ¿Lo tienes?

—Lo tengo —confirmó Vizcaíno apuntando al pecho.

La expresión del hombre había mudado de repente hacia una versión más oscura de sí mismo.

—Tu documentación —pidió Miguel.

—En la oficina.

—Date la vuelta y pon las manos contra la camioneta —ordenó Vizcaíno.

Miguel sacó su pistola y echó a correr hacia la oficina.

—¡No podéis entrar ahí sin una autorización judicial! —gritó el hombre.

—¡Que te calles, hostia! —aulló Vizcaíno.

Miguel abrió la puerta de una patada y, cuando se aseguró de que no había nadie, guardó la pistola y examinó el cuarto.

—Archivadores, archivadores, más archivadores... Joder, tiene que haber algún sitio donde este cabrón pueda esconder a una persona.

Mientras golpeaba con el talón para comprobar si había algún doble fondo en el suelo, vio una matrícula sobre una estantería que estaba en el extremo opuesto de la oficina. Se acercó, leyó el número y sacó el móvil para verificar que era la que estaban buscando.

—¡Bingo!

En ese instante, oyó a Vizcaíno pedir ayuda a gritos. Miguel salió corriendo justo a tiempo para ver cómo una *pick up* se dirigía a toda velocidad hacia la carretera. Vizcaíno estaba de rodillas con las dos manos en sus partes bajas.

—¡Corre, coñoooo! —dijo Vizcaíno nada más verlo.

Miguel corrió hasta el zeta, maniobró y abrió la puerta para que subiese Vizcaíno, que se acercaba tosiendo, como si no tuviese aire. Vizcaíno entró como pudo en el coche.

—¡Vamos, vamos! —apremió.

Miguel le pasó la pistola y pisó el acelerador a fondo. Cuando salió a la carretera, respiró aliviado al ver la camioneta unos cuatrocientos metros más adelante.

—Ese tío debe de ser militar o algo así —dijo Vizcaíno—. Me ha dado dos hostias y me ha dejado seco.

Miguel miró cómo se retorcía Vizcaíno de dolor.

—Debe de ser Trujillo. Todos estos eran boinas verdes, menos el tal Almagro. Si lo pillamos, te dejo que le sueltes un par de hostias bien dadas.

—Lo veo complicado. Ese hijo de puta nos va a meter por un camino de vacas en cualquier momento... Nos está llevando hacia los Altos del Hontanar.

A cada minuto que pasaba, el camino se hacía más intransitable para el zeta. Al cabo de unos kilómetros, Miguel detuvo el coche al borde de una escorrentía de aguas.

—Déjalo, no tenemos tracción —dijo Vizcaíno.

—¿No quieres enmendar tu cagada?

—Nos vamos a estampar y no vamos a poder enmendar nada…

Miguel tiró de la palanca de cambios y soltó el acelerador de golpe. La agonía de las ruedas sobre el terreno se prolongó durante unos largos segundos mientras el coche profería bandazos incesantes a un lado y a otro intentando encontrar adherencia. Con cada intento, Vizcaíno terminaba proyectado hacia delante o hacia los lados. Cuando una de las ruedas traseras se hundió en una garganta de barro, Vizcaíno gritó:

—¡Vamos a volcar!

Miguel pisó a fondo el acelerador y el coche se levantó ligeramente sobre las ruedas delanteras. Fue virando sobre sí mismo con la rueda anclada en el surco del suelo hasta que se soltó y salió despedido hacia una pila de troncos. El golpe fue tan fuerte que saltaron los airbags. Miguel salió lo más rápido que pudo del coche. Siguió el camino con la vista y vio cómo la camioneta alcanzaba la parte alta del camino envuelta en una nube de polvo y se alejaba de allí. Fue hacia el zeta, golpeó con rabia el capó del coche y dijo:

—Tenía que haberme puesto la camiseta de los Maiden.

Miguel entró en la cafetería, compró dos latas de cerveza y llevó la bandeja hasta la mesa donde Elia estaba siguiendo las noticias. La imagen de un chico que había desaparecido hacía unos días en la sierra dio paso a los titulares de la malograda persecución de Lorenzo Trujillo, un exsoldado del ejército que había participado en la misión contra el Estado Islámico en Irak y que había desertado. La noticia recogía el testimonio de dos vecinas, que decían no haber visto nunca a

Trujillo por el pueblo, y el de un vecino, que explicaba que la policía no les había dicho nada de por qué lo perseguía.

—La única parte buena de todo esto es que sabemos que Trujillo existe —apuntó Miguel dándole una lata a Elia.

—Si lo encontramos, ese será un interrogatorio interesante. Quizá nos pueda aclarar si Martínez-Cifuentes se suicidó.

—Estaba en paradero desconocido, lo vimos un ratito y ahora está en paradero desconocido otra vez —dijo resignado Miguel dando un largo trago a su cerveza.

—Blasco ha montado un operativo para buscar la furgoneta en la sierra. Voy a quedarme y a seguirlo con Olmedo. ¿Por qué no te das una vuelta por el Instituto Anatómico Forense y hablas con Viedma? Estaría bien saber si los restos de saliva que encontró en el cadáver de Amaia Braganza son compatibles con el ADN de Santos y Duque.

Miguel terminó su cerveza.

—Tú mandas.

En la pared del fondo de la sala de operaciones había una fotografía de gran tamaño de la sierra de Guadarrama donde estaban marcadas las zonas de rastreo. Elia zigzagueó entre los agentes hasta llegar donde el sargento de la Guardia Civil encargado del destacamento de montaña estaba informando a Olmedo.

—Mis hombres han terminado de rastrear la cara sur y no han encontrado nada.

—¿Y ahora, sargento?

—Ahora tienen que desplazarse a la cara norte. El helicóptero de apoyo ya está haciendo una batida desde el aire, pero se trata de una zona muy frondosa y llena de pistas forestales. No será fácil localizar esa camioneta.

Cada quince minutos, el sargento actualizaba sobre la fotografía la posición de las unidades sobre el terreno. Elia tenía la sensación de que localizar la camioneta era cuestión de minutos. Sin embargo, cuando pasó una hora, se contagió del decaimiento que invadió la sala: ninguna de las actualizaciones era positiva. Al cabo de tres horas, el sargento se acercó a Olmedo.

—Lo hemos perdido, inspector. Mis hombres ya están en la cima.

33

Al día siguiente del asesinato de Walid, el anciano pir Elías convocó el consejo de la aldea. El padre de Walid pidió la palabra y, en su intervención, imploró que se vengase la muerte de su hijo. Para ello, solicitó que la policía transfronteriza le devolviese las armas que le había requisado a su familia y que el consejo permitiese que sus hijos organizasen una incursión en una aldea situada al oeste de Kopo que estaba ahora en manos del Estado Islámico. Los asesinos de su hijo seguramente estaban allí.

El padre de Walid cerró su intervención señalando a Marcus y diciendo:

—El fuego se alimenta con fuego; si se le echa agua, se consume. Si Rojian Tekkal no hubiera seducido a mi hijo, ahora no tendríamos que lamentar esta desgracia. Ella debería haber sido agua, y no fuego.

En mitad de los murmullos de aprobación o de indignación, Marcus se levantó y replicó:

—Tu hijo sedujo a Rojian. Fue él quien la invitó a ir al lago artificial, más allá del puesto transfronterizo, de noche. Lamento mucho la muerte de tu hijo, pero fue él quien cometió la imprudencia.

—¡Ella debería haberse negado! —gritó el padre de Walid fuera de sí.

El anciano *mujtar* Elías se levantó y, con voz firme, dijo:

—Nada podemos reprocharle a Marcus Tekkal. Bautizó a su hija siendo una niña y Melek Taus la acogió en sus alas. Fue el joven Walid quien la llevó al puesto fronterizo y quien incumplió, por tanto, una norma bien clara. Si el miliciano Sadiqui no hubiese tenido una cuenta pendiente con la familia Tekkal, Rojian también habría muerto... Si la ha dejado marchar ha sido para que nos peleemos. No hay arma más poderosa que el miedo. ¿Acaso no veis que están consiguiendo con todos nosotros el mismo efecto?

—Pero están expulsando a familias enteras de sus tierras... —dijo en voz alta alguien—. ¡Esto no puede seguir así!

—Debemos negociar y entregarles lo que quieren antes de que lo tomen por la fuerza —expuso otro hombre—. Si quieren las tierras de Tekkal, pues que se las queden. Ya ayudaremos a Tekkal a conseguir otras tierras en otra parte.

—Abrid los ojos: el Estado Islámico no solo quiere las tierras de Marcus Tekkal —explicó Khaled, el hermano de Kathrine—. Ellos aman la muerte como nosotros amamos la vida. Nada de lo que hagamos o digamos va a cambiar las cosas. A sus ojos somos insectos y, como tales, tratarán de exterminarnos. No hay pacto posible con semejante enemigo.

Todos los hombres callaron. Khaled miró a los allí congregados y, en particular, al *mujtar* Elías. Después siguió diciendo:

—Somos un pueblo milenario, pero nuestro enemigo es inmensamente fuerte y quiere nuestro exterminio. Ahí tenéis la prueba del joven Walid, pero también la de tantos otros yazidíes que han muerto en estos años. Por eso, apoyo al Partido Democrático del Kurdistán y defiendo que Sinyar se integre en el Kurdistán. Es la única posibilidad de sobrevivir que tenemos. Otras aldeas yazidíes quisieron llegar a un acuerdo con el Estado Islámico; sin embargo, terminaron arrasadas, con sus hombres muertos y con sus mujeres violadas. Les hemos transmitido que los yazidíes no sabemos defendernos... Y eso es un error. Desde aquí os digo —declaró elevando el tono de la voz— que, si Mosul cae, los soldados *peshmerga* serán la única barrera que nos separará del Estado Islámico. Dejad que los kurdos entren en nuestra aldea, dadles palés donde dormir, sacrificad un cordero cada semana para alimentarlos y os garantizo que antepondrán vuestra vida a la suya.

—¡Tratémoslos como hermanos! —gritó alguien desde la parte de atrás.

Acto seguido se produjo una ola de aplausos. Khaled puso los puños en las caderas y siguió hablando con la mirada fija en su cuñado Marcus.

—Y, para los que teméis que Kopo pierda su independencia, os digo que me encargaré personalmente de que todo hombre en edad de empuñar un arma reciba el mejor de los adiestramientos. ¿Puede haber mejor garantía?

En el mismo momento en que se hicieron cargo de la defensa de Kopo, los soldados *peshmerga* aseguraron que dejarían caer Erbil, la capital del Kurdistán iraquí, antes que a ellos. Sin embargo, los dirigentes políticos del Gobierno kurdo desestimaron la petición de Khaled de formar una unidad yazidí. Consideraban una pérdida de tiempo y de recursos entrenar a comerciantes, pastores, agricultores y gentes de oficios similares, por muy jóvenes que fuesen. Así, durante algún tiempo, los hombres de la aldea se organizaron y se entrenaron por su cuenta.

El día que se publicó en YouTube el primer vídeo con decapitación realizada por el Estado Islámico, una especie de psicosis pareció instalarse en Kopo. Incluso muchos de los soldados kurdos estaban tan asustados como los propios aldeanos. Dado que el ejército kurdo seguía negándose a formar una unidad yazidí, Khaled fue a Sinyar a buscar alternativas. En la capital, uno de sus contactos le habló de un grupo de mercenarios españoles que podían ayudarlos. Habían comenzado a combatir al Estado Islámico en las inmediaciones. Con poco dinero, podía concertar una entrevista con su líder, un hombre carismático y devoto de la religión yazidí llamado el Rastreador.

Almagro hizo un alto en el camino para dar un trago a su cantimplora. Casi no le quedaba agua y hacía un calor de mil demonios. Su segundo, Reinaldo Santos, tampoco era inmune al extremo calor del desierto y tenía la sensación de que la arena quemaba más que las piedras sulfurosas del cráter de un volcán. Almagro sorbió los últimos restos de agua de la cantimplora, se enjuagó la boca y escupió. Mientras se arrastraba por el angosto paso que daba acceso a lo alto de una colina de roca y arena, Reinaldo Santos miró a Rolo Duque y a Lorenzo Trujillo para que tomasen posiciones. Solo tenían que esperar la señal para vaciar sus cargadores. Los ojos de Almagro se asomaron por encima de una duna de arena. A lo lejos se veía la aldea de Kopo.

Los milicianos del Estado Islámico eran cinco. Cuatro formaban un corro alrededor de una joven yazidí. La tocaban y la zarandeaban. Ella los miraba. Solo quería que parasen. El quinto estaba de espaldas y se subía la bragueta del pantalón.

Almagro enseñó cinco dedos e hizo un gesto con la mano hacia delante para repartir los objetivos. Reinaldo Santos se encaramó en lo más alto; sujetaba hacia arriba un fusil de asalto HK bajo la atenta mirada de Duque y Trujillo, y tenía la mejilla apoyada en la culata, el cuerpo ligeramente encorvado y los pies alineados mientras apuntaba al miliciano de espaldas. De la certeza de ese primer tiro dependía el factor sorpresa y, probablemente, el éxito de la operación.

La cabeza del miliciano reventó tras escucharse el ruido seco de un tiro. Ninguno de sus cuatro compañeros tuvo tiempo de reaccionar. Duque y Trujillo les descerrajaron varios tiros en la cabeza antes de que fuesen conscientes de su presencia. Santos pegó de nuevo el fusil a la mejilla y comprobó a través de la mirilla que un miliciano trataba de arrastrarse sobre los codos, pero bajó el fusil en cuanto vio que Almagro se encaminaba hacia él con el machete en la mano.

Matar a cinco milicianos los convirtió en héroes para la gente de Kopo. Después del suceso, Khaled respiró algo más aliviado: los terratenientes de la aldea dieron por bien invertido el dinero que había costado contratar a los mercenarios españoles. El incidente no pasó inadvertido; el muftí hizo llegar al emir una *fatwa* que incluía no solo a los yazidíes, sino a todos aquellos que les prestasen ayuda o protección. Así, los mercenarios españoles pasaron a compartir destino con el pueblo yazidí. En caso de ser capturados, los enterrarían vivos en el desierto.

Cuando Khaled visitó a los españoles para agradecerles sus servicios, pidió a Almagro conversar con él aparte.

—Hablé con los terratenientes y el *mujtar* Elías: van a autorizar tu visita a Lalish. Han hablado con los sacerdotes del templo y, en atención a tu ayuda al pueblo yazidí, te permitirán visitar la tumba de Melek Taus.

—Ningún otro extranjero ha entrado ahí… ¿Qué garantías tengo? —preguntó Almagro.

—La de que los yazidíes tenemos más miedo a que nos extermine el Estado Islámico que a romper una tradición milenaria. Eso sí, a cambio, debéis seguir entrenando militarmente al pueblo yazidí.

—Júrame que me llevarás al templo de Lalish y que podré rezar ante la tumba de *sheik* Adi, y mis hombres y yo defenderemos a tu gente hasta las últimas consecuencias.

—Por la sangre de mis ancestros.

Lorenzo Trujillo soltó una carcajada cuando Almagro le tradujo las palabras de Marcus Tekkal: quería a toda costa que su hija recibiese instrucción militar, sin ventajas, sin remilgos, como uno más del grupo.

—Vuelve a la cocina, chica —dijo Rolo con desdén.

Rojian se volvió completamente hacia él, como si lo estuviese retando a ver quién aguantaba más tiempo sin parpadear. Pero Rolo siguió a lo suyo, recostado sobre su mochila.

—La chica está en buena forma, coño —apuntó Trujillo—, pero no lo suficiente como para aguantar el adiestramiento de un boina verde. Si ese hombre quiere proteger a su hija, lo mejor que puede hacer es mandarla lejos de aquí. ¿O no, Trog?

Santos levantó la mirada en señal de acuerdo y enseguida volvió a concentrarse en la limpieza de su arma.

Marcus Tekkal apoyó su mano larga y delgada sobre la mesa con la intención de levantarse. Se le había formado una profunda arruga en el entrecejo.

—Un momento —consideró Almagro—. Veamos si la chica sabe defenderse. Arriba, Rolo.

Rolo sonrió, se puso en pie y extendió los brazos.

—Vamos, ven —le dijo a Rojian.

Rojian se hizo un moño y caminó hacia un lado. Sin dejar de mirarlo, cerró los puños.

Fue una fracción de segundo lo que Rojian necesitó para soltar el primer golpe. Rolo lo esquivó y comenzó a caminar a su alrededor, disfrutando claramente de su superioridad, bromeando con continuos amagos de ataque. Sus hombros bajaban y subían de una manera sobreactuada.

—¡Me toca!

Rolo lanzó dos directos que Rojian esquivó por escasos centímetros. Ella estudiaba sus movimientos sin consumar ningún ataque. Cuando acortó la distancia para lanzar una patada, Rolo le coló un gancho en la mandíbula. Rojian se agachó, hincó la rodilla, cerró los ojos y quedó algo conmocionada por el dolor en la cara.

—Se te pasará en un rato. Venga, vete a casa… —invitó Rolo.

Aprovechando que este había bajado los brazos, Rojian saltó hacia Rolo y le golpeó con el dorso del puño en la sien derecha. Él se tambaleó un segundo, tomó impulso y descargó la pierna derecha recta sobre el vientre de Rojian, que se desplomó de rodillas.

—¡Ya es suficiente! —dijo Almagro.

Rolo se dio la vuelta, ofuscado. Rojian aprovechó el receso para inspirar con fuerza por las fosas nasales y recuperar el aliento. En un momento en que Rolo estaba de espaldas se abalanzó sobre él y lo apresó del cuello. Aunque Rolo trató de zafarse, ella apretó y apretó hasta dejarlo sin aire. Estaba a punto de perder la consciencia cuando lo soltó. Rolo se llevó las manos al cuello y empezó a tragar todo el aire que pudo por la boca.

—La madre del cordero… —dijo Trujillo sin salir de su asombro—. Si hay más mujeres como ella en el pueblo, ganaremos esta puta guerra.

Todavía con la voz tomada, Rolo miró a Almagro y dijo:

—Dile a su padre que será un honor entrenarla.

34

Víctor Almagro miró el reloj. Eran las cinco de la mañana. Estaba fuera de la cabaña y sostenía el móvil pegado a su oreja, atento a la voz del otro lado de la línea.

—¿Y lo siguieron? —escuchó.

—No, escapó por la pista forestal que hay detrás del taller —informó—. Ahora lo tengo en el refugio. Le he dado un té, a ver si se calma. Faltó poco para que lo detuviesen.

—Trujillo… Siempre fue el más débil.

—Le ha afectado mucho lo de Duque y lo de Trog.

—Pues tiene un compromiso y debe cumplirlo.

Almagro se puso de cara al viento y dejó que le revolviese el pelo.

—¿Y qué hacemos ahora? —preguntó.

Hubo un silencio. Un cuervo graznó en la distancia y su eco se perdió en el vacío. En el silencio solo los elementos hablaban: el viento, la luz, el horizonte mudo… Hasta que la voz sonó de nuevo al otro lado de la línea, firme, rotunda:

—Tráelo aquí. Ya.

Una intensa luz se filtró a través del cristal de la camioneta. Un enfático movimiento de linterna desde fuera le indicó a Almagro dónde aparcar. Almagro dejó metida la primera marcha y se inclinó hacia delante para asegurar el freno de mano.

—Espera aquí —le indicó a Trujillo.

Cuando bajó de la camioneta, Almagro se dio cuenta de que estaba a menos de cinco metros del imponente precipicio que desembocaba en el fondo del valle. Caminó hacia la luz y levantó la mano derecha a modo de saludo.

Trujillo echó para atrás el asiento y trató de relajarse. Miró por la ventana, pero la luz de la linterna lo deslumbraba, así que cerró los ojos. Almagro regresó apenas unos minutos después. Abrió la puerta, se sentó y sentenció:

—Debes cumplir tu promesa. No hay otra manera.

—He perdido la fe, hermano.

—Estás en deuda. No te olvides de gracias a quién seguimos vivos. Si no, ya estarías muerto y enterrado en el desierto.

—Tiene que haber otra forma…

—¿Ya no recuerdas lo que llevas ahí?

Almagro estiró la mano y tiró con suavidad del pequeño retal de tela que colgaba del cuello de Trujillo.

—Un puñado de tierra…

—Tierra del agujero del que te sacó para que nunca olvides de dónde vienes.

—Prometió que no nos pasaría nada… Pero Santos y Duque están muertos. ¡Muertos, joder! Los siguientes vamos a ser tú y yo, Víctor. Tenemos que irnos. Esto es una puta locura.

—¿Sin terminar el segundo ritual? —cuestionó Almagro. Y adoptó el comedido tono de un profesor que se dirige a un alumno poco avispado—: Santos y Duque fallaron. No fueron dignos de alcanzar la meta porque no fueron capaces de fundirse con ella. Querían surcar el cielo, pero desmerecieron el vuelo… Por eso cayeron —aseveró.

Trujillo tragó saliva.

—¿Puedo irme?

—No, hermano.

—Lo siento, Víctor, pero yo me voy a ir… No puedo más.

Trujillo tiró de la manilla de la puerta, pero Almagro se abalanzó sobre él como si fuera un depredador hambriento. Trujillo sintió que un frío intenso le trepaba por la garganta y que un calor abrasador le quemaba la piel. La oscuridad de la noche se le hizo aún más intensa. El sonido de su respiración se replegó en una leve palpitación en la garganta. Abrió la boca para decir algo, pero, en vez de palabras, le salieron varios esputos de sangre.

Miró hacia Almagro intentando comprender qué había pasado y vio que algo brillaba en su mano. Este le tiró hacia arriba de la barbilla para ver el tamaño de la herida.

—Tranquilo, serán solo unos segundos.

Cuando Trujillo perdió el conocimiento, Almagro tiró el cuchillo entre sus piernas y encendió el motor. Pisó el acelerador. Con suavidad. Justo cuando la camioneta iba a salir rodando por el precipicio, se bajó de ella y dejó que la pendiente del terreno hiciera el resto. El vehículo se alzó por su propia inercia sobre las ruedas delanteras con tal fuerza que la cabeza de Trujillo atravesó la ventanilla. Un enjambre de ruidos metálicos y de rotura de cristales sonó montaña abajo. Cuando la camioneta explotó, Almagro dio media vuelta y caminó hacia la luz de la linterna.

Pasaban pocos minutos de las doce de la mañana cuando Miguel entró en la cueva y le dijo a Elia:

—La prueba preliminar es positiva. Viedma me acaba de llamar.

—¿Para ambos?

—Sí. Reinaldo Santos y Rolo Duque dejaron su saliva en el cadáver de Amaia Braganza… Nos falta identificar los otros dos rastros. No sé por qué, pero tengo la sensación de que son de Víctor Almagro y Lorenzo Trujillo —comentó Miguel.

—Entonces, el Ángel tiene que ser Almagro o Trujillo.

—Tuve poco tiempo para intimar con Trujillo, pero no me dio la sensación de que fuera un líder por el que haría cualquier cosa. Voto por Almagro.

El teléfono de Elia vibró. Miró el mensaje y dijo:

—Yo también voto por Almagro: Trujillo ha muerto. Se despeñó por un barranco con la camioneta. Tengo una reunión con Blasco y Olmedo en media hora.

—Joder, a este ritmo no vamos a detener a nadie.

—A estas alturas me conformo con que encontremos a Almagro.

—Por cierto, ¿y el vampiro?, ¿no viene ya a la oficina?

—Blasco lo mandó para casa después de lo de Gustavo Solís. No le gustó que yo llevara a Dante a aquel sótano…

—Veo que no soy el único al que le pareció muy mal aquello.

—La bronca fue monumental. Por cierto, a Blasco tampoco le gustó que metiéramos a Dante en la sala de interrogatorios con Solís y que encima lo dejáramos todo grabado. Hasta Peñafiel debió de escuchar los gritos que me pegó. Si no detenemos a Almagro, yo volveré a investigar infidelidades, y tú, a rellenar formularios al archivo.

—¿No le gusta que intentemos resolver el caso? Si no fuera por nosotros, no habría logrado reabrir el de Amaia Braganza y unirlo con el de Alicia Betancourt.

—Ya, pero él tiene por encima a Bermúdez y a algún otro pez gordo de Interior por lo de Martínez-Cifuentes… Con que alguien filtre la mitad de las irregularidades que hemos cometido, le jodemos la jubilación.

Elia se sentó al lado de Olmedo, frente a Blasco. El comisario le pasó una copia del informe del operativo de la noche anterior y de las pericias realizadas en la camioneta donde había aparecido Trujillo. También la puso al día de que Trujillo iba en el asiento del copiloto y de que, pese a que la camioneta había salido ardiendo, los forenses habían podido dictaminar que alguien le había rajado el cuello previamente.

—Todo hace pensar que Almagro le rebanó el pescuezo a Trujillo y tiró la camioneta por el barranco para que explotase. Imagino que quería borrar las huellas. A ver qué dice el examen de ADN.

—Almagro es el Ángel —dijo Olmedo—: él fundó el grupo satánico ese de Good Karma en la *darknet* cuando vivía en España; él se fue a vivir a la región de Sinyar antes de que llegaran los soldados españoles a Irak; él reclutó a Santos, Duque y Trujillo cerca de Mosul y les ofreció trabajar como mercenarios… Y, si nos atenemos a lo que nos contó el coronel Viejo, solo él pudo inculcarles la adoración por el Diablo a los tres boinas verdes y convencerlos de que se tatuasen la estrella de doce puntas, por no mencionar lo de su posible episodio caníbal. En fin, si detenemos a Almagro, terminamos con el asunto. Eso sí, hay que detenerlo antes de que mate a Alicia Betancourt, es decir, antes de cuatro días.

Elia se removió intranquila en la silla.

—¿No encaja todo demasiado bien? —dijo.

—¿A qué se refiere? —preguntó Blasco.

—Lo veo todo demasiado redondo… Y, sin embargo, nunca hemos estado cerca del Ángel. Cada vez que teníamos un sospechoso, este ha muerto de un modo u otro. También está la carta anónima. Tampoco sabemos por qué eligió a Amaia Braganza, una funcionaria española de la Organización Nacional de Trasplantes, y a Alicia Betancourt, una chica alemana que trabajaba para ACNUR en un campo de refugiados en Barika. No sabemos si las eligió al azar o hay una conexión entre ellas.

Olmedo movió ostensiblemente las manos.

—Es blanco y en botella. No le busques la quinta pata al gato, Elia, porque no la tiene. Cuando detengamos a Almagro, ya nos contará por qué eligió a esas dos chicas; pero este caso termina cuando detengamos a Almagro.

—Pero ¿tiene algún otro sospechoso, Elia? —quiso saber Blasco.

—No, comisario; aun así, espero información de un contacto.

Blasco miró a Olmedo de soslayo.

—¿Por qué yo no sé nada de eso? —dijo Olmedo elevando la voz—. Empiezo a estar harto de tantas irregularidades. ¿Nos estás ocultando algo más?

—¿Por qué dices eso?

—Dímelo tú: fuiste a ver a tu padre y le preguntaste por el caso. No he recibido notificación ni informe tuyo… Yo también tengo mis informantes.

—Es mi padre: déjalo fuera de esto.

—Pero Guzmán Martínez-Cifuentes trabajaba en su despacho y, con tanto militar por medio relacionado con Lorenzo Trujillo, no me extrañaría que sea el gran Fermín Zulueta quien lo está entorpeciendo todo con sus artimañas de abogado de altos vuelos. Además, ¿quién nos dice que no es él el topo?

Elia dio un puñetazo en la mesa.

—Joder, Juan, tú me conoces… ¿Cómo te puedes imaginar algo así?

—¿Qué le contó sobre el caso a su padre, inspectora? —demandó saber Blasco.

—Nada. Solo le pedí que abriera los ojos acerca de lo que había sucedido con Martínez-Cifuentes y que cooperara.

—¿Y quién es ese informante? —La cara de impaciencia de Blasco indicaba que, después de lo de Dante y Solís, no estaba dispuesto a tolerar secretos de ningún tipo.

—Alguien de Europol —contestó Elia—. No puedo decirle más, o perderé ese contacto.

El comisario movió la cabeza con aire vacilante.

—Trujillo era nuestra mejor baza, esa es la verdad, pero murió a sangre fría, igual que Santos… ¿No es demasiada casualidad que todos mueran, y Almagro siga vivo?

Olmedo resopló.

—Pero ¿lo de Santos no fue un accidente, como lo de Duque? —preguntó Elia haciendo aspavientos con las manos.

—A veces fallan los paracaídas, pero hemos verificado que fue manipulado. Santos tenía más de mil saltos realizados. No saltaría sin revisar concienzudamente su material... —dijo Blasco.

—Excepto que alguien de su máxima confianza le hubiera dicho que ya lo había revisado por él —apuntó Olmedo—. Alguien como Almagro, por ejemplo.

—Exacto. ¿Qué opina, inspectora? —interrogó Blasco.

—Sea quien sea el Ángel, alguien tuvo que darle el soplo de que teníamos a Santos acorralado. Sin ese dato, era innecesario matarlo.

Blasco miró a Olmedo y a Elia mientras medía lo que iba a decir.

—Olmedo ya me ha puesto al día de sus sospechas sobre el juez Peñafiel. ¿Cree que pudo ser él quien filtró el dato?

—Le doy más posibilidades que a mi padre.

—¿Alguien más de quien sospechemos? —dijo Blasco.

—Puestos a dudar, pondría también a Vizcaíno en la lista —añadió Elia—. No recogió la grabación de la cámara de seguridad del banco y se le escapó Lorenzo Trujillo.

Olmedo se llevó las manos a la nuca, las entrelazó y, con visible cara de fastidio, bufó:

—Vamos, Elia, esto es el cuento de nunca acabar... El caso estaba archivado. Además, no será tan malo Vizcaíno cuando no te ha denunciado ni por lo de la mano, ni por lo de la otra noche en el aparcamiento.

—Me asusté; pensé que era el Ángel.

—Ya...

—¿Cómo que ya?

—Centrémonos en el caso, por favor. Nos quedan cuatro días y quiero resultados —dijo Blasco.

Elia hizo una mueca de perplejidad.

—¿Y cómo vamos a detener al Ángel? Seguimos a ciegas.

Blasco movió el mentón hacia delante y tiró hacia abajo del nudo de su corbata.

—No lo sé, pero, como no lo detengamos, ya puedo esperarme un par de años para pedir la jubilación. A ver qué dice la prueba de ADN de Trujillo.

—Los restos salivares de Duque y Santos han dado positivo. Me lo ha dicho Miguel antes de entrar a la reunión —dijo Elia.

—Si esto salta a la prensa, estamos fritos —remató Blasco.

35

El armario junto a la ventana estaba abierto y se entreveía la hilera de vestidos que Elia había ido coleccionando a lo largo de los años sin haber encontrado el momento de estrenarlos. Cada uno estaba colgado en su percha de madera y siguiendo una escala ordenada de colores. Al pasar la mano por encima, provocó un ligero balanceo que le recordó a cuando las nadadoras de un equipo de natación sincronizada saltan al agua. Los últimos en moverse fueron los vestidos azules y negros, la parte preferida de su guardarropa. Sin embargo, esa tarde noche sus vestidos iban a quedarse de nuevo en el armario porque no tenía la intención de cambiar su aspecto. «Así mejor», se dijo poniéndose unos vaqueros y una blusa. Después se pintó una ligera sombra de ojos, se echó perfume, cogió su cazadora de cuero y se marchó.

Al salir del ascensor que daba acceso al restaurante Palacio de Cibeles, Vega cogió la mano de Elia y la apretó con fuerza contra su palma hasta que se sentaron en una mesa situada al borde mismo de la balaustrada de piedra que circundaba la parte alta de la fachada principal. Desde allí la diosa Cibeles brillaba, estática y atemporal, en medio de un flujo incesante de coches. Elia sintió que la mano de Vega era mucho más fuerte y robusta que la suya.

El encargado se acercó y les dejó la carta de vinos y la de cenas. Mientras Vega echaba un vistazo a lo que había, Elia se fijó en sus dedos callosos y llenos de pequeñas heridas debido a la escalada. En comparación, sus manos de policía en excedencia eran suaves, de dedos finos, frágiles, poco habituadas a la intemperie. Cuando Vega levantó la mirada de la carta, propuso:

—Ensalada de la casa y vino tinto. ¿Cómo lo ves?

—Perfecto.

Después de luchar un rato con una mesa de alemanes, el encargado les tomó nota. Cuando se fue, Vega se recogió el pelo en un moño alto y empequeñeció sus ojos azules al descubrir que Elia le señalaba su reflejo en el espejo.

—Parecemos gemelas —dijo Vega.

—Sí, solo que yo soy menos rubia —repuso Elia—. Mi familia es vasca, no escandinava.

Vega se rio. Después adelantó el cuerpo hasta el borde mismo de la silla y preguntó:

—¿Crees en el destino?

—Creo que las cosas ocurren por casualidad —contestó Elia.

—Yo no creo ni una cosa ni la otra. El destino o el azar son solo dos palabras que alguien puso ahí para quitarnos el derecho a decidir sobre nosotras mismas.

—¿Por qué dices eso?

—Porque el otro día te pusiste en peligro, y esta cena podría no estar sucediendo.

—Lo del otro día fue una locura. No sé qué me pasó, pero no volverá a suceder.

—Eso espero.

—¿Tú te has puesto en peligro alguna vez?

—Una vez, en la montaña. Algunos días deseé incluso que mi destino hubiese sido la muerte…

El camarero apareció con la botella de vino. La abrió y sirvió dos copas. Vega levantó la suya para brindar y dijo:

—Por nosotras.

Chocaron las copas y Vega dio un largo trago de vino. Elia dijo:

—No tienes por qué hablarme de ello, tranquila.

—No, pero quiero hacerlo. Estaba haciendo escalada con mis padres en una cara bastante complicada de una montaña noruega. Yo encabezaba la expedición, mi padre iba detrás y mi madre la última. Escuché un ruido sordo, miré hacia abajo y vi a mi madre suspendida en el aire sin posibilidad alguna de agarrarse a la pared. La cuerda que me unía a mi padre había quedado enganchada en un saliente y comenzaba a deshilacharse en el punto de máxima tensión. Recuerdo que mi padre cerró los ojos y que un instante después volvió a abrirlos. Me dijo: «No te preocupes: no va a pasarte nada». Su expresión evidenciaba lo que iba a hacer, así que le supliqué que no lo hiciese, que encontraríamos la manera de salir juntos de allí arriba, pero sacó su cuchillo de la bota y cortó la cuerda por encima de su cabeza. Cuando conseguí descender, una hora más tarde, los dos estaban muertos.

Elia alargó una mano y la puso sobre las de Vega.

—Lo siento. Imagino lo duro que debió de ser…

Vega fijó la vista en su copa.

—La muerte no debería sorprendernos desfavorablemente cuando llega —dijo.

Elia cogió la copa y dio un trago largo de vino. Después la dejó con cuidado sobre la mesa.

—Pues mi padre es un verdadero cabrón, ¿sabes? Le hizo la vida imposible a mi madre: le puso los cuernos millones de veces, venía borracho a casa, le puso alguna vez la mano encima… Sin embargo, ella agoniza por culpa de un cáncer terminal, y él anda revolcándose por ahí con una chica de nuestra edad. ¿No te parece irónico?

—¿Por eso te pones en peligro? ¿Para saber como cuál de los dos terminarás?

—No sé si el rocódromo es capaz de aclarar esas cosas. Me importa una mierda lo que le pase a mi padre… Y, ahora, trato de pasar el tiempo que puedo con mi madre. El médico de paliativos dice que su cuerpo no resistirá mucho más.

El camarero sirvió las ensaladas. Vega cogió el tenedor.

—Me gustas —dijo.

Los ojos de Elia se iluminaron de golpe. En cuanto Vega intentó decir algo más, Elia alzó la mano para detenerla:

—Me siento halagada, Vega, pero no estoy preparada.

36

La negativa del *mujtar* Elías y del consejo a que los mercenarios españoles intentaran apresar a Sadiqui hizo que el padre de Walid dedicara gran parte de sus días a difamar a la familia Tekkal. Al principio, la mayoría del pueblo fue comprensiva con su dolor de padre; sin embargo, con el transcurrir de los meses y de los acontecimientos, el padre de Walid logró convencer a muchos de que había algo oscuro en Rojian. Se subía a una silla en la plaza del pueblo y, después de despotricar contra la injusticia de no poder vengar a su hijo, solía terminar diciendo:

—Casi todas las aldeas cercanas a la montaña han sido saqueadas, y todas las mujeres, ¡todas!, menores de veinticinco años forman parte de los harenes del Estado Islámico. ¿Alguien me puede explicar por qué Rojian Tekkal logró sobrevivir? ¿Es que su padre, Marcus Tekkal, llegó a un acuerdo secreto con los yihadistas a cambio de sus tierras y de su ganado?

Aquella tarde el propio Marcus Tekkal escuchó en la distancia el discurso del padre de Walid y comprobó que este tenía cada vez más partidarios. Si continuaba el asedio del Estado Islámico, era cuestión de tiempo que lograse que la gente del pueblo acosase a Rojian y que quizá ella, harta de todo, contara lo que había sucedido realmente en el templo de Lalish. Y, si ese escenario era malo, pues la familia al completo terminaría lapidada, el otro era peor: si el Estado Islámico entraba en Kopo, Rojian podía morir sin haber encontrado aún el perdón de Melek Taus, y quedaría, en ese caso, relegada a una existencia animal en su próxima vida.

Mientras regresaba a casa, Marcus se preguntaba si verdaderamente había alguna posibilidad de que Melek Taus perdonara a Rojian. Sopesó pedirle consejo al *mujtar* Elías, pero enseguida se dio cuenta de que él tarde o temprano los delataría, si es que el oportunista de Khaled no lo hacía antes para salvar su cabeza. Tampoco podía regresar al templo de Lalish; Mosul era del Estado Islámico y llegar hasta allí era imposible. «Solo me queda estudiar por mi cuenta los libros sagrados. Los mismos libros que me metieron en este lío quizá puedan sacarme de él», se dijo.

Cuando llegó a casa, Kathrine salió a su encuentro y le anunció:

—¡Los españoles han regresado de la misión!: han matado a diez del Estado Islámico y han logrado liberar a veinte chicas de un harén. Acaban de llegar. —Marcus puso cara de preocupación—. ¿No te alegras?

—Sí, pero temo que esa victoria despierte la ira del Estado Islámico y que concentren sus esfuerzos en tomar Kopo.

Rojian escuchó a sus padres desde el patio trasero. Se enrolló un pañuelo en la cabeza y corrió hacia la muralla. Desde que había leído sobre la joven yazidí Haseba Nauzad, se había preparado a conciencia para liderar algún día un batallón de mujeres. El entrenamiento con los mercenarios españoles debía ser un paso más en ese camino. Nauzad había dejado la cómoda vida que llevaba con su marido en Turquía cuando los yihadistas declararon el califato: quería vengar a todas las mujeres que el Estado Islámico había violado, torturado y maltratado. Nauzad había declarado a la agencia Reuters que, «si un hombre es capaz de llevar un arma, una mujer también puede hacerlo» y animaba a otras jóvenes de su edad a seguir su ejemplo.

De camino a la muralla, Rojian se preguntó si sería cierto que los hombres del Estado Islámico temían enfrentarse a las mujeres soldado porque creían que si ellas los mataban no irían al paraíso. Deseaba comprobarlo por sí misma; estaba preparada, física y mentalmente.

Al llegar a la muralla, vio a mucha gente arremolinada en torno a la furgoneta de los españoles. En la parte de atrás estaba Rolo apretando una compresa contra su brazo. La herida parecía grave. Santos y Trujillo lo ayudaron a bajar y a caminar hacia la enfermería.

Rojian se acercó hasta donde estaba Almagro, que hablaba con Khaled y otros hombres importantes del pueblo. La situación parecía tensa entre ellos; los yazidíes discutían acaloradamente entre sí.

—¡Escuchad! —vociferó Almagro estrellando el mango de su fusil contra la arena—. ¡No hay tiempo para discusiones! Desde que tomó Mosul, el Estado Islámico tiene controladas todas las posiciones estratégicas que llevan a Sinyar.

—¿Estás seguro de lo que dices?

—Han cortado todas las comunicaciones con la montaña y están saqueando las aldeas de las inmediaciones —dijo Almagro—. Escapamos por muy poco. Debéis prepararos: vienen hacia Kopo.

—Pero ¿de cuánto tiempo estamos hablando? —preguntó Khaled.

La mirada de Almagro vagó por los rostros que se alineaban frente a él.

—Dos días, tal vez tres.

Almagró comenzó a caminar hacia la enfermería. Khaled, con gesto preocupado, fue detrás de él.

—Nuestro compromiso para que visites la tumba de Melek Taus sigue en pie —declaró—. La comunidad internacional no dejará que el Estado Islámico tenga Estado propio, y Mosul será liberado y el camino al templo de Lalish volverá a ser seguro.

Almagro se paró en seco y apuntó:

—Antes tendremos que sobrevivir a lo que se nos viene encima.

Khaled miró a los lados antes de preguntar:

—¿Os quedaréis con nosotros?

—Tenemos un compromiso y lo cumpliremos; pero lo que se dirige aquí no es un comando, sino un ejército sediento de sangre. —Los ojos de Almagro parecían más negros, como si un tintero se hubiese volcado sobre el pulcro blanco que rodeaba sus retinas—. Asúmelo, Khaled, los hombres con más suerte serán abatidos por fuego enemigo; todos los demás serán enterrados vivos. Se llevarán a los niños y harán de ellos muyahidines. Y ya sabes lo que les espera a las mujeres. Me gustaría ser más optimista, pero haber matado a esos diez soldados y haber liberado a esas veinte mujeres es solo un espejismo.

Khaled notó que le flaqueaban las piernas. Se quedó plantado en medio de la calle. No era capaz de centrar la vista en el borroso paraje de casas que se abría frente a él. Tras unos segundos de confusión consiguió recuperar el temple.

—Ayúdanos, Venerado —murmuró.

Era la primera vez que le pedía algo en veinte años; la primera vez que sentía la necesidad de hablar con su cuñado Marcus sobre religión.

El aspecto de Rolo Duque resultaba preocupante. Envuelto en dos pesadas mantas con las que intentaba librarse de la terrible tiritona que había invadido su cuerpo, daba sensación de fragilidad. Por suerte, la bala había atravesado su brazo sin afectar al hueso; pero todavía no se podía descartar una posible infección y, en aquellas circunstancias tan precarias, sin un hospital militar cerca, una infección era sinónimo de muerte.

—Debéis iros ya —dijo Duque con la cabeza hundida en los hombros.

—Podemos esperar hasta mañana —repuso Trujillo mientras le curaba la herida.

Santos se volvió hacia él con el ceño fruncido y dijo:

—Será tarde y lo sabes.

—Pues yo no me voy sin él.

Almagro contemplaba por uno de los ventanales de la enfermería la duna que había más allá de la muralla de la aldea. Se giró y, con voz firme, decretó:

—Esperaremos a mañana. Hasta entonces, aplicaos en limpiarle y curarle lo mejor posible la herida. Las primeras horas son las más importantes.

Khaled señaló con la mano la botella de licor que Marcus tenía sobre la mesa.

—¿Puedo?

Unas pronunciadas ojeras bordeaban los ojos de Marcus Tekkal y anunciaban que llevaba ya mucho tiempo durmiendo poco y mal. Khaled acercó un vaso y lo rellenó con el oscuro licor de centeno. Después de un tímido sorbo, su lengua se asomó a sus labios con gesto nervioso.

—Marcus, la aldea está perdida. Los yihadistas avanzan hacia aquí y no podemos hacer nada para detenerlos. Los españoles dicen que en dos o tres días tendremos al Estado Islámico a las puertas de Kopo.

—¿Y has venido a reprochármelo?

Marcus rellenó su vaso de licor y dejó ruidosamente la botella sobre la mesa.

—En absoluto.

Marcus escondió la cara en las palmas de las manos y comenzó a sollozar.

—Todo es culpa mía, Khaled: no tuve el valor necesario para matar a mi pequeña… Desde entonces los yazidíes hemos caído en desgracia.

En el rostro de Khaled se dibujó una mueca de compasión.

—Obraste bien… La culpa fue mía por evitar que lo hicieras.

Marcus paró de sollozar y descubrió su rostro.

—¿Qué?

—Acaba ahora lo que empezaste entonces y se acabará la maldición: el Estado Islámico nos dejará en paz.

Marcus se había quedado petrificado en su asiento. Khaled siguió diciendo:

—No quiero perder a mi familia… ¿Acaso tú no quieres salvar a Kathrine? Te ayudaré.

Marcus se abalanzó sobre Khaled y lo agarró por el cuello de la camisa. El cuello de Marcus era una densa maraña de venas, como si estuviera concentrando toda la rabia de que era capaz.

—Hazlo, Marcus, te lo suplico. No nos queda otra solución.

Marcus levantó en vilo a Khaled, lo lanzó contra el suelo y comenzó a darle patadas.

—¡Vete de mi casa, malnacido!

Cuando Marcus paró de golpearlo, Khaled se levantó, se limpió el polvo e insistió:

—Piénsalo, por favor… No me obligues a decirle a todo el mundo que la desgracia cayó sobre nosotros porque Rojian no está bautizada.

Almagro se volvió lentamente hacia la puerta de la enfermería. Rojian cruzó el umbral, se descubrió la cabeza y se amarró el velo al cuello. Observó el pálido rostro de Rolo Duque y preguntó:

—¿Qué tal está?

—Sobrevivirá —aseveró Santos mientras revisaba su fusil.

Trujillo clavó el cuchillo en la mesa y después lo alzó. Tenía pinchado un pequeño alacrán blanco en la punta.

—Estos cabrones están por todas partes —dijo.

Abrió una bolsita de cuero y lo echó dentro.

—¿Por qué no haces muescas en el fusil, como todo el mundo? —le sugirió Santos.

—No sé qué tiene de interesante apuntar los muertos.

Santos chasqueó la lengua y escupió. Almagro se volvió hacia Rojian.

—¿Qué quieres?

Rojian apartó el material quirúrgico que había encima de una silla y se sentó frente a Almagro.

—En el pueblo se rumorea que os vais.

—No es cierto. Duque está herido y tenemos que curarlo primero.

—La herida se podría infectar y, si se mueve mucho, una hemorragia interna podría matarlo.

—¿Cómo sabes eso?

—Estudié Medicina; solo me quedaban unas pocas asignaturas para terminar antes de que empezase todo esto… —Rojian bajó la vista y se miró las manos; las tenía llenas de pequeños cortes y rozaduras. Se parecían ahora más a las de un soldado que a las de una médica—. Necesitamos que nos sigáis entrenando —dijo—; necesitamos que combatáis a nuestro lado. Melek Taus os protegerá.

—Melek Taus tendrá mejores cosas que hacer —replicó Almagro.

Rojian se inclinó y examinó de cerca su rostro.

—Escucha bien —dijo, con una intensidad que hizo que Almagro tensase el cuerpo—. Yo he prestado juramento ante la tumba de *sheik* Adi, he sido bautizada con fuego y he atravesado el pasadizo donde están los *kocheks*. Yo escuché de boca de los videntes cuando solo tenía cinco años que unas coronas negras traerían la muerte a nuestro pueblo… Y yo fui hundida en la oscuridad de un pozo y logré sobrevivir porque Melek Taus tenía reservado otro destino para mí. Yo, Rastreador, te llevaré hasta el templo de Lalish cuando llegue el momento e intercederé por ti ante los sacerdotes para que seas el primer no yazidí en rezar ante el Venerado.

Rojian observó detenidamente la lenta transformación que sufría el rostro de Almagro a medida que iba asimilando el alcance de sus palabras. Entonces se produjo el clic; así llamaba Almagro al acto reflejo que le contraía los músculos de la cara en una fracción de segundo cuando le sobresaltaba una certeza. Permaneció allí por espacio de un minuto sin decir nada. Aunque su tío Khaled o su padre le hubieran contado algo sobre sus intenciones, sentía que Rojian le había leído el pensamiento. Trujillo, Santos y Duque observaron la escena sin comprender nada.

—¿Qué ha dicho la chica? —quiso saber Trujillo.

Almagro los miró emocionado y contestó:

—Que sobreviviremos. Melek Taus nos guía.

37

La claridad de la calle golpeó los ojos de Elia cegándola momentáneamente. Después de unas décimas de segundo, los abrió de nuevo y bajó el mentón hacia el pecho. No llevaba encima más que una camiseta y la ropa interior. Miró de forma instintiva hacia el lado derecho de la cama. ¿Dónde estaba Vega? Estiró el brazo hacia la mesilla y entrecerró los ojos mientras encendía la pantalla del móvil. Tenía tres llamadas perdidas de Miguel. Marcó su número.

—Ya era hora, Elia.

—Perdona, me costó mucho dormirme.

—Álex ha encontrado algo. Te va a interesar.

Nada más colgar cogió una botella de agua y bebió casi sin respirar. Su melena, despeinada y caótica, se reflejó en los cristales del mueble del pasillo mientras caminaba somnolienta desde la cocina al cuarto de baño. Pasó por encima de su ropa como si se adentrase en tierra extraña: no recordaba haberse desnudado. La invadió una sensación de pudor solo de imaginar lo que había pasado. No había ni rastro de Vega; ni siquiera había dejado una mísera nota sobre la mesilla.

Cuando entró en el Departamento de Informática, lo hizo de una manera tan precipitada que Álex ni siquiera llegó a levantarse del todo.

—¿Me lo enseñas? —pidió Elia.

—A la orden, inspectora.

Elia observó la pantalla del ordenador.

—Pero si está en blanco.

—¿No ves el punto negro?

—No del todo.

—¿Y ahora?

Álex movió la rosca del ratón, y el punto fue creciendo hasta formar una secuencia de números y letras.

—Ahora mucho mejor. ¿Qué es?

—Es la clave asociada al código fuente del *software* en el que se confeccionó uno de los documentos borrados en el disco duro de Alicia Betancourt. He tenido suerte porque pude identificar la IP del ordenador. Su titular es la primera víctima.

Elia apartó los ojos del ordenador para posarlos un instante en el desaliñado Miguel. Él secundó su mirada con un lento movimiento de cabeza y dijo:

—Las víctimas se conocían. Eso descarta que el Ángel las eligiese al azar.

—Álex, ¿puedes acceder de manera remota al ordenador de Amaia Braganza? —preguntó Elia.

—Ya lo intentamos cuando investigamos su asesinato, y no fue posible.

—¿Y qué pasa con el documento? ¿Puedes recuperarlo?

—Ahora estoy rastreando el disco duro para recuperar la información asociada a esa clave.

Miguel se pasó la mano por la barbilla rasposa y dijo:

—Buen trabajo, chaval, pero tú y yo no nos hemos pegado este madrugón para que me dejes cachondo y sin una segunda cita. Llámanos, y que sea pronto. Solo disponemos de tres días.

Álex levantó el pulgar y se concentró en la información que tenía en la pantalla.

* * *

Después de salir del Departamento de Informática, Elia y Miguel fueron al Instituto de Medicina Legal a recoger los resultados de las pruebas de ADN practicadas a Trujillo. Elia aprovechó para echar una pequeña cabezada en el asiento del copiloto. Cuando Miguel apagó el motor, se frotó los ojos y bostezó.

—Hora de bajar, bella durmiente —dijo.

Elia abrió los ojos, tiró de la manilla, abrió la puerta y bajó del coche casi en modo automático. De camino a la entrada del instituto, le sonó el teléfono. Vio quién era y se alejó unos pasos para tener algo de intimidad. Cuando regresó, Miguel preguntó:

—¿Todo en orden, inspectora?

—No, era mi prima Ana: han hospitalizado a mi padre.

—Tranquila, ya sabes el dicho: «Mala hierba nunca muere».

—¿Lo dices por ti, capullo?

—Eh, eh, haya paz… ¿Eso es que vas a ir a ver al gran cabrón?

Viedma estaba intercambiando unas palabras con un grupo de jóvenes de bata blanca con pinta de recién licenciados. En cuanto reconoció a Miguel y a Elia, se excusó, cruzó la sala caminando rápidamente, les estrechó la mano y los condujo a través de una puerta hacia una sala reservada. En el trayecto, Miguel se dio unos golpecitos en un lado de la nariz y le susurró a Elia:

—Apesta a formol.

—¿Y qué esperabas?

Miguel movió resignadamente la cabeza y entró tras ella en una sala bañada de una luz limpia y azulada, casi celestial, lo que le pareció una cruel ironía. La pared del fondo estaba forrada de innumerables compartimentos donde se guardaban las pruebas científicas. Sobre la mesa había un expediente abierto. Viedma apoyó las manos a ambos lados del legajo y empezó a hablar:

—La mayoría de los datos de una investigación no vale para mucho, pero siempre confías en que una ínfima parte sirva para que cada pieza encaje en su sitio. Aunque mi trabajo les pueda parecer un mero trámite, encontrar esa ínfima parte requiere mucho esfuerzo y dedicación.

Elia observó a Viedma: parecía molesto.

—Siento apremiarle con tantas pruebas, doctor —se excusó—, pero vamos muy mal de tiempo.

—Como yo, pero a ustedes eso no les importa. Solo quieren resultados inmediatos.

—Valoramos mucho que nos haya hecho un hueco para las pruebas de Trujillo; en un caso como este, de poco nos vale tener un resultado totalmente fiable dentro de setenta y dos horas... Tal vez ya sea tarde entonces y tengamos una nueva víctima. En fin, quizá no sea lo óptimo, pero no tenemos más remedio que trabajar con base en indicios y probabilidades, así que nos fiamos de su experiencia.

Viedma se dio unos golpecitos con el dedo en los labios y cerró el informe.

—Tiene ambición —analizó—, y eso me gusta, aunque sea a mi costa. Verá, aunque faltan los contrastes, pueden considerar la prueba positiva.

—O sea que...

—Sí, inspectora, con Lorenzo Trujillo puede dar por sentada la identificación de tres de los cuatro restos salivares de procedencia humana hallados en el cadáver de Amaia Braganza.

Camino del coche, Miguel hurgó en el bolsillo de su pantalón y sacó un cigarrillo. Iba a encenderlo cuando vio que Elia lo estaba mirando.

—¿Qué? —le preguntó encogiéndose de hombros—. De aquí al coche me da tiempo a echarme uno.

—¿Apostamos a ver de quién es el cuarto resto salivar? —dijo Elia.

—Del juez Peñafiel.

—Bingo.

—Juraría que hasta Vizcaíno acertaría.

—Informa a Olmedo y Blasco del resultado positivo —le pidió Elia—. Yo voy a echar un vistazo al listado de clientes del sitio donde entrenaba escalada Santos. Quizá sepan algo de Víctor Almagro.

—¿No te acompaño?

—No, será una visita rutinaria. Si pasa cualquier cosa, te llamo —concluyó la inspectora.

Elia se acercó al hombre que estaba en la recepción. Antes de que pudiera hacer cualquier broma de mal gusto sobre la vez anterior, puso la placa de policía encima del mostrador.

—Esta vez no te la muestro para que me dejes entrar, sino para que contestes a mis preguntas.

A continuación, sacó una foto de Reinaldo Santos y preguntó si lo conocía. El recepcionista dio un trago a la botella con zumo de naranja que tenía en la mano, la cerró con cuidado y se secó los labios con la muñeca.

—Era un gran deportista —dijo.

Elia lo observó con detenimiento. No desviaba la mirada, ni se rascaba la cara, ni movía nerviosamente el cuerpo. Elia le enseñó una fotografía de Almagro.

—¿Y a este lo conoces?

—Lejanamente.

—¿Te importa explicarme eso?

—Es complicado.

—Deja que sea yo quien decida lo que está cerca y lo que está lejos.

—Es como el puto *jedi* de la montaña, ¿vale? Muchos del mundillo lo conocemos. Vivía solo en la sierra intentando alcanzar una especie de sabiduría superior practicando ayunos, meditación y esas cosas.

—¿Dónde hacía eso exactamente?

—A la intemperie. Solo se cobijaba en algún refugio o cueva cuando las temperaturas eras extremadamente bajas.

—¿Y de qué vivía?

—En alguna ocasión ayudaba a las brigadas de rescate de montaña, pero no recuerdo mucho más. A muchos escaladores les gustaba el punto místico y desprendido que tenía; decían que había aprendido a sentirse conectado con la naturaleza en la selva amazónica y lo admiraban porque se sentía realizado sin ninguna posesión terrenal. Ese tipo de rollos esotéricos.

—¿Cuándo lo viste por última vez?

—Hace unos meses vino por aquí a entrenar con Santos. —El hombre miró por encima de Elia, bajó la cabeza y se rascó la nuca—. Santos lo trataba con el respeto que aquí muchos tienen por sus antiguos mandos, pero el tipo no era militar... Y eso aquí —comentó moviendo el índice en pequeños círculos— no gustaba nada. Aquí solo entrena gente que pertenezca o haya pertenecido al Ejército, a la Guardia Civil o a la Policía. A veces algún amigo, pero no es lo habitual.

—¿Almagro era cliente del centro?

—Ya se lo dicho: no. No era militar.

—Pero el otro día había una chica rubia que no era militar...

—Era la primera vez que la veía, pero si estaba escalando es porque conocía a alguien de aquí.

—Enséñame el registro de clientes...

El sonido de una voz irrumpió de pronto en la conversación. Elia se volvió; a unos pocos metros, había un hombre enorme con uniforme militar.

—¡No somos los perrillos falderos de los putos maderos! —gritó.

Elia observó cómo su caja torácica bajaba y subía mientras se acercaba escoltado por otro tipo del mismo tamaño. El recepcionista se levantó y les pidió calma. Luego dijo:

—Dame un momento. —Se agachó y sacó un clasificador con anillas que había bajo el mostrador—. Aquí tienes el registro de entradas y salidas del último año. Quizá te pueda servir mientras consigues una orden para que te imprima nuestra base de datos.

Elia hizo un gesto de mal humor, dio la vuelta al clasificador, lo abrió y comenzó a pasar páginas. Mientras los dos soldados se cagaban en los maderos y se daban ideas uno a otro sobre qué hacer con mujeres como ella, revisó las hojas lo más rápido que pudo. No había rastro de Almagro por ninguna parte. De repente, se detuvo en una hoja del mes anterior y encontró un nombre que le resultó familiar. Miró al recepcionista y le dijo:

—Este no es militar: es un juez.

—Se lo he dicho: de vez en cuando, se puede traer o enviar a un amigo.

—¿Era amigo de Reinaldo Santos?

—Eso no se lo puedo decir.

A pesar del caluroso ambiente que reinaba en la calle a media tarde, la caminata hasta el Hospital Cruz del Norte le resultó reconfortante. Una vez dentro, Elia se dirigió al mostrador de información y preguntó por el doctor Pedro de Valdivia. Su despacho se encontraba en el Servicio de Nefrología, donde el blanco inmaculado y las paredes de cristal predominaban sobre los vestigios del antiguo edificio. El doctor la estaba esperando en el pasillo. Llevaba un traje gris de tres cuerpos bajo la bata blanca y una corbata de colores vivos. La miró con una expresión seria y le hizo un gesto para que tomase asiento en una silla frente a su mesa de consulta. Por detrás de él se abría una colección casi museística de títulos y condecoraciones.

—Gracias por venir, señora Sandoval. —El doctor se llevó una mano a la sien y dejó ver un Cartier de oro que llevaba por dentro del puño de la manga izquierda—. Es usted la única persona con la que su padre nos ha autorizado a hablar. Su estado de salud es precario, muy precario. Espero que sea usted capaz de hacerle entrar en razón. Si no cambia de hábitos inmediatamente, la supervivencia del riñón trasplantado corre verdadero peligro.

—¿Y qué hábitos son esos? Casi no tengo contacto con él —dijo Elia— y, si le soy sincera, me sorprende que mi padre le haya pedido que me cite.

—Mire, yo en la cuestión familiar ni entro ni salgo. Como médico, lo que sí debo decirle es que su padre ha dejado de tomar regularmente su medicación y que bebe alcohol en exceso, con lo que se le han disparado el riesgo de contaminación y las posibilidades de que el riñón deje de funcionar. Si eso ocurriese, tendría que volver a someterse a diálisis. La situación es muy seria. Lo voy a internar para estabilizarlo y tenerlo en observación, pero mañana o pasado le daré el alta y puede volver a casa.

—¿Perderá el riñón?

—Está jugando con fuego… Si lo pierde por negligencia suya, ya no volverá a entrar en la lista de espera para un trasplante. Es mejor que cuide el que tiene ahora, ¿me entiende?

—Yo sí, doctor, pero lo que debería conseguir es que lo entienda él… Mi padre siempre ha sido así.

—Hablaré con él, pero es importante que usted también lo haga: es su hija. Por cierto, en los análisis, apareció que su padre está abusando de… ciertas sustancias estimulantes azules. Su padre, a su edad y en sus circunstancias, debería llevar una vida algo más tranquila. Tanta… agitación… no le favorece. ¿Me entiende?

Elia exhaló un profundo suspiro y respondió:

—Claro que lo entiendo, doctor. Será inútil, pero hablaré con él.

—Entonces, venga conmigo.

* * *

Agotado, Fermín se dejó caer sobre la almohada que tenía entre la espalda y el cabecero de la cama. La enfermera recogió la bandeja con las medicinas y se despidió. Elia cerró la puerta. Cuando estuvieron a solas, Fermín se tocó la zona lumbar y, en tono irritado, gruñó:

—El dolor me está matando.

—He hablado con el médico —dijo Elia—; él cree que lo que te está matando es más bien otra cosa…

—Lo sé.

—Me ha dicho que si sigues así perderás el riñón y que volverás a la diálisis. ¿Es lo que quieres?

—No te he llamado para que me sermonees. Sé de sobra que tengo un cincuenta por ciento de posibilidades de perder el riñón y que yo soy el culpable de que eso sea así… Pero no te he llamado para hablar de eso.

—¿Entonces?

—Era una excusa para volver a verte. Gracias por venir.

Elia apenas atisbaba algo del frío y distante abogado que había sido su padre. Tampoco veía al Fermín Zulueta triunfador y seguro de sí mismo que sabía ganarse a cualquiera cuando hacía vida social. Era como si el padre que había conocido se hubiese alejado de ella, aunque siguiera estando delante de sus ojos. Fermín se aupó un poco para quedar en una posición más recta. Después alzó la cabeza y habló.

—Nunca he revelado un solo detalle de mis clientes, pero, ahora que Trujillo ha muerto, la cosa cambia. Quiero ayudarte con tu investigación, hija. —Estiró la mano hacia la mesa metálica que tenía a su derecha, cogió un expediente y lo dejó en la cama—. Eso que ves ahí son los autos judiciales del caso de deserción de Lorenzo Trujillo. Está todo numerado y foliado.

Elia lo estudió durante unos segundos, como si valorase una posible triquiñuela por parte de su padre, y preguntó:

—¿Tan pocas hojas?

—El Ministerio de Defensa zanjó el asunto por la vía rápida. El bueno de Guzmán se limitó a aceptar la condena irrisoria que propuso la Fiscalía. A diferencia de lo que muchos creen, no fue mérito nuestro. Defensa nos lo dio todo hecho.

Elia abrió el expediente y observó la fotografía de Trujillo que se encontraba detrás de la primera hoja. Llevaba un anodino mono verde, probablemente, el reglamentario de la cárcel militar donde había sido recluido tras su detención.

—Las condenas por deserción suelen ser severas. ¿Por qué fueron tan magnánimos con él?

—Eso no lo sé, Elia. Imagino que un militar que combate al Estado Islámico y deserta puede servir para que los medios alimenten todo tipo de teorías conspirativas. En fin, ya sabes… A lo mejor alguien de arriba prefirió taparlo todo cuanto antes para evitar el ruido mediático.

Elia se acercó a la ventana y miró a través de las persianillas del cristal de la puerta. Le pareció reconocer a la enfermera, pero estaba demasiado lejos para asegurarlo. Después se giró de nuevo hacia su padre, levantó el expediente y dijo:

—Te agradezco el gesto, papá; pero, ahora que Trujillo y Guzmán están muertos, necesitamos más…

—Tú dirás.

—¿Sabes algo de la relación entre ellos después de que Trujillo saliese de la cárcel?

Fermín cambió de postura en la cama.

—Trujillo le llenó la cabeza con historias de la guerra. Le contó que a él y a otros guerrilleros los enterraron vivos los yihadistas y que estaban en deuda con alguien que les había salvado la vida. Guzmán quedó fascinado con la historia. Cuando supo que esa persona estaba en Madrid, quiso conocerla a toda costa.

—¿Nada más?

—No suelo hablar con mis empleados sobre su vida privada. Imagínate mi sorpresa cuando me enteré de que había participado en una especie de misa negra.

—¿Quién te dijo eso?

—Su padre.

—¿Le ayudaste a tapar el caso?

—Claro que no. Sin embargo, no me sorprendería que hubiese movido sus hilos de magistrado…

—Violación y satanismo, demasiado para su apellido, ¿no?

—Para el de cualquiera, Elia. Otra cosa es que hay quienes tienen contactos y quienes no. A nadie le gusta verse relacionado con algo así: es un lastre.

Elia dejó el expediente en una silla.

—¿Conoces al juez Alberto Peñafiel?

Fermín movió la cabeza afirmativamente.

—Martínez-Cifuentes le ayudó a entrar en la judicatura a través del cuarto turno… Ya sabes, el mecanismo a través del cual abogados de cierto prestigio acceden a la carrera judicial. Veo por dónde vas, pero no podrás demostrar que Peñafiel torpedeó la investigación para hacerle un favor a Martínez-Cifuentes.

—¿Y qué sugieres que haga?

Fermín se llevó la mano a la espalda y se masajeó la zona del riñón trasplantado.

—Que tengas cuidado: si te metes con Peñafiel, te metes con Martínez-Cifuentes.

Las luces del pasillo se apagaron. Elia miró su reloj. Eran las nueve y diez. El sonido de la luz de mantenimiento resonó en el silencio. Poco después la enfermera se asomó a la puerta.

—Tiene cinco minutos.

—Ya me voy, gracias —dijo Elia.

La mirada de Fermín recorrió el lustroso suelo de mármol hasta sus ojos. Elia hizo como que no se daba cuenta y caminó hacia la ventana para evitar la mirada de su padre.

—Nunca he sabido medir el daño que os he hecho a tu madre y a ti, Elia. Ya no estoy a tiempo de arreglar nada, pero sí al menos de decir que lo siento.

Elia hundió un instante la cara en las manos. Cuando recobró la compostura, notó que los ojos de su padre estaban llenos de lágrimas.

—¿Y por qué vienes ahora con esta mierda, papá?

—Porque estoy viejo y quizá no nos veamos muchas veces más. Al menos quería dejar constancia de que reconozco mis errores y de que los lamento profundamente. Más incluso de lo que te imaginas. —Elia se había dado la vuelta y miraba de manera indistinta a la baranda de la cama, a la bombona de oxígeno, al soporte del suero, a la vía traslucida que descendía hacia el brazo, a cualquier parte, menos a los ojos de su padre—. ¿Se lo dirás a tu madre de mi parte?

—Lo haré, si eso te reconforta.

Cogió el expediente y salió de la habitación.

38

Marcus recorrió con la mano los lomos de los libros encuadernados con piel de cordero mientras con la otra sostenía en alto la tapa del viejo baúl. La colección de textos yazidíes, recopilada a lo largo de los años por su familia, era una de las mejores de la región de Sinyar. Retiró dos filas de libros de idéntica encuadernación y, en el fondo del baúl, en el extremo izquierdo, encontró un pequeño libro de tapas negras desgastadas: el Libro Negro. Lo guardaba junto al Libro de la Revelación, como si uno fuera el reverso del otro. Lo cogió, le limpió el polvo y lo abrió. En sus páginas abundaban los dibujos y los símbolos magistralmente trazados, intercalados entre los párrafos.

En la primera página destacaba la presencia de la estrella de doce puntas y el ángel Pavo Real encerrado dentro de un círculo. Mientras lo hojeaba, Marcus pensaba si funcionarían aquellos rituales prohibidos elaborados por los antiguos sacerdotes para obtener el beneplácito de Melek Taus. Apenas había pasado dos páginas cuando escuchó:

—¡Marcus! —gritó Kathrine desde el otro lado de la puerta—. ¡Las campanas!

—¿Qué?

—¡Las campanas! ¡Los guerreros de Alá están aquí!

Los efectos del alcohol todavía le nublaban la vista. Arrojó los libros que había sacado al baúl, se irguió y se remetió el Libro Negro en el grueso cinturón de paño que envolvía su cintura. Después respiró hondo, posó la mano en la cerradura de la puerta y la abrió. La espesa capa de polvos negros que resaltaba los ojos rasgados de Kathrine se había corrido por culpa de las lágrimas.

—¿Qué va a ser de nuestra hija, Marcus?

En la cara de Kathrine había más arrugas de las que él recordaba y cayó en la cuenta de que llevaban muchos meses distanciados. La besó con el ímpetu de quien emprendía un largo viaje, tanto que Kathrine se estremeció.

—Esta vez, esposa, debes confiar en mí.

Diez minutos más tarde, una camioneta procedente del desierto se detenía en lo alto de la carretera que descendía hasta el control de policía más cercano a Kopo. El vigilante de guardia abrió torpemente los ojos. La luz de su radio estaba parpadeando. Como no había pegado ojo la noche anterior, se había quedado dormido sin querer. Se irguió cuan largo era, cogió los prismáticos y miró hacia el horizonte. En la parte delantera de la camioneta iban dos hombres con turbantes negros, y detrás, otros dos. Al cabo de pocos segundos, una larga hilera de camiones cargados de milicianos apareció en su campo de visión. Bajó los prismáticos y accionó la radio. Detrás de las arrugas de su rostro, su gesto era de verdadero terror. Hacía quince minutos que los del penúltimo control trataban de advertirle de su presencia.

La herida de Rolo iba mejorando. Su piel tenía un poco más de color y él estaba menos demacrado. Cuando supo que los yihadistas estaban llegando, se bajó de la camilla y caminó hacia la ventana. Iba envuelto en una inmensa y pesada manta que le impedía moverse con soltura.

—Debisteis marcharos y dejarme aquí —dijo.

Trujillo le palmeó la espalda, con el afecto propio de un compañero de armas.

—No lo habríamos conseguido aunque lo hubiéramos hecho. ¿Podrás luchar? —preguntó.

Santos pegó un bufido, se levantó y comenzó a cargar todo su material a la espalda.

—Nos vamos, ¡ya! —exclamó.

—¡Ven y siéntate! —le ordenó Almagro—. La única vía de escape era por la maldita montaña y ya comprobamos que está cortada, así que debemos prepararnos. Defenderemos a los yazidíes hasta el final.

Santos lo miró y meditó su respuesta unos segundos.

—Ya hemos hecho mucho por esta gente. No podemos hacer más. Si salimos ahora, aún tenemos alguna posibilidad de salvarnos.

—Nuestro sitio está aquí —insistió Almagro—. Si salimos, moriremos igual. Aquí, además, podremos proteger mejor a Rolo.

—Si nos atrapan aquí, nos van a torturar antes de matarnos. Es mejor salir. Aquí ni el demonio ese en el que tú crees podrá salvarnos.

—Melek Taus nos guiará —dijo Almagro.

Trujillo se acercó a Santos, le pasó un brazo por el hombro y aseveró:

—Confía, hermano. Hasta ahora, siempre hemos salido adelante.

Marcus se presentó en la enfermería mientras los españoles se preparaban para el combate. Saludó a todos y pidió hablar aparte con Almagro.

—Es posible escapar de Kopo. —Marcus desenrolló una piel tratada como una hoja de pergamino con el mapa de las montañas de Sinyar y de un sendero que lo atravesaba hasta la vecina Siria—. Es el sendero sagrado. Lo utilizaron nuestros ancestros para huir cada vez que intentaban aniquilarnos. Ha sido siempre nuestra última carta.

Almagro examinó el mapa. Aunque había estudiado a fondo el monte Sinyar, desconocía ese paso hacia Siria. Levantó la vista del mapa y dijo:

—Quizá sirvió con el Imperio otomano o con los soldados de Sadam Huseín, Marcus, pero es imposible evacuar el pueblo: hay que cruzar varias millas por terreno ocupado por el Estado Islámico para llegar allí.

—Lo sé y por eso he venido.

—¿Entonces?

—Tú y tus amigos sois soldados bien entrenados: podéis conseguirlo. A cambio, solo os pido que os llevéis a mi hija. Ella no puede estar aquí cuando esos salvajes entren. Está preparada y lleva un tiempo entrenándose con vosotros; no será una carga y podrá ayudaros a orientarse en la montaña.

Almagro revisó el mapa y se lo guardó en el bolsillo del chaleco. Su mano, firme como una tenaza, se posó en el hombro de Marcus.

—Cuidaré de ella. Tienes mi palabra. Dile que se prepare, que lleve ropa adecuada para caminar y prepare agua, comida y ropa de abrigo. Nada más. Debe viajar ligera. Pasaremos por tu casa en diez minutos.

—Salva a mi hija y el Venerado sabrá traerte de vuelta para que puedas postrarte ante su tumba. —Marcus sacó de un bolsillo cuatro pequeños saquitos de piel que se cerraban con cordón—. Los ha confeccionado Kathrine, mi esposa. Cuando tus hombres y tú estéis en el desierto, llenadlos de arena y atáoslos al cuello. Os servirán para recordar vuestros días entre los yazidíes. Mi padre, Dishan Tekkal, uno de los fundadores de Kopo, solía decirme que un grano de arena, por separado, no es nada; pero que, junto con otros granos, podía formar un desierto y que, si el desierto se unía al viento, era capaz de convertirse en tormenta y arrasarlo todo…

Almagro los recibió con una respetuosa inclinación de cabeza y los guardó en uno de los bolsillos de su pantalón. Marcus lo abrazó.

—Que Melek Taus os guíe.

—Que Melek Taus nos guie.

Apremiado por la falta de tiempo, Marcus no se detuvo a hablar con ninguno de los hombres que intentaban pararlo en la calle para preguntarle si lo que estaba pregonando Khaled en la plaza del pueblo era cierto. Mientras caminaba, una mujer le gritó:

—¡Mentiroso!

El hombre que estaba con ella le escupió y vociferó:

—¡Asaltaremos tu casa y nos llevaremos a tu hija! ¡Hay sangre en sus manos!

Marcus aceleró el paso y evitó detenerse a explicarles que estaban equivocados. Temía no llegar a tiempo para avisar a Rojian de que se iba con los españoles. Cuando llegó a casa, diez personas estaban esperándolo.

—¡Khaled nos lo ha contado todo! ¡El padre de Walid tenía razón! —le gritaron.

Marcus se paró y les dijo:

—¿Por qué no le preguntáis a Khaled quién salvó a Rojian de ser sacrificada? Yo os lo diré: él fue quien evitó que yo cumpliera la voluntad de Melek Taus. Él, el propio Khaled; el mismo que me acusó de loco y de fanático por querer cumplir los preceptos de nuestra religión. Mi hija no hizo nada: tenía cinco años, y bastante sufrió por todo ello. Khaled nos vendió a los kurdos y no tendrá problemas en vendernos al Estado Islámico… Si queréis linchar a alguien, linchadlo a él: hará cualquier cosa con tal de sobrevivir. —El griterío de la gente devino en murmullo y luego en silencio—. Y, ahora, si no os importa, id a preparar vuestras casas para defenderos del verdadero enemigo. Y rezad para que tengamos una muerte digna.

Cuando entró en casa, Marcus encontró a Kathrine y Rojian sentadas la una al lado de la otra, con las manos entrelazadas.

—¿Habéis preparado todo? Los españoles aceptaron llevarte. Debes salir de aquí en cuanto lleguen.

Kathrine asintió y señaló la mochila donde había metido pan blanco, carne seca y queso. Rojian mostró sus botas, el pantalón, la camisa y la ropa de abrigo. Lo había preparado todo tal y como le habían enseñado en los entrenamientos. Lo único que había añadido era un pañuelo que le envolvía la cabeza, una gorra y unas gafas de sol, que le permitían disimular su identidad.

—Pero ¿qué va a ser de vosotros? —exclamó Rojian.

—Estaremos bien, hija. Tu padre y yo sabremos cuidarnos.

—Hasta ahora pudimos protegerte aquí o enviándote a Mosul para estudiar, pero la situación es desesperada, hija… Sé que tan solo hemos hablado una vez de lo que pasó en el templo y, sobre todo, de lo que pasó después. No sé si me guardas rencor por aquello, pero quisiera que entendieses que, como Abraham ante su dios, Melek Taus me hizo elegir entre mi religión y tú, y os fallé a los dos. He sido un hombre desgraciado desde entonces, en particular, porque le destrocé la vida a tu madre. Mi único consuelo es que en todos estos años te has convertido en una mujer fuerte e independiente, con tu carrera de Medicina casi terminada, y ahora, además, estás entrenada para comportarte como un soldado. A veces, pienso que tu verdadero bautismo fue en el pozo donde te tiré: allí venciste el miedo que te derrotó en el pasadizo de Lalish. Ningún *kochek* puede ser más terrorífico que pasar una hora a oscuras y a punto de ahogarse junto con un cordero. Ninguno. Por eso, con el tiempo, consideré que tu salvación era un signo y que debíamos esperar a que Melek Taus nos enviase la señal para que pudieses reconciliarte definitivamente con él. Él te está esperando.

Marcus tragó saliva, sacó el pequeño libro que llevaba escondido en el cinturón de paño que sujetaba sus pantalones y se lo dio a su hija.

—En este libro sagrado nuestro, los sacerdotes describen el ritual que invertirá el proceso. Una vez que lo hayas realizado, Melek Taus te absolverá. Está en el capítulo sexto.

Rojian sostuvo el libro con suma delicadeza, como si temiese desprender la resina seca que marcaba la primera hoja del capítulo sexto. Debajo del título, «Dos almas oscuras por una blanca», había dos grabados con sangre prácticamente idénticos. El primero representaba a un grupo de seres cadaverizados a los que abrazaba un círculo de fuego con doce puntas hacia el exterior. En medio yacía un cordero, la comida preferida de Melek Taus.

—La omnipresencia del ángel Pavo Real le otorga el placer de sentir el sabor de la carne de cordero con la que se alimenta nuestro pueblo —explicó Marcus.

Rojian bajó los ojos y leyó en voz baja:

—«Melek Taus, eres el más generoso de los ángeles. Tu devoción por Dios te llevó a desobedecerlo y en castigo recibiste el mundo como reino. Oh, Venerado, actúas a través de nosotros, sometes nuestra voluntad y decides sobre el Mal. No somos responsables del destino; solo tú decides sobre lo que hacemos; hasta el alimento que vamos a ingerir te pertenece».

Rojian miró a su padre, pero, al encontrarse con su semblante ceñudo y concentrado, devolvió rápidamente la vista al libro. El segundo grabado, un poco más abajo, enseñaba los mismos seres cadaverizados dentro de un círculo de fuego con cinco puntas hacia el exterior; en cambio, en medio no yacía un cordero, sino una silueta humana. El alimento había cambiado, pero las voces de los sacerdotes seguían ahí. Susurrando. Orando. Implorando.

—«Aquellos que hacen el Mal son tus elegidos, oh, Venerado. Ingerimos su sangre para que tu luz brille en nosotros» —leyó Marcus en alto.

Después pasó la hoja para enseñarle a Rojian el siguiente grabado: una silueta humana se resistía a los sacerdotes, que la hacían sangrar clavándole utensilios afilados.

—Necesitas dos muertes —dijo Marcus—, dos almas oscuras por una blanca, ¿entiendes? Dos almas pecadoras pueden darte la salvación, pero antes de consumar el segundo sacrificio tienes que hacer lo que dice el libro. En estos tiempos donde abunda el Mal, no te costará encontrar dos almas oscuras. Quizá Almagro, que tiene una profunda admiración por Melek Taus, pueda ayudarte a capturar a dos combatientes del Estado Islámico…

—Es una locura, padre —dijo Rojian.

—Debes hacerlo… O, de lo contrario, si mueres, tu destino estará en un animal. Contravinimos la voluntad de los videntes de Lalish y debemos pagar ese peaje con sangre. Si no es la tuya, debes ofrecer a cambio la de dos almas oscuras. Si lo piensas bien, no es tanto; a cambio de redimirte y volver a entrar en el ciclo de la reencarnación, habrás contribuido a eliminar una pequeña parte del Mal. De ese Mal que, casi con toda seguridad, va a arrasar nuestra aldea, a degollar a los hombres y a violar y esclavizar a las mujeres. Sigue leyendo; queda poco tiempo: los españoles están al caer.

La vista de Rojian se perdió de nuevo en el libro. De pronto, Marcus oyó una voz a sus espaldas y, al darse la vuelta, vio a Almagro asomado al cristal del patio interior. Alzó el pulgar derecho para indicarle que Rojian saldría de inmediato. Santos y Duque trataban de lidiar con las gallinas que se arremolinaban a sus pies. Trujillo levantó una nube de plumas después de darle una patada a una gallina enojada. Rojian cerró el libro respirando con dificultad y con los ojos humedecidos.

—Mantente con vida, Rojian: haz lo que sea necesario, pero no mueras hasta que hayas consumado el ritual por completo. ¿Lo entiendes? Tu madre y yo renaceremos seguro, pase lo que pase aquí, pero tú no lo harás hasta que cumplas con lo que exige el Libro Negro. Escóndelo; es peligroso que otros lo vean. —Rojian lo guardó en uno de los bolsillos del pantalón. Marcus la sacudió con fuerza de los hombros—. Lucha, hija, lucha con todas tus fuerzas si quieres renacer en otra vida.

Kathrine la abrazó con toda la fuerza que pudo.

—Márchate, hija. Estaremos bien.

* * *

Khaled sintió que le temblaban las piernas cuando vio las columnas de humo negro que se alzaban en la lejanía. Alguien había dicho que el resto de las aldeas de la falda del monte Sinyar ya habían sido arrasadas. Buscó entre la multitud a Almagro y a sus hombres, pero no los encontró. Alguien le dijo que los había visto marcharse junto con otro hombre más. Cuando Khaled vio a su cuñado Marcus acercarse a la muralla empuñando su viejo fusil, supo lo que había sucedido y entendió que el destino de Kopo estaba escrito.

—¡Ya están aquí los yihadistas! —gritó de pronto un hombre recién llegado de la muralla.

39

Terminado el turno de trabajo, Olmedo invitó a Vizcaíno y a Miguel a tomarse unos botellines en un bar que estaba frente a la central.

—Yo agradecería fumarme un cigarrillo —dijo Miguel.

—No hay problema —aseguró Olmedo—. Ya sabes que el dueño hace la vista gorda con los policías.

—¿En serio vas a encenderlo aquí dentro? —se quejó Vizcaíno.

—Relájate, subinspector —dijo Olmedo—; hemos venido a confraternizar, y no hay casi nadie en el bar.

Vizcaíno puso los ojos en blanco, suspiró ruidosamente y buscó en la mesa el sitio más alejado de Miguel. Él le guiñó el ojo y sorbió un poco de cerveza.

—Se admiten apuestas —arrancó Olmedo.

—No la encontraremos a tiempo —dijo Miguel.

—La mató para no dejar pruebas —aventuró Vizcaíno.

Miguel torció la cara, sopló el humo contenido en sus pulmones y dijo:

—Una vez oí hablar del caso de una mujer que murió de inanición en el sótano de una casa abandonada porque su secuestrador murió atropellado en un paso de cebra.

—Eso es tan improbable como que te toque la lotería —alegó Olmedo.

—Disculpen, ¿alguien sabe dónde está la inspectora Sandoval? —preguntó una voz desde la entrada.

Los tres miraron en la misma dirección y vieron que Álex, el informático, se acercaba con un ordenador portátil debajo del brazo. Olmedo miró a Miguel y dijo:

—Es cierto, ¿dónde está?

—Tenía que pasar por casa de su madre, creo. Está en las últimas.

—Pues nada, Álex, tómate algo y cuéntanos —propuso Olmedo.

El informático pidió otro botellín, pero de agua. Luego, colocó el portátil en mitad de la mesa y tecleó a la velocidad de la luz una secuencia de letras y números.

Después de abandonar el hospital, Elia condujo hasta su casa. Había estacionado en batería y aferraba el volante. Mientras, la pantalla de su móvil parpadeaba sobre el asiento del copiloto. Miró la manilla de la puerta y tiró desesperadamente de ella hasta que se persuadió de que estaba encerrada. Poco a poco la cabina se fue haciendo un espacio estrecho y agobiante. Era como si un teleférico la hubiese llevado a un lugar alto, donde una atmósfera distinta, más pesada y densa, la privase de oxígeno. Ninguna parte de su cuerpo, excepto el brazo derecho, respondía a sus órdenes. La guantera estaba abierta y, con la mano, a tientas, buscó una caja de Tranxilium. Nada. En cuanto consiguió hacerse con el móvil, marcó un número de teléfono preconfigurado en la lista de contactos sin otro pensamiento en su cabeza que el tono de llamada.

—Conteste, conteste, por favor...

—Aquí Otto Aguilar —dijo una voz al otro lado.

Elia cerró los párpados, incapaz de disimular su desesperación.

—Soy Elia Sandoval.

—¿Elia?

—Es la puerta: no se abre...

—¿Dónde está?

—En el coche.

—¿Qué ocurre?

—Me ahogo…

—Mire a su alrededor y dígame qué objetos ve.

—Coches…

—Concéntrese.

—Un contenedor de basura. No, dos.

—Salga y golpéelos.

—No, no…

—¿No puede hacerlo?

—No —repuso ella con voz apenas audible.

—Exacto, porque necesita abrir la puerta.

—Pero está bloqueada…

—Solo en su cabeza. Tire de la manilla, despacio.

Elia se concentró en la punta de sus dedos y los movió despacio.

—Ya está —anunció.

—¿Y?

—La puerta se abre… —expuso más calmada.

—Bien. Elia, ¿le ha ocurrido esto antes?

—No… Es la primera vez.

—Pues ha sufrido un cuadro de ansiedad generalizado, así que hágame un favor, coja un taxi y vaya ahora mismo a un hospital a que la evalúen. Llámeme mañana con lo que le hayan dicho y programamos una cita en mi consulta.

Miguel vio desde la calle que las contraventanas del apartamento de Elia filtraban una tenue zarpa de reflejos sobre los muebles de la terraza. Rebasó el portal detrás de una pareja de tortolitos en preliminares y subió a toda prisa por las escaleras hasta la primera planta. Después de comprobar que la puerta estaba entreabierta, desenfundó la pistola, quitó el seguro y entró con ella apuntando al frente. Entonces vio a Elia refugiada en un ángulo muerto por detrás del sofá.

—Mierda, mierda, mierda —dijo guardando el arma—. Otra vez no.

—Estoy bien… Te… te juro que solo es…

Elia trató de zafarse del abrazo de Miguel, convulsionada por un temblor violento. Miguel la tomó de las manos y tiró de su cuerpo. Luego, la sujetó contra su pecho y dejó que se desahogase. A continuación, con sumo cuidado, le cogió la cara y comenzó a retirarle el pelo que le caía sobre los ojos, la nariz y la boca. Intentó buscar su mirada, pero ella lo evitó. Miguel la tomó por los hombros, la obligó a mirarle y bromeó:

—Podría ser peor: podría tratar de besarte.

Aunque Elia se esforzó en disimular, las comisuras de sus labios dieron forma a una minúscula sonrisa. En ese momento, un leve destello de malicia brilló en los ojos de Miguel.

—¿Quieres algo de beber? Ya sabes que yo soy muy partidario de ahogar las penas en alcohol…

Ella hizo un gesto afirmativo. Miguel regresó al salón con una botella de ron y dos vasos con hielo. Había puesto un dedo del líquido en el que empujó para Elia y tres dedos en el suyo. Alzó el vaso y dijo:

—Por los románticos y por los perdedores; por los que entregan el corazón y se arriesgan a perderlo; por nosotros.

Elia se llevó el vaso a los labios y, dubitativa, tomó un pequeño trago. Él, al beber, arrugó la nariz con desagrado, negó con la cabeza y se quejó:

—Pero ¿cómo puedes beber esto? Ya te regalaré una botella de Four Roses para momentos así. Las penas se alivian con *bourbon*, no con esta guarrería.

Elia se llevó el vaso de nuevo a los labios y lo vació.

—Cobarde —dijo.

Miguel silbó quedamente, miró el ron al trasluz y bebió un trago largo.

—Ponme otro —pidió Elia con el vaso flotando en la mano.

—Bueno, ¿me lo vas a contar?

Miguel desenroscó el tapón de la botella y sirvió un dedo de ron en el vaso de Elia.

—Estoy frustrada, Miguel.

—¿Por tu padre?

—Por él, por mi madre y por la vida de mierda que hemos tenido los tres. Es como si todo hubiera decidido explotar ahora. Debería estar en casa de mi madre haciéndole compañía, pero no puedo: me supera todo.

Después de media hora y tres rones más, las palabras de Elia eran un mero flujo de sonidos llenos de incoherencias. Cuando dio un resoplido y se abrazó a sí misma, Miguel dejó su vaso sobre la mesa y la miró a los ojos.

—Vamos, te llevaré a la cama —susurró cubriéndole los hombros con la cazadora—. Aún es temprano y podrás dormir la mona unas buenas horas.

40

Las siete y media. Elia se sentó masajeándose una ceja y luego la otra. Había pasado cuatro horas sumida en un coma de puro agotamiento. Trató de levantarse con normalidad, pero el recuerdo del ron le anegó la boca de vómito. De un salto cruzó el umbral del cuarto de baño y arrojó el contenido de su estómago en el lavabo. Luego se mojó los labios y escupió varias veces antes de buscar su rostro en el reflejo del espejo. Con los restos de alcohol fuera de su cuerpo, comenzó a deambular sin rumbo fijo por la casa, entrando y saliendo del salón, hasta que regresó al baño, abrió las puertas del armarito que había encima del lavabo y arrojó al inodoro las cajas de tranquilizantes. Bajó la tapa y se sentó encima mientras las burbujas de aire escapaban de los blísteres vacíos y el agua inundaba sus pequeñas cavidades.

Al sonido de la cisterna se sumó entonces el del móvil. Salió del cuarto de baño, se dirigió al salón y lo rescató de entre los cojines del sofá. Leyó los mensajes con la impresión de vivir en una dimensión solapada a la suya, como si tuviese consciencia de su entorno, pero al mismo tiempo estuviese separado por una cortina que lo velaba.

Fue a la cocina y encendió la cafetera. Mientras preparaba las cosas para desayunar, encontró una nota de Miguel.

Cuando se te pase la borrachera y estés en condiciones, llámame. Tenemos noticias. Anoche Álex accedió, por fin, a los correos que intercambiaron Amaia Braganza y Alicia Betancourt... No son trigo limpio. Pista: ponte guapa, que vamos a tener que ir al Ministerio de Sanidad; y, si no, al tiempo.

—¡Qué cabrón! —dijo Elia sintiendo que un atisbo de ánimo entraba en su cuerpo.

41

El último escollo antes de alcanzar la llanura de arena que daba acceso al monte Sinyar por la ruta sagrada de Ashar era atravesar una pequeña aldea que había sido arrasada unas semanas atrás. En algún punto detrás de esa llanura, estaban las marcas que debían buscar para entrar en el sendero y ascender la montaña sin tropezarse con ningún miliciano del Estado Islámico. El mapa era claro.

A pesar de que llevaban más de quince kilómetros recorridos a pie, Duque se encontraba relativamente bien; le dolía mucho el brazo y llevaba el gesto contraído, pero había caminado como uno más. Sin embargo, todos se encontraban bastante afectados por lo que habían descubierto conforme fueron acercándose a la aldea. Trujillo llevaba contados más de sesenta cadáveres abandonados en la cuneta. De vez en cuando hallaban familias enteras ejecutadas; en otras ocasiones, las vísceras de los asesinados se mezclaban con las de los animales también muertos.

En medio de ese paisaje dantesco, Almagro tuvo un mal presagio. Se agachó, hundió la mano en la arena y dejó que esta se le escurriese entre los dedos.

—¿Qué ocurre? —le preguntó Santos.

Almagro seguía agachado, con los ojos clavados en el horizonte de casas que humeaba a unos dos kilómetros y envuelto en un enigmático silencio. Santos miró nervioso a su alrededor. Trujillo lo imitó. Duque hizo otro tanto.

—¿Qué pasa? —susurró Trujillo.

—No lo sé —respondió Santos.

—¿Podemos parar un minuto? El dolor del brazo me está matando —dijo Duque tocándose el brazo por encima del codo.

—Dadle un calmante —repuso Almagro—. Reanudamos la marcha en quince minutos.

Rojian se acercó hasta Duque y le revisó el vendaje.

—Está bastante bien. Aguantará. Tú también aguantarás —le animó.

Luego, aceptó el agua que le tendía Trujillo y se la pasó a Duque para que tragase el calmante. Después se separó un poco del grupo, se sentó en una roca y sacó de su mochila el Libro Negro. Pasó las páginas deprisa y localizó el capítulo sexto. Intentó memorizar el ritual por si perdía el libro; ahí estaba el único camino que le permitiría reencontrarse con sus padres en la siguiente vida. En esta, salvo un milagro, la suerte ya estaba echada.

Revisó el grabado del segundo sacrificio. A diferencia del primero, mostraba una silueta desvanecida y un solo sacerdote. El dibujo le resultó críptico. Al darse cuenta de que Almagro se acercaba, lo cerró.

—¿Qué escondes ahí? —inquirió Almagro.

—Un recuerdo de familia. Me lo dio mi padre antes de partir. Es el Libro Negro de los yazidíes.

Almagro se acuclilló a su lado y dijo:

—Admiro a tu pueblo desde hace muchos años, incluso cuando vivía en España. Allí debí adorar en secreto a Melek Taus porque la gente no entiende nada y, como los musulmanes, considera que tu dios, mi dios, es el diablo. He estudiado el Libro de la Revelación y muchos otros libros yazidíes; entre ellos, el Al-Jilwah. Sin embargo, en estos años, no había oído hablar de ese libro... ¿Compartirás conmigo lo que dice?

Rojian observó la expresión del rostro de Almagro, siempre duro a la vez que generoso con sus hombres, con unos ojos negros que transmitían determinación. Sus facciones, mitad europeas, mitad indias, le habían resultado llamativas desde que lo había conocido, tanto como su complexión de atleta y su pelo largo recogido en una coleta. Todo ello le otorgaba un carisma y un atractivo de los que carecían Duque, Santos y Trujillo. Almagro era un líder natural, alguien acostumbrado a ser el primero.

—Sé cómo invocar la presencia del Venerado... Debo hacer dos rituales. Si estás dispuesto a llegar hasta el final y jurarme obediencia, te enseñaré a invocarlo. Así podrás hablar su lengua cuando te acompañe hasta su tumba.

Almagro se acercó un poco más y dejó que Rojian lo observase mejor.

—Busqué al Venerado en el silencio del desierto hasta que te encontré. Sí, Rojian, te juro obediencia y también conseguiré la de mis hombres, sea lo que sea lo que debamos hacer. —Después Almagro respiró hondo, apoyó el fusil en el suelo para levantarse y exclamó—: ¡Nos vamos!

Trujillo se acercó a Duque y le ayudó a colocarse la mochila. Los demás cargaron sus equipos y se pusieron en marcha hacia la aldea.

Cuando estuvieron a unos quinientos metros de las casas, descubrieron el ensañamiento con que el Estado Islámico había destruido el lugar: no había un solo sitio para ponerse a cubierto o para protegerse del sol. Después de reconocer el terreno, Almagro regresó con el grupo, arrastrándose a toda prisa por el suelo.

—Hay huellas recientes, demasiado frescas. Diría que es una trampa.

—Yo digo que crucemos —dijo Santos.

—¿Qué opinas, hermano? —le preguntó Duque a Trujillo, como si su opinión fuese la única válida.

Trujillo palmeó la culata de su fusil un par de veces y manifestó:

—Por mí, adelante.

Almagro asintió y desvió la mirada hacia Rojian.

—No te separes de mí.

Hubo un instante de silencio, seguido del chasquido de los seguros de las armas.

—Atentos —avisó Almagro.

Salieron a campo abierto. El silencio del desierto amplificaba los latidos del corazón de Rojian. Corrió detrás de los españoles hasta la primera choza de la aldea. Pasados unos segundos, Trujillo y Duque penetraron en lo que debía de ser la avenida principal. Almagro y Rojian se unieron después. Santos iba en la retaguardia, apuntando hacia atrás con su fusil en un ángulo de cuarenta y cinco grados. Unos minutos más tarde llegaron a la cara norte de la aldea. Tanta quietud resultaba pavorosa. Almagro intuyó que algo iba mal cuando observó que el derrumbe de las casas era demasiado perfecto, casi deliberado. Antes de que Trujillo llegase a cruzar la salida a través de un agujero abierto en una pared, Almagro le agarró de la mochila y tiró de él hacia atrás.

—¡Pero qué…!

Almagro cruzó un dedo sobre los labios y señaló hacia el hueco. Trujillo entrecerró los ojos, se acercó lentamente y vio el brillo de un hilo que lo cruzaba de lado a lado. Bajó el fusil y lo siguió con la mirada hasta una anilla metálica unida a una carcasa entre dos piedras.

—Es una trampa —dijo Almagro—; esta salida es una jodida…

Un sonido seco retumbó en el aire y restalló contra una de las paredes arrojando sobre Trujillo varios fragmentos de adobe.

—¿De dónde viene? —gritó Trujillo.

—¡Por tu lado! —chilló Duque.

Trujillo apuntó al frente y descerrajó dos tiros a un miliciano, que cayó a plomo sobre el suelo. Duque vio llegar a otro muyahidín, pero el brazo le dolía demasiado para dispararle; por suerte, Rojian lo vio a tiempo y le metió un certero disparo en el pecho. Trujillo, de repente, notó la rozadura de una bala en el hombro derecho.

—¡A cubierto! —bramó.

—¡Están por todas partes, joder! —vociferó Santos—. ¡Les he dado a cinco, por lo menos, pero siguen saliendo más!

Almagro intentaba contener el ataque de los milicianos que avanzaban por los tejados semiderruidos. Cuando tres detonaciones restallaron en la pared, muy cerca de su cabeza, tomó a Rojian del brazo y la empujó al interior de una casa. Sus ojos se movieron de izquierda a derecha, como si estuviese calibrando sus opciones; luego la miró con frialdad y dijo:

—Mantente viva; por muchas atrocidades a las que te veas sometida, mantente viva. ¿Me oyes?

De pronto, se escuchó una detonación que hizo temblar las paredes. Rojian se protegió la cabeza con los brazos y asintió.

—Deshazte del libro ahora. Volveremos a buscarlo si no has memorizado aún el ritual —ordenó Almagro.

—Es un regalo de mi padre. Es lo último que tengo de él.

Fuera se oía cada vez más cerca el murmullo de voces de los milicianos, salpicado del ruido metálico de las armas.

—Si estos salvajes te encuentran con el Libro Negro, te matarán. Si no te lo encuentran, lo peor que te puede pasar es que termines como su esclava sexual… Escóndelo o morirás con él. Te juro ante el Venerado que, si nos saca de esta, volveré contigo a rescatarlo y que mis hombres y yo haremos todo lo que necesites para invocar su presencia en la tierra.

Rojian dio un grito de rabia, sacó el libro, lo besó y lo enterró bajo unos escombros en un rincón. Almagro y ella se quedaron mirándose a los ojos mientras dos sombras se recortaban en el hueco por el que habían entrado. Un segundo después, dos milicianos entraron en la estancia. Uno de ellos era flaco y desgarbado, llevaba pantalones bombachos negros y un chaleco de la antigua guardia de Sadam. Al otro la barba negra le cubría los pómulos y le otorgaba la apariencia de un oso. El primero se acercó a Almagro con los ojos muy abiertos y exclamó:

—¡Bienaventurado sea el emir! ¡Es el Rastreador!

—Debo de estar loco para dejarme atrapar vivo… —dijo Almagro.

El que tenía pinta de oso le hundió la punta de la bota en el estómago, y Almagro se encogió sobre las rodillas. Cuando levantó la cabeza, tenía el rostro desencajado. Intentó decir algo, pero no le salía la voz. Luego lanzó una mirada furtiva hacia Rojian y vio cómo el guerrillero flaco la cogía del pelo y la sacaba a rastras de la casa.

Poco después Almagro avanzaba con paso vacilante con las manos atadas a la espalda. Los milicianos estaban disparando sus armas al aire en señal de celebración. Santos, Duque y Trujillo estaban arrodillados frente a un hombre que movía los brazos con algarabía y hacía ondular su negra túnica. El oso golpeó a Almagro con la culata en la parte trasera de las piernas, forzándole también a ponerse de rodillas. A Rojian la dejaron de pie. El hombre de la túnica negra que parecía estar al mando sacó de su chaqueta un papel, lo desdobló y lo mantuvo suspendido en el aire.

—Nada es imposible para quien responde a la Llamada. Hoy —chilló en un tono más agresivo— capturamos a los españoles. ¡Alá es grande!

—¡Y Mahoma su profeta! —respondieron sus hombres.

La fiereza del grito fue suficiente para que a Santos, Trujillo y Duque se les helase el corazón. A pesar de la preparación militar que habían recibido, su temple comenzó a ceder, sobre todo, el de Trujillo, que empezó a sollozar como un niño. Solo Almagro conservaba la compostura y miraba con aire displicente a todos aquellos hombres, como si no fuese un prisionero.

—Os creéis muy valientes actuando en grupo, pero no sois más que una manada de hienas —dijo escupiendo a las botas del hombre de la túnica negra.

El miliciano de la túnica negra sacó un cuchillo, agarró la coleta de Almagro y deslizó la hoja por su cuello hasta la oreja opuesta. Después dijo:

—Podría cortarte la cabeza y ensartarla en un palo ahora mismo, infiel, pero no obtendrás una muerte tan benévola. Ni tú ni tus amigos. Sabes que la *fatwa* lo prohíbe, y la *fatwa* está para cumplirse.

42

Elia levantó las palmas de las manos hacia arriba anticipando una disculpa.

—Lo siento, ayer tuve que ocuparme de un asunto familiar. Mi madre no está muy bien.

Acercó una silla a Olmedo y se sentó con la espalda recta, como evitando un mareo. Miguel estaba de pie junto a la ventana y con mejor perspectiva del ordenador de Álex que ellos dos. Vizcaíno, en cambio, no aparecía por ningún lado.

—Echa un vistazo a esto, Elia, a ver qué te parece —pidió Olmedo.

Álex se aproximó al teclado y sujetó el ratón con la mano izquierda. La flecha comenzó a desplazarse sobre unas secuencias numéricas. Elia movió la silla hacia delante para tener una mejor perspectiva. Ante sus ojos se fue recomponiendo una breve carta de Amaia Braganza dirigida a Alicia Betancourt. Parecía confirmarle la recepción de una mercancía sin identificar desde el campamento de Barika.

—«De ahora en adelante suspendemos toda relación comercial. Por favor, notifícaselo a Abdul» —leyó Olmedo en voz alta.

A continuación, Álex aumentó una ventana con la fotografía de un hombre de mediana edad. Tenía el pelo negro y las cejas juntas y pobladas.

—Se trata de Abdul Dahabi —informó Olmedo—: piloto de las

Fuerzas Aéreas jordanas. Se había licenciado antes de que empezase la guerra con el Estado Islámico por culpa de las secuelas que le dejó un accidente en un vuelo de reconocimiento.

Álex abrió otra ventana con información del jordano y tomó el testigo de la explicación.

—Se hacía llamar pachá Abdul Dahabi, en honor al título honorario que le había sido otorgado a su abuelo, algo así como un lord británico. Las relaciones internacionales de las que disponía y su preparación militar le hacían el candidato perfecto para asumir la responsabilidad de las operaciones de inteligencia en la zona de Barika. Había fundadas sospechas de que usaba el corredor humanitario que enlazaba el campamento con las zonas controladas por la coalición para traficar con órganos humanos. No se sabe de dónde los extraían, pero no hace falta ser un genio para imaginárselo. El caso es que Dahabi fue torturado y asesinado cuando se destapó el escándalo. No está claro quién lo hizo. Unos dicen que fue el Estado Islámico; otros, que alguno de los intermediarios o clientes finales a los que traicionó en un momento u otro. Dahabi jugaba a varias bandas y, al parecer, alguien se terminó cabreando con él.

—Da igual lo que pasase con ese hijo de puta —opinó Miguel—: el tráfico ilegal de órganos seguirá adelante mientras alguien pague.

Elia apretó con fuerza la silla y, antes de decir algo de lo que pudiera arrepentirse, sacó la fotografía de Alicia Betancourt del bolsillo de su chaqueta y se recostó hacia atrás en el respaldo. Esta vez la mirada de la chica alemana le resultó distinta: más que abstraída, parecía retroceder despacio, como si una nube de polvo avanzase hacia ella. Después se inclinó un poco más hacia el ordenador y escudriñó el rostro del jordano.

—Según esa carta, Amaia Braganza debía de ser el enlace del jordano con el mercado negro en España —dijo.

—Exacto —apuntó Miguel—, y Alicia Betancourt, una colaboradora necesaria. Pero seguimos sin saber qué tienen que ver ellas dos con Almagro y sus hombres. Álex, imprime un par de copias del informe que hemos preparado.

Mientras salían las hojas, Olmedo se dirigió a Elia y Miguel:

—Id al Ministerio de Sanidad. Averigüemos si, bajo el paraguas de la Organización Nacional de Trasplantes, estaban produciéndose prácticas ilegales. La ONT tiene un prestigio intachable y garantiza el anonimato de los donantes y el carácter altruista de la donación, pero quizá Amaia Braganza fuera una manzana podrida.

—¿Puedes recuperar algún otro documento? —preguntó Elia.

—No, inspectora. —Olmedo le dio una copia a Elia y dijo—: Creo que debemos comenzar a mentalizarnos.

—¿De qué? —inquirió Elia.

—De que faltan dos días para que nos devuelvan el cadáver de Alicia. Empecemos a buscar también probables escenarios del crimen, sobre todo, parques o sitios similares al lugar donde apareció Amaia Braganza. No sé, parques con pavos reales, por ejemplo. Si ese psicópata de Almagro sigue unas reglas, las repetirá.

—Eso es como buscar una aguja en un pajar —señaló Miguel—. Salvo que apretemos… al innombrable.

—¿El innombrable? —preguntó Olmedo.

—Se refiere a Peñafiel —aclaró Elia—; resulta que es cliente habitual del rocódromo donde entrenaba Santos. Lo descubrí ayer por casualidad. Peñafiel nunca dijo nada.

—Pero ¿se conocían?

—Es de suponer que sí. Ese centro de escalada es muy selectivo: no va cualquiera.

—Sí que es raro —dijo Olmedo—; él lo sabe todo de Santos desde que comenzamos a investigar el asesinato de Amaia Braganza.

43

Un hombre maniatado y arrodillado sacudía la cabeza, envuelta en una bolsa de plástico que llevaba atada al cuello. Rojian miró de reojo a las dos mujeres que la habían conducido a esa sala. El burka que las cubría no dejaba a la vista un solo centímetro de su piel. Aun así, parecía que a ninguna le importaba mucho si aquel hombre dejaba o no de respirar. Entonces advirtió un movimiento a su derecha y vio a un guerrero vestido con túnica negra.

—Esperad fuera, hermanas.

Las dos mujeres hicieron una pequeña reverencia y se dirigieron a la salida. El guerrero caminó tranquilamente hasta el hombre y le susurró al oído:

—¿Quieres que te lo quite? —El hombre, que jadeaba, a punto de asfixiarse, profirió tres gemidos—. ¿Y tú? —le preguntó a Rojian con los ojos dilatados por una expresión de honda satisfacción—. ¿Quieres?

A Rojian le pareció que los ojos del guerrero bailaban por su cara como si la retase a encontrar una respuesta un poco más elaborada. Ella escrutó aquellos dos puntos negros que la observaban con inusitada avidez. El guerrero se rio y se apartó la tela del turbante que cubría en parte su rostro.

—Sadiqui... —dijo Rojian tapándose la boca con las manos.

—Salgamos de dudas.

Sadiqui le quitó la bolsa que le cubría la cabeza al hombre que estaba arrodillado. Este, desorientado, cerró los ojos, cegado por la luz. Rojian parpadeó atónita y, corriendo hacia el prisionero, gritó:

—¡Papá!

Antes de que llegara a abrazarlo, Sadiqui la detuvo y la lanzó contra la pared. Marcus Tekkal levantó la mano izquierda hacia Rojian para que se quedase donde estaba. A continuación, un arrebato de tos hizo que se doblase sobre las rodillas.

—Tiene gracia —señaló Sadiqui viendo cómo Rojian se intentaba incorporar del suelo tras el golpe—: mi padre abandonó este mundo sin ver cumplido el deseo de recuperar sus tierras, y, sin embargo, mira… —Se acercó a Rojian, la agarró del pelo y, tirando con fuerza del mismo, le dijo a Marcus—: Ahora soy yo quien se apropia de lo tuyo.

Marcus hundió la cabeza entre las manos. En ese instante, entró el muftí en la estancia. Rojian dio un respingo al verlo; era el mismo hombre que, después de que Sadiqui hubiera degollado a Walid, ordenó que la liberasen.

—¿Ese es Marcus Tekkal? —le preguntó a Sadiqui.

Sadiqui asintió y permaneció en su sitio. El muftí miró a Marcus y avanzó hacia él con paso lento.

—No te ofreceré la conversión, Marcus Tekkal: sé que es inútil con un hombre de tu casta y de tus profundas convicciones religiosas, así que te enterraremos vivo junto a tu pueblo.

El muftí puso cara de asco y miró hacia la salida. Dirigiéndose a Sadiqui, ordenó:

—Llévatelo y líbrame de su presencia. Venga, por fin, a tu familia.

Sadiqui agachó la cabeza y chasqueó satisfecho los dedos: dos milicianos levantaron a Marcus por los codos. Una expresión de impotencia y rabia asomó en la cara de Marcus, que pugnaba inútilmente por liberarse.

—¡Hija mía!, ¡hija! —gritó con los ojos abiertos y enloquecidos como los de un animal acorralado.

—¡Dejadlo en paz! —aulló Rojian.

El muftí retuvo a Rojian de los hombros. Su mirada ya no era inquisitorial.

—Eso no te pasará a ti —le dijo deslizando la mano sobre su mejilla—. Quién lo diría, pero, una vez más, te voy a salvar la vida. A partir de ahora, serás la esclava de Sadiqui Ashour.

Sadiqui se inclinó hacia Marcus, tosió para esconder las palabras y le susurró:

—Voy a hacer con ella lo que me venga en gana.

Almagro se despertó de una dolorosa sacudida. Estaba tumbado sobre una superficie dura y fría, con las manos atadas a la espalda y las rodillas encogidas. Todavía confundido, entreabrió los ojos. Estaba oscuro, pero pudo reconocer a Trujillo, que miraba hacia arriba, hacia algún lugar del que llegaba una tenue claridad.

—¿Duque y Trog? —le preguntó.

Trujillo siguió sumido en sus propias divagaciones. Al cabo de unos segundos, dijo:

—Yo creo en Dios, ¿sabes? Hoy he rezado para que me saque de aquí.

—¿Dónde están? —preguntó Almagro mirando alrededor.

—Los están torturando… Pero ya hace un rato que no les oigo gritar.

De pronto, la luz irrumpió con una intensidad tan cegadora que ambos tuvieron que cerrar los ojos.

—¿Crees que es Dios, que habrá escuchado mis plegarias? —dijo Trujillo.

—Tu dios no existe; si existiera, no estaríamos aquí. Por tanto, será mejor que te concentres en encontrar la manera de salir.

Almagro se puso a forcejear con la cuerda que inmovilizaba sus muñecas mientras profería maldiciones de todo tipo. Cuando se convenció de que era imposible aflojar el agarre, aspiró una bocanada de aire y la expulsó con resignación. Unos instantes después, se arrastró hasta la puerta y comenzó a golpearla pesadamente con la pierna derecha.

—Tu demonio nos ha metido aquí —se lamentó Trujillo— y no va a dejarnos escapar. Estamos condenados.

Almagro paró de dar patadas a la puerta y se quedó pensando sobre lo que había dicho Trujillo. Cuando iba a decirle que recordara la cantidad de emboscadas y escaramuzas a las que habían sobrevivido, la mugrienta cerradura de la puerta emitió un quejido metálico.

—Si te rindes, te ejecutarán —dijo Almagro—. Nos hagan lo que nos hagan, no digas nada. Confía en la chica: ella es nuestro talismán. Está bendecida por Melek Taus, el dios de los yazidíes. Y nuestro dios a partir de ahora.

Marcus Tekkal avanzó cojeando por la parte trasera de un edificio hasta el enorme socavón que ocupaba el centro de una explanada. A la derecha había una máquina excavadora atrincherada detrás de una montaña de tierra recién movida. Al borde del socavón estaban el muftí, Sadiqui y otros guerreros ataviados con sus inconfundibles turbantes negros. Marcus le sostuvo unos instantes la mirada a Sadiqui y luego miró por encima del hombro al grupo de treinta hombres que lo acompañaba. Poco después se les sumó un grupo de trece mujeres, demasiado mayores para ser usadas como esclavas sexuales. Kathrine estaba entre ellas. Cuando Marcus descubrió que Sadiqui seguía mirándolo con fijeza, desvió de nuevo la mirada hacia los que aguardaban inmóviles e inexpresivos el veredicto sobre su destino. El muftí alzó las manos con las palmas hacia abajo.

—¿Es este el final que os depara Melek Taus? ¿Así os trata Iblis, infieles? Escuchadme: os brindo la oportunidad de abrazar el islam y de que dejéis atrás vuestras costumbres paganas. Si lo hacéis, podréis participar de la Llamada y empuñar con nosotros las armas. En caso contrario, cumpliremos la *sharía*.

Un yazidí asintió como atontado ante las palabras del muftí, se derrumbó sobre las rodillas y suplicó por su vida. Al cabo de unos segundos, otros tres hicieron lo mismo. Marcus reconoció a Khaled entre ellos. El muftí entornó los ojos y gritó, con voz irritada:

—¿Nadie más?

Marcus miraba hacia los cuatro hombres que acababan de renegar de su fe y se preguntó si eran conscientes de lo que suponía traicionar así al Venerado. Ninguno tendría la posibilidad de progresar hacia otra existencia humana, y todos quedarían sumidos en el limbo de su propia inconsistencia o, en el mejor de los casos, relegados a una vida animal. «Quizá eso —pensó— le dé una oportunidad a Rojian: ella era demasiado pequeña para elegir por sí misma; sin embargo, estos hombres se han arrodillado voluntariamente frente al muftí… Melek Taus sabrá tenerlo en cuenta cuando llegue el momento. Rojian solo necesita sobrevivir el tiempo necesario para ejecutar el ritual y congraciarse con el Venerado». Al ver que ningún otro yazidí se arrodillaba, el muftí mandó sacar del socavón a los cuatro conversos y gritó:

—¡Enterrad vivos a todos estos herejes para que ninguno adultere nuestra religión!

La máquina excavadora hincó los dientes de la pala en el suelo y empujó parte de la montaña de tierra y escombros dentro del agujero. La avalancha alcanzó de lleno a las mujeres, que sollozaban juntas con las manos entrelazadas. El terreno pedregoso aprisionó las piernas de Kathrine a la altura de los tobillos. Marcus le tendió la mano, consciente de que les quedaban pocos instantes juntos. Algunos hombres y mujeres intentaron retirar la tierra y salir del socavón; sin embargo, los milicianos los devolvían al agujero a culatazo limpio. Los gritos de horror crecieron a cada palada de tierra que soltaba la excavadora.

Kathrine puso una mano sobre la mejilla de Marcus y lo miró con tanta ternura que él supo que lo había perdonado. Marcus le besó la palma de la mano y dijo:

—Te amé desde la primera vez que te vi entre los carromatos del mercado, Kathrine. Sabré encontrarte de nuevo en la otra vida...

La excavadora maniobró adelante y atrás unas cinco veces para allanar la superficie. Cuando Sadiqui le indicó que ya era suficiente, el conductor pulsó el botón de apagado y, casi en un acto reflejo, apartó violentamente las manos de las palancas de control, como si aún sintiese los latidos de los treinta y nueve seres humanos que acababa de dejar atrapados bajo tierra.

—¿Ocurre algo? —le gritó Sadiqui.

El hombre negó con la cabeza, se restregó las manos contra los pantalones, saltó fuera de la cabina y se alejó todo lo que pudo del lugar.

Khaled y los otros tres yazidíes arrepentidos seguían arrodillados frente al muftí. El anciano hizo una seña a Sadiqui y este se colocó a su lado. Alargó la mano, tocó en el hombro a uno de ellos y le pidió que se levantara. Era un hombre corpulento cuyas densas trenzas le caían a los lados del turbante, de tal manera que semejaban cabos de barco. El muftí sacó un cuchillo pequeño y sujetó una de ellas.

—Esto ya no lo vas a necesitar. Desde ahora —dijo mientras cortaba la trenza—, te vestirás de negro como los muyahidines y responderás a la llamada de Alá.

Los ojos del hombre siguieron el movimiento de la hoja del cuchillo, como si dudara de su trayectoria. Después de cortarle la segunda trenza, el muftí le pidió que se arrodillase de nuevo.

Sadiqui y el muftí avanzaron hacia el segundo yazidí converso, más pequeño y menos corpulento que el anterior, y le pidieron que se levantase. Cuando el muftí fue a cortarle la trenza derecha, el hombre apartó la cabeza y dijo:

—No, se lo suplico…

Enseguida, hundió la cabeza en el pecho en signo de obediencia.

—¿Es que te arrepientes? —quiso saber el muftí.

—No, señor, pero las llevo desde que era niño y quiero conservarlas. Permitidme llevar mis trenzas y servir a Alá; os juro que seré su más leal servidor.

El muftí dio dos pasos hacia atrás. Sadiqui desenvainó su cuchillo y segó el cuello del hombre. Su boca desprendió un gorgojeo de aire y sangre antes de que el cuerpo se derrumbase contra el suelo. Sadiqui le puso una bota en la cabeza y gritó:

—¡Dejad que el cuerpo de este infiel se pudra al sol y se lo coman las bestias!

El muftí caminó por delante de los hombres que seguían arrodillados.

—Para ser verdaderos soldados de Alá, debéis renunciar a todo lo que sois, así que no puedo salvaros si no me demostráis que vuestra decisión es sincera.

El muftí miró a Sadiqui y este movió la cabeza. Uno de sus muyahidines se dio la vuelta y acercó un baúl. Estaba lleno de ropajes azules.

—Vestíos con esto. Profanad el color de vuestra divinidad y seréis bien recibidos en el islam —proclamó el muftí.

44

Era la una de la tarde y Elia salió de la central rumbo a un restaurante cercano. Esa mañana, por fin, había devuelto la llamada perdida a Vega y había quedado con ella a comer. Aunque le daba vértigo volver a verla, le pareció que era una buena manera de calmar los nervios ante el inminente fin de la cuenta atrás marcada por el Ángel para la muerte de Alicia Betancourt. Vega estaba sentada en una mesa alta bebiendo una copa de vino tinto. Elia se acercó y se dieron dos besos en las mejillas.

—Qué guapa que estás —saludó Vega.

—Sí, las ojeras me sientan bien —bromeó Elia.

—¿Mucho trabajo?

—Sí, no dispongo de mucho tiempo.

—He mirado el menú, pero no me decido por nada…

—La pasta vegetal está bien aquí.

—Pues por mí vale.

—Dos de pasta vegetal entonces.

Elia levantó la mano y llamó al camarero. Le encargó la comida y una botella de agua. Cuando se fue, Vega comentó:

—Pensé que no volvería a verte.

—Perdona si tardé en devolverte la llamada… Últimamente mi vida es un poco caótica.

—¿Muchos maridos infieles?

—Algo parecido —contestó Elia siguiéndole la corriente—. Este mundo es una mierda, ¿lo sabías?

—El otro día no pensabas en nada más que en besarme.

—Sí, eso estuvo bien.

—¿Cómo que bien?

Dejó que Vega le tomase una mano y no le importó que el camarero las viese así cuando les trajo la pasta.

—Mucho mejor que bien —dijo Vega.

—Vale, mejor que bien.

Vega le besó la mano y luego sugirió:

—¿Esta noche podemos vernos?

—Lo siento, pero no estoy de humor, Vega.

—Dame una razón seria para que eso no suene a excusa.

—Es largo de explicar… Confía en mí: no estoy de humor. Más adelante.

—Más adelante quizá no esté: mi empresa quiere que regrese antes a París.

Vega soltó la mano de Elia y comenzó a comer mirando el plato, sin levantar la mirada, como si no contase con el no de Elia. El silencio se hizo tan tenso que Elia empezó a explicarle que había ido al hospital a ver a su padre y que había tenido una conversación muy complicada con él. Le contó algunos pormenores de su mala relación y de la distancia que había existido siempre entre ambos. Le confesó que se sentía confundida porque, ahora que lo había visto en la cama del hospital solo y preparándose para morir, ella no se atrevía a considerarlo ni bueno ni malo, sino simplemente su padre. Le dijo que era casi seguro que hoy o mañana le darían el alta, y quería estar disponible por si tenía que echarle una mano en algo.

Vega apartó su plato vacío y, con un gesto iracundo, manifestó:

—¿Y eso es todo, Elia? ¿Vas a perdonar así, sin más, a un hijo de puta como ese? ¿Con todo lo que le ha hecho a tu madre? ¿Con todo lo que te ha hecho a ti? ¿Con la cantidad de gente a la que ha jodido por su egoísmo?

Elia se echó para atrás, como en *shock*, y contempló la expresión airada del rostro de Vega. Estaba enfadada de verdad, más que ella. No entendía a qué venía una reacción tan visceral. Por un momento tuvo la impresión de que le hablaba su prima Ana, y no Vega.

—Yo no he dicho que lo haya perdonado —replicó Elia.

—Pero ya lo has hecho.

Elia cruzó las manos sobre la mesa y, con un tono más grave y serio, dijo:

—Escúchame, Vega: lo que yo piense o deje de pensar sobre mi padre no es de tu incumbencia. Te lo he contado para que entendieses por qué no estoy de humor, no para sentirme juzgada ni para que me des un sermón. Mi madre está en cuidados paliativos, y mi padre ha hecho tanto el cafre últimamente que casi se le revienta el riñón que le trasplantaron. Es mi problema si quiero estar con ellos, y no contigo. Tú ya eres huérfana; yo aún no. Dame tiempo.

Vega se levantó, se puso la cazadora, sacó su billetera y dejó quince euros sobre la mesa.

—Tienes razón —dijo—. Este es un mal momento.

—¿Se puede saber adónde vas?

—Tampoco es de tu incumbencia.

Vega desapareció rápidamente entre los clientes apostados en la barra. Elia dudó entre si levantarse y seguirla, o quedarse. El camarero se acercó, miró el dinero sobre la mesa y preguntó:

—¿Traigo la cuenta?

—Sí, y un café con *bourbon*, por favor.

El brazo de Miguel Coronado irrumpió en el interior de la cabina para impedir que las puertas del ascensor se cerrasen del todo. El director general de Sanidad, Enrique Barón, lo observó entre sorprendido y molesto. Se limitó a echarse a un lado y a recolocarse el nudo de la corbata. Elia entró detrás de Miguel portando su placa en la mano.

Las puertas del ascensor comenzaron a cerrarse justo en el momento en que un *flash* inundaba de luz el pequeño y lujoso habitáculo de espejos y paños dorados.

—Buenas tardes, director.

—Disculpen, pero ¿a qué se debe este atropello?

—Quisiera saber qué opina el Gobierno sobre el mercado negro de órganos y si se van a tomar cartas en el asunto —contestó Miguel.

—¿A qué viene eso? —repuso Barón.

—Sospechamos que algunos funcionarios de su ministerio colaboraron con una red internacional de traficantes de órganos.

Barón los miró con desdén.

—El comportamiento de la ONT y del Ministerio de Sanidad es intachable. Ahí están los informes internacionales.

—No lo dudamos, señor Barón, pero el tiempo apremia y tenemos que atar aún cabos… ¿Le dice algo el nombre de Amaia Braganza? —preguntó Elia.

—Por supuesto; murió hace unos meses. Fue una salvajada. No creerán que ella estaba implicada en algo turbio, ¿verdad?

—No, creemos que es una santa y por eso nos colamos en los ascensores oficiales… —replicó Miguel.

—Usted elige, señor director: o nos ayuda ahora, o volvemos con la tropa, le revolvemos la oficina entera e interrogamos a todo cristo —propuso Elia.

—Está bien. Díganme qué puedo hacer por ustedes y me comprometo a que yo, personalmente, les informaré de cuanto esté en mi mano. Eso sí, a cambio les pido una cosa.

—Usted dirá.

—Por favor, no filtren nada a la prensa. No echen mierda sobre la ONT. Es un tema demasiado delicado, y la vida de mucha gente depende de nosotros. No quiero ver mezclada a la ONT con esa mierda de los sacrificios satánicos. Tampoco quiero ver titulares donde se hable de tramas organizadas ni nada parecido. Cualquier cosa que hiciera Braganza fue a título personal y aprovechándose de la buena fe de quienes trabajamos aquí. Yo les ayudo; ustedes me ayudan.

—Cuente con ello. Es un trato justo.

—Esperamos noticias suyas —apuntó Miguel.

Las puertas del ascensor se abrieron en el séptimo piso. Elia retuvo el dispositivo automático de cierre colocando un pie en la célula instalada en una de las hojas. Sacó un papel del bolsillo trasero y dijo:

—Necesitamos cualquier comunicación que encuentre de Amaia Braganza con Alicia Betancourt y Abdul Dahabi. Ella trabajaba para ACNUR, y él, para la Coalición Internacional en el campo de refugiados de Barika. Y lo necesitamos a la mayor brevedad posible.

—Intentaré decirles algo entre esta tarde y mañana.

Elia apenas tuvo tiempo de incorporarse cuando la puerta de su habitación se abrió lentamente y la silueta de su madre se perfiló en el umbral. Sin mediar palabra, Julia dio media vuelta y se fue caminando por el pasillo. Elia se levantó de la cama y fue tras ella. Se acercó despacio y, con sumo cuidado, la tomó por los hombros y le dio la vuelta.

—Soy yo, mamá: Elia.

Advirtió en el temblor de sus manos que su madre se había asustado.

—¿Qué hora es, hija?

—Muy tarde; vamos, te acompaño a la cama.

Julia balbuceó algo ininteligible y se encogió avergonzada por la poca tela que cubría su piel. Elia la ayudó a entrar en la cama y la arropó. Su madre, como una niña obediente, se dejó hacer.

—Te llamé antes, pero no estabas —murmuró.

—He venido tarde de trabajar. Estabas dormida cuando llegué. Esperanza me dijo que habías pasado bastante intranquila la tarde.

—Sí, tuve un mal presentimiento.

—Papá está en el hospital… —dijo Elia.

Su madre no hizo ningún movimiento. Elia pensó que no había comprendido lo que acababa de decirle y dijo:

—¿Me has escuchado, mamá?

—Sí, hija. ¿Qué le pasa?

—Es el riñón: ha comenzado a fallarle.

—Ese hombre nunca supo cuidarse.

Julia miró el vaso con agua que había sobre la mesilla. Elia le metió una mano por debajo de la cabeza, se lo acercó a los labios y dejó que sorbiese ruidosamente un par de veces. Aunque su mirada se apagaba, posó su mano apergaminada en la cara de su hija.

—Me alegro de que hayas ido a verlo, Elia; él nunca ha dejado de quererte.

Elia le cogió una mano; estaba tan fría que intentó calentarla entre las suyas.

—Me ha dado un mensaje para ti.

—¿Qué mensaje?

—Que lo siente mucho, mamá. Quiere que lo perdones.

Julia miró las fotografías y recuerdos que languidecían en la librería sin mostrar un atisbo de rencor. Parecía afrontar la última etapa de su vida sin buscar respuestas, más como una huida que como un desenlace.

—Dile que rezaré para que se ponga bien.

45

Cuando recuperó la consciencia, intentó mover los brazos, pero seguía con ellos atados a la espalda. Notaba el sabor de la arena mezclada con la sangre y se fijó en los pequeños cantos de piedra que le arañaban la cara. Alguien estaba tirando de sus piernas, alguien a quien no alcanzaba a ver. Oía gritos amortiguados que provenían del otro lado de la pared. ¿Sería Trujillo? Entonces escuchó una respiración profunda y después una voz que le apremiaba:

—Quiero proponerte algo, Rastreador.

Almagro torció el cuello y alzó la cabeza. Sus ojos recuperaron la expresión desafiante en cuanto reconoció a Sadiqui.

—Dejaré que vivas si entras ahí, matas a tu amigo y me dices quién os manda y para qué… Pero, si no lo haces, le ofreceré a él el mismo trato.

Almagro sintió el pelo ensangrentado aún más pegado a la cara, casi de manera asfixiante, a la altura de la nariz. Sin embargo, miró a Sadiqui y, con todo el aplomo que pudo, le sostuvo la mirada. El resplandor que se filtraba por la ventana enrejada confería a la sala contigua la tenebrosa iluminación de una cripta. Había una gran mancha de sangre en el suelo que alguien había tratado de limpiar sin demasiado éxito.

Al otro lado de la pared, Trujillo temblaba de rabia, resoplando por la nariz mientras esperaba la siguiente tanda de puñetazos. Todo a su alrededor le resultaba borroso. Por el único ojo mínimamente sano que tenía, vio que alguien le colocaba un cuchillo cerca de la cara.

—Sadiqui lo quiere vivo. No lo mates aún —dijo uno de los milicianos.

El soldado del cuchillo dio un paso adelante y su sombra se proyectó sobre el rostro de Trujillo. En un tosco español, habló:

—¿Confesarás, soldado?

Trujillo negó trabajosamente con la cabeza. El miliciano dio orden de que le pusiesen la bolsa. Trujillo sintió una repentina asfixia y se orinó encima. La silla a la que estaba atado era muy pesada, tanto que ni se movía con sus espasmos. Después de un angustioso minuto, comenzó a oír la voz de sus torturadores cada vez más amortiguada.

Cuando le quitaron la bolsa, estaba tan exhausto que, tras engullir con la boca abierta todo el oxígeno de que fue capaz, soltó un grito breve y rompió a llorar. Cada vez que inflaba el pecho para tomar aire, sentía como si un enjambre de abejas le picara en las costillas.

—Si colaboras —le informó el miliciano—, todo terminará pronto.

Trujillo sintió una corriente de aire a su espalda y el golpe seco de la puerta al cerrarse. Sadiqui apoyó cuidadosamente la mano en el respaldo de la silla. Le cogió del mentón y, con mucha lentitud, le movió el rostro de izquierda a derecha. Las lágrimas resbalaban por su cara y se mezclaban con la sangre.

—¿Sabes quién soy, soldado? —Trujillo lo miró con el ojo bueno y asintió despacio con la cabeza—. Te voy a hacer una propuesta. Si la aceptas, ninguno de mis hombres volverá a tocarte.

Rojian dejó que Fátima, una de las mujeres de Sadiqui, le quitase el *niqab*. Fátima la ayudó a entrar en la bañera del amplio cuarto de baño de mármol y comenzó a extenderle un jabón aromático por la espalda y las piernas. Ella cerró los ojos e imaginó que esa película aceitosa era una mortaja en la que enterraría su inocencia.

—Después de lavarte intentaremos tapar con maquillaje todos esos moratones. —Mientras la ayudaba a limpiarse, Fátima le dijo—: La casa está alejada del poblado, en una zona fuertemente vigilada. Si intentas escapar, el amo Sadiqui te arrojará en brazos de sus hombres, que te violarán día y noche hasta que mueras desangrada. Es mejor que te concentres en darle placer.

Cuando terminó, la secó con una toalla y le enseñó la ropa que había colocado encima de la cama: lencería fina negra, un elegante vestido de noche color azul y un collar de esmeraldas verdes.

—Vístete y obedece al amo. Eso es lo único que tienes que hacer a partir de ahora.

Trujillo dejó caer la cabeza hacia la derecha. Una luz intensa lo cegó; con todo, miró a Sadiqui y asintió. Se irguió lentamente de la silla y apoyó las plantas de los pies en el suelo tomando conciencia de su verticalidad. Almagro estaba amordazado y de rodillas en medio de un charco de sangre, y un miliciano le tiraba de la cabeza hacia atrás para dejar a la vista su cuello.

—Hazlo —dijo Sadiqui, ofreciéndole un cuchillo.

Trujillo apretó la mano sobre el cuchillo y caminó hasta Almagro. Uno de los milicianos de Sadiqui apuntó la cámara fotográfica hacia ellos para captar el instante. Almagro intentó revolverse para mirar a Trujillo, pero Sadiqui se lo impidió de una patada.

—¡Mátalo! —chilló Sadiqui.

La hoja brillaba a centímetros del cuello de Almagro, expuesto y vulnerable. Trujillo solo debía empujarlo un poco más, atravesar la piel y dejar que su afilada punta hiciese el resto.

—No puedo… —susurró entre dientes.

—¡Hazlo ya! —gritó Sadiqui, y se acercó, enfurecido.

Los sollozos estallaron, el cuchillo tembló, finalmente resbaló de la mano de Trujillo y golpeó el suelo.

—No puedo hacerlo… —gimió.

Entonces Sadiqui le pegó un puñetazo lo bastante fuerte como para estamparlo contra la pared y dejarlo sin aire. Los ojos de Trujillo bizquearon sobre la capa de suciedad que perfilaba la juntura entre dos azulejos. Quiso decir algo, pero no le salían las palabras.

Inexplicablemente, Almagro rompió a reír.

Rojian observó la mesa con su mantel de hilo ribeteado de oro en los bordes, los platos de fina porcelana, los cubiertos de plata y la enorme bandeja llena de manjares. Miró con recelo la copa. Era la segunda vez que Sadiqui, desde el otro lado de la mesa, le pedía que probase el champán. Suspiró y bebió un trago largo impregnándose de su sabor intenso y amargo. Después devolvió la copa a su sitio, como si con ello se hubiera liberado de una pesada carga.

—¿Fátima te ha tratado bien?

—Sí, ha sido muy atenta.

Sadiqui deslizó la mano por el mantel y tocó la suya. Rojian no la retiró, jugó con sus dedos, incluso sonrió. Intentaría alargar la cena tanto como pudiera. Tal vez si hacía que Sadiqui bebiera más de la cuenta podría librarse de él.

—¿Y cómo ha ido el día? —le preguntó.

Sadiqui terminó de masticar un bocado de cordero, se limpió la boca y tiró la servilleta.

—Mañana atacaremos dos bastiones enemigos y consolidaremos las fronteras de nuestro recién nacido Estado Islámico. —Cogió entre los dedos índice y pulgar la copa de Rojian y la rellenó—. Pero, dime, ¿qué piensas de mí?

—Yo…

—Puedes hablar con libertad, mujer.

—Creo que estáis adiestrados para la guerra, pero no para crear un mundo nuevo.

—¿Qué significa eso?

—Que no podéis crear un mundo nuevo destruyendo todo lo que os encontráis por el camino.

Sadiqui dejó entrever una leve sonrisa.

—Esto es una guerra, ¿sabes?, y en todas las guerras hay muertes y purgas. Pero lo que nos diferencia de los americanos y sus socios es que nosotros no nos escondemos detrás de aliados de conveniencia como hacen ellos con el ejército iraquí. ¿Sabes por qué? Porque cualquier muyahidín de este edificio entregaría su vida por el Profeta sin pensárselo dos veces.

—Los yazidíes no suponemos una amenaza para vosotros, pero nos estáis exterminando.

Sadiqui bajó la cabeza y trinchó con furia un trozo de carne.

—¿Acaso crees que somos unos salvajes? —La voz del miliciano se extendió como un eco por todos los rincones de la estancia—. Venga, bebe un poco más.

Rojian cogió la copa de la mesa y obedeció.

—No era mi intención ofenderte —se disculpó.

Sadiqui se levantó, y la luz de la lámpara que colgaba del techo iluminó su impecable uniforme negro. Rodeó la mesa y se situó detrás de Rojian. Las velas desprendían un aroma afrutado que se mezclaba con el almizcle y la vainilla del perfume que Fátima le había pulverizado por el cuello y los hombros. Sadiqui metió su mano por el escote del vestido y comenzó a besarle el cuello. Rojian se la apartó con delicadeza y se puso en pie.

—Espera, mi señor; antes debo ir al baño.

Sadiqui se bebió su cuarta copa de champán mientras esperaba a Rojian. Al principio se entretuvo mirando el cielo nocturno del desierto salpicado de puntos luminosos y vibrantes; a medida que pasaba el tiempo y Rojian no regresaba, la impaciencia empezó a dibujarse en su rostro. Para ganar tiempo, decidió quitarse las botas y el uniforme.

—Ya iba a buscarte —dijo cuando apareció Rojian.

—Perdona, pero estoy un poco nerviosa.

—Desnúdate delante de mí.

Rojian obedeció y se quitó la ropa. Sadiqui encendió la vela que había encima de la mesilla de noche y observó la anatomía musculada y curvilínea de Rojian.

—Eres realmente preciosa…

Sadiqui le dio un empujón violento hacia la cama y Rojian, instintivamente, cerró los puños.

—¿Vas a pegarme? —Rojian recordó que, sobre todas las cosas, debía sobrevivir, y abrió las manos—. No, por favor…

—¡Cállate, perra! Ahora eres mi esclava.

—Por favor, Sadiqui…

Sadiqui le dio una bofetada en la cara con la mano abierta.

—¿Crees que no sé lo que querías hacer?

—Por favor…

—Querías emborracharme para ablandarme y preguntarme por tu padre, ¿eh?

Sadiqui tiró con fuerza del pelo y luego aplastó la cara de Rojian contra el plumaje de la almohada. Le abrió las piernas, se echó con todo su cuerpo encima de ella y forcejeó hasta que la penetró. Luego, empezó a sacudirla con toda la fuerza de que fue capaz mientras le daba tirones del pelo. Cuanto más alto chillaba Rojian, con más ira la penetraba.

Cuando Sadiqui terminó, se puso encima sus calzoncillos amplios de paño y le espetó:

—Perra malnacida, no eres de fiar.

Unos minutos más tarde, Fátima la condujo a un habitáculo oscuro junto con otro grupo de mujeres. Tenía el rímel corrido, los labios descoloridos y la cara embadurnada de negro. Ellas gimoteaban y sollozaban. Rojian no. Era como si se hubiese convertido en otra persona, en alguien que hubiera aceptado vivir en el dolor.

46

Fermín estaba a punto de dormirse cuando le sobresaltó el sonido del teléfono móvil. La conversación con uno de los abogados de su despacho apenas duró unos minutos llenos de monosílabos cortantes y afilados. Le incomodaba que le preguntasen en el despacho sobre el trasplante y su estado de salud, entre otras razones, porque le molestaba hablar sobre cualquier cosa que mostrase algún síntoma de debilidad. Por eso mismo, mientras terminaba de recuperarse del último achuchón, prefería estar en casa y despachar desde allí los asuntos más estratégicos. De todo lo demás se podía ocupar Gonzalo, que quizá no tenía su talento para las relaciones sociales, pero que era un gestor eficiente y alguien con una capacidad de planificación y de trabajo envidiables. Aunque nunca se lo había dicho, debía reconocer que, sin su hermano, Zulueta y Asociados jamás habría llegado tan alto, ni él habría disfrutado de la vida intensa que se había procurado. «Quizá cuando me reincorpore pueda invitarlo a comer y darle las gracias por estos años», pensó Fermín.

Después de colgar, sintió un leve mareo y se quedó un rato sentado en la cama hasta que, con determinación, se puso en pie y caminó hasta el cuarto de baño. Le dolían las vértebras, las rodillas y los codos, como si todos los cartílagos, tendones y músculos se le hubiesen desintegrado por la gran cantidad de medicamentos que estaba consumiendo. Le tranquilizó comprobar que la orina fluía abundantemente de su vejiga. En cuanto regresó al dormitorio cogió el móvil de la mesilla y marcó el número de teléfono de Greta. Estaba decidido a romper con ella y eso requería algo más que un mensaje de texto. Iba a colgar cuando saltó el contestador. Sobre la marcha, le pareció una buena idea dejarle un mensaje de voz:

—No podemos seguir viéndonos, Greta. No hay un porqué; sencillamente es que no puedo evitarlo. Cuídate mucho. Adiós.

Cuando colgó, enterró la cabeza en la almohada. La enfermedad le obligaba a pensar en sí mismo, a odiarse por su falta de responsabilidad y por ese carácter tiránico y posesivo que había hecho de Julia una mujer infeliz, y de su hija una persona inestable que odiaba a su padre. Tampoco Gonzalo lo echaría en falta: detrás de su docilidad y carácter afable, él sabía que se escondía un miedo y una larga historia de situaciones en que Fermín lo había humillado, ya fuera en privado o en público. Su sobrina Ana brindaría con champán cuando él se fuese de aquí. Ni siquiera estaba muy convencido de que Waldo, aunque le dejase en herencia el Bentley, fuese a llorarlo; en todo caso, echaría en falta el sueldo generoso con que había comprado su lealtad para tapar, en la medida de lo posible, su vida extramatrimonial. Y, por supuesto, alguien como Greta sería la primera persona en olvidarlo, como él mismo había ido olvidando a tantas mujeres con las que se había acostado tan solo para demostrarse a sí mismo que podía hacerlo.

Estaba cayendo en el sopor del sueño cuando una vibración lo sobresaltó. Alargó el brazo y comprobó en la pantalla del teléfono móvil que le había llegado un mensaje: «Adiós, Fermín. Besos. Greta».

Álex barría la base de datos de una de las asociaciones en las que Alicia Betancourt había trabajado cuando Elia notó la vibración del móvil en el bolsillo del pantalón. Vio en la pantalla quién era y salió hacia las escaleras interiores del edificio buscando privacidad.

—Benditos los oídos, ¿recibió mi *mail*?

Elia se asomó a la barandilla para asegurarse de que estaba sola.

—Sí —dijo Ditlev.

—¿Y?

—Abdul Dahabi participaba en el tráfico de órganos en Irak. Nadie se tomó el asunto en serio hasta que alguien cayó en la cuenta de que el Estado Islámico financiaba sus actos terroristas vendiendo órganos de sus prisioneros. Dahabi era, por así decirlo, el gerente de operaciones para el mercado europeo.

Elia apoyó la espalda en la pared, atenta a si se abría la puerta del Departamento de Informática.

—¿Alicia Betancourt trabajaba para Dahabi?

—Su firma era clave para sacar los órganos de Irak a través del corredor humanitario que controlaba la Coalición Internacional. ¿Quién iba a dudar de la responsable de logística de Barika? Cuando Dahabi fue asesinado, ella abandonó Irak. Tal vez temía que su vida corriese la misma suerte.

—Y, de Almagro y los boinas verdes, ¿ha descubierto algo?

—Nada.

En ese momento, la voz de Miguel resonó en las paredes como en la cúpula de una iglesia.

—Tengo que dejarle. Avíseme cuando tenga algo más. —Elia colgó, guardó el móvil y abrió apresuradamente la puerta—. ¿Qué ocurre?

—Será mejor que vengas —dijo Miguel agitando un folio en la mano—. Ha llegado esto.

Elia cogió la carta y la leyó:

Inspectora Sandoval:

Es admirable el esfuerzo que ha hecho por encontrarme. De todas maneras, esperaba algo más depurado de su parte, pues la respuesta a sus preguntas siempre ha estado delante de sus ojos. Nunca pretendí nada de sus compañeros: ellos hacían su trabajo, y yo, el mío; pero usted, con su indisciplina y su temperamento, con su perspectiva emocionalmente inestable,

tendría que haber comprendido la verdadera naturaleza de mis actos. Me
bastaba eso, pero ahora solo le queda asistir al final de mi cometido. Juz-
gue entonces si lo que hago es obra de un ser humano.

Atentamente,
El Ángel

Elia levantó la vista y le dijo a Miguel:

—¿Lo sabe el comisario Blasco?

—Sí, ha dicho que pasemos por su despacho y vayamos los tres a ver a Viedma.

Después de leer la carta, Viedma miró a Elia largamente enseñando unas finas arrugas de expresión y dijo:

—El asesino ha construido una peligrosa empatía con usted, inspectora.

—No es solo afán de protagonismo entonces… —opinó Olmedo.

—No, inspector; por desgracia, es algo más que eso —dijo Viedma.

—Pero el asesino no da una sola pista sobre su identidad —indicó Elia.

—No estoy de acuerdo. La frase «Juzgue entonces si lo que hago es obra de un ser humano» es toda una declaración de intenciones —objetó Viedma.

—Disculpe, doctor —dijo Miguel—, pero yo soy duro de mollera y no termino de pillar a qué se refiere…

—En el cuerpo de Amaia Braganza había restos de origen animal, ¿recuerda, subinspector? Me parece que se refiere a eso. No veo otra posibilidad.

Alzó la mirada hacia el denso tráfico que tenían por delante y sintió que la invadía la impaciencia por pasar la noche con su madre.

—Déjame en paseo de La Habana —pidió Elia.

—Como usted mande, jefa —dijo Miguel—. Eso sí, con este tráfico, llegaremos mañana.

—Sí, está para echar una partida a las cartas… Por cierto, ¿sabes algo de Barón?

—Nada aún. Si no da señales de vida, tendremos que hacerle una visita.

A la altura de Nuevos Ministerios, Elia sintió que estaba a punto de ahogarse y que regresaba el ataque de ansiedad.

—Déjame aquí. Mejor sigo a pie. Necesito caminar y que me dé el aire.

—¿Te recojo mañana?

—Sí, a las siete. Acuérdate: duermo en casa de mi madre.

Elia cruzó la Castellana, caminó hasta el inicio del paseo de La Habana y fue subiendo a paso tranquilo por la calle. Sopesó si llamar a su padre para ver qué tal había ido el traslado del hospital a su casa, pero al final desechó la idea: no se le ocurría otra cosa de que hablar con él que no fuera para reprocharle lo que había hecho; casi no tenía recuerdos felices con él. Prefirió mandarle un mensaje de texto: «Espero que fuera bien el traslado a tu casa. Hablé con mamá y le dije lo que me pediste. Besos. Elia».

Mientras caminaba, Elia se giró un par de veces para ver si alguien la seguía. Por más que el Ángel parecía querer jugar con ella, no creía que estuviese en disposición de perder el tiempo persiguiéndola un día antes de que, en teoría, matase e hiciese aparecer el cadáver de Alicia Betancourt. Quizá ya la había matado y por esa razón había enviado la segunda carta anónima.

Cuando entró en el portal de la casa de su madre, un tipo alto, con un rostro afilado y algunas canas dibujadas en las sienes y en la barba, la interceptó. Elia iba tan sumida en sus cavilaciones que no le dio tiempo a echar mano de la pistola. Aún no se había repuesto del susto cuando escuchó:

—Buenas noches, inspectora.

Elia se fijó en el rostro que le hablaba:

—¿Qué hace aquí, señoría?

Peñafiel la miró de arriba abajo y dijo:

—Por lo visto usted y el subinspector Coronado visitaron ayer al director general de Sanidad y le solicitaron de manera extraoficial documentación para la que no están autorizados. ¿Es así?

—Tan solo intentamos acelerar un trámite. Alicia Betancourt está a punto de ser asesinada, si es que no lo ha sido ya.

—Podría acusarla a usted y a su amigo de coacción, y ponerlo en conocimiento de sus superiores. No de Blasco, claro, sino de Bermúdez y de esa gente a la que ustedes le tienen tanto cariño… Quizá ellos quieran alargarle de manera indefinida esa excedencia que se tomó usted hace algún tiempo. Me parece que, por muy amiga que sea de Olmedo y de Blasco, no puede ir sacando la placa en el primer sitio al que entra. ¿O me equivoco?

Elia guardó silencio y echó hacia atrás la mano hasta tocar la culata de su revólver. Peñafiel levantó el índice derecho y lo apoyó en el hombro izquierdo de Elia.

—Deje de expandir infundios sobre mi persona, o yo mismo me encargaré de que ni siquiera pueda investigar infidelidades matrimoniales. Me ha entendido, ¿verdad?

Elia inclinó ligeramente hacia abajo la cabeza, como si le hubieran dado jaque jugando al ajedrez. Peñafiel pareció asumir ese gesto como un sí y sonrió de oreja a oreja.

—Entretanto, infórmeme de cualquier avance, por favor. —A continuación, se agarró las solapas de la chaqueta y dijo—: No sé, estoy destemplado y parece que se avecina una tormenta. ¿Sabe si hay una farmacia por aquí?

Al entrar en casa, todavía le daba vueltas a lo ocurrido. Aquello había sido una amenaza en toda regla, proferida con la naturalidad de quien se sabe invulnerable. Se quedó quieta y con los ojos cerrados en el descansillo hasta que le bajaron las pulsaciones y estuvo segura de no sufrir un nuevo ataque de ansiedad. Luego fue a darle un beso a su madre, que ya dormía, y habló con Esperanza sobre cómo había ido el día. Le pidió que, por favor, se quedase.

—Yo también necesito un rato de compañía.

47

Al abrirse una puerta a su espalda, Duque percibió cómo arrojaban dos cuerpos dentro de la celda. Sacudió a Santos con la mano y ambos se volvieron justo en el momento en el que un portazo sellaba de nuevo la entrada. Almagro alzó temblorosamente la cabeza; la saliva se escapaba de sus labios rotos y se mezclaba con la sangre en la barbilla y el cuello.

—Ayudadle —pidió mirando a Trujillo, que permanecía a su lado desvanecido.

Duque le puso recta la cabeza y comenzó a examinarlo.

—Qué hijos de puta…

—Van a matarnos uno a uno —dijo Santos.

Almagro se arrastró hasta la pared más alejada. Tenía la mandíbula tan hinchada que le reconfortó la frialdad de la argamasa sobre la cara. En esa posición podía oír, además, las voces amortiguadas de los carceleros; parecían discutir acerca de lo que iban a hacer con ellos. Al cabo de unos segundos, sonrió y comentó:

—Es 24 de septiembre, comienza el Eid al-Adha.

—¿Y eso qué es? —preguntó Santos.

—La festividad más importante del islam. Celebran que el profeta Abraham quiso sacrificar a su hijo Ismael como prueba de lealtad a Alá.

—¿En qué nos afecta a nosotros? —quiso saber Duque.

—En que lo único que van a sacrificar son corderos —dijo Almagro.

—¿No nos degollarán a nosotros? —preguntó Santos.

—Confío en que no —respondió Almagro—: No pertenecemos a la Coalición Internacional. No creo que les dé mucha publicidad grabar un vídeo asesinando a unos mercenarios que ayudaban a los yazidíes. Dad gracias de que dejasteis el ejército justo a tiempo.

Almagro se arrastró hasta donde estaba Trujillo, se acercó a su oreja y le susurró:

—Vamos a salir de aquí, ¿me oyes? Melek Taus nos guía. Melek Taus no abandona a los suyos.

Trujillo hizo un leve movimiento de cabeza.

Durante la semana siguiente apenas hubo actividad en el recinto en el que estaban recluidos. El único ruido que les perturbaba el sueño era cuando alguno de sus carceleros les pasaba una bandeja con comida entre las ocho y las diez de la noche. Almagro se pasaba las horas asomado a una rendija por la que escrutaba una y otra vez los altos muros del patio interior: había una puerta al norte y otra al sur, ambas custodiadas las veinticuatro horas.

Una tarde, Almagro vio a una mujer en el patio interior. Entrecerraba los ojos, como si llevase tiempo sin ver la luz. Tras ella aparecieron otras muchas. Todas tenían la misma expresión confusa. Formaron una fila en el centro del patio. Ninguna llevaba puesto el burka, sino solo prendas harapientas y desgarradas. Después, varios milicianos salieron por la puerta opuesta custodiando a un hombre con un abultado turbante en la cabeza. Entre risas y confidencias, los guerrilleros se dirigieron a la primera mujer de la fila y formaron un corro a su alrededor. Comenzaron a tocarla y a zarandearla mientras ella los miraba imperturbable. Almagro hizo un gesto con la cabeza a Trujillo, Santos y Duque.

—Es Rojian. Está con otras mujeres —dijo.

El oficial la miró de arriba abajo, la aferró de los brazos y tiró de ella para sacarla de la fila. Rojian se agachó y trató de resistirse, pero el hombre alto le dio una patada con el empeine de la bota en las costillas. Mientras Rojian se retorcía como un pez fuera del agua, el oficial la agarró del pelo y la enderezó tan bruscamente que la dejó sentada. A continuación, comenzó a arrastrarla por la resbaladiza arena del patio. Rojian buscaba afianzarse con los pies en algún lado, pero no tenía apenas fuerza para ello. Cuando el oficial llegó a la altura de la puerta de su celda, la soltó de golpe y gritó:

—¡Adentro, perra infiel!

Rojian, con los ojos cerrados, gateó como pudo para entrar en su celda. El oficial la golpeó con la punta de la bota en una pierna y la hizo caer. Ella se giró y lo miró con desprecio, como si los golpes solo pudieran herir su coraza externa. El resto de las mujeres sollozaban y se apretujaban las unas contra las otras.

—Sí que es dura… —observó Almagro.

48

Sobre la mesa estaba el retrato de Alicia Betancourt. Mientras Olmedo repasaba el caso con Vizcaíno y Miguel, Elia miraba esa fotografía y sentía que era una mujer como cualquier otra de su edad, salvo por los ojos; eran los ojos de alguien capaz de enriquecerse con el dolor ajeno, pero también eran ojos que, como en el caso de Amaia Braganza, transmitían miedo. Terror ante la inminencia de la muerte.

—Volvamos un momento sobre los últimos datos —dijo Olmedo—: Si el Ángel conocía a las víctimas, tiene que ser por algo relacionado con el tráfico de órganos.

—¿Y sus motivaciones? —preguntó Vizcaíno.

—Puede que un ajuste de cuentas —aventuró Miguel—. Dahabi no pagó lo prometido o no entregó lo pactado, y lo limpiaron.

—O puede que los jefes de la organización criminal se estén deshaciendo de incómodos testigos —dijo Olmedo.

Después de veinte minutos, las teorías que iban planteando parecían enrocarse las unas sobre las otras. Olmedo alzó la voz sobre el murmullo general y propuso un receso. Miguel, algo entumecido, encorvó la espalda y estiró los brazos. Elia cogió su cazadora, se la puso, se dirigió a la salida y le dijo a Miguel:

—Vamos, te invito a un café en condiciones.

* * *

Miguel dejó con suavidad el pocillo de café sobre el plato. El intenso aroma de café no tenía nada que ver con el asqueroso potingue aguado que arrojaba la máquina de la central.

—No conocía este local —comentó Miguel al cabo de unos minutos escrutando las mesas y la larga barra que moría en un escaparate de cristal.

—Antes era una tienda de ropa. Supongo que tiene demasiada luz para un noctámbulo como tú —dijo Elia llevándose la taza de café a los labios.

—Es cierto: parece un hospital; es demasiado blanco… Demasiado coqueto. Sin personalidad.

—Es para tomar café, no *bourbon*.

—Y para invitar a los amigos para contarles por qué no hablaste en la reunión con Olmedo y Vizcaíno, ¿verdad?

Elia bajó los ojos y miró el café humeante.

—Anoche Peñafiel se plantó en mi casa y me amenazó con echarme a los perros —le contó—. Bueno, con echarnos. A ti también te nombró.

—¿Cómo?

—Enrique Barón debió de irse de la lengua… Se ve que no le sentó bien nuestra conversación de ascensor.

—No creo; no fue para tanto. Hemos hecho cosas peores, Elia.

—También sabía que yo estaba en excedencia y que he enseñado mi placa cuando no debía… Le han debido de llamar del gimnasio donde entrenaba Santos. No me quieren mucho por allí.

Miguel bebió lo que quedaba de su café y sujetó la taza entre las palmas de las manos, como si quisiera captar el calor que aún quedaba en ella.

—¿Seguro que no han sido Olmedo o Blasco? Lo pusiste a caldo delante de ellos.

344

—No, Peñafiel me amenazó con ir más arriba: a Bermúdez y compañía. Sabe que ninguno lo tragamos. Alguien se lo ha dicho.

—O nos lo ha visto en la cara. —Después de mirar unos segundos en el fondo de su taza, Miguel chasqueó la lengua y dijo—: Cristina Muriel mencionó el otro día que lo conocía.

—¿Y?

Miguel siguió mirando el fondo de su taza de café, como si estuviera dispuesto a seguir a hablando.

—Joder, Miguel —dijo llevándose la punta del dedo a la sien—. No me digas que os pusisteis a follar y no encontraste otro tema de conversación…

—Bueno, tú llamas al ucraniano ese de la Europol y le cuentas todo, ¿no?

—Ditlev es de confianza. Además, ni yo misma sé por qué me acosté con un tío que tenía treinta años más que yo… Aquel congreso en La Haya fue una locura. Ahora nos hablamos de usted; eso me ayuda a recordar que tiene esposa y tres hijos.

—Y que está a punto de jubilarse…

—No seas cabrón.

—Yo al menos he elegido una que tiene diez años menos que yo.

Elia le pegó un puñetazo suave en el muslo a Miguel, que fingió que le había hecho daño.

—A ver, sorpréndeme: ¿cómo fue lo de Cristina?

—Llevábamos tonteando unas semanas en el trabajo y el día del interrogatorio de Santos apreté el acelerador. Me llamó a la noche siguiente para invitarme a pasar por su casa… Y, nada, hemos tenido algún encuentro que otro en su cama. Nada fuera de lo normal entre almas solitarias.

—¿Seguro que no te sacó información?

—¿De verdad quiere que le conteste qué me sacó, inspectora?

Elia se rio y llamó al camarero para pagar.

—Eres un cerdo… ¿Qué te dijo de Peñafiel?

—Me dijo que era bueno, que lo sabía por otra gente de la central que había trabajado con él. No sé si ahora que nos tiene amenazados con las penas del infierno a ti y a mí opinará lo mismo.

—¿Vas en serio con Cristina?

—No lo creo. Como Paula, tarde o temprano se aburrirá de mí.

49

Después de recibir un fuerte golpe en la base de la nuca que la dejó aturdida, varios hombres le arrancaron el vestido ennegrecido por el polvo y la mugre y la embadurnaron con el color rojo arenoso de la henna. Después la pusieron de rodillas y le ataron las manos a la espalda. Los muyahidines la habían violado por turnos durante días, como a las otras mujeres yazidíes a las que los mandos del Estado Islámico habían repudiado como *sabiyya* o esclavas sexuales. Uno de los guerreros, de nariz aguileña y barba en forma de media luna, se agachó frente a ella. Había otro un poco más gordo detrás de ella. Tenía una vara fina en las manos.

—¡Si vas a lanzarnos una de tus maldiciones, hazlo ahora, sucia infiel! —gritó el gordo, alzando la vara.

Al instante, un silbido sonó en la oscuridad. Rojian lanzó un aullido de dolor y cayó de bruces. El hombre de la barba picuda miró su cuerpo caído y le enseñó al gordo la palma de la mano.

—¿De verdad crees que está maldita? —preguntó.

—Es lo que dice su tío Khaled —respondió el gordo.

—¿Y tú crees lo que dice ese infiel?

—Ya no es un infiel: ahora profesa la fe de Alá. Además, ¿por qué crees que la repudió Sadiqui? Así pintada como un demonio ya no podrá engañarnos con sus artimañas de mujer.

Rojian murmuró algo inaudible.

El gordo la golpeó de nuevo, pero con más fuerza. Rojian siguió inmóvil. Después la agarró del pelo forzándola a ponerse de nuevo de rodillas.

—¿Por qué has hecho eso? —preguntó el de la barba picuda.

—Estaba conjurando a Iblis.

—¿De verdad crees que esta zorra yazidí es la concubina del diablo?

El gordo sujetó el rostro de Rojian con las manos y entornó los ojos. Se quedó un rato callado, observándola, con la frente arrugada.

—Está bien —dijo, y se irguió al cabo de unos segundos—; si alguien tiene que sufrir una desgracia por culpa de esta mujer, que sean nuestros enemigos. Llevémosla al hospital, como nos ha pedido Sadiqui.

Cuando el hombre de bata blanca entró en el pequeño habitáculo del hospital de campaña, se encontró a Rojian sentada sobre la camilla. Aunque tenía el rostro sucio y desfigurado por los golpes, le pareció una joven bella. Tenía los ojos fríos y desangelados, y el cuerpo lleno de moratones y hematomas. El doctor comenzó a hojear el registro, buscó una ficha en blanco y comenzó a rellenarla.

—¿Eres médico? —le preguntó Rojian.

—Sí.

—Con esa barba larga y ese pelo, pareces un muyahidín.

El doctor siguió escribiendo:

—Solo soy un médico.

—¿Y por qué me han traído aquí?

El doctor dio unos golpecitos en el registro con el bolígrafo.

—Lo siento, las preguntas las hago yo. ¿Cuál es su nombre?

—Rojian Tekkal.

El doctor revisó el listado y marcó la fila donde aparecía ese nombre. Hizo un gesto con la palma de la mano para que se acercase una mujer con un largo velo blanco sobre la cabeza.

—Prepare la aguja, por favor —pidió el doctor mientras se lavaba las manos. Mientras se las secaba, al ver que la enfermera continuaba allí y lo miraba con recelo, dijo—: ¿No me ha escuchado?

—Es la protegida de Iblis —murmuró la enfermera.

El doctor bufó, le echó una ojeada rápida a Rojian y fue él mismo a por una aguja.

—¿Para qué quieren mi sangre? —preguntó Rojian.

—Es una cuestión de protocolo —contestó el doctor.

Extrajo con rapidez y destreza dos muestras de sangre, que guardó en un pequeño frigorífico. Cuando terminó, le dio un algodón a Rojian para que se lo pusiese en el brazo y le preguntó:

—¿Ha padecido alguna enfermedad grave?

—No.

—¿Es alérgica a algún medicamento?

—No. —El médico anotó todas las respuestas en una hoja cuadriculada. Rojian vio que la enfermera se había alejado y esperaba a unos quince metros de distancia—. Su ayudante piensa que soy un demonio.

—No es la única aquí.

—¿Y usted?

—Soy médico: creo en la ciencia; no en la superstición. —El doctor le entregó una bata blanca de hospital y un par de alpargatas—. Póngase esto.

—¿Me van a curar después de haberme golpeado y violado hasta cansarse?

—No estoy autorizado a contestar sus preguntas. Todo irá bien. Cámbiese. Aproveche y límpiese con el agua toda esa pintura roja que le han puesto. La espero en aquella sala de allí.

* * *

Cuando llegó a la sala, Rojian vio una hilera de ocho camas. Todas estaban libres menos una. En la cama que estaba ocupada había una niña que no pasaría de los diez años.

—¿Somos las dos únicas personas aquí? —dijo Rojian.

—En estos momentos, sí. Ella se llama Jilan. Acuéstese, por favor, en la cama de al lado.

—¿De qué estás enferma, Jilan?

—Tiene un dolor abdominal —respondió el doctor—. Por favor, entre en la cama y descanse.

Rojian obedeció. Antes de irse, el doctor dijo:

—Si tiene que ir al baño, avise con esa campanilla y alguien vendrá a buscarla. En cualquier caso, una enfermera pasará varias veces por la noche para ver cómo está. No haga ninguna tontería: si sale de aquí sin permiso, los muyahidines volverán a meterla en una celda. Y, si están borrachos, ni siquiera eso: le pegarán un tiro. —Rojian hizo un gesto de asentimiento—. Mañana continuaremos con las pruebas.

Por más que intentó dormir, la atmósfera de aquel lugar le parecía tan inquietante que Rojian solo conseguía descansar a ratos. Después de que escuchara entrar por primera vez a la enfermera, abrió los ojos y vio que Jilan se bajaba de su cama y se acercaba a la suya. Se hizo la dormida. Jilan puso el oído en su pecho.

—¿Estás despierta? —preguntó—. La enfermera no volverá hasta dentro de un buen rato.

Rojian abrió los ojos y se giró hacia ella:

—Sí; estoy cansada, pero despierta. No puedo dormir. ¿De dónde eres?

—De Hamdaniya. Los soldados atacaron el pueblo hace una semana.

—¿Y dónde están tus padres?

—Durmiendo allí. ¿Quieres verlos?

Rojian se incorporó como pudo de la cama, le pasó la mano por el pelo y le dijo:

—Solo estamos tú y yo, Jilan. Lo dijo el doctor, ¿te acuerdas?

—No, ellos están al fondo, pero no respiran.

Rojian miró hacia la parte oscura de la estancia, bajó de la cama y le ofreció su mano a Jilan.

—¿Me los enseñas? —pidió.

A pesar de la oscuridad, Jilan guio a Rojian con paso seguro. Cuando se detuvo, movió las manos en el aire hasta palpar algo bajo una tela plastificada.

—Esta es mi madre —dijo.

Rojian palpó también y notó bajo los dedos las facciones de un ser humano frío.

—¿Y tu padre? —preguntó.

—Allí.

Jilan llevó a Rojian hasta el otro cuerpo y repitieron la operación. Rojian se inclinó trabajosamente hacia la niña, trató de vislumbrar sus ojos y trató de explicarle:

—Escúchame, Jilan, tus padres están…

La luz de una linterna bamboleó por las paredes de la estancia. Rojian cruzó un dedo sobre los labios de la niña. La luz se deslizó hacia el rincón contrario. Entonces, la agarró por las axilas y se escondió con ella en brazos detrás de una columna. La luz bailó de nuevo entre los barrotes de la ventana que se abría al exterior. Debían de ser varios hombres, pues las piedras crujían fuera por el peso de numerosas botas. Podía distinguir las cejas espesas del que estaba hablando, los galones del ejército que lucía en la pechera y el esmalte dorado de sus barras. Pero ¿de dónde era ese militar? Su árabe tenía un acento que no era ni sirio ni iraquí, que eran los que ella mejor conocía. Quizá era jordano.

Cuando la comitiva reemprendió la marcha, Jilan la apremió tirándole de la manga y dijo:

—Tenemos que volver a la cama; la enfermera pasará pronto.

Cuando se acostó, Rojian intentó pensar en lo que estaba sucediendo, pero su cuerpo no daba más de sí y cayó completamente desfallecida. Cuando el doctor la despertó a media mañana, tenía la sensación de haber dormido durante días.

—Soy yo, Rojian —dijo el doctor—. Levante; tenemos muchas cosas que hacer.

Rojian miró a un lado y preguntó:

—¿Dónde está Jilan?

—Está en buenas manos, no se preocupe. Ahora la voy a sedar, ¿vale?

—¿Qué me van a hacer?

—Nada, solo la voy a sedar. Todo irá bien.

En ese momento, vio al militar de la noche anterior en el umbral de la entrada y sintió un escalofrío.

—¿Quién es ese hombre de ahí?

—Nadie.

El doctor sujetó con firmeza la muñeca de Rojian.

—¡Suélteme! ¡Quiero saber qué me van a hacer! —gritó Rojian.

El doctor apartó la aguja y pidió ayuda al militar de la puerta. Este se apartó y, a continuación, como si fuera algo mil veces ensayado, entraron dos milicianos del Estado Islámico, que sujetaron a Rojian por los pies y por los brazos.

—Pero ¿qué hacéis? ¡Soltadme o la ira de Melek Taus caerá sobre vuestras familias! —chilló retorciéndose hasta donde le permitía su maltrecho cuerpo.

Uno de los milicianos miró asustado al otro y le dijo:

—Esta es la mujer de Iblis.

El doctor dijo:

—No le hagan caso y sujétenla fuerte; necesito pincharla —ordenó enseñándoles la jeringuilla con el líquido sedante—. Enseguida se callará.

Rojian siguió vociferando:

—Melek Taus vendrá a por vosotros si no me soltáis y haré que os arranque los ojos y la lengua para que vaguéis sin rumbo por el infierno...

El doctor atinó con la aguja en la vena del antebrazo. Rojian entornó los ojos al notar la sensación de ardor que se apoderaba de ella.

—Usted es médico; no puede hacer...

50

Fermín tenía la almohada retorcida debajo de la cabeza, pero prefería no cambiar de postura: el dolor de la zona del riñón lo estaba matando. Ni siquiera tenía fuerzas para incorporarse y tomarse el calmante. Lo de darle el día libre al matrimonio que se ocupaba de la casa no había sido buena idea. Y todavía, por alguna razón, no había llegado la enfermera que Gonzalo había contratado para cuidarlo. Es lo que tiene estar solo en la vida. En otro tiempo, hubiera despertado a Julia, y ella le habría ayudado.

La pantalla del teléfono marcaba las doce de la mañana. Se emocionó al comprobar que tenía un mensaje de Elia; desde lo de la graduación como inspectora, ni siquiera lo felicitaba por su cumpleaños. De pronto le sobresaltó un ruido proveniente de la planta baja. Sus ojos recorrieron una línea gruesa azul hasta una caja instalada en el techo. Estaba parpadeando, lo que en teoría significaba que alguien había entrado en la casa. Sin embargo, no se había activado la alarma que conectaba el sistema con el centro operativo de seguridad de la urbanización. Solo Waldo y Gonzalo tenían la clave; y ninguno de los dos se presentaría en casa sin avisar. Imaginó que Gonzalo se la habría dado a la enfermera. Carla, se llamaba. Ya tendría tiempo de cambiarla. Pronunció su nombre dos veces. Pero no obtuvo respuesta.

Intentó incorporarse, pero el dolor del riñón era tan punzante que a duras penas podía moverse. Estaba marcando el número de la policía cuando escuchó el sonido pesado de unas patas. Conforme el ruido le fue llegando más nítido y cercano, escuchó un resuello furioso, como el de un animal de grandes dimensiones. Antes de que pudiera acabar de marcar el 112, un golpe seco sacudió la puerta.

—¿Qué demonios es eso? —murmuró mientras la bestia se revolvía, rugía y rascaba con avidez la madera.

Otro golpe más, feroz, casi arrancándola de sus bisagras. Ahora, el resuello del otro lado se había convertido en un rugido ensordecedor. Por fin, la cerradura cedió y la puerta se abrió lentamente, con un crujido largo y chirriante. Todo sonido desapareció en ese instante. Era como si la ciudad hubiese quedado envuelta en un extraño silencio, solo roto por el ruido pesado de la criatura. Nada se movía salvo ella, avanzando lenta pero inexorable. Entonces el teléfono se le resbaló de las manos a Fermín e impactó contra el suelo.

Dante llevaba puesta su perenne gabardina y el flequillo le caía sobre la frente de tal modo que solo tenía un ojo a la vista. Tras unos segundos de titubeo, abrió la puerta y miró hacia el fondo de la cueva. Encogida en la penumbra, iluminada por un tubo fluorescente, vio a Elia inclinada sobre la mesa leyendo algo con detenimiento. Al escuchar pasos, Elia se dio la vuelta y preguntó:

—¿Tú por aquí?

—Sí, me llamó Miguel. Me contó que habías recibido otra carta del Ángel y que estaría bien que le echase un vistazo, a ver si sabía quién la había escrito…

—Si no fuera porque quedan menos de veinticuatro horas para que termine el plazo y Alicia Betancourt aparezca muerta, hasta me reiría de eso. —Elia se levantó, le dio la carta a Dante y añadió—: Ese tío va a por mí, pero no sé por qué.

Dante leyó la carta y volvió a dejarla sobre la mesa. Luego, se acercó a la pizarra donde colgaban las fotos de Abdul Dahabi, Alicia Betancourt, Amaia Braganza, Rolo Duque, Lorenzo Trujillo, Reinaldo Santos y Víctor Almagro. También estaba la primera carta del Ángel, un plano del parque de la Fuente del Berro, el papiro con el ala de pájaro y un mapa de la sierra del valle del Lozoya, con unas chinchetas puestas en Alameda del Valle y los Altos del Hontanar. Y hasta un mapa del Kurdistán iraquí. Todo estaba dispuesto alrededor del dibujo que había hecho Miguel de la estrella de doce puntas cuando había interrogado a Santos.

—¿Alguna idea, Dante? —preguntó Elia.

—Ninguna por ahora. Tan solo me pregunto qué sitio elegirán esta vez para entregar el cadáver.

—Según Blasco, los especialistas han identificado cuatro posibles emplazamientos para que aparezca el cadáver: el parque Tierno Galván, el de Pradolongo, el parque de la Dehesa y la Casa de Campo. Dicen que tienen características parecidas al parque de la Fuente del Berro.

—¿Eso lo han pensado con algún criterio, o han elegido cuatro parques al azar?

—Yo ya no sé qué pensar, Dante… Todo son dificultades desde el inicio. Si yo hubiera tenido que votar por uno, habría dicho el templo de Debod o el Retiro. ¿No está ahí la puerta del Ángel Caído?

Dante se dio la vuelta y contestó:

—Tu instinto está mejor orientado que el de esos supuestos especialistas, Elia.

—Será que he aprendido algo contigo.

—¿Quieres que eche un vistazo a qué parques podrían ser los más favorables?

Elia levantó el pulgar derecho a la par que sacaba el teléfono y descolgaba. Antes de que pudiese decir hola, al otro lado escuchó:

—Ningún ciudadano yazidí obtuvo asilo político de las autoridades españolas en los años que me indicó. No puedo decirle más, Elia, sin llamar la atención de mis superiores.

—¿Ninguno? ¿Y cómo podría haber llegado hasta aquí?

—Mafias, Elia. Tengo que cortar.

Elia se quedó con el teléfono en la mano unos segundos con la sensación de que había llevado a Ditlev hasta el límite. Cuando todo terminase, tendría que llamarlo y darle las gracias, y buscar la manera de pagarle la invitación pendiente. Dejó el teléfono sobre la mesa y se acercó al corcho para revisar las fotos. La clave tenía que estar ahí.

Estaba tan absorta que no se enteró, hasta que lo tuvo al lado, de que Miguel había entrado.

—¿De dónde vienes?

—De hablar con Blasco y Olmedo sobre el operativo. Van a poner patas arriba la ciudad, pero no los veo muy convencidos de si estamos eligiendo los sitios adecuados. ¿Tú tienes alguna novedad?

—Ninguna. He puesto a Dante a buscar parques...

El teléfono de Elia vibró. Miguel se acercó hasta la mesa, lo cogió y se lo dio.

—Es un mensaje de un número oculto —comentó Elia al desbloquear la pantalla.

Dante se levantó y se acercó hasta ella. Antes de que Miguel dijera que esperase a que lo viese Álex para localizarlo, Elia leyó en voz alta:

—«Ha llegado el momento de que sepas quién soy en realidad».

—Luego dices que soy yo el que se precipita... ¿Dice algo más? —preguntó Miguel.

—Hay una ubicación en Google Maps... Es una casa a la salida de Riaza. Calle General Mola, detrás del cementerio.

Miguel se remetió el arma en la cintura y dijo:

—¿Vamos, o avisamos a Blasco y Olmedo?

—Vamos, tenemos una hora y algo de viaje. Los avisamos de camino para que verifiquen si es un señuelo o la dirección real.

Dante salió detrás de Miguel y Elia. En la puerta de la calle, Miguel se dio la vuelta, lo agarró amistosamente por el cuello y le ordenó:

—No, tú te quedas, escritor… Esto se va a poner serio. Busca a Olmedo y a Blasco, y diles lo que ha pasado. Que nos llamen en cuanto puedan.

—Está bien.

—Ah, otra cosa, escritor. Si pillamos al Ángel ese, te prometo que leeré tus novelas.

Sentado con los codos sobre la mesa y la barbilla sobre una mano, Enrique Barón esperó a que desde la centralita lo conectaran con Miguel Coronado o con Elia Sandoval.

—Buenas tardes, señor Barón, soy el inspector Juan Olmedo. ¿En qué puedo ayudarlo?

—Quería hablar con Miguel Coronado o Elia Sandoval.

—No están en estos momentos, pero soy el inspector Olmedo. Trabajo con ellos en el mismo caso. ¿Tiene algo para nosotros?

—¿Tiene un fax cerca? Son siete páginas.

Olmedo le dio el número y Barón le dijo que esperase unos instantes. Enseguida el fax de Olmedo empezó a escupir hojas. Vizcaíno las recogió y las llevó a la mesa del inspector.

—No he encontrado una sola de las actas de los comités en los que participaba Braganza, pero creo que la trazabilidad de los órganos destinados al trasplante que dependían de ella no era fiable.

—¿A qué se refiere?

—¿Tiene la documentación que acabo de mandarle?

—Sí.

Olmedo puso el manos libres para que Vizcaíno también pudiera seguir la conversación.

—¿Ve el salto en algunos dígitos?

Después de colocar las hojas sobre la mesa del escritorio como si fueran un mosaico, Olmedo y Vizcaíno las revisaron. Con un lápiz, Vizcaíno encerró en un óvalo los números de expediente.

—En efecto, hay descuadres en los últimos cuatro dígitos. ¿Qué significa eso? —quiso saber Olmedo.

—Que alguien ha manipulado el sistema para pasar como legales órganos de origen desconocido destinados al trasplante. Los últimos cuatro dígitos hacen referencia al mes y al año en que el expediente se dio de alta en el sistema; por eso dejan siempre constancia de cualquier modificación.

—Entonces, los primeros siete...

—Identifican el órgano donado, su procedencia y el donatario. Si alguien los manipula, conseguirá que aparezcan los nuevos números en sentido correlativo con la lista oficial, pero los cuatro últimos dígitos pegarán un salto y dejarán constancia del momento en que se ha hecho el cambio. Amaia Braganza era la responsable de poner en conocimiento del comité de control cualquier anomalía en el sistema.

—Si yo le entiendo bien, nadie controlaba a la controladora...

—Exacto. Controlar las anomalías era la tarea de Braganza. Si ella no lo ponía en conocimiento del comité, era casi imposible detectarlo. En la última hoja les mando los nombres y apellidos de los siete donatarios que se corresponden con las cifras manipuladas. Estoy investigando si hay alguno más; no he querido contactar con ustedes hasta estar seguro y verificar exhaustivamente los datos. Si tienen alguna duda, estoy a su entera disposición.

—Muchas gracias, señor Barón.

—¿Inspector?

—¿Sí?

—Traten con cuidado estos datos, por favor. Desconozco qué llevó a Amaia Braganza a traicionar su ética y su trayectoria laboral, pero no sería justo que toda la ONT pagara por su error. Encontrar mañana titulares sensacionalistas en la prensa haría rodar cabezas.

—Seremos discretos, descuide.

Olmedo colgó el teléfono y examinó la lista. De pronto se aferró a los laterales de la hoja con más fuerza de la normal. Sus ojos se habían detenido en un nombre.

—¿Qué pasa? —le preguntó Vizcaíno—. Ni que hubieses visto un fantasma.

Él asintió, casi en trance.

—Pero ¿qué...? —se interrumpió Vizcaíno arrancándole la lista de las manos. La leyó sin más gesto en los ojos que el movimiento necesario para cambiar de una línea a otra—. ¡Por los clavos de Cristo...! —exclamó al reconocer el nombre—. ¿Llamamos a Elia?

—No, va camino de Riaza con Miguel.

Olmedo le hizo una seña a dos agentes para que los acompañasen. Se levantaron a toda prisa, recomponiéndose el uniforme casi al vuelo. Vizcaíno ya se dirigía hacia la salida, pero regresó corriendo al despacho de Olmedo, cogió las llaves del zeta y volvió a salir a la carrera. Eran las dos de la tarde.

A solo diez horas del fin de la cuenta atrás.

51

Rojian comenzó a gemir de una manera casi inaudible. Sus ojos se comprimían bajo los párpados combatiendo la anestesia que le recorría el cuerpo. El doctor intercambió una mirada con el muyahidín que registraba en un bloc cada una de las palabras que iba pronunciando.

—¿Y cuándo estará lista para la próxima intervención, doctor?

—En unas tres semanas.

—¿Y por qué no ahora?

—Su vida correría peligro. El cuerpo necesita recuperarse.

Las manos del doctor temblaban sin control. Se veía demacrado y enfermo, como un hombre que llevase mucho más de doce meses haciendo aquello.

—La chica va a morir de todas formas, doctor: necesito el otro riñón cuanto antes —repuso el muyahidín—. Son órdenes de Sadiqui.

El doctor hizo un esfuerzo y se sobrepuso a su agotamiento vital para adoptar un tono de sumiso consejero. Su semblante, normalmente inexpresivo, se volvió dócil y conciliador, como si estuviera en juego algo más que un diagnóstico médico.

—Si la opero mañana, Sadiqui tendrá otro riñón para vender —dijo—, pero la chica morirá. Si la dejamos recuperarse, podremos conseguir su médula ósea, sus pulmones e incluso un segmento de su hígado; todo antes de extirparle el segundo riñón. Sadiqui conseguirá mucho más dinero. En fin —dijo examinando con una linterna los ojos de Rojian—, yo acataré las órdenes que me den, pero dígale a Sadiqui que la chica vale mucho más dinero viva que muerta.

El muyahidín miró al doctor mientras la luz oscilaba de lado a lado sobre el rostro de Rojian, que ya comenzaba a ofrecer signos de recuperar la consciencia.

—Puede que sea buena idea. Con la niña ya estamos bien servidos de donantes cadavéricos.

Una expresión de perplejidad asomó en el rostro de Rojian. La pequeña parte de su mente que había recuperado la consciencia estaba ocupada en desentrañar el intenso y punzante dolor que sufría en la parte baja de la espalda. Cuando vio al doctor a su lado inspeccionando su abdomen, Rojian dijo:

—¿Llevo mucho tiempo así?

—Casi cuatro días. Se nota que estaba exhausta y necesitaba descanso.

—Me ha quitado una parte de mi cuerpo. Lo sé. Puedo notarlo.

—De momento, Rojian, le he salvado la vida. Sadiqui quería sus dos riñones a toda costa.

—Nadie de mi pueblo puede regresar a la vida sin una parte de su cuerpo.

La cara de Rojian reflejaba tal ira que el doctor dio un paso atrás.

—No comprendo lo que esto significa para su fe —dijo—, pero, médicamente, puede vivir con un solo riñón. Al menos unos días más, hasta que Sadiqui pierda la paciencia y me obligue a operarla.

Rojian cerró los ojos y declaró:

—Debo seguir viva, y además debo recuperar el riñón.

El doctor bajó la cabeza, metió las manos en los bolsillos de su bata y caminó hasta la ventana.

—Entiendo lo que siente. Llevo pensando eso desde que llegué hace ya casi un año.

—Dígame qué ha hecho con Jilan.

El doctor oteó el horizonte a través de la ventana tratando de vislumbrar algo de esperanza en su reflejo humeante, como si fuese la primera línea de un ejército de salvación.

—No pude hacer nada por salvarla, nada —respondió—. Alargo la vida de cuantos llegan aquí lo que puedo, pero no sirve de nada… No llega el milagro, el fin de esta maldita guerra. —Se miró las manos y les dio la vuelta, como si estuviesen ensangrentadas—. Descanse, no se fuerce, Rojian. Y coma, por favor. Volveré pronto: mi enfermera sigue creyendo que es usted la esposa del demonio.

Pasadas tres semanas de la operación, Sadiqui envió a uno de sus muyahidines para preguntar sobre la siguiente intervención. El doctor dijo que le haría unas pruebas a Rojian y que, en función de los resultados, le diría si estaba preparada o convenía esperar dos o tres días más. Al muyahidín no le gustó la respuesta y le recordó al doctor que la vida de su familia en Mosul dependía de él. Completamente lívido, el doctor accedió:

—Intentaré acelerar al máximo el proceso. Por supuesto que sí.

Cuando se fue el muyahidín, Rojian se reacomodó sobre la cama. Gracias a los calmantes, el descanso y su naturaleza privilegiada, el dolor del vientre había remitido en gran medida.

—¿A usted también lo trajeron aquí a la fuerza?

—Sí, me secuestraron en mi casa de Mosul para que operase de urgencia a uno de los hombres de confianza del califa. Salió bien, así que ya no me dejaron regresar a casa y me trajeron a este hospital. Me amenazaron con matar a toda mi familia si no cumplía con la voluntad de Alá, es decir, con la suya.

—Yo estudié Medicina en Mosul —contó Rojian—, pero no

terminé la carrera: me faltaban tres asignaturas para terminarla cuando empezó todo esto… Quería ser cirujana, como usted.

—Ah, ¿sí?

—Juraría que usted es el famoso Kazem Nushi. En la facultad y en el hospital me hablaron mucho de usted. Más de tres mil cirugías exitosas.

—Lo soy… O al menos lo fui. Ahora soy un pobre hombre que lleva casi un año destrozando día tras día el juramento hipocrático. Antes le rezaba a Alá para que me sacase de aquí y me dejara volver con los míos; ahora ya solo espero que me perdone por todo lo que estos fanáticos me han obligado a hacer.

—Hay una manera de salir —dijo Rojian.

El doctor Kazem la miró con gesto inquisitivo.

—¿Cuál? Estamos en medio de la nada. No existe ninguna manera de escapar.

—Sí la hay: los españoles. El otro día le escuché a uno de los muyahidines que están vivos aún.

Los labios del doctor se abrieron en medio de su poblada barba; pero, antes de decir nada, miró alrededor y se aseguró de que estaban solos.

—Olvídese de los españoles —dijo bajando al mínimo la voz—. Les respetaron la vida una semana debido a la fiesta del Eid al-Adha. Luego, Sadiqui quiso invadir una aldea de la frontera con Siria y retrasó su muerte hasta que regresase, pero mañana cumplirá la *fatwa*, y los enterrarán vivos en el desierto para que nadie, ni el mismo viento, recuerde que una vez existieron.

—¿Están bien?

—Mejor que cuando los torturaron. En algún momento, creo, Sadiqui quería pedir un rescate millonario a su país… Pero, al final, algo pasó y la operación no se llevó a cabo, y el muftí le dijo que lo mejor era cumplir la *fatwa*. Por cierto, el jefe de los españoles me mandó recuerdos para usted.

—Entonces, aún tenemos una posibilidad.

52

Un chico de unos doce años descendía por la calle General Mola hacia el cementerio de Riaza, de pie sobre los pedales y con la yema de los dedos apenas rozando las empuñaduras de goma negra de su bicicleta cromada en plata. Cuando vio que una mujer con pinta de policía estaba examinando el tosco muro que bordeaba la carretera, pedaleó con fuerza hacia ella. La mujer le hizo un gesto para que se acercase.

—¿Cómo te llamas, chico?

—Diego.

—¿Vives por aquí, Diego?

—Sí, en el pueblo.

—Pues son las tres de la tarde, hora de comer, así que vete a tu casa, ¿vale?

Elia apoyó la espalda en el muro que circundaba la finca y se metió las manos juntas entre los muslos. El pequeño Smith & Wesson de dos pulgadas apenas se veía desde donde estaba el chaval.

Al otro lado de la puerta metálica por la que se accedía al interior de la finca, Miguel esperaba la señal de la inspectora.

Elia se asomó levemente por uno de los barrotes de la puerta y miró dentro. La masa de árboles impedía la vista de la fachada principal, salvo por un pequeño resquicio abierto entre dos cipreses. Lanzó un breve vistazo a izquierda y derecha y, tras unos segundos, desbloqueó el portón y caminó agachada hacia la entrada mientras Miguel se dirigía hacia la parte trasera del edificio. Contó hasta cinco antes de tirar de la manilla de la puerta y empujarla delicadamente para evitar que chirriase en los goznes. En el interior, a unos pocos metros, se adivinaban los peldaños de una escalera que se enroscaba hacia abajo como una broca.

Los fue bajando uno a uno con tal cuidado que parecía estar comprobando su solidez a cada paso. Cuando llegó al final, se abrió ante ella un pasillo con siete puertas, tres a cada lado y una al fondo. Todas estaban cerradas, excepto la del fondo, que se encontraba entreabierta. Del interior se desprendía una luz precaria de unos pocos vatios. Aparte de su respiración, lo único que escuchaba era el ruido de un objeto que caía una y otra vez contra una tabla de madera. Parecía un machete o un cuchillo de carnicero.

Respiró hondo, empuñó el arma en alto y caminó despacio hasta la puerta. La abrió suavemente y vio a un hombre que estaba de espaldas, inclinado sobre una mesa de acero. Una pequeña bombilla pendía del techo e iluminaba su peculiar coleta en forma de cobra negra, que se fundía en el cuello con el tatuaje de una estrella de doce puntas.

—No se mueva.

El hombre se irguió nada más escuchar la voz de Elia y alzó despacio las manos.

—Muy bien, ahora dese la vuelta muy despacio.

El hombre obedeció. Tenía las manos manchadas de sangre.

—Víctor Almagro, por fin… —dijo Elia.

A modo de saludo, Almagro se chupó los dedos de su mano derecha. Elia hizo un gesto de asco y miró hacia la mesa: había varios trozos de carne cruda y un enorme machete con los bordes manchados de sangre. Elia se sintió algo mareada y Almagro hizo amago de coger el machete.

—Ni se le ocurra. Ni se le ocurra moverse.

Almagro volvió a levantar las dos manos a la altura de los hombros.

—Y ahora sepárese de esa mesa. ¿Dónde la tiene?

Almagro rio y dijo:

—¿Por qué perder el tiempo hablando de ella?

—¿Dónde está?

—Esa mujer era una degenerada moral —contestó Almagro—. Nosotros solo devolvemos el sentido a su naturaleza primigenia.

—¿Qué coño quiere decir eso?

—Que ahora tiene un verdadero cometido.

—¿Esa sangre es de ella? —La voz de Elia se quebró en la mitad de la pregunta.

—Venga y averígüelo usted misma.

Almagro se miró los dedos y volvió a chupárselos con deleite, uno por uno. Cuando terminó, una huella roja apareció en su boca.

—Loco de mierda…

La inesperada pulsión del dedo de Elia sobre el gatillo encendió una sonrisa en Almagro.

—Hágalo…

En su mente, Elia ya visualizaba el proyectil surcando el aire y los sesos de Almagro esparcidos como otro condimento de aquel festival de carne.

—¡Vamos, hágalo! He visto cosas peores. —Almagro adoptó una expresión extrañamente arrogante y añadió—: No puede hacerlo… ¿Sabe por qué? Porque necesita saber si me estoy comiendo a Alicia Betancourt. Si me mata y no tiene pruebas, adiós a su mierda de carrera de policía en excedencia. Es eso, ¿no?

—Dígame qué ha hecho, cabrón.

—Deje de apuntarme y yo le contaré todo.

A Elia solo le llegaba el ruido sofocado de su respiración cuando aflojó la presa que ejercía sobre el arma.

—Eso está mucho mejor… —opinó Almagro al tiempo que cogía

un trozo de carne y elevaba el brazo—. ¿Ve esto? Hubo un tiempo en que los hombres y los animales eran sagrados. Matarlos con las manos era un acto que infundía al cazador las cualidades del ser sacrificado.

—¿Eso fue lo que aprendió en el Amazonas?

—Veo que se ha informado… Sí, cuando pasé de presa a cazador.

—¿Y eso qué tiene que ver con Amaia Braganza y Alicia Betancourt?

—Melek Taus recibe la carne que sacrificamos en su nombre y, a cambio, nos revela el horizonte de la conciencia plena, la luz interior, el postulado básico al que aspira nuestra naturaleza. Así que, tranquila, no me estoy comiendo a esa perra alemana de Alicia Betancourt: ella será la siguiente ofrenda. Mientras tanto, me estoy comiendo al cerdo chivato de Solís. Iba a comenzar ahora mismo con su corazón y sus pulmones. ¿Quiere probarlos?

Elia sintió una arcada al mirar hacia donde le señalaba Almagro. Cuando quiso volver la vista al frente, Almagro le había lanzado el trozo de carne que tenía en la mano contra la cara y se había abalanzado sobre ella. Desde algún lugar que no pudo determinar, sintió que algo se movía en su dirección.

Y, fuera lo que fuera, olía a bestia.

53

Rojian sintió de repente una extraña sacudida en las entrañas. Entonces se oyó un estruendo y el aliento abrasador de un muro de llamas se alzó sobre su cama. Los muebles reventaron, las paredes se resquebrajaron con una sucesión de terroríficos crujidos, y parte de la estancia se derrumbó entre llamaradas. Rojian se levantó con el brazo sobre el rostro para protegerse del calor abrasador, volcó el colchón y lo tiró contra el fuego. La puerta había desaparecido y, en su lugar, solo había un hueco completamente desprotegido. Dos hombres rodaron por el suelo del pasillo convertidos en antorchas humanas. Sus alaridos apenas eran audibles por culpa de un cable de luz que se rompió y golpeaba las paredes con la fiereza de un látigo. Hizo un par de amagos de cruzar al otro lado, pero el cable parecía anticipar sus movimientos, como si fuera una serpiente que intentase morderla. Los gritos de dolor de uno de los hombres que sucumbían a las llamas se entrecortaron: el cable se había precipitado contra él y reptaba por su espalda, por dentro de su ropa. Rojian aprovechó esa oportunidad para pasar lo más rápido que pudo. El humo lo impregnaba todo; le lloraban los ojos y no podía dejar de toser. Buscó a tientas una pared y se quedó mirando el poste en cuyo extremo superior ondeaba antes del ataque una bandera negra. Avanzó hacia ella y, luego, alargó los brazos hacia una puerta y la empujó con el hombro.

—¡Doctor Kazem! —gritó con la esperanza de encontrarlo vivo.

Revisó los escombros en busca del más mínimo signo de vida. Un lamento extraño brotó en medio del humo. Rojian sacudió las manos en el aire y entornó los ojos en esa dirección. El doctor jadeaba al borde de la asfixia aprisionado bajo un armario metálico.

—¡Aguante un poco más!

Después de un arrebato de tos, el doctor desvió la mirada.

—Es mejor que me deje morir.

Un grupo de muyahidines pasó por delante. Maldecían y apuntaban al cielo a través de las oquedades que el ataque aéreo había abierto en el techo. Rojian se dejó caer y fingió estar muerta. Un segundo después los muyahidines habían desaparecido. Desde el suelo, Rojian vio al fondo de la habitación una barra de hierro. Se levantó, fue a por ella, regresó donde estaba el doctor y la hundió por debajo del armario.

—¡Empuje con la espalda, con lo que pueda! No puede morirse todavía: antes necesito que me lleve con los españoles —explicó, tirando hacia arriba con todas sus fuerzas.

El doctor se movió hacia un lado y sacó las piernas. Rojian le ayudó a quitarse los escombros que lo cubrían. Cuando se puso en pie, contempló horrorizado los estragos del bombardeo y dijo:

—Quizá sea este el milagro que esperábamos.

Rojian advirtió un movimiento a su izquierda. Entonces, agarró con fuerza el brazo del doctor para que se detuviera y señaló un bulto que se arrastraba hacia ellos. Al llegar a su altura, a pesar de que tenía el rostro desfigurado, Rojian la reconoció: era la enfermera, que la maldecía:

—Protégenos, Alá, de la ira de la concubina del maldito Iblis, el lapidado. Protégenos de la enviada de Melek Taus, de la que trajo a esta tierra su ira y espanto…

—Nadie puede protegerte de Melek Taus —dijo Rojian.

* * *

Cuando las llamas desaparecieron, dejaron a la vista un campo devastado. Una decena de muyahidines, reunidos en torno al cadáver de Sadiqui, esperaban a que el muftí les ordenara qué hacer. Este, como hipnotizado, parecía estar calibrando los daños ocasionados por el bombardeo de la Coalición Internacional.

—¿Qué hacemos ahora, muftí? —preguntó un muyahidín.

—Matadlos a todos. Empezad por los conversos; empezad por ese Khaled que nos vendió al Diablo.

El muyahidín sacó su cuchillo y salió a la carrera junto con sus hombres a cumplir la orden.

54

Elia tropezó, se cayó al suelo y disparó al techo. Cuando quiso levantarse, tenía frente a su cara, a escasos centímetros, las fauces de un *rottweiler* negro cuya saliva le caía sobre los párpados, la frente, los pómulos… Almagro le arrebató el revólver, fue hasta la mesa y cortó un trozo de carne de un tajo rotundo.

—Tranquila, no la mataré. Ese placer aún debe esperar —dijo poniendo el pedazo de carne en la boca del animal.

Lo único que podía mirar Elia era el machete de Almagro y los miles de motas de polvo que flotaban bajo el brillo cegador de su hoja.

—Matarla no, pero cortarle una mano…

Elia no fue consciente de lo que dijo hasta que Almagro la apresó por una muñeca, la puso en pie y la acercó a la mesa casi en un solo movimiento. La inspectora intentó golpearle con la mano que tenía libre, pero Almagro le metió un codazo en el esternón y la dejó sin aire. Sintió que el tiempo se había parado, como si pudiese entrever la distancia que separaba los segundos.

Almagro alzó el machete hacia la mano de Elia, que correteaba por la mesa como una araña despavorida. De repente, un disparo. Elia cerró los párpados instintivamente y, enseguida, se vio cegada por un amasijo de sangre. Mientras caía al suelo con Almagro, escuchó:

—Hostia puta. ¿Estás bien? ¿Sí o no? —insistió Miguel, con los dedos aún tensos en torno a la empuñadura de su HK USP compacta.

—Creo que sí…

Elia se limpió los ojos con las mangas de su cazadora, se puso en pie y rescató su revólver de la mesa. La cabeza de Almagro yacía cerca del machete, sobre una mezcla de sangre y materia gris.

—¿Y el perro? —preguntó buscando con la mirada por la habitación.

—¿Qué perro?

—Estaba…

—Déjate de perros, ¡este tío es el puto Almagro! —gritó Miguel.

Elia caminó mareada hasta la pared.

—Gracias, joder. Eres mi pata de conejo.

Su voz sonó balbuceante, sin fuelle.

Miguel fue hasta el fondo de la habitación y cogió una cámara de vídeo que estaba sobre una balda.

—¿Y esto? ¿Estaba grabando?

—De estos tipos me creo cualquier cosa. Mira a ver.

Miguel encendió la cámara y, casi sin tiempo para comprender lo que estaba ocurriendo, contempló un torbellino de puntos negros y blancos que se fue solidificando en una imagen en blanco y negro. Desplegó el visor y Elia se puso a su lado.

Transcurrieron algunos segundos hasta que apareció una pared de hormigón en penumbra. Se oía una serie de golpes en el micrófono, como si quien grababa tratase de fijar la cámara. Después la toma giró desde el hormigón hasta la silueta de un hombre. El foco situado encima del objetivo se encendió, y la luz se reflejó violentamente en su rostro. Nariz recta, mentón redondeado y la piel de color del cuero envejecido. Estaba sentado en una silla con los hombros tensos hacia abajo, lo que indicaba que tenía las manos atadas a la espalda. El operador soltó la cámara y dio un paso a un lado para que también se viese su rostro. Era Trujillo.

—Di tu nombre —dijo.

El hombre soltó un gemido. Tenía los ojos amoratados y sangre en el rostro.

—Abdul… Dahabi —respondió.

Elia y Miguel se miraron.

—Dime quiénes te ayudan.

—Por favor, soy jordano, soy amigo.

—Dame el nombre de tus cómplices y te prometo que terminaré con esto de una manera indolora —dijo Trujillo.

Dahabi se enderezó trabajosamente en la silla y, con cierta arrogancia, repuso:

—Cuando mis superiores se enteren de esto, hablarán con tu Gobierno y te pudrirás en una cárcel española.

—Tú lo has querido.

La cámara de vídeo se desvió hacia un lado. El rostro de Dahabi y el de Trujillo desaparecieron del objetivo y, en su lugar, apareció una mancha oscura al fondo de la estancia. El objetivo tardó unos segundos en regresar a su sitio. Dahabi soltó un gemido y comenzó a retorcerse.

—¡Espera, por favor!

Con una de sus manos nervudas y ásperas, Trujillo le cerró la boca al jordano y señaló con el índice hacia donde un segundo antes la cámara enfocaba la mancha oscura.

—¿Me vas a decir sus nombres? —preguntó Trujillo.

—¡Lo haré! ¡Lo haré! Pero que no se acerque, por favor… —gimió el jordano con la voz quebrada.

En el momento en que comenzaba a hablar, la grabación se interrumpió de golpe.

—¿Qué demonios era eso? —quiso saber Miguel.

—No lo sé —dijo Elia moviendo instintivamente el arma hacia la puerta—. Quizá lo que nos espera ahí fuera.

—¿El perro?

Elia dio un paso hacia la puerta y asintió sin parpadear.

—No me jodas. No he visto ningún perro…

—Te juro que lo he tenido delante de mi puta cara.

—De acuerdo, Elia, de acuerdo; espera un momento…

Miguel recargó su pistola, tras lo cual respiró hondo y tensó de nuevo la mano. Cuando Miguel estuvo preparado, Elia abrió la puerta despacio. El único ruido que les llegó fue el silbido de una pequeña corriente de aire que atravesaba un largo pasillo con seis puertas cerradas. Una endeble luz llegaba desde el rellano de la primera planta. Elia aferro con fuerza el revólver y, flexionando las piernas, comenzó a andar a tientas hacia la escalera. Cuando subió el primer escalón, se giró hacia Miguel y le dijo:

—Ahora.

—¿Has oído eso?

—¿El qué?

Elia dirigió la luz de su móvil hacia la boca sombría y cavernosa que formaban los muros de piedra del pasillo. Se escuchó un gemido.

—Eso.

—Mierda, ahora sí —dijo Elia.

Retrocedió hasta la mitad del pasillo moviendo el revólver en todas direcciones. Sentía como si las paredes se contrajeran con cada pulsación. El siguiente gemido le pareció escucharlo a su espalda. Le hizo una seña a Miguel, y este, a la cuenta de tres, le pegó una patada a una de las puertas. La estancia era grande y sombría. En lo que la luz alcanzaba, el suelo se extendía como una alfombra de excrementos que llegaba hasta el cuerpo sucio y desnudo de una mujer.

—¿Alicia?

Elia se acercó y, con sumo cuidado, le retiró el pelo enmarañado de la cara. Miguel colocó el móvil en modo linterna sobre su pistola y enfocó hacia donde estaban.

—¿Es ella?

—Sí, es ella —respondió Elia. Sus ojos recorrieron con un centelleo casi febril la gruesa cuerda que pendía de una polea del techo y se unía en el otro extremo a una argolla asida al tobillo derecho de Alicia—. ¿Tienes algo para cortar esto?

—Espera…

Miguel desenfundó una pequeña navaja, se la pasó a Elia y retomó su puesto en el umbral de la puerta que daba al pasillo. Elia comenzó a cortar la cuerda sobre un montón de fibras que Alicia parecía haber deshilachado con sus propios dientes.

—Casi está. Vamos a sacarte de aquí.

Alicia la miró con los ojos como platos y le dirigió un signo leve para que se acercase. Elia inclinó la cabeza como para escuchar una confidencia.

—No… —susurró Alicia—, eres tú la que ha venido para quedarse.

Unos segundos después Elia oyó unas garras que arañaban el suelo en una carrera desenfrenada.

—¡Hostia puta! ¡El perro! —gritó Miguel alzando la pistola hacia su izquierda.

La deflagración del disparo iluminó el hocico del perro, pero la bala pegó en la pared. Antes de que Miguel pudiera disparar por segunda vez, el animal se abalanzó sobre él, lo tiró de espaldas contra el suelo y le mordió a la altura del estómago. Los gritos de Miguel llenaron el cuarto. Elia apuntó hacia el perro, pero no logró distinguir dónde empezaba uno y terminaba el otro. Cuando iba a acercarse para asegurar el tiro, notó una quemazón en el cuello. Por el rabillo del ojo, vio emerger una figura de la oscuridad.

—No se resista, inspectora. Le acabo de inocular una dosis paralizante de ATT, la misma droga que usé con Amaia Braganza. Pronto dejará de moverse. Y no se preocupe por su amigo Miguel: Mosul podría matarlo si quisiera, pero no lo va a hacer.

La parálisis que se iba apoderando de todo su cuerpo le produjo a Elia una sensación de pánico. El perro acudió a la llamada de aquella extraña figura y sacudió la cabeza, como si esperase la orden de atacar a Elia.

55

Rojian se despertó de una sacudida. Estaba reclinada sobre la ventanilla de la camioneta, con la cabeza apoyada en el angosto espacio que había entre la puerta y el sillón del copiloto. Medio adormilada, entreabrió los ojos. El doctor Kazem Nushi se rascaba la barba mientras oteaba la vasta planicie arenosa en busca del enclave donde los hombres de Sadiqui habían enterrado a los españoles.

—¿Dónde estamos? —preguntó Rojian.

—Cerca, muy cerca.

Rojian sintió la quemazón de la bilis en la garganta y se agachó para tocarse el vendaje en el costado izquierdo.

—¿Le duele?

—Un poco.

El doctor Kazem Nushi se inclinó sobre la guantera y sacó un bote de pastillas.

—Tómese una de estas.

La camioneta derrapó hacia un lado lanzando una nube de arena sobre una bandera del Estado Islámico que ondeaba en lo alto de un montículo de piedras. El doctor Kazem sacó un pequeño mapa del bolsillo de la bata y lo desplegó sobre el salpicadero. Sus ojos recorrieron una gruesa línea azul que llegaba hasta una cruz dibujada en medio de la nada. Alzó la mano y señaló, a la derecha de la bandera, un montículo de arena recién removida.

—¿Seguirán vivos?

—Es posible —contestó el doctor Kazem consultando su reloj de muñeca—. En condiciones normales, una persona no sobreviviría dentro de un ataúd mucho tiempo, pero el castigo a los infieles conlleva una agonía lenta. Les dejan suficiente oxígeno en las cajas para aguantar vivos unas treinta y seis horas.

Antes de bajarse de la camioneta, el doctor miró receloso a su alrededor. Suponía que el caos formado en el fortín yihadista les había restado margen de reacción para organizar un comando que siguiera sus pasos, pero había grupos que patrullaban la zona para abastecerse de agua que podían encontrarlos. Rojian salió con cuidado de la camioneta y se dirigió a la parte trasera. El doctor Kazem sacó una pala, se la cargó al hombro y dijo:

—Déjeme a mí. No puede hacer ningún esfuerzo todavía.

El rostro de Rojian estaba pálido como los páramos arenosos del desolado desierto. El doctor Kazem corrió a toda prisa hacia el montículo.

Santos despertó con una extraña sacudida. Se encontraba tumbado bocarriba en un espacio tan estrecho que no podía doblar las rodillas. Medio aturdido, entreabrió los ojos. Estaba oscuro, y desde algún lugar por encima de su cabeza le llegaba un ruido que se acercaba; por una grieta del ataúd notó que se filtraba arena. Entonces recordó dónde estaba y le asoló el pánico. Había soñado con grandes gestas, con una muerte en combate, pero nunca con acabar sus días sepultado en un punto ignoto del desierto. El sonido se fue haciendo más y más cercano. De repente, algo metálico golpeó contra la madera a la altura de su cara. Estaba tratando de gritar cuando unos dedos asomaron por un agujero y la arena le cayó en los ojos. El doctor Kazem arrojó la pala a un lado y se puso de rodillas. Con manifiesta torpeza, Santos extendió los brazos.

—¡Está vivo! —gritó.

El doctor Kazem agarró de nuevo la pala y comenzó a cavar a la derecha de Santos. Su respiración se había acelerado por el esfuerzo y tenía la frente empapada de sudor. Rojian lo observaba mientras un enorme montón de arena iba quebrando la línea del horizonte. De pronto, Kazem arrojó la pala, se puso de rodillas y comenzó a retirar la arena con las manos. El sudor que se acumulaba en la punta de su nariz se precipitó sobre una tapa de madera.

—¡Aquí hay otro! —gritó.

Cuando la tapa cedió lo suficiente, el rostro de Almagro, rocoso y cubierto de arena, quedó al descubierto como una talla de madera en una excavación arqueológica. Santos comenzó a golpearle el pecho hasta que abrió los ojos y lo agarró de los brazos. A pesar de sus movimientos torpes y lentos, Almagro consiguió salir a rastras de la caja. Mientras el doctor comenzaba a cavar a la izquierda de donde había encontrado a Santos, Rojian se acercó a Almagro. Este la abrazó y dijo:

—Les dije que vendrías a buscarnos, que Melek Taus no nos abandonaría.

La tabla que cubría la tercera caja se quebró con un sonido seco. Inmediatamente después, un renacido Duque profirió un grito a la vez que buscaba asirse con las manos a la superficie. Mientras recuperaba el ritmo normal de su respiración, alargó la mano temblorosa hacia la cantimplora que le tendió Rojian y se mojó los labios.

El doctor Kazem cavó con ayuda de Santos en el lugar donde estaba la cuarta caja. Cuando la tapa de madera crujió bajo la punta de la pala, Santos apartó la arena, soltó los clavos que la asían a la caja y la levantó. Trujillo se protegió los ojos con un brazo. Nada más recuperar las fuerzas, se puso en pie y se tambaleó de un lado a otro riéndose como un loco.

—¡Melek Taus nos guía! —gritó Almagro.

* * *

Rojian inclinó respetuosamente la cabeza cuando el doctor Kazem se despidió de ellos en la frontera turca. Prefería no regresar a Mosul para no poner en peligro a su propia familia. Mientras los yihadistas pensasen que había muerto en el bombardeo, su esposa, sus tres hijos, su anciana madre y el resto de la familia estarían a salvo. Como todas las poblaciones de Irak, Mosul estaba llena de familias suníes que ayudaban a las esclavas yazidíes a escapar de sus secuestradores. De alguna manera, él había hecho lo mismo por Rojian, y, al mismo tiempo, ella lo había salvado de su propia cobardía.

—Recé con todas mis fuerzas para que ocurriese un milagro… Y apareció usted —dijo el doctor Kazem.

—Si usted no hubiera convencido a Sadiqui de retrasar mi muerte, nada de esto habría sido posible, doctor. Todos nosotros le debemos la vida —replicó Rojian.

—Puede ser, pero si usted no me hubiera sacado de debajo de aquel armario tampoco estaríamos aquí. Ahora que ha hecho lo más difícil, cuídese y recupérese de la operación. Como le dije, puede hacer una vida normal.

Tras estrechar la mano de Rojian, Kazem hizo lo propio con Duque, Trujillo, Santos y Almagro.

—Recuerden este 2 de noviembre de 2015 el resto de sus días, soldados. Brinden por mí cuando lleguen a un lugar seguro y bien surtido de licores. Y no se separen mucho de Rojian: ella es su talismán. Si están vivos, es gracias a ella.

Al anochecer, el destello del fuego de la hoguera que Trujillo había encendido brilló en la oscuridad del desierto. Rojian llevaba mucho rato dentro de la camioneta, no sabría decir cuánto, repasando de memoria cada uno de los pasos de los dos rituales del Libro Negro. Confiaba en Almagro y en que obtuviese de sus hombres la promesa de obediencia que él mismo le había hecho. Se fijó en el extraño modo en que estaba hablando, con voz templada, incisiva, como hacían los mejores oradores en el consejo de su pueblo.

Trujillo sintió un profundo recelo hacia lo que Almagro les estaba proponiendo.

—Sabes que haría cualquier cosa por ella, hermano. Nos ha salvado de una muerte segura, pero no me pidas que mate a sangre fría en su nombre.

—Ella es la razón de que sigamos vivos —dijo Santos—. Almagro dijo que nos salvaría y lo ha hecho. Así que debemos hacerlo.

—Yo estoy contigo —intervino Duque—. Es imposible que el ataque aéreo que sufrimos en la base yihadista fuese una casualidad.

—Y que ella sobreviviese después de que le extirpasen un riñón… —añadió Santos.

—¿Y qué me dices de Kazem? —insistió Duque—. Melek Taus puso al doctor en su camino para que pudiera encontrarnos. Si ella no lo hubiera salvado y no lo hubiera convencido de buscarnos, estaríamos muertos.

—Lo que tenemos que hacer no es tan extraño —dijo Almagro—. El mismo dios cristiano le impuso a los hombres el sacrificio de su hijo.

—¿Y se puede saber a quién tenemos que cargarnos? —preguntó Trujillo.

—Eso no importa —contestó Almagro—. Nosotros cumpliremos los rituales y nos beberemos la sangre. Una vez lo hagamos, habremos reforzado nuestros lazos con Melek Taus de tal manera que seremos invulnerables.

Trujillo se pasó la lengua por los dientes y escupió.

—Está bien, hermano —dijo a continuación—. Siempre he confiado en tu sexto sentido, así que contad conmigo.

Almagro le pidió a Rojian que se uniese a ellos alrededor de la hoguera. Nada más escuchar que todos estaban de acuerdo en ayudarla, hundió los dedos en la ceniza y se los pasó por el rostro y el cuello.

—Estoy lista para volver a ti, Venerado.

Los trazos de ceniza, más densos a la altura de sus ojos, le daban un aspecto siniestro a su mirada.

—¿Qué dice? —preguntó Duque.

—Os da las gracias —contestó Almagro con la voz renovada.

Almagro sacó los cuatro saquitos de piel que Marcus Tekkal le había regalado y que había rellenado con la arena del sitio donde habían sido enterrados, y los repartió entre sus hombres. A continuación se colgó el suyo al cuello y dijo:

—Llevadlos encima. Esta tierra es ahora un poco más pobre, y vosotros, mucho más afortunados. El padre de Rojian me los dio para que Melek Taus y la arena de este desierto nos protejan allí donde estemos.

Santos fue el primero en atarse el colgante al cuello. Luego, Duque y Trujillo.

Al recostarse frente a la hoguera con la intención de dormir un poco, Almagro disimuló la emoción que sentía por dentro. Por fin, tras muchos años de búsqueda, nunca más celebraría sus ceremonias de muerte en lugares inhóspitos, como la selva, sino en un lugar diáfano donde Melek Taus, el dios comprensivo que los había unido, aplaudiría todos y cada uno de sus actos.

A la mañana siguiente, Almagro salió temprano a cazar. Aunque Santos quiso acompañarlo, él insistió en que se quedara con los demás descansando; después de tanto sufrimiento, quería que se tomasen el día libre. Además, deseaba agradecerles de algún modo que no hubieran traicionado al grupo, pese a las torturas del Estado Islámico. Cuando regresó, les dijo que había cazado cuatro pequeños roedores y que los había limpiado de camino. Él mismo asó la carne. Los demás charlaron alrededor del fuego. Pronto, Santos, Trujillo y Duque se pusieron a intercambiar anécdotas de la guerra, y Rojian y Almagro parecían escucharlos sin mucho interés.

Almagro le señaló el plato frente a ella y dijo:

—Melek Taus nos bendijo con su carne.

—Es carne humana… ¿Lo saben ellos?

Almagro miró un instante a sus compañeros, que estaban apostando sobre los próximos bastiones yihadistas en sucumbir a los bombardeos de la Coalición Internacional, y se acercó un poco más a ella.

—Es carne de nuestros enemigos, y es más importante para nuestra supervivencia que los reparos morales que pondrían mis hombres si lo supieran. Toda la ira y maldad de nuestros enemigos se destruye por completo cuando nos los comemos y nos apropiamos de su espíritu. En realidad, es un acto de amor hacia ellos, Rojian, hacia ellos y ahora hacia ti —remarcó Almagro adelantando el plato hasta casi tocar sus pies.

Rojian permaneció en silencio unos segundos y después trazó una estrella de doce puntas sobre la arena.

—Acepto tu regalo y a cambio os permito tatuaros esto en la piel. Es la firma del Venerado. Ningún no yazidí había recibido antes este beneplácito.

Almagro juntó las palmas de las manos en señal de agradecimiento y dijo:

—Melek Taus nos guía.

Rojian asintió, cogió un trozo de carne y se lo comió a dentelladas lentas.

Al amanecer, Almagro miró a Rojian y a los demás. Dio la orden de recoger el campamento.

Partían de inmediato.

—Vamos al pueblo a por el Libro Negro y, luego, a Mosul.

—¿A Mosul? —preguntó Santos.

—Joder, salimos de un agujero para meternos en otro… —dijo Trujillo—. ¿Para qué?

—Mosul… Es donde encontraremos al jordano —contestó Rojian.

Trujillo se tocó el pecho con gesto interrogativo.

—¿Qué ha dicho?

—Que el jordano está en Mosul —aclaró Almagro.

—Pero aquello es un fortín… Será muy difícil entrar.

—Es el momento de hacerlo. Los yihadistas están desplazando gran parte de sus comandos a la frontera siria.

—Se lo debemos —remachó Santos—. Sin ella aún estaríamos bajo tierra.

—¿Estamos de acuerdo? —dijo Almagro mientras se cargaba la mochila a la espalda. Trujillo enseñó el pulgar hacia arriba—. ¡Pues en marcha!

56

El *rottweiler* se acercó a Elia y le olisqueó las piernas y el vientre. A la altura de las manos, sacó la lengua y le dio dos lametones. También le dejó restos de saliva en la cara después de olerla.

—¿Y mi compañero?

—Olvídate de él. La saliva que te ha dejado Mosul sobre la piel lleva su sangre.

Elia negó observando la extraña figura que salía de las sombras. Llevaba puesta una túnica negra.

—Siéntate, Mosul. —El perro alzó las orejas y se recostó a su lado con las patas delanteras juntas—. Has matado a Almagro, pero no pienses que lo has vencido —añadió.

Elia estaba tan aterrorizada que no supo distinguir si la voz era de hombre o de mujer. Cuando la tuvo más cerca, vio que salía de un rostro cubierto con una venda negra. Sus ojos y cejas se torcían en un gesto displicente, casi de desdén.

—He sido yo quien te lo ha entregado, como a todos los demás. Estúpida como eres, seguro que pensabas que Almagro era el Ángel. —Una de sus manos sobresalió de la túnica y se perdió unos instantes en el pelaje del animal—. Solo me queda él, Mosul, mi fiel compañero de viaje. Lo adopté nada más llegar a España para tener muy presente cada día en qué podría llegar a convertirme si no invertía mi condena. De algún modo, él podría ser mi espíritu.

Elia intentó moverse, pero no pudo. Ni los pies ni las manos le respondían.

—En el fondo, es una lástima —siguió diciendo la voz— que haya muerto tanta gente de manera innecesaria, pero yo no hice nada. Almagro mató a Trujillo y a Santos; y de Duque y Almagro se encargó la policía. Esa sangre no está en mis manos. Gracias a ti y a tus amigos, he resuelto el problema con más facilidad de lo que imaginaba. Eran buenos hombres esos soldados, pero debían morir. De no hacerlo, no podría iniciar el segundo ritual. Así lo explica el Libro Negro: los sacerdotes de la primera ofrenda deben morir antes de que yo pueda realizar la segunda.

—Entonces, Alicia Betancourt está viva…

—Sí, y no va a morir por ahora… O no al menos en este segundo sacrificio.

—¿No?

—Ahora tú serás mi ofrenda.

—¿Yo?

—¿Acaso no es lo que querías? ¿Acaso no has venido aquí para salvar a esa mujer y entregar tu vida en su lugar? Lo leo en tus ojos.

—¿Qué tiene mi alma de oscura?

—El pecado de tu padre.

—¿Cómo?

La figura se acercó a ella y dejó que su aliento golpease el oído derecho de Elia.

—Somos corresponsables de los pecados de nuestros antepasados, y tarde o temprano llega el momento de expiarlos.

Elia hizo un movimiento torpe y desequilibrado con la cabeza y miró los ojos de su verdugo: era de un color extraño, como azulado.

—Ya que has visto el verdadero color de mis ojos, será mejor que te enseñe el resto.

El Ángel comenzó a desenrollar la venda que envolvía su cabeza con una expresión de intenso gozo, como si de pronto estuviese representando una versión nueva de sí mismo. Elia contemplaba cómo daba vueltas y más vueltas a la tela. Cuando se quitó el último paño, una melena rubia rasgó la lúgubre atmósfera de la estancia.

—No, no puedes ser tú. —El recuerdo de sus manos sobre sus pechos, de sus labios en su espalda, de cómo se amaron entre efluvios de alcohol, la hizo sentirse violada. Tragó aire para recuperar algo de calma y dijo—: Pero... ¿quién eres?

—Vega, Greta, el Ángel... Puedo ser quien tú quieras que sea. La mujer que se follaba a tu padre mientras le hacía retomar el gusto por la bebida o la mujer que te follaba a ti mientras te preparaba para ser mi segunda ofrenda a Melek Taus.

Una súbita punzada le atravesó a Elia el pecho.

—Pero... ¿quién eres... en realidad?

El Ángel murmuró algo en una lengua extranjera, insegura de la actitud que debía adoptar.

—Por favor...

El Ángel cambió el tono de voz hacia uno más solemne y respondió:

—Mi verdadero nombre es Rojian Tekkal, y soy una de las pocas supervivientes de Kopo, un pueblo del Kurdistán iraquí masacrado por el Estado Islámico. He visto morir a mis familiares y amigos. Fui violada tantas veces por tantos muyahidines que ni siquiera recuerdo quién fui antes de eso. Me pegaron, me escupieron, me insultaron. Me quitaron un riñón para vendérselo a algún occidental rico que hubiera estropeado el suyo bebiendo alcohol como quien bebe agua. ¿Te suena de algo?

Elia movía la cabeza de lado a lado, negando la evidencia, incapaz de pronunciar una sola palabra.

—A los cinco años —prosiguió Rojian—, cuando todavía era una niña, los videntes del templo de Lalish le pidieron a mi padre que me matase en nombre de Melek Taus porque entrevieron que mi presencia en la tierra llenaría de desgracia al pueblo yazidí. Sobreviví al sacrificio de mi padre y, a cambio, debo cumplir con los dos rituales del Libro Negro para congraciarme con Melek Taus. Mientras tú te consideras una persona desgraciada y combates tus problemas con todas esas pastillas que guardas en tu bolso, en la mesilla o en cualquier cajón de tu bonita casa con alarma que te pagó tu padre, yo y miles de mujeres éramos violadas una y otra vez en el Kurdistán. Tu dolor, Elia, no significa nada para mí.

—Loca, hija de puta…

—Todo lo contrario, Elia. He planificado esto durante años. Aprendí español con la misma paciencia y disciplina con la que me apliqué en aprender a defenderme, seguí el rastro de los que me despojaron de una parte de mi cuerpo hasta encontrarlos, e investigué a fondo a tu padre e incluso el tipo de mujeres que le gustaban. Hice lo necesario para devolverle a mi vida su significado.

—¿Tu vida? Tu vida es un invento, un delirio tuyo. Mira tu pelo, tus ojos. Tú misma me dijiste que eras noruega y que tus padres habían muerto en Suiza.

—Algo que le faltó a tu investigación es saber que los yazidíes somos arios. Así lo hemos sido durante siglos porque nunca hemos mezclado nuestra sangre con gente de fuera de nuestra comunidad, excepto cuando nos han esclavizado. Tu amigo Dante os orientó bien con algunas cosas, como la estrella de doce puntas o Melek Taus, pero le faltó ser más despierto para otras.

—¿Quién te dijo eso?

—Solís. Tenía la lengua rápida y ligera, y tuvimos que arreglarlo… Almagro lo troceó con su machete, y juraría que te enseñó cómo había quedado.

Elia notó que una arcada le venía desde lo más hondo y no tuvo fuerzas para reprimirla.

—Ningún dios merece adoración si sacrifica a personas —dijo después de vomitar.

388

—¿Personas? Ni Abdul Dahabi, ni Amaia Braganza, ni Alicia Betancourt son personas. Pactaron con el Estado Islámico para traficar con órganos y se llenaron de dinero a costa de sacrificar a cientos de inocentes como yo. Corrompieron y se dejaron corromper por gente como tu padre. Sus almas oscuras son anomalías en la cadena de almas que deben ser aniquiladas.

—¿Pero yo?

—¿En serio lo preguntas? Sabías lo que tu padre había hecho y no hiciste nada. Me lo contó en uno de sus delirios de alcohol. Ni siquiera lo culpas. ¡Incluso lo perdonaste delante de mí, cuando comimos juntas! Tú también eres una anomalía en la cadena. Un alma oscura. —Rojian caminó hacia Mosul con una jeringuilla en la mano, se agachó y lo acarició—. ¿Sabes qué es lo que la luz quiere de la oscuridad? —dijo—. Brillo, Elia. La oscuridad le presta a la luz el brillo necesario, como el Mal al Bien, así que, cuando practique el segundo rito contigo, Melek Taus levantará el veto sobre mi alma y hará visible su verdadera naturaleza, su belleza salvaje y desnuda. ¿Lo entiendes?

Rojian elevó el brazo y le clavó con suavidad la jeringuilla a Mosul en la base del cráneo. Antes de que le inyectase la mitad del líquido, el perro se recostó de lado y soltó la mandíbula. Tras dos o tres sacudidas, dejó caer la lengua por encima de los dientes. Rojian sacó despacio la jeringuilla y la dejó sobre el lomo del animal.

—Él también debía morir: participó como un oficiante más en el primer rito. —Rojian se acercó a donde estaba Alicia Betancourt, le pegó dos bofetadas para espabilarla y la llevó a rastras hasta donde estaban Elia y Mosul. La colocó entre ambos y, tirándole con fuerza del pelo, le ordenó que se pusiera de rodillas—. Te dije que no serías la segunda ofrenda, pero no que te dejaría vivir. Ningún alma oscura lo merece. Nadie, excepto el sacerdote, puede estar presente en el segundo ritual. Y ya puedo oficiarlo porque al fin vuelvo a ser una persona completa.

«¿Completa?». La palabra resonó en la mente de Elia mezclada con el dolor punzante del narcótico. «¿Qué quería decir con eso?».

Rojian sacó de un bolsillo una jeringuilla igual que la que había usado con Mosul.

—Será rápido —le dijo a Alicia—: un infarto fulminante, como el del tonto de Guzmán. Aquel abogado ni siquiera fue capaz de beber sangre de cerdo, ¿puedes creerlo, Elia? De nada valió que Trujillo se dejase coger como desertor para captar su atención.

—Vega, no lo hagas, por favor. Ya ha muerto demasiada gente.

La voz de Elia sonó persuasiva. Rojian permaneció inmóvil y silenciosa unos segundos mirando la jeringuilla, como luchando con su *alter ego* por el control de su cuerpo.

—Ya no soy más Vega… —dijo sacudiendo la cabeza—. Una vez que mueras, ya solo seré Rojian Tekkal, la hija de Markus Tekkal.

Después se giró hacia Alicia y levantó la mano, calculando el ángulo del pinchazo. Sin embargo, justo antes de atacar, un jadeo, más de sorpresa que de dolor, escapó de sus labios. Se tambaleó y, casi de manera instantánea, soltó la jeringuilla y se llevó las manos a la nuca, incrédula, palpando la pequeña aguja que ahora sobresalía de su piel.

—No puede ser… —Giró la cabeza hacia Elia y alargó un brazo como si quisiera tocarla—. No ahora… No así…

Hizo ademán de agacharse, pero trastabilló y cayó al suelo.

Miguel, detrás de Rojian, sujetaba la jeringuilla en alto, mirando la punta, no muy seguro de qué le había inoculado.

—Elia… —Los dedos tensos y fríos de Rojian buscaban la manera de aferrarse a los suyos—. Yo pierdo, pero tú… —balbuceó como si tratase de desvelar un secreto; pero, antes de que pudiese terminar la frase, sufrió un jadeo final, entrecortado, y su rostro quedó congelado.

Miguel dio un paso atrás y se dejó caer de rodillas con una mano presionada contra el estómago y los dedos manchados de sangre. Elia corrió hacia él, sus manos buscando desesperadamente mantenerlo consciente.

—¡Aguanta! ¡No te atrevas a irte ahora! —gritó con la voz rota.

Desde uno de los coches, Cristina Muriel informaba a la central:

—Alicia Betancourt está viva. Repito, viva y en buen estado.

La ambulancia que trasladaba a Miguel arrancaba en ese mismo instante bajo una explosión de luces, tiñendo de rojo y blanco el cuerpo de Alicia, que escondía la cara bajo la manta de la camilla, aturdida por el revuelo.

El trasiego de coches de policía y ambulancias había traído a un gran número de curiosos que se agolpaban alrededor de la zona acordonada. Varios agentes de la policía científica estaban apilando cajas con restos humanos. Viedma se movía entre sus hombres exigiéndoles que fuesen meticulosos. De pronto, el tumulto de personas en la entrada comenzó a removerse con la luz de un coche. Unos se abalanzaron sobre él; otros, en cambio, retrocedían para dejarle paso. El juez Peñafiel descendió del automóvil seguido por un hombre alto de cabellos blancos, que, recortados por la cruda luz de los faros, le daban un toque mefistofélico.

Viedma se acercó a Elia.

—¿Quién es el otro? —preguntó la inspectora.

—No lo sé.

Peñafiel se aproximó con una ligera vacilación en el rostro.

—Doctor, inspectora Sandoval —dijo solemnemente—, los felicito por el ímprobo trabajo que han hecho. Permítanme que les presente a Martínez-Cifuentes, del Constitucional.

—Magistrado… —saludó Viedma estrechándole la mano.

Martínez-Cifuentes desvió rápidamente la mirada hacia Elia y le tendió la mano.

—Buen trabajo, inspectora.

Un poco más adelante, se podía ver cómo sacaban un corpulento cadáver en camilla cubierto solo por una sábana sintética. Elia observó la trenza negra que se entreveía por un costado y miró a Martínez-Cifuentes. Los ojos oscuros y sagaces del magistrado se movieron con cautela, mirándola a ella, luego a Peñafiel y de nuevo a ella.

—Se llamaba Víctor Almagro y es uno de los asesinos de su hijo, señoría. Si la instrucción judicial del caso 666 hubiese profundizado un poco más en la causa de su muerte, habrían descubierto algo más que un infarto de miocardio.

—¿Cómo? —dijo Peñafiel.

—Magistrado, he leído la declaración de su hijo.

—Mire, inspectora, son las pruebas que autorizó mi juzgado las que le han permitido encontrar a la víctima, así que no se atreva a poner en duda lo que hicimos hasta el momento. No se puede hacer nada sin indicios, y, si los indicios no existen, no pueden inventarse, salvo que pretenda que me salte la legalidad a la torera. ¿Es acaso lo que hace usted?

—Alberto, por favor…

Peñafiel carraspeó. Martínez-Cifuentes, después de pasarse una mano por los mechones blancos que se le ensortijaban en la nuca, le dijo:

—Tal vez las cosas hubieran ido como usted dice o tal vez no, pero nada de lo que pueda hacer me devolverá a mi hijo, así que prefiero que todo se quede como está.

El magistrado lanzó una rápida mirada al desencajado semblante de Peñafiel y, mirando de nuevo a Elia, dijo:

—Gracias, inspectora. Al menos ahora sé que la muerte de Guzmán no ha sido en vano. Su padre estará orgulloso de usted.

Luego salió a toda prisa de la finca.

—De ahora en adelante, el comisario Blasco comerá de tu mano —comentó Viedma mientras Peñafiel y Martínez-Cifuentes regresaban al coche—: El juez nunca fue santo de su devoción.

Nada más escuchar su nombre, Elia cayó en la cuenta de que ni Blasco ni Olmedo estaban allí. Algo muy importante tendría que haber ocurrido para que ninguno de los dos hubiese acudido a colgarse una medalla.

—Un momento —dijo Elia al recibir una llamada. Aunque la charla fue breve, su cara se puso aún más pálida de lo que ya estaba. Tras despedirse de su interlocutor, tomó aire y se volvió hacia Viedma con vacilación.

—¿Puede llevarme a Madrid?

—Claro, ¿es grave?

Elia dejó escapar un hondo suspiro.

—Mi madre se muere.

Las venas gruesas y prominentes de las manos de Julia se movían como lombrices inquietas con cada palpitación. Entreabría la boca y respiraba con dificultad, sumida en el sordo murmullo de las flemas de sus pulmones. Había envejecido, sí, a sus sesenta y cuatro años se había hecho excesivamente vieja en unos pocos días. Elia se sentó al borde de la cama sintiendo que necesitaba aferrarse a sus manos.

—Mamá…

Julia volvió los ojos entrecerrados hacia su hija, encontrando un recuerdo en cada lugar en el que reposaba la mirada. Entonces sintió una emoción extraña, no de temor, sino de sobrecogimiento.

—Hija… —murmuró dulcemente.

—Estoy aquí, mamá.

Elia la besó en la mano y volvió a mirarla. Sus ojos estaban fijos en ella, demasiado fijos, demasiado quietos…

—¿Mamá?

El doctor le tomó el pulso en la muñeca.

—Se ha ido —dijo.

Elia se arrodilló frente a la cama y contempló el rostro de su madre, que ahora era solo la inexpresiva máscara de una muñeca. Una ligera brisa lamió la tela de la almohada e hizo oscilar brevemente sus cabellos canosos. Después la sobrepasó, golpeó a Elia en la cara y formó en la calle un espectro mortecino con la hojarasca, que, con extrema lentitud, giró sobre sí misma y se desvaneció entre los coches estacionados junto a la acera. Elia sintió que la muerte la había hecho suya sin ninguna resistencia, y le bajó los párpados con el dorso de la mano.

EPÍLOGO

Un operativo completo de la policía se detuvo a las dos y veinte de la tarde al pie del número 21 de la calle Marquesa Viuda de Aldama, seguido por los guardias de seguridad de La Moraleja. Olmedo llamó sin ningún éxito al timbre de la planta baja. Después de merodear un rato alrededor del muro que circundaba la finca, volvieron a la entrada. Olmedo sacó el arma y miró a uno de los vigilantes, a la cerradura y de nuevo a sus ojos. El vigilante revolvió en una anilla llena de llaves y abrió la puerta con un solo movimiento. Olmedo fue el primero en entrar.

—¿Señor Zulueta?

Su voz reverberó por las altas paredes de la entrada, casi tanto como martilleaban los pasos de los vigilantes por la planta baja. Vizcaíno sujetaba firmemente el arma con las dos manos apuntando al suelo. Nada más alcanzar el rellano de la parte alta de la escalera, Olmedo señaló con el dedo una pequeña mancha de sangre cuyo rastro se perdía por debajo de una puerta.

—¡No toquéis nada! —gritó Vizcaíno con la cabeza vuelta hacia la planta baja, donde los vigilantes abrían y cerraban puertas sin ninguna precaución.

Con un pañuelo sobre la manilla, invadido por una desagradable corazonada, Olmedo entró en la habitación. Los paneles deslizantes de las ventanas de aluminio estaban abiertos de par en par. Sintió un escalofrío, pero no tuvo mucho tiempo para preguntarse por la razón de aquella gélida temperatura. Frente a él, en la penumbra, se distinguía la silueta de Fermín Zulueta, tumbado, inmóvil, sobre la cama. Tenía el costado destrozado justo encima de la larga cicatriz, ya renegrida, del trasplante. No había rastro del riñón. Tenía el cuello retorcido y la boca abierta.

Como si hubiese estado gritando.

NOTA DEL AUTOR

Los oscuros ritos que se describen en esta novela no son en ninguna medida atribuibles a la comunidad yazidí, a sus creencias o costumbres, sino que son fruto de mi imaginación. Mi pretensión fue la de escribir esta novela desde el máximo respeto a esa comunidad milenaria. Aunque las masacres masivas que sufrieron ya han cesado, la comunidad yazidí todavía se enfrenta a desafíos considerables. Miles de yazidíes siguen desaparecidos en la actualidad, y muchos de los supervivientes permanecen en el norte de Siria, en condiciones absolutamente precarias.

Bajo esta historia, que espero hayas disfrutado, subyace una voz en contra de todo tipo de dogmatismo y de la rígida e incuestionable adhesión a una idea que no admite crítica. La literatura es, a la postre, una herramienta tan válida como cualquier otra para reflexionar sobre la peligrosidad de los pensamientos únicos.

Que nada limite nuestra capacidad de pensar, lector.

Hasta la próxima.

AGRADECIMIENTOS

El proceso de escritura es un acto íntimo, un diálogo constante consigo mismo que dura meses y a veces años. Y en ese proceso creativo intervienen muchas personas sin saberlo: el amigo que no recibe tu llamada los fines de semana, el que espera con paciencia a que le devuelvas una cena cuando la novela esté terminada... Se suele decir que a los verdaderos amigos se los conoce en los momentos difíciles; los escritores podemos decir lo mismo de aquellos que soportan nuestras largas ausencias, nuestra mirada extraviada en una conversación, nuestro silencio cuando escribimos mentalmente mientras hacemos la compra.

Por eso, mis primeros agradecimientos son para los que, a pesar de todo, siguen a mi lado. A quienes comprenden que, cuando me pierdo en la escritura, no me alejo de ellos, sino que me acerco a lo que soy. Gracias a Josela, la primera lectora de esta novela, y a nuestros hijos, Ulises, Daniela y Bosco. Vosotros sabéis que, escribiendo este libro, casi no lo cuento.

Gracias a mis editoras, Elena García-Aranda y María Eugenia Rivera, por las sugerencias y observaciones que han hecho de esta novela su mejor versión. Y a todo el equipo de HarperCollins, por el cariño y empeño que han puesto en su edición.

Por supuesto, a mi agente Lourdes Díaz, de Rolling Words, por acompañarme en esta nueva aventura y, sobre todo, por haberlo disfrutado conmigo.

Y a ti, lector, como siempre